東京大学出版会

小説のしくみ

近代文学の「語り」と物語分析

菅原克也

The Makings of Fiction
An Introduction to the Narrative Analysis of Modern Literature
Katsuya Sugawara
University of Tokyo Press, 2017
ISBN978-4-13-083070-6

はじめに

本書は、小説のテクストを「語り」という観点から考察する際、共通の了解とみなしうることがらを、物語論の立場から記述しようとする試みである。また、語りという切り口によって日本の近代小説のテクストを分析しようとする試みである。

物語論とは、ナラトロジー narratology、物語理論 narrative theory、物語分析 narrative analysis 等と呼ばれる文学批評の一領域である。一九七〇年代にフランスを中心に興った文学理論の流れを汲む。一九六〇年代に盛んであった構造主義や記号論と根を同じくするが、構造主義や記号論が文化理論の性格を色濃く帯びたのに対し、物語論は文学のテクストを主たる関心の対象としてきた。文学作品を論じるための方法論としてなお有効性を失わないばかりか、近年さらに理論的洗練を加えている。物語論の成果を文学以外の領域に応用しようとする傾向もみられる。

物語論は、語り narrative を対象に、語りのしくみを明らかにすることを目的とする。仕組まれたものとしての語りを解きほぐし、分類し、命名して、語りの分析に求められる理論的枠組みを提供しようとする。用語法にはやや難解なものがあり、論者により語彙を異にすることもあるが、考察の対象となる語りのしくみそのものに理解が及べば、目的は達せられると考えるべきであろう。

物語論の対象となる「語り」（ナラティヴ）のなかでも、虚構（フィクション）としての小説のテクストは、もっとも豊かな材料を提供する。物語論は、小説のテクストを語られたものと捉える。何事かを語るという行為と、語られたものを聞きとるという行為を両極に見すえて、語りが成立する場に立ち会おうとする。あわせて、語りにおいて機能する仕掛けに着目する。何がどのように伝わるのか。何がどのようなかたちをまとって伝えられるのかを考察する。

小説にはいくつかの約束ごとがある。書き方として受け継がれ、読者が暗黙の前提とする小説のしくみがある。小説にはこのようなことが語られるであろうとの期待が、読者の側にある。一例をあげよう。小説にはしばしば他人の心の中が語られている。なぜそんなことが可能なのかと問われることはない。小説という形式においてはあたりまえのことだ、と多くの読者は考えている。それはわれわれが日常的に受け入れている社会制度のようなものである。

約束事を破ることで新しい境地を開こうとする小説もある。読者に意外の感を抱かせ、混乱させ、面白がらせることで、小説の愉しみを提供しようとする小説である。本文中に紹介する「階位」ということばを用いるなら、階位をまたぐ語りには多くの読者が戸惑いを覚える。そんなところから語るのはおかしいという感覚である。あるいは、イタロ・カルヴィーノの『冬の夜ひとりの旅人が』でもよい。書きだしの数段落を読みはじめる読者は、そこに自分自身が登場することに驚くはずである。いま読むテクストに自分のふるまいが語られることに、多くの読者は面食らう。そうした戸惑いや驚きは、小説の書き方をしばってきた約束事のありかを示す。しばってきた約束事があるからこそ、破る実験も生まれる。

本書で記述した語りの仕掛けには、小説の語りの約束事として受け入れられてきたことが数多くある。

何をどう語ってもよいはずの小説を支える、語りの制度のごときものを明らめることも、物語論が担うべき課題である。

物語論の古典ともいえるジェラール・ジュネットの『物語のディスクール』の邦訳が出て、すでに久しい。物語論の用語が、日本語で書かれたテクストの分析に重用されるのも、決して珍しいことではない。ただし混乱もある。系統だてて論じる本は必ずしも多くはない。日本語という言語になじむ議論とは言いがたいものもある。

本書においては、物語論の領域で行われる議論を、つとめて日本語という言語を通じて語り直そうと試みた。用語の翻訳、選択には配慮したつもりである。ただ、なお生硬な語彙として残るところ、日本語の語彙を定めがたいものがある。著者として不明を恥じざるをえない。

議論を深めるための例は、そのほとんどを日本の近代小説から引いた。テクストを分析する際には、日本語という言語が返してくる手応えに、できるだけ忠実であろうと心がけた。そうすることが、日本語という言語による物語論を成熟に導く道であると信ずるからである。

本書の特色となしうるのは、読者（聞き手）の機能を物語論の文脈においてより明確に位置づけた点である。ここに言う読者とは、机の前で（あるいは寝床の上で）本を広げ、時々お茶を飲みに立ったりする、生身の肉体を持つ読者のことではない。あくまで小説のテクストが語りとして成立する際に機能することが求められる存在である。そのような読者の存在を、本書の記述では重要な手がかりとした。

本書の構成について簡単に述べておく。

第一章では、小説のテクストを分析する際の前提となる、語りの三つの相について考察した。内容と形式とを区別するのは、文学において古くまた新しい議論だが、内容というものの輪郭を見さだめるのはそれほど容易なことではない。そのことを、太宰治の「浦島さん」を例に考えてみた。ここでは小説のテクストを読むいとなみそのものを俎上にのせ、テクストを読む現場を、著者なりに示したつもりである。

第二章以降は、第一章の議論で取りだした物語言説の相、すなわち語り手による語りが成立する場、語りの視点、声を語る語り、語りにおける時間の処理について、順を追って考察した。いずれも前半部で物語論における知見を紹介し、後半部で具体的なテクストを分析するというかたちをとる。第二章における『濹東綺譚』、第三章における「藪の中」と「偸盗」、第四章における「歯車」と「山椒大夫」、第五章における『人間失格』と『天の夕顔』など、各章でとりあげた具体的なテクストの分析に、著者はそれなりの力を込めたつもりである。

引例には日本の近代小説の範疇に収まらないものがふくまれる。「アンドレアス・タアマイエルが遺書」しかり、小説ならぬ映画『羅生門』しかり、『雨月物語』しかり、『感情教育』しかり、「三発の銃声」しかり。これらは著者が身を置く比較文学研究の視野に入るものである。

引用したテクストの分量はそれなりにある。著者が強く願うのは、引用のテクストを急がずゆっくり読んでほしいということである。ことごとしい議論より、匂いも手触りもある小説のテクストそのものを読むよろこびこそ大切である。物語論は、豊かで刺激に満ちたテクストについて語る、道具の一つにすぎない。

小説のしくみ——近代文学の「語り」と物語分析・目次

第一章　テクストの相

第二章　語り手と語りの場

第五章　語りと時間

終　章

凡　例

・引用文は全集のあるものについては基本的に全集のテクストに拠った。ただし漢字は常用漢字に改めた。また、著者の判断によりルビを加減したところがある。
・引用注は本文中の括弧内に示した。二度目以降の引用はページ数のみを記した。本文中ではページ数の漢数字のみ示した。
・雑誌名には二重カギ括弧を用いた。単行本として刊行された小説、映画の作品名には二重カギ括弧を用いた。それ以外にはカギ括弧を用いた。
・作品の発表・刊行年、参考文献の出版年には西暦を用いた。ただし引例とした日本の近代小説については、本文の記述で括弧内に年号を補った。人名については生没年を西暦で括弧内に注記した。
・本文および注において括弧内に記述の典拠を示した場合がある。

（例）（Bal 1977: 29）

・本文の記述において、とくにジェラール・ジュネットの『物語のディスクール』に拠った場合は、括弧内に原典、英訳、邦訳の順で該当箇所を示した。

（例）（Genette 204・187・二一八）

・本文中の記述で用語の原語を示す場合は、多くの場合フランス語と英語を併記した。

（例）「物語内容」histoire/story

並記せずフランス語のみを示した場合、あるいは英語のみを示した場合がある。

（例）記号内容 (signifié)　語り手 **narrator**

第一章　テクストの相

1　三つの相――物語内容、物語言説、物語行為

言葉によって紡ぎだされる小説のテクストは、何を手がかりとして論じればよいだろうか。どのように読み解いてゆけばよいだろうか。

ある作中人物がいて、ある時、何らかの状況において、何らかの出来事を経験する。その経験が何らかのかたちで語られる。それが小説だと、まずは考えてみよう。

出来事は起きたこと、起きつつあることとしてある。語ることは、経験された（されつつある）出来事を伝える工夫としてある。何かが、何らかのかたちをとって語られる。まずこれを、何を（what）をどのように（how）語るか、という問題として考えてみる。

ロシア・フォルマリズムの理論家V・シクロフスキー（一八九三〜一九八四）によれば、小説のテクストは語られる内容とその語りとの二つの面に分けられるという。語られる内容（фабула-fabula/fable）とは小説の語りの素材とされるものであり、語り（сюжет-sjužet/plot）とは工夫が施されたあとの実際の語り方そのものである。素材とされるのは、起きた出来事であり、作中人物の経験である。一方語りとは、ある様態、あるかたちのもとに伝えられる、それら出来事や経験のことである。素材に加工が施され、ある様態をとるにあたっては、さまざまな仕掛けが工夫される。工夫の仕方、仕掛けそのものに注目することが、語りを手がかりにした小説というテクストの一つの論じ方ということになる。[1]

小説というテクストを、語られる内容と語り方から読み解こうとする立場は、構造主義の理論家T・ト

ドロフ（一九三九～二〇一七）に引き継がれる。トドロフは、語られる内容と語り（方）という二分法をふまえつつ、語られる内容としての物語を「物語内容」histoire/story、語り方としての物語を「物語言説」discours/discourse と名づける。ある一続きの出来事の語りにおいて、出来事の時間的順序を入れ替えることは、小説の語りにはよくみられることである（たとえば推理小説の語りを考えてみればよい）。その場合、語られる出来事――起きた順序のままに想起される出来事――が物語内容にあたり、語る順序の工夫を施したもの――起きた順序とは異なる順序で出来事が語られること――が物語言説にあたる。このように、小説のテクストを内容の次元（content plane）と表現の次元（expression plane）に分けて読み解こうとする立場は、小説と映画を「物語」story と「言説」discourse という二分法で論じるS・チャトマン（一九二八～二〇一五）にも通じる。[2]

一方でトドロフは、語り方としての物語言説を、語るという行為のありかたから捉え直そうとする。語り方のうちには、物語内容がどのような語りに仕立てられるかということと、それが語り手によってどう伝えられるかという二つの面が含まれるであろう。この両者のうち、語る者（語り手）と語りを受けとめる者（読者）とのあいだに成立する行為としての語りに着目することは、小説のテクストを「どのように」という面から考えようとするにあたって重要な課題となる。語りは人に伝えられるものとしてある以上、語り方のうちには伝え方の問題が大きな比重をしめることになるからである。トドロフは、語られる内容としての物語内容は作中人物たちの生きる物語の世界に、語り方としての物語言説は語り手によって（読者に）物語が伝えられる場に対応すると考える。[3]

現在の物語論の基礎を築いたG・ジュネット（一九三〇～二〇一八）は、『物語のディスクール』（一九七二年）において、工夫としての語り方と行為としての語りとを区分する。行為としての語りとは、語りがどのようにして聞き手─読者に受け渡されるかということであり、そのことに着目することで浮かびあがる語りの様態である。それは、物語内容をどのように語りに仕組むかという語り方の工夫とはおのずから区別される。ジュネットは、トドロフの二分法を改めて、「物語内容」histoire/story、「物語言説」récit/narrative、「物語行為」narration/narrating からなる三分法を提起する。物語内容とは物語の中味もしくは記号内容（signifié）であり、物語言説とは物語の陳述もしくは記号表現（signifiant）であり、物語行為とは物語を生みだす行為、および語る行為が成立する場を示す語りのことである。[4] ジュネットの三分法は、形を変えてM・バル（一九四六～　）らによる三分法に受け継がれる。[5]

ジュネットは物語内容、物語言説、物語行為を、小説のテクストにおける三つの「相」aspect と表現する。[6] 小説のテクストの三様の現れ方であり、読むにあたって何に着目するかで見えてくるものである。繰り返して言うなら、物語内容とは物語世界に生起する一連の出来事として想像される物語の内容であり、物語言説とは言葉により表現され構成された物語そのものであり、物語行為とは物語を語り手として読者に伝える行為、および物語が伝えられる場を読者に意識させる語りである。

小説のテクストを物語内容、物語言説、物語行為という三つの相から照らしだそうとするとき何が見えてくるか。実際にテクストを読み進める過程において確認してゆきたい。例としてとりあげるのは、太宰治の「浦島さん」である。

2　太宰治「浦島さん」

「浦島さん」は、太宰治（一九〇九～一九四八）が一九四五（昭和二〇）年に上梓した『お伽草紙』の一篇である。『お伽草紙』には、「浦島さん」のほかに「瘤取り」、「カチカチ山」、「舌切雀」のあわせて四篇が収められている。いずれも日本の昔話としてよく知られた物語を、太宰なりに小説に仕立てた作品である。『お伽草紙』には「前書き」と題する一章があり、そこに四篇の作品の成立事情らしきものが記される。時代は戦争末期。日本が日々激しい空襲にさらされていた時期で、どうやら物を書くのが仕事であるらしい語り手が、高射砲が鳴ったのをしおに、五歳の娘を抱いて防空壕に入る。二歳の男の子を背負った妻もいる壕のなかで、父は娘をなだめるため絵本を読んで聞かせる。すると「物語を創作するといふまことに奇異なる術を体得してゐる男」である語り手の、その「胸中には、またおのづから別個の物語が醞醸せられ」（『太宰治全集』8（筑摩書房、一九九八年）二九六～七ページ）る、ということが起こる。こうして出来あがったのが、四篇の物語だというわけである。

この「前書き」には、父が娘に読んで聞かせる物語の名が「桃太郎、カチカチ山、舌切雀、瘤取り、浦島さんなど」と列挙される。読者としては、ここから「桃太郎」が脱落し、扱われる作品の順序も違っているのが気になるが（実際には「瘤取り」「浦島さん」「カチカチ山」「舌切雀」の順）、今はそのことは問わない。重要なのは、この後に読むことになる物語の物語内容が、読者によってほぼ予測されうるということである。予測されうるからこそ、「おのづから別個の物語」とされる物語とはどのようなものか、読者の側に期待が生ずる。その期待を、この語り手は十分に意識する。

浦島太郎の物語

物語内容とは、通常、一篇の小説を読みおえた後に想起されるものとしてある。テクストのうちに潜在するものであり、再構成される出来事としてある。出来事の再構成には、時間軸上の展開が大きな手がかりとなる。誰がどういう状況において何をしたということが、時間の流れにそって、物語の「筋」として了解される。小説の読者は、小説のテクストから物語内容を再構成することに大きな関心を寄せる。小説に対する興味は、多くの場合、物語内容を了解することで満たされると言ってもよい。テクストのうちに物語内容を見出すことが、読書という行為を促す大きな力になる。

『お伽草紙』に収められる四篇の小説は、未知の物語内容に対する読者の好奇心に訴えようとはしない。あらかじめ予測されうる物語内容を読者に喚起した上で、「おのづから別個の物語」を語ろうとする。そこでは、予測される物語内容と、語りのうちに実現する物語内容とのあいだの異同が、まずは関心の対象となるであろう。

それでは、語り手の言う「別個の物語」とはいったい何なのだろうか。それは、読者が知っていると期待される物語内容と、どのような関係に立つのだろうか。そのことを具体的に確認するため、さっそく「浦島さん」のテクストを読んでみることにしよう。

浦島太郎といふ人は、丹後の水江《みづのえ》とかいふところに実在してゐたやうである。丹後といへば、いまの京都府の北部である。あの北海岸の某寒村に、いまもなほ、太郎をまつつた神社があるとかいふ話を聞いた事がある。私はその辺に行つてみた事が無いけれども、人の話に依ると、何だかひどく荒涼たる海浜らしい。そこにわが浦島太郎が住んでゐた。もちろん、ひとり暮しをしてゐたわけではない。父も母もある。弟も妹もある。また、おほぜいの召使ひもゐる。つまり、この海岸で有名な、旧家の長男であつたわけである。

（三一五ページ）

「浦島太郎といふ人は」と、語り手は語りはじめる。「浦島太郎」についての説明はない。語り手は、読者が「浦島太郎」という人物についてある程度の知識を持つことを、当然の前提とする。浦島太郎といえば、ああ、あの人物か、あの物語か、という反応が読者から返ってくることを期待している。「…が」ではなく「…は」という係助詞を用いた語りにも、その期待はあらわれる。工夫があるのは文の後半で、その浦島太郎はどうやら実在の人物らしい、との推測が続く。そこに、語り手は軽い驚きを仕掛ける。

このような語り方が、テクストが（テクストの読み手として）期待する読者の範囲を限定する作用を持つことは見逃し得ない。「浦島さん」だけではない。『お伽草紙』というテクスト全体が、その「前書き」においてすでに、多くの潜在的な読者を排除している。「桃太郎、カチカチ山、舌切雀、瘤取り、浦島さんなど」という記述から、何の知識も連想も引き出しえない読者は、こうした物語を熟知していると想像される読者の範囲から、疎外されるという感覚を味わうであろう。どうやらこの語り手は、読者の疎外という事態は想定していない。浦島太郎と言えばある物語内容を想起しうる読者が、自分の物語の聞き手となることを疑う気配はない。

浦島の物語は、『日本書紀』、『風土記』（丹後国風土記逸文）、あるいは『萬葉集』（巻九）の記述に遡る。たとえば、『日本書紀』巻十四、雄略天皇二十二年の条《くだ》りに、

秋七月に、丹波国《たにはのくに》余社郡《よざのこほり》管川《つつかは》の人《ひと》水江浦島子《みづのえのうらのしまこ》、舟《ふね》に乗《の》りて釣《つり》し、遂《つひ》に大亀《おほかめ》を得《え》たり。便《すなは》ち女《をとめ》に化為《な》る。是《ここ》に浦島子《うらのしまこ》、感《め》でて婦《め》にし、相逐《あひしたが》ひて海《うみ》に入《い》り、蓬萊山《とこよのくに》に到《いた》り、仙衆《ひじりたち》に歴《めぐ》り観《み》る。

（新編日本古典文学全集3『日本書紀②』（小学館、一九九六年）二〇七ページ）

とあるのが、それである。ここでは、浦島は舟に乗り釣りをしていて、大きな亀をとらえると、その亀がたちまち女になる。浦島は心ひかれて妻にし、ともに蓬萊山に至って、仙界の人々に会った、というのである。「丹後国風土記」にはこれよりかなり詳しい記述が見られるが、亀が女となって浦島と夫婦の契りを結ぶという点は同じである。女の名は亀比売《ひめ》と言い、三年の後の別れにあたって玉匣《たまくしげ》を送る。ただし、玉匣を開けた浦島がたちまち老いるということはない。玉櫛笥《たまくしげ》を開けたために、浦島がたちまち老いて死ぬという展開は、『萬葉集』の「水江の浦島子を詠む一首」（一七四〇）に見える。太宰が表題として用いる『お伽草紙』は、室町期から江戸初期にかけて成立した「御伽草子」を明らかに意識するが、そこには箱を開けた浦島が鶴となって虚空に飛び去ると語る物語がある[7]。

ただし、太宰の「浦島さん」の語り手が読者に期待する知識は、それほど深いものではないはずである。それは、明治期以降巌谷小波《いわやさざなみ》（一八七〇〜一九三三）らによって語り直された「浦島太郎」[8]や、国定教科書に繰り返し採録された浦島の物語等により、一般読者が持つと想定される知識であったろう。あるいは、

「前書き」で五歳の娘に読み聞かせていた、絵本の物語でよかったかもしれない。

そうした浦島物語がほぼ共通して持つ物語の展開はおおよそ次のようなものであった。以下は第三期国定国語教科書『尋常小學國語讀本』巻三（一九一八（大正七）年発行）に拠りつつ、仮に作成した「浦島」のあらすじである。

むかし浦島太郎という漁師がいた。
ある日浦島が浜を歩いていると、大勢の子どもが亀をいじめているので、その亀を買って海に放してやった。すると数日経って大きな亀が現れ、助けてくれたお礼に竜宮に案内したいと言う。亀の背中に乗った浦島は、まもなく竜宮に着く。
浦島は竜宮の乙姫に歓待されたものの、やがて家に帰りたいと思うようになる。浦島がそのことを告げると、乙姫はなごりを惜しみ、決して開けてはならぬと言いつつ、玉手箱を渡す。
浦島は、亀に乗って故郷に帰るが、村の様子はすっかり変わってしまっていた。悲しんだ浦島は玉手箱を開けてしまう。すると中から白い煙が出て、浦島はたちまち白髪のお爺さんとなる。

「浦島さん」の語り手は、浦島についてこの程度の共通理解が備わっていればよいと考えていたであろう。これを言い換えれば、語り手が期待する読者の範囲は、教科書や絵本、児童文学で浦島の物語に触れていた（おそらくは母語習得の過程において浦島の物語に接してきたであろうと考えられる）読者だ、ということになる。

「浦島さん」の語り

そのような伝説中の人物、あるいは架空の物語の作中人物とされる浦島太郎が、「実在してゐた」ようである、と語り手は語る。それは、これから語る物語にある種のリアリティが備わることを予告する。「浦島太郎」という名前が、昔話の作中人物以上の一人の人間の固有名として機能しはじめる。「丹後の水江」は、すでに見たように『日本書紀』の記述から採られる地名だが、その場所が現在の京都府の地理に比定され、浦島を祀る神社の存在が確認される。そこは「荒涼とした海浜」で、自分は行ってみたことはないが、実際に行った人の話は聞くことができる、と語り手は語る。

それがいつの時代の物語なのか、特定されることはない。神社に「いまもなほ」祀られている人間の物語なのだから、古い時代の物語なのだろうという想像が働くばかりである。この語り手は、丹後が京都府となり、古い神社の実在を「いま」耳にする時間のなかにいることを隠さない。読者は、浦島太郎が生きた時代とテクストを読む今とを結ぶ時間軸の上で、語り手がより自分の側に近い位置に立つのを感じる。語り手が読者と同じ時間を共有しようとするのを感じる。同じ時間とは、「浦島さん」が発表された一九四五年という現実の時間にかかわる時間ではない。読者が語り手の語る物語に耳を傾けつつ、語り手と共有することを感じる時間。テクストを読むという行為によって流れはじめる時間のことである。物語が語られる場を読者と語り手が共有することで成立する時間、と言ってもよい。

語り手は「そこにわが浦島太郎が住んでいた」と語る。「わが」とあるのは、浦島太郎がこの物語の主人公であることを確認する意味をもつ。また、浦島太郎に関する読者の予備知識にあらためて期待する意味もある。その上で語り手は、浦島には父母も弟妹もあったし、大勢の召使いもあった。つまりは旧家の長男としての生活があったと語る。作中人物としての浦島に生活があるのは当然のことだろう。このあたりから、物語に「おのづから別個の物語」が重ねられはじめるのを、読者は感じとる。語り手は次のように続ける。

旧家の長男といふものには、昔も今も一貫した或る特徴があるやうだ。趣味性、すなはち、之である。善く言へば、風流。悪く言へば、道楽。しかし、道楽とは言つても、女狂ひや酒びたりの所謂、放蕩とは大いに趣きを異にしてゐる。下品にがぶがぶ大酒を飲んで素性の悪い女にひつかかり、親兄弟の顔に泥を塗るといふやうな荒んだ放蕩者は、次男、三男に多く見掛けられるやうである。長男にはそんな野蛮性が無い。先祖伝来の所謂恒産があるものだから、おのづから恒心も生じて、なかなか礼儀正しいものである。つまり、長男の道楽は、次男三男の酒乱の如くムキなものではなく、ほんの片手間の遊びである。さうして、その遊びに依つて、旧家の長男にふさはしいゆかしさを人に認めてもらひ、みづからもその生活の品位にうつとりする事が出来たら、それでもうすべて満足なのである。

（三一五～三一六ページ）

語り手は、「旧家の長男」について人間観察を語りはじめる。旧家の長男には、風流とも道楽とも言える趣味性があり、安定した財産がもたらす恒に変わらぬ道義心も備わって、礼儀正しい。その趣味性をきわめた遊びによって、奥床しさを人に認めてもらえれば、品位ある生活に満足していられる。つまり、浦島は豊かな家の長男として、おっとりと上品な性格の男だ、というのである。ちなみに「丹後国風土記」

は、浦島をさして「為人《ひととなり》、姿容《かたち》秀《すぐ》れ風流《みやび》なること類《たぐひ》なし」（新編日本古典文学全集5『風土記』（小学館、一九九七年）四七四ページ）とする。浦島の人物造形にはこうした記述が反映しているかもしれない。

一方で、旧家の長男たる浦島太郎の性格が語られる際、引き合いに出される「次男、三男」についての語りに、多少の興味をそそられる読者もあることだろう。「女狂ひや酒びたりの所謂、放蕩」だとか、「下品にがぶがぶ大酒を飲んで素性の悪い女にひつかかり、親兄弟の顔に泥を塗るといふやうな荒んだ放蕩者」といった表現に、太宰治という作者、本名津島修治という人間について、世に言われることに通じた読者は少なからざる興味を引かれる。

作者の影

作者太宰治、本名津島修治は、津島家の六男として生まれた。夭逝した兄二人を除くと、修治は、文治、英治、圭治、修治、礼治と続く男五人の兄弟の四番目である。太宰治という作者の家庭環境、その放蕩癖、女性遍歴等について、それなりの伝記的知識を有する読者層は確実に存在する。また、太宰治という作者は初期の『晩年』（一九三六年）以来、数々の放蕩の物語を書き継いできている。太宰治の全作品を参照しうる位置にある読者（太宰治の作品系列について敢えて時間的前後関係を無視することが許される読者）には、「ヴィヨンの妻」（一九四七年）や『人間失格』（一九四八年）に描かれる自堕落な男のイメージは拭いがたいものがあるだろう。「下品にがぶがぶ大酒を飲んで素性の悪い女にひつかかり、親兄弟の顔に泥を塗るといふやうな荒んだ放蕩者」とは、太宰治という作者について、語り手自身が自虐的に語ったものではないか。すくなくとも、太宰の多くの作品に登場する放蕩者の存在を、この表現に重ねあわせることは可能なのでないか。そう考える読者がいてもおかしくはない。

ここにはテクストの読みをめぐる二つの態度がある。一つ目はテクストに作者の伝記的事実を投影しようとする態度。二つ目は同じ作者名を持つ他の作品の世界を、ある個別の作品を読むにあたり参照しようとする態度である。この二つの態度は本来は別のものと考えるべきだが、太宰治のような作家とその作品の場合、二つはしばしば混同され、テクストの読みにおいて混在する事態が生ずる。ともあれ、読者の多くがテクストにまつわる様々な情報に通じているという事実は考慮しておかなくてはならない。

太宰治という作者に関し世に流布することがらについて、あるいは太宰治の他の作品について、まったく知識のない読者は、この放蕩者の記述に単に上品な旧家の長男の性格との対比を読むばかりであろうか。放蕩については、世の中にはそのようなすさんだ人間も多くあるという、一般的観察を読みとるだけかもしれない。一方、太宰治という作者に関するテクスト外の情報に多少とも通じる読者には、これを一般的な人間観察として読みすごすことは難しいかも知れない。この語り手は作者自身、あるいは太宰治的人物（これには太宰の作品に現れる作中人物も含まれる）をあてこすっているのだな、と勘ぐった読者が思わずニヤリとするという事態は十分に予想できる。

テクストの読みから、テクスト外の情報を完全に遮断することはできないし、テクスト外の情報がテクストの読みを豊かにする可能性もある。ただしそのことによって、テクストが期待する（テクストじたいによって期待できる）潜在的な読者の範囲が狭まる可能性が生じるという事態には、十分自覚的でなくてはならない。

作中人物の人物造形

さて、浦島太郎という人物のひととなりについて、物語はさらに具体的な描写を加える。

「兄さんには冒険心が無いから、駄目ね。」とことし十六のお転婆の妹が言う。「ケチだわ。」

「いや、さうぢやない。」と十八の乱暴者の弟が反対して、「男振りがよすぎるんだよ。」

この弟は、色が黒くて、ぶをとこである。

浦島太郎は、弟妹たちのそんな無遠慮な批評を聞いても、別に怒りもせず、ただ苦笑して、

「好奇心を爆発させるのも冒険、また、好奇心を抑制するのも、やつぱり冒険、どちらも危険さ。人には宿命といふものがあるんだよ。」と何の事やら、わけのわからんやうな事を悟り澄ましたみたいな口調で言ひ、両腕をうしろに組み、ひとり家を出て、あちらこちら海岸を逍遙し、

　苅薦《かりごも》の
　乱れ出づ
　見ゆ
　海人《あま》の釣船

などと、れいの風流めいた詩句の断片を口ずさみ、

「人は、なぜお互ひ批評し合はなければ、生きて行けないのだらう。」といふ素朴の疑問に就いて鷹揚に首を振つて考へ、「砂浜の萩の花も、這ひ寄る小蟹も、入江に休む雁も、何もこの私を批評しない。人間も、須らくかくあるべきだ。人おのおの、生きる流儀を持つてゐる。その流儀を、お互ひ尊敬

し合つて行く事が出来ぬものか。誰にも迷惑をかけないやうに努めて上品な暮しをしてゐるのに、それでも人は、何のかのと言ふ。うるさいものだ。」と幽かな溜息をつく。
「もし、もし、浦島さん。」とその時、足許で小さい声。
これが、れいの問題の亀である。(…)

(三一六〜七ページ)

旧家の長男である浦島太郎の妹と弟が登場して、兄を批評する。その言葉づかいは、もはや昔話や絵本に現れる作中人物たちの口調ではない。お転婆の妹は「ケチだわ」などと蓮っ葉な口ぶりであるし、弟の「いや、さうぢやない」という反応は、完全な現代の口語で再現される。読者は、ここに一つの小説世界が構築されようとしているのを感じとる。これはもはや五歳の娘に父親が読み聞かせる浦島の物語ではない。「おのづから別個の物語」が、語り手によって語られつつあるのだということに、改めて得心する。

妹は、兄には「冒険心」がないという。これから展開するであろう浦島太郎の冒険を思えば、意外のことばである。太郎と対照される乱暴者の弟が「色が黒くて、ぶをとこである」とされるところから、浦島太郎が色白の美男であることも想像される。この浦島はどうやら上品で鷹揚で、現在の生活に自足した暮らしをしているようだ。弟妹の批評を軽く受け流す浦島のことばには知性が感じられるし、相当の教養人でもあるらしい。浦島が口にする「詩句の断片」は、『萬葉集』巻三に収める柿本人麻呂の歌「飼飯《けひ》の海の庭よくあらし苅薦の乱れて出づ見ゆ海人の釣船」の下の句を引いたものである。これを、人麻呂の歌の下の句だと認識する教養を備え、一首の意味が「飼飯の海は／良い漁場らしい／刈り薦の(「乱ル」の枕詞)/乱れて漕ぎ出すのが見える/海人の釣船が」(新編日本古典文学全集6『萬葉集①』(小学館、一九九四年)一七五ページ)だと理解しうる読者は、ここに旧家の当主として漁民の生業に思いをいたす浦島の経営感覚をみるかも知れない。[9] 浦島はさらに、人を批評せずには生きられぬ人間の性《さが》について思索を展開する。ここまでのところで、「浦島さん」に描かれる浦島太郎のひととなりが、かなりはっきり浮かびあがってくるのが読者には感じとられる。

そこに浦島を呼ぶ声が聞こえる。その声の主を、語り手は「これが、れいの問題の亀である」という風に紹介する。例の、と言い、問題の、と言うのである。

語り手は、やはり読者の予備知識に期待している。海岸を逍遥している浦島が亀に出会うという物語の内容を、読者があらかじめ予期することを前提としている。読者にしてみれば、昔話や絵本のなかの浦島と違って、やや複雑な人間的性格を付与された浦島がやはり亀に出会うのだと知ることで、これがあのよく知られた浦島の物語展開を辿ることになるのだと、納得できることになる。予測した物語内容にそって物語が動き出したという感覚である。だが「問題の」とは何だろう。亀の何が問題となるのだろう。先に引いた亀のくだりは、このように続いていた。

> これが、れいの問題の亀である。別段、物識り振るわけではないが、亀にもいろいろの種類がある。淡水に住むものと、鹹水に住むものとは、おのづからその形状も異つてゐるやうだ。(…)
>
> (三一七ページ)

語り手は、「別段、物識り振るわけではないが」と、にわかに語り手自身の個性を発揮しはじめる。物語の進行を第三者的な語り口で淡々と語り継ぐ、という態度ではない。語り手自身の声を意識的にテクスト内に持ち込むのである。語り手は、物語の進行を一時中断して、延々と亀の種類についての詮議をはじめる。

語る行為を語る語り手

語り手は言う。――池のほとりで甲羅を干しているような淡水のいしがめを、絵本の挿絵に描いてあるのがあるが、あれでは塩水に浸かったとたん死んでしまうだろう。婚礼などのめでたい席に出る島台の飾り物に、蓬莱山とともに、このいしがめが模してあったりするのが、間違いのもとなのかも知れない。ただ、やはり海にいる亀なのだから、爪の生えた亀ではなく、ヒレ状の手で水をかきわけてゆくたいまいのような亀であってほしい。ただし、たいまいだとすれば「ここにもう一つ困った問題がある」。たいまいの産地は太平洋の南の地域で、日本海の丹後の浜まではやってきそうにない。そこで「いつそ浦島さんを小笠原か、琉球のひとにしようかとも思つた」ものの、「浦島さんは昔から丹後の水江の人ときまつてゐる」もののようで、浦島神社も現存し、日本の歴史を尊重する意味から「軽々しい出鱈目は許されない」。また、たいまいが日本海にやってきたなどと書けば、生物学者に科学精神の欠如を指摘されるだろう。てのひらがヒレ状の鹹水の亀はないものか――。このように議論を辿る語り手は、次のような語りを展開する。

赤海亀、とかいふものが無かつたか。十年ほど前、(私も、としをとつたものだ。)沼津の海浜の宿で一夏を送つた事があつたけれども、あの時、あの浜に、甲羅の直径五尺ちかい海亀があがつたといつて、漁師たちが騒いで、私もたしかにこの眼で見た。赤海亀、といふ名前だつたと記憶する。あれだ。あれにしよう。沼津の浜にあがつたのならば、まあ、ぐるりと日本海のはうにまはつて、丹後の浜においでになつてもらつても、そんなに生物学会の大騒ぎにはなるまいだらうと思はれる。それでも潮流がどうのかうのとか言つて騒ぐのだつたら、もう、私は知らぬ。その、おいでになるわけのない場所に出現したのが、不思議さ、ただの海亀ではあるまい、と言つて澄ます事にしよう。科学精神とかいふものも、あんまり、あてになるものぢやないんだ。定理、公理も仮説ぢやないか。威張つちやいけねえ。ところで、その赤海亀は、(赤海亀といふ名は、ながつたらしくて舌にもつれるから、以下、単に亀と呼称する)頸を伸ばして浦島さんを見上げ、(…)

(三一八ページ)

語り手は、みずからの存在を強く主張しはじめる。「十年ほど前」と、具体的な時間の経過が言明され、それに対して「私も、としをとつたものだ。」などという、きわめて個人的な感慨が吐露される。そもそもいつの時代のことなのか明示されずにいる物語世界の時間とはまったく異なる、現実の生活を匂わせる時間と、その経過が語られるのである。しかも、この語り手は現実に生きる人間らしく、歳をとる。沼津の海浜の宿などという、これもまた具体的な地名をともなった、個人的な経験を語る。そこで大きな海亀を見た。赤海亀という名前だったと記憶する。そうだ、あれにしようと、この語り手は言う。

語り手は、物語の進行を中断して、亀の種類について長談義を続ける。海浜を逍遥していた浦島が亀に出会う場面にさしかかった時、この亀がどのような亀であるか描写する必要が生じたからであろう。そこまでのところ、つまり浦島が旧家の長男であって、蓮っ葉な妹や乱暴者の弟を持つ、上品でおっとりとした青年であるという叙述を連ねていたところまで、語り手が作中人物の描写についてあれこれ迷うなどということはなかった。亀についても、この亀は赤海亀で、と簡単に言って済ますこともできたはずである。それがここに来て、亀という物語の作中人物をめぐる語り手自身の判断の迷いが、そのまま語られることになる。進行中の物語をどう語るべきか、物語の作中人物をどのように造形すべきか、語り手が自分自身の語りを意識化し、意識の対象となった語りそのものを語ってみせる。

先に、この「浦島さん」の書き出しを引用した際、そこで言われていた「いま」という時間は、読者が語り手の語りに耳を傾ける時間であるとしておいた。また、そこには語り手と読者とのあいだに、語りの時間を共有する場が成立していることも確認しておいた。亀について長談義を続ける語り手は、さらに一歩踏み込んで、みずからの個人的経験にかかわる情報を読者に提供しようとし、語り手個人として読者に向きあおうとする姿勢を示す。それは、いま進行しつつある「浦島さん」の語りの現場に、読者をも招き寄せようとする行為である。このことは、語り手が自分自身の判断について、ありうべき反論をあれこれ想定するところにもあらわれる。生物学者から軽蔑されても不本意である。赤海亀とするならそれほど生物学会の騒ぎにはならないだろうと、この語り手はみずからの語りの妥当性に反省を加える。それは、読者の反応を確かめつつ読者とのあいだに暗黙の対話を成立させ、さらには一種の共謀関係に引きずり込もうとする意志を示すことでもある。個人的経験（とされるもの）とその感慨を織り交ぜつつ、語りの場を読者と共有しようとする姿勢を明確にする語り手。語りという行為じたいを語ってみせる語り手の「いま」

が、ここにはっきりと浮かびあがることになる。

個人的時間を語り、個人的感慨を述べる語り手は、語り手としての個性を発揮する。亀についての詮議になお疑義があるというなら、「もう、私は知らぬ」と、やや乱暴な口をきく。科学精神とやらに対しては、「あんまり、あてになるものぢやないんだ。…威張つちやいけねえ。」と、威勢のいい啖呵を切る。痛快な語り口である。語り手の語りは、単に物語を進行させ、物語の展開をなぞるだけでなく、それ自体の魅力を帯びたものとなる。語り口自体が、読者の強い関心の的となる。語り手はそのことを十分に意識し、赤海亀では「ながつたらしくて舌にもつれるから」などという断り書きまで入れる。それは読者を前に、語りを演じてみせるという行為に近い。

さて、頸をのばした亀は、浦島を見上げて、次のような口のききかたをする。

「もし、もし。」と呼び、「無理もねえよ。わかるさ。」と言つた。浦島は驚き、

「なんだ、お前。こなひだ助けてやつた亀ではないか。まだ、こんなところに、うろついてゐたのか。」

これがつまり、子供のなぶる亀を見て、浦島さんは可哀想にと言つて買ひとり海へ放してやつたといふ、あの亀なのである。

「うろついてゐたのか、とは情無い。恨むぜ、若旦那。私は、かう見えても、あなたに御恩がへしをしたくて、あれから毎日毎晩、この浜へ来て若旦那のおいでを待つてゐたのだ。」

「それは、浅慮といふものだ。或ひは、無謀とも言へるかも知れない。また子供たちに見つかつたら、

どうする。こんどは、生きては帰られまい。」

「気取つてゐやがる。また捕まへられたら、また若旦那に買つてもらふつもりさ。浅慮で悪うござんしたね。私は、どうしたつて若旦那に、もう一度お目にかかりたかつたんだから仕様がねえ。この仕様がねえ、といふところが惚れた弱味よ。心意気を買つてくんな。」

（三一八〜九ページ）

亀の口調も独特である。無頼漢のごとき言葉遣いだが、浦島の恩義には深く思うところがあるらしく、惚れた、とまで言う。意気に感ずる性格のようだ。赤海亀、と種類が特定された亀は強い個性の持ち主であるらしい。

語り手は、ここでも読者の予備知識に依頼する。浦島太郎は、ある日子供のなぶりものになっていた亀を助けてやろうと金で買い、海に逃がしてやった。物語内容に関するそのような知識を前提として、「これがつまり（…）あの亀なのである」と言う。これはまた、言葉遣いの端々に独特の個性を発揮する亀を、自分の物語に登場させたことを言う、語り手による確認の行為でもある。意外の感を抱くであろう読者の反応を、十分に予想した語り口である。どうだ、こんな素敵に乱暴な口をきく亀に仕立てたぞ、という語り手の得意が透けて見える語りである。

さて、この後「浦島さん」の物語は、教科書や絵本で知られた筋──物語内容をほぼそのままなぞる形で進行する。やがて浦島が竜宮の生活に飽き、玉手箱を土産に貰って故郷の浜に帰ってみれば、元の家が影も形もないのに驚き、開けてはならぬと言い渡された玉手箱を開け、たちまち白髪の老人になるという、よく知られた展開を示すことになるのである。もっとも、物語の結末において「まばゆい五彩の光を放つてゐるきつちり合つた二枚貝」（三四六ページ）として描かれる玉手箱の意味が様々に議論され、三百歳の老人の境涯が必ずしも不幸なものではないという考察が示されて、

浦島は、それから十年、幸福な老人として生きたといふ。（三五三ページ）

という意外な結末で、物語は閉じられることになるのだが。

3　物語内容とは何か

太宰治の「浦島さん」の語り手が、浦島太郎の物語として共通の理解が得られると期待した物語の素材とは、以下のようなものであったろう。

浦島という名の漁師が、助けた亀の案内で、竜宮を訪れる。竜宮では乙姫の歓待を受けるが、やがて竜宮を去る決意をする。乙姫は願いを入れ、開けることを禁じて玉手箱を贈る。帰郷し、その変化に驚いた浦島が玉手箱を開けると、浦島はたちまちに老いる。

読者の側に立てば、物語の素材とは読書経験の記憶において沈殿し、読後に呼び覚まされ、想起されるものとしてある。あらかじめ定められたものとしてあるわけではない。したがってある物語の物語内容と

は、ある状況に置かれた作中人物が、ある行為にかかわりを持ったり、ある出来事に出会うことで新たな状況のなかに置かれる。その経験を読者が時間的順序にしたがって再構成することにより、読書経験の記憶のなかに立ち現れてくるものとしてあるだろう。作中人物とは物語中にあらわれてさまざまな経験をする者を言う。必ずしも人間であるとは限らない。作中人物による経験は、状態もしくは状況についての経験をいう場合と、出来事の経験をいう場合がある。出来事においては状態（状況）に何らかの変化が生ずる。

物語内容は、一般化した形で想起することが可能である。たとえば、浦島の物語を抽象度の高い形で要約すれば、以下のようになるだろう。

男が、異界の使者に招かれ、異界を訪れて、異界の女の歓待をうける。男はやがて異界に飽き、帰郷を願う。異界の女は帰郷を許し、贈物を渡し禁忌を告げる。男が現実界に戻ると、厖大な時間の経過があり、男は禁忌を犯して、にわかに老いる。

物語内容のあらわれ方は、読者が読書経験からどのようなものを想起し、どのような形の再構成を志向するかによる。より抽象度の高い物語内容を求めようとするなら、それは物語の具体的状況を省いた、型や構造として立ち現れてくるだろう。浦島太郎の物語は、男が異界を訪問する型として、あるいは異界の女と結ばれる型として考えることができる。また、乙姫の使者として浦島を竜宮に導く亀を、たとえば「援助者」helperとして抽象化し、亀によって果たされる役割を物語全体の構造のなかに位置づけることもできる。

ただし、物語内容の了解は、読書という行為において読者の側が求める基本的な欲求である。世にあふれる恋愛小説の物語内容を「男と女が出会い、愛しあい、障害を乗り越えて、結ばれる」といった形で過度に抽象化してしまえば、読書経験のもっとも貴重な部分が抜け落ちてしまう。物語内容は、読者の欲求の満足を見届けうる形で想起される必要がある。異なる物語同士の比較対照や共通性の認識が可能となるよう、一般化、抽象化の度合いを高めつつ物語内容を記述しようとする立場があるが、そうした態度は小説のテクストを読む場の関心からはやや遠ざかるように思われる[10]。

物語内容と物語言説

実際に語られたものとしての物語言説と物語内容とを区別する際、しばしば言及されるのが時間にかかわる語りである。テクストから立ち現れる物語内容の時間的経緯は、必ずしもテクスト内で語られることがらの順序と同じではない。ある作中人物にかかわる出来事を語ったあと、その人物の過去の経験を時間を遡って語るという語り方、事件の現場を語ったあとで事件の経緯をその発端へと辿る語り方は、あまねく観察できる語りの工夫である。出来事の時間的前後関係を転倒させる語り方に、表現の次元としての物語言説の相を認めることに困難はない。

ただし、表現の次元における時間の処理に、とくに大きな工夫が認められない語りは珍しくない。太宰の「浦島さん」の語りも、まさにこれにあたる。「浦島さん」の語りは、浦島物語の物語内容として期待される出来事の経緯を、時間的順序にしたがって語ってゆく。浦島の物語について多少の知識を有する読者には、次に何が起こるのか、何が語られるのか、ほぼ予想がつく。予想しつつ「浦島さん」のテクストを読む。そのようにして小説「浦島さん」を読み了えた時、読者には「おのづから別個の」物語内容が想起されることになる。

ある小説の物語内容を想起するにあたり、大きな手がかりとなるのは作中人物である。また、出来事が展開する場所や状況である。[11] 夏目漱石（一八六七～一九一六）の『吾輩は猫である』（一九〇五～一九〇七年）という小説の物語内容は、苦沙弥や迷亭といった作中人物、作中人物たちが出入りする苦沙弥の書斎という場所を抜きにしては考えられない。寒月と金田の娘の縁談のなりゆきを物語内容として想起するにしても、金田の家を話題にする際の苦沙弥や迷亭の態度――それらは苦沙弥や迷亭という作中人物の人物造形を反映すると考えられる――や、縁談が話題に上る苦沙弥の家の書斎という空間は、語り方の次元に帰すことのできない、物語内容の重要な要素となるだろう。

読者に想起される作中人物の性格・人物造形等は、何らかの類型に還元されるわけではない。彼らは、あくまで具体的な物語内容とともに、抽象化・一般化を拒む肉体を備えた人間として物語世界のうちに立ち現れ、そのような人物として想起される。『罪と罰』（一八六六年）に登場するスヴィドリガイロフという魅力的な作中人物を、たとえば「ニヒリスト」と表現してみても、ドストエフスキー（一八二一～一八八一）の小説の物語内容を言いあてることにはなるまい。同じことは場所についても言える。『罪と罰』の物語を、十九世紀（一八六四年七月）の、ロシア（ペテルブルク）という都市空間から切り離して想像することは難しい。これを「ある時」「ある街で」起きた殺人事件を扱った物語として想起するのは、『罪と罰』という小説の読書経験とは無縁のいとなみであるように思われる。

太宰の「浦島さん」は「おのづから別個の物語」として読まれる。その魅力は、作中人物たちの人物造形に負うところが大きい。旧家の長男として上品で鷹揚な性格である浦島は、知的懐疑に苦しむ近代人としての性格をあらわす。無頼漢のごとき言葉つきでひどく饒舌な亀は、浦島の知的懐疑、知的逡巡に対し、的確でシニカルな反応を返す。浦島を迎えて終始無言の乙姫は、おっとりとしていて何やら捉えどころがない。

竜宮という場所も独特である。浦島が訪れる竜宮は、しばしば絵本などに描かれる唐風の御殿ではない。巨大な真珠の山が見え、門をくぐったあとは、屋根もなければ壁もない、茫漠たる拡がりがあるばかりである。そこは薄明の深閑たる空間で、かすかに琴に似た音楽が鳴る。浦島は「無限に許されて」、ただ一人海の桜桃や藻を食べ竜宮の酒を飲んで過ごす。この竜宮という場所のとりとめのなさが、物語の展開を促す。

そもそも、作中人物や場所の固有名が担う働きは無視できない。『吾輩は猫である』の苦沙弥や迷亭は、「苦沙弥《くしゃみ》」や「迷亭」といった名前そのものが、すでに作中人物としての個性を発揮している。同様に、「浦島さん」の主人公が浦島太郎という名を持ち、竜宮に待つ女が乙姫であることは、物語を了解するにあたって何がしかの手がかりとなる。太郎は、二郎でも三郎でもない長子としての太郎である。浦島という姓は水との縁《ゆかり》をあらわすであろう。乙姫という名は、年若い姫、美しい姫を含意する。竜宮という名も、玉手箱という名も、場所やモノの性質・ありさまを具体的に喚起する機能を帯びる。浦島太郎の竜宮からの帰郷を、たとえば「行為者Aの異界から現実界への帰還」として抽象化してしまうなら、「浦島さん」固有の物語内容を想起することは難しくなる。物語内容から人物造形や場面描写の要素を排除することはできない。[12]

物語内容と物語言説の区別をめぐって論議されることがらには、因果関係という要素もある。ある出来事Aと別の出来事Bが時間的な前後関係にある時、出来事Aと出来事Bのあいだに原因と結果の関係が認められることがある。その場合、出来事Aと出来事Bとを単に時間的な順序で想起したものが物語内容、二つの出来事の因果関係を語るのが物語言説であるとする考え方である。[13] たとえば、歴史的事実に取材した小説では、歴史上の個々の事件とその時間軸上の展開が、すでに物語の素材として与えられている。それら個々の事件のあいだの因果関係を記し、事件の当事者たる作中人物たちに人間としての思いを投影することは、小説の語りが素材としての歴史的事実に施す加工だと考えうるだろう。大まかに言えば、事実に内容を、解釈に言説を対応させる立場である。だが、ここにも留保をとなえることはできる。

島崎藤村（一八七二〜一九四三）の『破戒』（一九〇六年）の主人公瀬川丑松《うしまつ》は、物語の後半においてある行動をとる。その行動を出来事として取り出すなら、教員として勤務していた丑松が、職場において自分の出自を告白し、アメリカへの移住を決意するということに尽きる。ただし、被差別民としての出自をみずから明らかにしようと決断するにいたる丑松の内面の葛藤は、『破戒』の読者には物語内容の重要な構成要素として想起されるであろう。その葛藤と決断にいたる心の動きを、出来事の因果関係の叙述である、作中人物の心情の解釈であるとして、物語内容から切り離してしまうなら、『破戒』という作品の読書体験の重要な部分を取り逃がしてしまうことになる。

同じことは浦島にも言える。読者が一般に共有する浦島物語では、浦島が玉手箱を開ける際、何らかの精神的負荷に起因する感情的高潮が訪れるのだと考えられる。そのことを浦島物語の物語内容と切り離して想起しようとすることはできない。つまり、玉手箱を開けるという結果をもたらした、原因としての精神的落胆や感情の激発もまた、物語内容の構成要素となる。そして、そのような感情的高潮が、たとえば「かなしくてかなしくてたまりませんから、おとひめのいつたこともわすれて」(『尋常小學國語讀本』)という言葉によって語られることをこそ、表現の次元としての物語言説の相において捉えるべきであろう。

太宰の「浦島さん」における因果関係の叙述は豊かな厚みを持つ。亀を助けたお礼に竜宮に招かれたものの、妹に冒険心が足りないと詰られるような性格の持ち主である浦島太郎は、たやすくは亀の申し出を受け入れない。浦島と亀のあいだに人間認識、世界観に関する対話が長々と続き、ようやく「竜宮には批評はありませんよ」と言う亀の言葉に心ひかれて、浦島は亀の甲羅に乗る気になるのである。したがって、太宰治の「浦島さん」の物語にあって、浦島が亀に連れられて竜宮を訪れたのは、人間界にあふれる「批評」について懐疑を抱いた浦島が、批評のない世界に興味を抱いたためであるということになる。逆に、浦島が竜宮を去ろうという気になるのは、すべてが無限に許されるばかりで、批評もないかわりには人間的な交りもない世界に飽きたためだと考えられる。

太宰の「浦島さん」においてめざましいのは、浦島が玉手箱を開ける経緯についての語りに、一般の浦島物語とは異なる独特のひねりが加えられていることである。浦島は亀に好奇心を刺戟された。また三百歳の浦島は幸福であった。これらの点は「浦島さん」という小説のテーマじたいにかかわる物語内容の重要な要素である。それは「おのづから別個」の「浦島さん」の物語内容として、読者の読書経験に深く刻みこまれることになる。

物語言説を構成するもの

人物造形、空間・状況描写、因果関係。これらを物語内容と物語言説とを区分する指標とするには問題が残る。少なくとも、これらを指標として両者に截然たる区別を設けようとすることは、小説のテクストを読む場の経験の豊かさを減殺することになりかねない。では、物語言説として物語内容と異なる相を示すものとはどのようなものだろうか。時間の処理以外に、どのようなことが表現の次元において工夫されうるだろうか。そのことを考えてみるために、ここに改めて第三期国定国語教科書『尋常小學國語讀本』が語る浦島太郎のテクスト全文を引いてみることにしよう。それは、太宰の小説「浦島さん」と対照する意味においても、十分考慮に値する材料を提供してくれる。

うらしま太郎

むかしうらしま太郎といふ人がありました。

ある日はまを通ると、子どもが大ぜいでかめをつかまへて、おもちやにしてゐます。うらしまはかはいさうにおもつて、子どもからそのかめをかつて、海へはなしてやりました。

それから二三日たつて、うらしまが舟にのつてつりをしてゐますと、大きなかめが出てきて、

「うらしまさん、このあひだはありがたうございました。そのおれいにりゆうぐうへつれていつて上げませう。私のせ中へおのりなさい。」

といひました。うらしまがよろこんでかめにのると、かめはだんだん海の中へはいつていつて、まも

なくりゆうぐうへつきました。

りゆうぐうのおとひめはうらしまのきたのをよろこんで、毎日いろいろなごちそうをしたり、さまざまなあそびをして見せたりしました。

うらしまはおもしろがつて、うちへかへるのもわすれてゐましたが、そのうちにかへりたくなつて、おとひめに
「いろいろおせわになりました。あまり長くなりますから、もうおいとまにいたしませう。」

といひました。おとひめは
「それはまことにおなごりをしいことでございます。それではこの玉手箱を上げます。どんなことがあつても、ふたをおあけなさいますな。」

といつて、きれいな箱をわたしました。

うらしまは玉手箱をもらつて、又かめのせ中にのつて、海の上へ出てきました。

うちへかへつてみると、おどろきました、父も母もしんでしまつて、うちもなくなつてゐて、村のやうすもすつかりかはつてゐます。しつてゐるものは一人もありません。かなしくてかなしくてたまりませんから、おとひめのいつたこともわすれて、玉手箱をあけました。あけると、箱の中から白いけむりがぱつと出て、うらしまはたちまち白がのおぢいさんになつてしまひました。


（『日本教科書大系 近代編 第七巻 国語（四）』（講談社、一九六三年）三〇五～六ページ）

＊引用にあたり、分かち書きを省略した。

一見して平易な印象を残すテクストである。ひらがなが多用され、漢字が少ない。用いられる語彙は年少の読者にも十分理解の及ぶ範囲に収まる。亀がいじめられることを「おもちやに」されると言い表したあたりが、目を引く程度である。

表現の次元に含めるべきことに、まずは用いられる言葉そのものがある。あるいは、言葉の連なりが示す字面の印象というべきものがある。日本語で書かれたテクストの場合、ひらがな、カタカナ、漢字の量的比率、あるいはルビのあるなしなど、テクストの外見的特徴、外見的印象が読者の読書経験に及ぼす力は大きい。また、個々の言葉遣いそのものが、表現の面白さとして訴える力を持つこともある。物語や小説を分析する際、言葉そのものの魅力や感触にまで言い及ぶことは稀だが、無視してよいことではない。太宰治の小説など、細部において輝きを放つ表現は限りない。それは読点の位置、その有無にまで及ぶであろう。

浦島の人物造形は、子どもに苛められていた亀を助けるという逸話を通じてなされる。亀を可哀想に思い、買い取って海に放してやる浦島は、小動物の命を慈しむ優しい心の持ち主であるとされるであろう。買いとるというところに気前のよさを読みとることもできる。いずれにせよ、亀を助けるという出来事の叙述が浦島の性格描写の役目を果たす。作中人物の人物造形は、しばしば作中人物の行動やかかわりを持つ出来事の語りを通じてなされる。

助けられた亀は、恩に報いようと浦島を竜宮へ案内する。亀の助命が原因となり、結果として竜宮訪問が実現する、因果関係で結びあわされた出来事の連鎖である。これは「うらしまさん、このあひだはありがたうございました。そのおれいにりゆうぐうへつれていつて上げませう。」という亀の発話を通じて提示される。因果関係の叙述を物語言説の相と捉えるべきかどうかは別として（ただし浦島物語の読者の多くは、助けられたお礼に亀は浦島を竜宮へ案内したというかたちで、その物語内容を想起することであろう）、出来事と出来事のつながりが、地の文によってではなく作中人物の発話を通じて語られる点は、表現の次元における工夫と考えてよい。

そもそも作中人物の発話をどのようなかたちで語るかは、語り方の工夫としてある。発話の内容を、発話の主体である作中人物が語ったまま（であるかのよう）に再現するか、あるいはその内容を言い換えて語るかで、生みだされる効果は大きく異なる。一般に直接話法と間接話法の違いとして理解される話法の処理は、同じ内容をどのように語るかという語り方の工夫としてある。語り手の裁量に任される発話の処理は、表現の次元としての物語言説の相において捉えられる。

ここに引用した「うらしま太郎」には、カギ括弧を用いた発話の再現―直接話法的引用が三箇所みられる。亀と浦島と乙姫とがおのおの一つずつ発話を受け持つかたちである。発話の再現は発話を担う作中人物に存在感を賦与するであろう。亀と浦島と乙姫は、発話の再現に値する作中人物として重んじられることが確認できる。これに対し、発話が再現されない大勢の子どもたちは（亀を売り渡した子どもたちと浦島とのあいだに、しばし言葉の応酬があっただろうことは、容易に想像できるであろう）、作中人物としての印象が薄い。作中人物の発話の再現は、作中人物の人物造形ともかかわる。

浦島太郎はさまざまな出来事、状況に際会して喜怒哀楽を示す。子どもに苛められる亀を見ては「かはいさうに」思い、竜宮へ誘われると「よろこんで」応じ、竜宮では「おもしろがつて」家を忘れる。家郷の変化に驚いた浦島は「かなしくてかなしくてたま」らずに玉手箱を開ける。そうした浦島の心の動きが、語り手自身の言葉によって語られる。

　物語の作中人物の心情、その心のなかを語るにあたり、語り手が語り手自身の資格を以て、第三者の立場からこうだと断定して語る場合がある。浦島は「よろこんだ」、浦島は「かなしんだ」と明示的に語る語り方である。その場合、浦島はほんとうに喜んだのか、ほんとうに悲しんだのかという疑問を、読者が抱く余地はない。浦島は喜んだ、浦島は悲しんだ、ということを読者は物語世界の事実としてそのまま受け入れることになる。

　一方で、作中人物の心情、心のなかを、作中人物自身の経験として再現する語り方もある。その際語り手は、作中人物の心のなかを語る資格を作中人物から譲り受けたり、語りが作中人物自身の立場から行われることが分かるよう、語りの枠組みを提示したりする。作中人物の心のなかを語る工夫は、一般に作中人物の「視点」という用語によって議論される。

　浦島の体験を浦島の視点から語るには、大きく分けて二つの語り方がある。語り手が浦島の体験を三人称で語る語り方と、浦島自身が一人称でみずからの体験を語る語り方である。前者は「ある日浦島（彼）が浜を歩いていると」という語り方になるであろうし、後者は「ある日私が浜を歩いていると」という語り方になるであろう。前者は語り手と浦島が別の存在であることを表示し、後者は語り手と浦島が同じ存在であることを主張する。

　たとえば、ここに例を引いた「うらしま太郎」の物語は、より浦島の視点に引きつけた三人称の語りに語り直すことが可能である。浦島自身の経験・心情はそのままに語り、ほかの作中人物である亀や乙姫については、あくまで浦島が出会う相手として語るという語り方である。その場合は「りゅうぐうのおとひめはうらしまのきたのをよろこんで」とは語らず、乙姫の反応を浦島自身の観察として語る必要が生ずる。つまり、乙姫が「よろこんだ」かどうかは、浦島の目に映る乙姫の表情として、あるいは乙姫の表情を読む浦島の思いとして語られることになる。そして、そのような語り方を、語り手がみずからに制約として課す——すなわち主要な作中人物を除いて他の作中人物の心のなかを語ることを慎む——こともある。

もう一つの語り方は、これを浦島の私《わたくし》語《がた》り——一人称語りに仕立てることである。浦島が経験したことを浦島自身が語るという設定である。ただしその場合には、そのような語りが浦島太郎自身によって行われる状況について、読者の了解が得られるよう工夫を施すことが求められるであろう。浦島太郎という固有名を保存するため、浦島がみずから名告《の》るという状況の設定があるかも知れない。あるいは、玉手箱を開けて白髪のお爺さんになった浦島が、どのようにしてみずからの経験を語り得るのかという点をめぐって、読者の不審を払拭できるような語りの場の設定が求められるかも知れない。主人公がみずから語る状況、語る場の設定は、語りの枠組みとして提示される。

ちなみに、作中人物の心のなかが作中人物自身の視点から語られるとき、それは具体的な個々の状況や出来事の知覚・経験として語られることが多い。必ずしも喜怒哀楽の感情として語られるわけではない。ある出来事を経験しつつある作中人物は、その時どのような心的状態にあったのか。喜んでいたのか悲しんでいたのか、読者の側が忖度しなければならない場合は多々ある。また、作中人物自身が一人称で「私はうれしかった」と語るとして、ほんとうにその作中人物は嬉しかったのか、実際には別の感情が作中人物の心に働いたのではないかといった疑問が、読者の胸中に湧きあがることもある。一人称語りは、語る本人の嘘やごまかしを含みうる。語られていることが、語る本人の幻想や妄想であるという事態は十分に予想される。

浦島は亀を助けたことで、竜宮という異界への訪問を果たす。施恩に対する報恩としてもたらされる経験であるが、日常から非日常への接続が唐突と言えば唐突である。施恩と報恩とを因果関係と捉えるとして、結果の途方もなさが常識の範囲を越えると言ってもよい。常識的理解ということで言えば、亀の背に乗って海の中に入る浦島がなぜ溺れずに生存できるのかという不審を、読者が抱いてもおかしくはない。乙姫に手渡された玉手箱から白いけむりが出ると、なぜ浦島はたちまちに老いるのか。そもそも玉手箱とは何なのか。謎は多い。

こうした荒唐無稽とも言える物語の展開、謎が謎として残る設定が許容されるのは、浦島の物語が昔話、お伽話というジャンルとして享受されるからである。「むかしうらしま太郎といふ人がありました。」にはじまる「うらしま太郎」は、その書きだしにおいて、物語が属するジャンルをはっきりと表示する。巌谷小波の「浦島太郎」は、「むかし〳〵、丹後《たんご》の国水《くにみづ》の江《え》と云《い》ふ処《ところ》に、浦島太郎《うらしまたらう》と云《い》ふ、一人の漁夫《りやうし》が在《あ》りましたとさ。」（『日本昔噺』（上田信道校訂、東洋文庫六九二、平凡社、二〇〇一年）二七〇ページ）という、昔話の定型をより明確にふまえた語りだしである。物語の受けとめ方を方向づける、テクスト自身によるジャンル表示が、現実離れのした状況を受け入れることを可能にし、非日常的な設定をむしろ面白いと感じさせる。

以上確認してきたように、年少の学童を読者対象とする『尋常小學國語讀本』の「うらしま太郎」においてすでに、語り方の工夫はさまざまに指摘することが可能である。言葉遣いそのもの、発話の処理、語りの視点、語る枠組みの提示、ジャンルの表示などである。このうち、語りの枠組み、語りの視点、発話の処理の三つは、時間の処理とあわせて、小説における物語内容の相と物語言説の相とを区別する重要な観点となる。

語りの工夫としての物語言説

太宰の『お伽草紙』の物語は、昔話、お伽話というジャンルとして成立していた物語の素材を、「物語を創作するといふまことに奇異なる術を体得してゐる男」である語り手が、「おのづから別個の物語」として語るという触れ込みであった。「前書き」が示すこのような設定は、『お伽草紙』に収める「瘤取り」「浦島さん」「カチカチ山」「舌切雀」の四篇が、物語の展開する世界とは異なる（より読者の現実に近いと感じさせる）場から語られることを予告する。物語の作中人物が身を置く世界と語り手が身を置く世界とは別の世界であって、語り手は物語の世界の外側に立つのだという点を明確に打ち出した語りである。事実「浦島さん」は、沼津の海へ避暑に出掛けたりする語り手が、作中人物の造形に頭を悩ましつつ語る語りを展開する。作中人物たる浦島太郎や亀とは別の世界に身を置く語り手が語るという枠組みである。これは、自分自身の体験をみずから語る体裁をとる語りなどとは、まったく異なる枠組みを示す。

「浦島さん」は、語り手自身の存在を語りのなかに織り込みつつ、浦島太郎の経験をもっぱら浦島の立場から語る。出来事は浦島自身が経験する出来事であり、亀や乙姫は、あくまで浦島が出会う相手である。竜宮に浦島を案内する亀が、自分を助けてくれた浦島の人となりや行動を語るのでもなければ、自分が住まう竜宮に浦島が尋ねてくるのを、乙姫の側が観察する語りでもない。もっとも重要な点は、出来事の経験が浦島の知覚・経験として語られることである。たとえば、竜宮の入口にさしかかった際、亀に目をつぶるよう告げられた浦島は、次のような経験をする。

> くるりと亀はひつくりかへつたやうに、浦島には思はれた。ひつくりかへつたまま、つまり、腹を上にしたまま泳いで、さうして浦島は亀の甲羅にくつついて、宙返りを半分しかけたやうな形で、けれどもこぼれ落ちる事もなく、さかさにすつと亀と共に上の方へ進行するやうな、まことに妙な錯覚を感じたのである。
>
> （三二八〜九ページ）

この時の経験が、仮に亀の立場から語られていたなら、語られる内容はかなり違ったものになっていたであろう。目をつぶっている浦島には、上下を逆さにする動きであるように思われた動きも、亀にはそれがどのような動きなのか具体的に把握できたはずである。そもそも竜宮と海上とを行き来する亀には、あらためて語るまでもない経験であったろう。それが「妙な錯覚」として感じとられるためには、（誰かにとって）まったく新しい経験である必要がある。そしてこれが、竜宮という場所をはじめて訪れることになった浦島自身に生じた感覚であることは、あらためて言うまでもない。浦島自身の立場—視点から語られる出来事の語りである。

「浦島さん」の作中人物たちが発する言葉は、ほぼすべて直接話法的に再現される。浦島と亀とが長々と繰り広げる対話は、批評や冒険といったことがらをめぐる白熱した議論を含む。そこには直接話法的再現が生みだす臨場感を認めることができよう。読者はあたかも浦島と亀の対話に立会人として同席するかのようである。両者の発言は、それぞれが口にするままのかたちで直接引用され、発言の内容について語り手自身が直接論評を加えることはない。

ただし語り手は、発話の状況をめぐる付随的な情報を与えてもいる。ある発話が行われた際、発話者がどのような表情を示したか、相手はどのような反応を返したかについて様々に状況説明を加えている。それらは、発話者の発言をどう吟味すべきか、どのような価値づけを行うべきか、読者が判断する際の手がかりとなる。

ちなみに、作中人物の発話が（直接話法的再現ではなく）間接話法的に言い換えられる場合には、語り手が作中人物の発話を語り手自身の言葉で言い直すため、作中人物の言葉に対し、何らかの補足・介入が行われるのだと考えられる。そこには多少とも語り手自身のものの見方が反映する可能性がある。

以上のように、物語内容と区別される、物語言説の相における語り方の工夫は、太宰の「浦島さん」においても様々に指摘できる。これを一般化するなら、語り方の工夫として表現の次元において捉えられるものには、（一）語りの枠組み、（二）語りの視点、（三）発話の処理、（四）時間の処理の四つがあると考えられる。

4　物語行為

さて、太宰の「浦島さん」という小説には、もう一つ見逃し得ない特色があった。語り手の語りが前面に押しだされ、物語の展開自体を自己言及的に語る語りが見られたことである。語る行為そのものを対象に見すえた、語りの意識化と言ってもよい。語り手として物語を伝えようとする行為、すなわち物語行為の相を、ことさら強く読者に印象づけようとする語りである。

「浦島さん」には実に魅力的な物語行為の相が観察される。まずは語り手が自分自身の存在を主張する。「前書き」において、防空壕のなかで絵本を読み聞かせる父親として登場する語り手は、テクストのいたるところに顔を出し、個人的感想や経験や気分を語る。

「浦島さん」は「浦島太郎といふ人は、丹後の水江《みづのえ》とかいふところに実在してゐたやうである。」という一文にはじまっていた。浦島が生きる時代とは隔たる時間のなかにある自分が、物語世界の外側から浦島の物語を語ることを確認しておこうとする設定である。物語世界との距離の設定は、物語内容自体を吟味する語りに反映する。たとえば亀の種類についての考証に、そのような語りの特徴が如実にあらわれる。作中人物である亀をどのような亀として造形すべきか、物語の展開をいかなるものにするか、語り手はあれこれ迷い、その迷い自体を語りとして語る。亀が登場したあとに加えられる「これがつまり、子供のなぶる亀を見て、浦島さんは可哀想にと言つて買ひとり海へ放してやつたといふ、あの亀なのである。」（三一九）という語りは、物語内容そのもの（浦島は、子供のなぶる亀を見て、可哀想にと言って、買い取り、海に放してやる）に言及しつつ、同時に語る行為のなかでその内容を追認してゆく、という語りになっている。追認のかたちで物語内容に言及したのは物語言説の工夫だが、工夫そのものは物語行為の相において顕在化する。このように、一つの文のなかに三つの相の相互干渉が観察できることもある。

「浦島さん」の結末において、語り手は玉手箱の意味について長い考察にふける。ふるさとの浜に戻った浦島が、あけてはならぬと戒められた玉手箱を開けてしまう心理について、そもそも乙姫が浦島に玉手箱を土産として渡した理由について、ギリシア神話のパンドラの箱の例を引きつつ、亀の考証に倍する議論を展開する。

「浦島さん」の乙姫は、黙って「まばゆい五彩の光を放つてゐるきつちりと合つた二枚貝」(三四六)を差し出す。語り手は「これが所謂、龍宮のお土産の玉手箱であつた」(三四六)との説明を加えるが、浦島自身は渡された物が何であるかまるで分かっていない。竜宮を離れてしばらく経ってから「私にこんな綺麗な貝をくれたが、これはまさか、食べるものぢやないだらうな。」(三四七)などど、いささか間の抜けた質問をするほどである。それに対し亀は「私にもよくわかりませんが、その貝の中に何かはひつてゐるのぢやないんですか?」と、「かのエデンの園の蛇の如く」(三四七)、浦島の好奇心をくすぐるようなことを言う。語り手はそのような物語の展開を書き込んだ上で、亀は「恐ろしい破滅の誘惑を囁」いたのではなく、ただの「愛すべき多弁家」であって、「つまり、何の悪気もなかつたのだ。」――「私は、そのやうに解したい。」と、自分自身を納得させようと試みる。その上で「でも、その貝は、あけて見ないはうがいいかも知れません。(…)どうせ、ろくな事が起らないやうな気がしますよ。」(三四八)という亀の発話を再現する。

一般に了解される浦島物語において、玉手箱ははじめから開けてはならぬものとして乙姫から浦島に手渡される。一方太宰が描く浦島は、土産物として渡された美しい貝の意味をまったく理解していない。亀の言葉によってようやく「あけてはならぬ」物だと了解するという展開をたどる。しかもそれは禁忌としてではなく、好奇心という「人間の弱点」(三四九)をくすぐる戒めとしてある。

語り手は、浦島物語を独自の物語内容をふくむものに書き換えた上で、それを既定のこととしつつ、語り手の立場から解釈を施す。「私は、そのやうに解したい。」と語る語り手の言葉は、物語行為の相からの物語内容への介入である。その上で引用される亀の言葉は、浦島物語として予測される物語の展開、すなわち十分予想の範囲に収まる出来事（玉手箱を開ける浦島の身によからぬことが起こる）を、語り手自身の語りへ投げ返してみせる語りだといえる。亀の発話の直接話法的再現という物語言説の工夫が、物語行為の相と物語内容の相との相互干渉を導いている。

物語行為の相からの物語内容への介入は、浦島が玉手箱を開けてしまうことをめぐる、次のような語りにも見られる。

さて、もう一つ、ここに妙な腑に落ちない問題が残つてゐる。浦島は、その龍宮のお土産をあけて見ると、中から白い煙が立ち昇り、たちまち彼は三百歳だかのお爺さんになつて、だから、あけなきやよかつたのに、つまらない事になつた、お気の毒に、などといふところでおしまひになるのが、一般に伝へられてゐる「浦島さん」物語であるが、私はそれに就いて深い疑念にとらはれてゐる。

（三五〇ページ）

一般に了解される浦島の物語について、語り手は「深い疑念」を表明する。そのような物語展開でよいのか、自分が語ろうとする物語について自省的な語りを行うのである。乙姫はなぜ玉手箱などという厄介なしろものを浦島に渡したのか。浦島のわがままに対する懲罰であったのか。あるいは貴人が無邪気にたくらむ悪戯であったか。パンドラの箱には最後に「希望」が残っていたが、三百歳の老人に何の希望があるだろう。そのような自問自答を続ける語り手は、こんなことをさえ語る。

どうにも、これはひどいお土産をもらつて来たものだ。しかし、ここで匙を投げたら、或ひは、日本のお伽噺はギリシヤ神話よりも残酷である。などと外国人に言はれるかも知れない。それはいかにも無念な事だ。また、あのなつかしい龍宮の名誉にかけても、何とかして、この不可解のお土産に、貴い意義を発見したいものである。

（三五一ページ）

語り手は、物語を紡ぎつつある語りの現場を露頭させる。「ここで匙を投げたら」とは、ここで浦島の物語を自分自身の物語として語る努力を放棄してしまったら、という意味である。浦島物語とは不可分の玉手箱をどう語ればよいか。語る行為そのものに思いを込め、何とかこの土産物に「貴い意義」を付与したいと願う。なぜか。日本のお伽噺は残酷だなどと「外国人」に言われるのは無念だ。あの心ひかれる竜宮という場所、そして乙姫を貶めることがあってなるものか、と強く思うからである。「外国人」に言及するのは、語り手が想定しうる読者の範囲をせばめる働きを持つであろうが、[14] ともかくこうした決意に立って、語り手は自分自身の浦島物語をある方向に導いていこうとする。残酷でもなければ、竜宮の名誉も失われない浦島の物語を生みだそうとする。そうして「私は、それに就いて永い間、思案した。」と語る。語り手がたどり着いた結論は、次のようなものであった。

つまり、私たちは、浦島の三百歳が、浦島にとつて不幸であつたといふ先入観に依つて誤られて来たのである。絵本にも、浦島は三百歳になつて、それから、「実に、悲惨な身の上になつたものさ。

気の毒だ。」などといふやうな事は書かれてゐない。

タチマチ　シラガノ　オヂイサン

それでおしまひである。気の毒だ、馬鹿だ、などといふのは、私たち俗人の勝手な盲断に過ぎない。三百歳になつたのは、浦島にとつて、決して不幸ではなかつたのだ。

（三五二ページ）

こうして語り手は、浦島に幸福な晩年を与える。物語の展開について吟味を行った末、「浦島さん」に一種独特な結末を与えるのである。

テクストの編成

ここに引用した「浦島さん」の結末部分には、物語言説の相におけるもう一つの工夫が観察される。語り口をまったく異にする「**タチマチ　シラガノ　オヂイサン**」というテクストの挿入がみられることである。浦島が玉手箱を開けることで三百歳の老人になるについては、すでに言及がある。したがってこれは（読者にとって新しい情報となる）物語の提示という役割を担うわけではない。一般に知られている物語内容を異なる物語言説によって再現し、そのことを「それでおしまひである」という語りによって確認してみせた、ということになるだろう。確認が行われるのは物語行為の相である。

同じ工夫はすでにこれ以前にもあった。竜宮を去りふるさとに帰った浦島を、語り手は次のように語る。

（…）亀に別離の挨拶するのも忘れて汀に飛び降り、あたふたと生家に向つて急げば、

ドウシタンデセウ　モトノサト
ドウシタンデセウ　モトノイヘ
ミワタスカギリ　アレノハラ
ヒトノカゲナク　ミチモナク
マツフクカゼノ　オトバカリ

といふ段どりになるのである。（三四九ページ）

カタカナで記された七五調のテクストは、「前書き」で設定されていた、防空壕のなかで語り手が読み聞かせる絵本を連想させる。少なくともそのようなものとして扱われていることが、読者には印象づけられる。[15] 絵本の（と思わせる）物語言説の挿入によって、ふるさとの変化に驚き呆れる浦島のありさまが語られ、「段どりになる」という表現を通じて、物語言説の工夫に対する語り手の立場からの自己言及が行われる。「段どりになる」と語りうるためには、「段取り」についての了解があらかじめ成立しうる読者を想定する必要があるだろう。そのような読者を意識してはじめて可能となる語りだ、ということが示される語りである。

亀についての考証の最後に「もう、私は知らぬ。（…）威張つちやいけねえ。」と威勢のいい啖呵を切り、読者の反応を封じ込めるがごとき語り口を示していた語り手は、同時に、みずからの語りに読者の存在が織り込まれていることを語っていた。露悪的な口調のなかに、語る行為に読者の関与が求められることが匂わされていた。自分は相手があって語るのだということを読者に告げる語りである。そのような読者との関係性の設定が、この「段どりになる」という語りには生きてくる。物語行為の相が読者との関係において成立することが改めて確認される。

ここに示した挿入において見逃し得ないのは、ゴチック書体のカタカナ文字が生みだす視覚的効果である。挿入を挿入として際立たせる書体の工夫である。視覚的な異質さは、ここに別種のテクストが挿入されることを明確にする。それにより、語りそのものの性格にあらためて注意が向けられる。

小説のテクストでは、物語言説の媒体である文字の書体や配列に工夫が施されることがある。たとえば、安部公房（一九二四～一九九三）の『箱男』（一九七三年）には、新聞記事に似せた三段組みのテクストや、矩形の枠取りと罫線で手紙の体裁をまねたテクストが挿入されるし、テクストの切れ目には括弧でくくられたゴチック書体の見出しがつけられる。さらには文字自体の向きを変えて、地の部分との対照を示す工夫などもみられる。次のようなところである。

> ぼくの位置からは、背中と右側面しか見えなかったが、大きさはもちろん、よごれ具合から、消えかかった商品名の印刷の跡まで、ぼくのと寸分違わないダンボールの箱なのだ。計画的に真似た、ぼくの贋物にちがいない。なかみは……むろん医者だろう。
> （ふと思った。何処かで、これとそっくりな光景を見た憶えがある。）
> ありありと、手触りさえ思い浮べられそうな、裸の彼女と二人きりの部屋……しかし、何時、何処で……いや、騙されてはいけない、これは記憶ではなく、願望の幻なのだ。
> （『安部公房全集』24（新潮社、一九九九年）四八ページ）

断片的なテクストの集積としてある『箱男』では、そもそも誰が語るのかという点が強い関心を惹く。いま自分が読みつつあるテクストは誰が書きとめたものなのかという点をめぐって、読者の疑問と不安、そして好奇心を掻きたてる語りである。そのような語りのなかにあらわれる異様な文字の配列は、語りのありようをさぐるにあたり重要な手がかりを提供する（ように思わせる）。文字配列そのものは物語言説の工夫として捉えられるが、生みだされる効果は物語行為の相にかかわる。

『箱男』は、写真フィルムのネガの断片をテクストの冒頭に置く。そのあとに新聞記事（らしきもの）が続き、**《ぼくの場合》**という見出しのあとに「これは箱男についての記録である。／ぼくは今、この記録を箱のなかで書きはじめている。」（一二）という本文が続く。テクストを読み進めてゆくと、宝くじ売り場や、鉄道の貨車や、カーブミラーに映る洋館の写真などが、本文のあいだに独立したページとして挿入されるのに出会う。挿入される八葉の写真には「箱男」の語りに関連する（らしき）横書きのキャプションがつく。さらに後半にいたれば、行分け詩のごときものが、前後に何の説明もなく（誰に帰属するテクストなのか不明のまま）掲出されることになる。

こうしたテクストの編成は、意識的に断片化されたテクストの語り（「（理由不明なとつぜんの中断）」（一〇八）で終わる断片もある）の性格を強化する。また、写真自体やテクストが帯びる視覚的特徴そのものが、テクスト全体の意味の生成に寄与する。小説のテクストを読むにあたり、視覚的情報として得られるこれらすべてを考慮に入れることは、当然の手続きである。連載小説にはしばしば挿画が加えられる。挿画から得られる視覚的情報が物語の了解に果たす役割は、無視してよいことではない。本文と絵の関係はテクストの編成という観点から全体的に捉えるべきであろう。読まれるものとしてあるテクストは、同時に見られるものとしてある。

絵本にみるテクストの編成

この点について考えるにあたり、興味深い例が浦島物語にはある。次に引くのは、一九一五（大正四）年に中西屋書店から「日本一ノ画噺」シリーズの一冊として刊行された、巌谷小波の「ウラシマ」全文である。

①『さあさあ　にがして　あげるから、はやく　おうち　へ　おかへりよ。』
②『おまへ　これから　すぐ　いつて、うらしまさん　を　よんどいで。』
③『もし　もし　うらしま　たろう　さま、りうぐうじよう　へ　いらつしやい。』
④りうぐう　さして　かめ　の　うへ［横書き］
⑤りうぐうじよう　の　けらいたち、うらしまさま　の　おでむかひ。
⑥をとひめ　さま　が　うらしま　に、かめ　の　おれい　を　いつてゐる。
⑦うらしまたろう　も　とうぶん　は、りうぐうじよう　の　おきやくさま。
⑧たひ　が　せんす　を　もちだして、とくい　の　まひ　を　まつて　ゐる。
⑨たこ　の　にうどう　をどりだす［横書き］
⑩えび　の　きよくげい　ひげ　の　さき、ちやわんまはし　の　うまい　こと。
⑪ふぐ　と　かつを　は　しばゐ　して、とんだり　はねたり　にらんだり。

⑫かに　は　かるわざ　つなわたり、よこのり　よこばひ　おほあたり。
⑬かめ　も　まけずに　はひだして、さを　の　あたまで　はらんばひ。
⑭さかな　どうし　の　つなつぴき［横書き］
⑮かへり　の　おみやげ　たまてばこ、あけては　ならぬと　いはれてる。
⑯りうぐう　あとに　うらしま　は、またもや　かめ　の　せな　の　うへ。
⑰あけて　は　ならない　たまてばこ、あけたら　すぐさま　おぢいさん。

引用にあたっては、便宜上、各文の文頭に番号をつけた。これは小型（縦一二・五センチ×横七・二センチ）で縦長の絵本の、右側のページに印刷された文章を抜き出したものである。これと向きあう左側のページには、それぞれの文に対応する絵が配される（次ページ上図参照）。ただし④、⑨、⑭については、括弧内に注記したように見開き二ページにわたって絵が描かれ、その下部に横書きで引用のテクストが書き込まれる（次ページ下図参照）。わずか十七の文からなる浦島物語の語りであるが、これはこれで十分に物語展開が理解できる語りとなっている。

はじめの①〜③は、それぞれ、浦島、乙姫、亀の発話の再現である。その口調もふくめた発話内容自体において、三人の作中人物それぞれの人物造形が行われていると言える。また、⑧から⑭に及ぶ語りは、すべて浦島を愉しませようとする魚類たちの余興のありさまだが、これは竜宮城内の描写として効果をあげる。物語言説の特徴としては、何といっても七五調を基本とする語りのリズムがある。七五七五で表現される文が基本の単位となり、途中、七五のみの文が三箇所あらわれるという構成である。全十七文のう

「おまへ これから すぐ いって、
うらしまさん を よんごいで。」

りうぐうさしてかめのうへ

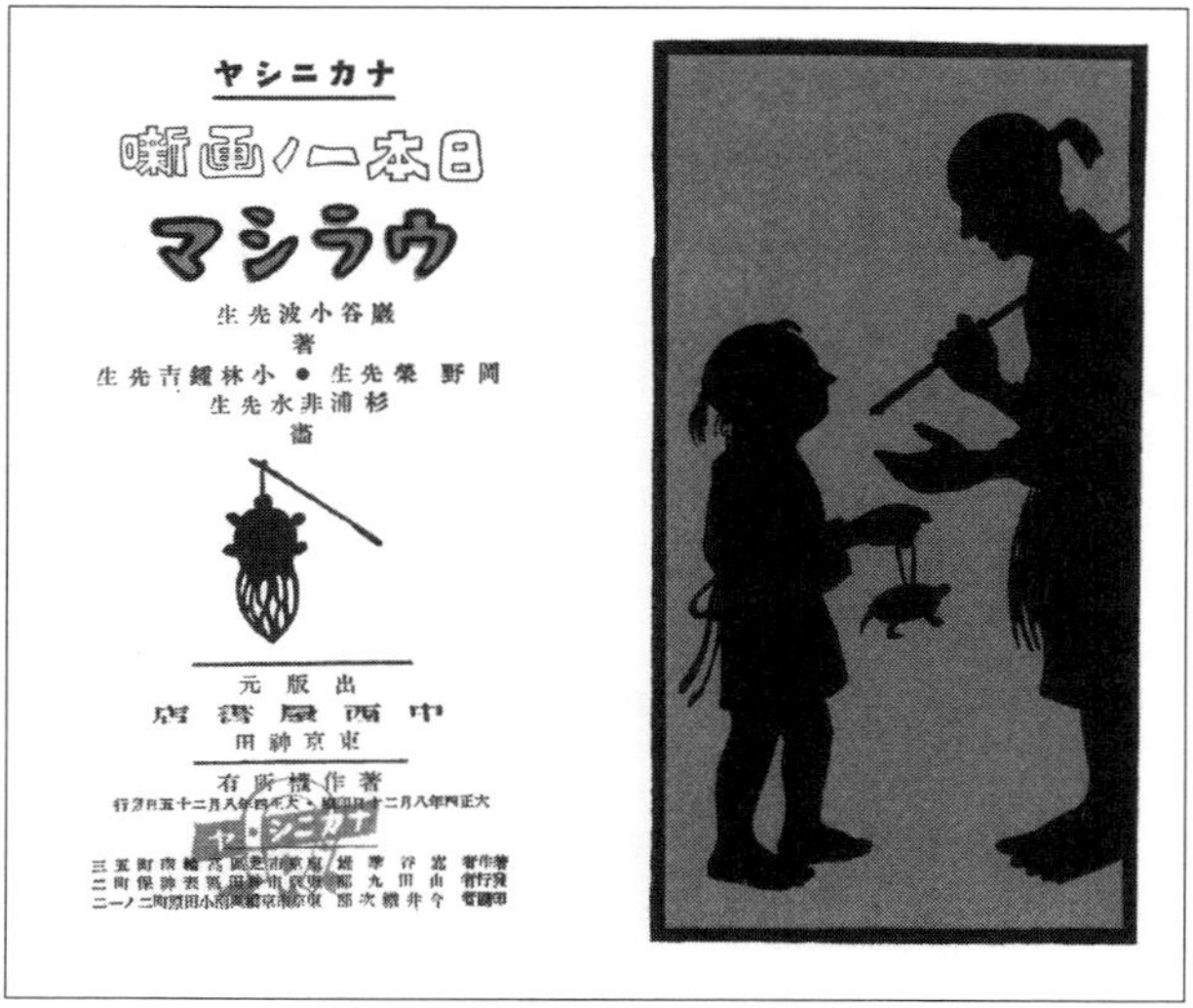

ち七文までが魚たちの余興の説明にあてられることで、竜宮城とは魚たちが面白おかしく余興をしてみせるところだ、竜宮城とはそのような楽しげなところだ、ということが強く印象づけられる。

ただし、全十七文の浦島物語の物語内容が十分に理解されるためには、これらの語りとともに、それぞれの文に対応する絵（影絵のような絵柄である）の助けを借りる必要がある。そもそもこの「ウラシマ」の絵本では、冒頭の扉のページと向きあうページに、子どもから亀を受けとる浦島の姿が描かれていた（上図参照）。したがって、この浦島物語の物語内容の提示は、はじめは絵によって担われていたことになる。また、十七の文のそれぞれも、向きあうページの絵を参照することで、理解が深まる仕掛けになっている。浦島や乙姫はどんな姿をしているのか。竜宮城とはどんなところで、何が行われるのか。そのような、言葉による語りを通じて説明されてもよいことがらが、いずれも絵によって描かれるので

ある。岡野榮（一八八〇〜一九四二）、小林鍾吉（一八七七〜一九四六）、杉浦非水（一八七六〜一九六五）らによる絵は、この「ウラシマ」というテクストの物語内容の理解になくてはならない情報を提供する。これは、絵本というテクストの性質上、当然のことである。

絵本以外のテクストに、挿画等による視覚情報が加わって、物語内容の理解が助けられることもある。先に言及した『尋常小學國語讀本』や小波の『日本昔噺』にも、挿画はふんだんに用いられていた（上図参照）。そのような、言葉による語りを中核に置きつつ、視覚情報をも含みこんだテクスト全体の構成を、テクストの編成として捉えることができる。

テクストの編成という観点からみれば、見られるものとしてあるテクストは絵の類（ここには写真やイラストや地図等もふくまれるであろう）にとどまらない。文字の書体、大きさ、配列等のタイポグラフィー typography は重要な要素であるし、文そのものの書き方に仕掛をふくむ場合もある。たとえば「おまへ　これから　すぐ　いつて、うらしまさん　をよんどいで。」と表記される文は、これ自身多くの視覚情報を提供する。ひらがなのみを用いること、分かち書きで語の区切りを示すことは、テクストが年少の児童を読者として想定することを示唆するであろう。また文の前半と後半を区切る読点は、七五のリズムの切れ目を示して、音読の際の手がかりとなる。全十七文のうち横書きにされる三つの文が現れるページは、テクスト全体の流れに変化が生ずるところである。文自体も、他が七五七五（二十四文字）であるのに対し、半分の七五（十二文字）となっていて、リズムが異なる。これは、見開き二ページの絵と相まって、異なる音読の態度を促すしるしであると受けとめられる。

太宰の「浦島さん」に戻るなら、改行の上ゴチック書体で「**ドウシタンデセウ　モトノサト／ドウシタンデセウ　モトノイヘ**」と行分けで記されるテクストは、この部分のテクストが他の部分とは異なる性格を帯びることを視覚情報として伝える。これが引用であるらしいこと、引用元が世に流布する絵本の類であるらしいこと、少なくともそのような設定であるらしいこと、などである。当然これは「前書き」で語られていた絵本を連想させる。防空壕のなかで娘に読み聞かせていた絵本と語り手の状況を思い起こさせる。異質なテクストの挿入がテクストの編成へ注意を促し、「浦島さん」の物語行為の相の意識へとつながることになる。

5　語りに仕組まれる読みの方向

「桃太郎」の物語

『お伽草紙』の「前書き」に言及がありながら、結局語られることのなかった物語に「桃太郎」がある。これについては「舌切雀」の書きだしに、以下のような弁明が語られる。

もちろん私も当初に於いては、この桃太郎をも、私の物語に鋳造し直すつもりでゐた。すなはち私は、あの鬼ケ島の鬼といふものに、或る種の憎むべき性格を付与してやらうと思つてゐた。どうしてもあれは、征伐せずには置けぬ醜怪極悪無類の人間として、描写するつもりであつた。それに依つて桃太郎の鬼征伐も大いに読者諸君の共鳴を呼び起し、而してその戦闘も読む者の手に汗を握らせるほどの真に危機一髪のものたらしめようとたくらんでゐた。(未だ書かぬ自分の作品の計画を語る場合に於いては、作者はたいていこのやうにあどけない法螺を吹くものである。そんなに、うまくは行きませぬて。)まあさ、とにかく、まあ、聞き給へ。どうせ、気焰だがね。とにかく、ひやかさずに聞いてくれ給へ。（三八一～二ページ）

引用の後半にみるように、語り手はここでも語る行為そのものの相を露頭させ、語り手としての自分自身を揶揄し、読者の反応を目前に見るかのごとき語り口を示す。いわば演じられる役割としての語り手、語り手を演じる語りを意識させる語りである。

　桃太郎の話を語り直そうとする語り手は、大きな困難を感じる。桃太郎の物語を成立させるには、鬼征伐のなりゆきにおいて、桃太郎一党の危難に読者が肩入れすることが求められる。そのためには、鬼に対し憎んでもあまりある性格を付与しておかなくてはならない。そうでなければ、桃太郎の行動に読者の共感を得ることは難しいであろう。では、征伐する他ないと読者に納得されるような鬼は、いかにして造形すべきであるか。

　退治することが正当化されるには、鬼は「メデウサ」（メドゥーサ）のごとき醜怪無比で不快な存在でなくてはならない。「図体ばかり大きくて、猿に鼻など引掻かれ、あつ！と言つてひつくりかへつて降参したり」（三八二）する鬼では困る。また「征服者の桃太郎が、あまりに強くては、読者はかへつて鬼のはうを気の毒に思つたりなど」するかもしれない。「完璧の絶対の強者」（三八三）は小説の物語には向かない。語り手たる自分も、強者の内面はつまびらかにしないから、弱さを抱えた桃太郎が敢然と立つにいたる次第を物語ることになりそうである。犬、猿、雉の家来には仲間割れをさせるかもしれない。このように語る語り手は、次のような判断をするにいたる。


　しかし、私は、カチカチ山の次に、いよいよこの、「私の桃太郎」に取りかからうとして、突然、ひどく物憂い気持に襲はれたのである。せめて、桃太郎の物語一つだけは、このままの単純な形で残して置きたい。これは、もう物語ではない。昔から日本人全部に歌ひ継がれて来た日本の詩である。物語の筋にどんな矛盾があつたつて、かまはぬ。この詩の平明闊達の気分を、いまさら、いぢくり廻すのは、日本に対してすまぬ。いやしくも桃太郎は、日本一といふ旗を持つてゐる男である。日本一はおろか日本二も三も経験せぬ作者が、そんな日本一の快男児を描写できる筈が無い。私は桃太郎のあの「日本一」の旗を思ひ浮べるに及んで、潔く「私の桃太郎物語」の計画を放棄したのである。

（三八三〜四ページ）

語り手にとって課題となるのは、桃太郎をいかにして感情移入の可能な作中人物に仕立てるか、いかにして鬼への感情移入を防ぐか、ということであった。その見通しが立たなければ、桃太郎の物語を「私の物語に鋳造し直す」ことは難しい。その点を強く意識する語り手は、ついに桃太郎の物語を「このままの単純な形」で残そうと考える。これは日本の詩だ、と言うにあたり「詩」という言葉に込めたのは、素朴な感情的高潮を刺激する情緒的表現、といったほどの意味であったろう。それはもはや「物語」である必要はない。「物語」としての矛盾を抱え込んでいて構わない。「日本一」などというたいそうな旗を振りかざす男の経験を語ることは自分の手に余る、そんな男の心事をなぞる資格も能力も自分は持ちあわせていない――そう語る語り手の口吻に皮肉な響きを聞きとることも、できぬわけではない。

「桃太郎」の物語もまた、『お伽草紙』が想定する読者層が、ほぼ例外なく知っていると期待される物語だったであろう。「桃太郎」は、通常、桃太郎が鬼退治を志し、犬、猿、雉の家来を連れて、鬼ヶ島に鬼退治に出かけ、成功する物語として語られる。ただし、なぜ桃太郎は鬼退治を志し、なぜ鬼たちは成敗されねばならないのかという肝心の点は、しばしば曖昧なままに残される。たとえば、第四期国定教科書『小學國語讀本』巻一（一九三三（昭和八）年発行）に掲げられる「モモタラウ」のテクストは、次のように語る。

モモタラウハ、ダンダン大キクナッテ、タイソウツヨクナリマシタ。

アル日、モモタラウハ、オヂイサントオバアサンニ、

「ワタクシハ、オニガシマヘ、オニタイヂニイキマスカラ、キビダンゴヲコシラヘテクダサイ。」

トマウシマシタ。

フタリハ、オダンゴヲコシラヘテヤリマシタ。

モモタラウハ、イサマシクデカケマシタ。

（『日本教科書大系 近代篇 第七巻 国語（四）』（講談社、一九六三年）五七三ページ）

＊引用にあたり、分かち書きを省略した。

大きくなった桃太郎はある日突然「私は鬼ヶ島へ鬼退治に行きます」と鬼退治の志を告げ、育ての親は黍団子をこしらえて送り出してやる。そのことが語られるばかりである。この『小學國語讀本』をはじめ、「桃太郎」のテクストの多くは、強くて勇気のある桃太郎が悪い鬼を退治するという、桃太郎の立場に立つ物語を語る。年少の読者が桃太郎に感情移入することを期待し、それを当然のこととして物語を展開する。物語の読みをそのように方向づける語りが仕組まれていると言ってもよい。ただし、そもそもなぜ鬼は征伐の対象となるのかという点に疑問を持つ時、「桃太郎」の物語自体に答として用意される理由は、概して頼りないものでしかない。『小學國語讀本』で成敗される鬼は、桃太郎一行に降参するにあたり「ニ

ウ、ケッシテ人ヲクルシメタリ、モノヲトッタリイタシマセン」と言うのだが、これは懲らしめられるべき悪行の一般的事例を示すにとどまるであろう。「桃太郎」の物語に固有の、鬼の悪事が語られるわけではない。鬼は「鬼」だからこそ征伐されねばならないというところに、結局は落ち着くように思われる。[16]

芥川龍之介の「桃太郎」

その点を鋭くつき、逆手に取って、特異な桃太郎の物語を語ったのが、芥川龍之介（一八九二〜一九二七）の「桃太郎」である。[17] 一般に了解される桃太郎の物語内容に拠りながら、芥川の「桃太郎」は、多くの細部に独自の脚色を施し、最終的にまったく異質の桃太郎物語を語る。そもそも桃太郎が鬼退治をしようと考えたのはなぜか。

> 桃から生れた桃太郎は鬼が島の征伐を思ひ立つた。思ひ立つた訳はなぜかといふと、彼はお爺さんやお婆さんのやうに、山だの川だの畑だのへ仕事に出るのがいやだつたせゐである。
>
> （『芥川龍之介全集』第十一巻（岩波書店、一九九六年）一五九ページ）

芥川の「桃太郎」は、引用部分の語りを行う時点で、桃太郎の人物造形を一切行っていない。したがって、地道な労働を嫌ったために鬼ヶ島の征伐を思い立つこの因果関係の語りにおいてはじめて、桃太郎の人物造形が行われる。桃太郎に対する老人夫婦の態度も、一般に予想される桃太郎物語とは大いに趣を異にする。老人夫婦は「内心この腕白ものに愛想をつかしてゐた時だつたから、一刻も早く追ひ出したさに」出陣の支度をととのえ、注文通りに黍団子をこしらえてやる。乱暴で、勤労をいやがる怠け者の桃太郎を厄介払いしたいがために、鬼退治に送り出してやったというのである。一方、鬼たちはどんな生活を営んでいたか。

鬼が島は絶海の孤島だつた。が、世間の思つてゐるやうに岩山ばかりだつた訳ではない。実は椰子《やし》の聳《そび》えたり、極楽鳥《ごくらくてう》の囀《さへづ》つたりする、美しい天然の楽土《らくど》だつた。かういふ楽土に生を享《う》けた鬼は勿論《もちろん》平和を愛してゐた。いや、鬼といふものは元来我々人間よりも享楽的《きやうらくてき》に出来上つた種族らしい。（…）鬼は熱帯的風景の中に琴を弾いたり踊りを踊つたり、古代の詩人の詩を歌つたり、頗《すこぶ》る安穏《あんおん》に暮らしてゐた。

（一六二ページ。旧版全集によりルビを補った。以下同じ）

「鬼」とは呼ばれるものの、彼らは絶海の孤島できわめて穏やかに、安楽に暮らしている。「鬼」という名と、その平和な暮らしぶりとの落差が目を引く。桃太郎の物語で通用される「鬼」という名を敢えて残し、人間の側の命名の不当さをあぶりだすのが、この語りの戦略である。「鬼の母」は孫に向かい、人間というものは「手のつけやうのない毛だものなのだよ」と言い聞かせるのである。

そこへ桃太郎が上陸し、無辜の民たる鬼たちは、国はじまって以来の恐怖にさらされる。桃太郎主従の働きにより「あらゆる罪悪の行はれた後」は、鬼が島はもう昔日の楽土ではない。桃太郎の非道な行い、その無理無体さが際だつのが、「鬼の酋長」との間に交わされる次のような問答である。

鬼の酋長《しうてう》はもう一度額《ひたひ》を土へすりつけた後《のち》、恐る恐る桃太郎へ質問した。

「わたくしどもはあなた様に何か無礼でも致した為、御征伐を受けたこと、存じて居《を》ります。しかし実はわたくしを始め、鬼が島の鬼はあなた様にどういふ無礼を致したのやら、とんと合点《がてん》が参りませぬ。就《つ》いてはその無礼の次第をお明《あか》し下さる訳には参りますまいか？」

桃太郎は悠然と頷《うなづ》いた。

「日本《にほん》一の桃太郎は犬猿雉の三匹の忠義者を召し抱《かゝ》へた故《ゆゑ》、鬼が島へ征伐に来たのだ。」

「ではそのお三かたをお召し抱へなすつたのはどういふ訳でございますか？」

「それはもとより鬼が島を征伐したいと志《こゝろざ》した故、黍団子《きびだんご》をやつても召し抱へたのだ。——どうだ？、これでもまだわからないといへば、貴様《きさま》たちも皆殺してしまふぞ。」

鬼の酋長は驚いたやうに、三尺《じやく》ほど後《うしろ》へ飛び下《さが》ると、愈々又叮嚀《いよいよまたていねい》にお辞儀をした。

（一六四～五ページ）


そもそも自分たちは「あなた様」に何か無礼を働いたのだろうかと問う鬼の酋長の言葉は、理に適ったもっともな疑問をふくむ。一方、桃太郎の返答は、犬猿雉を家来に召し抱えた故に征伐に来た、鬼ヶ島を征伐しようと目論んだ故に犬猿雉を召し抱えたのだとする循環論法で、まったく理屈が立たない上に、鬼の酋長の問いの核心と（意図したためか、あるいは問われる意味を理解する能力を欠くためか）嚙みあうことがないままにおわる。

このような人物造形がなされる桃太郎に対し、読者の感情移入を期待するのは不可能と言ってよい。物語は桃太郎の行動を追うかたちで展開し、桃太郎の視点に立った出来事の提示が多く行われるが、語り手の同情が「鬼」の側にあり、桃太郎に対しきわめて冷ややかであるのは、当然の扱いであろう。芥川の「桃太郎」の語りは、一般に行われる桃太郎物語の受容のあり方に疑問をぶつけ、物語内容をめぐる読みの方向に、大きな修正を迫る。端的に言って、桃太郎に対する反感、侮蔑が喚起される方向での読みが、このテクストには仕組まれていると考えられる。たとえば、腰にさげた物は何かと犬に尋ねられ、「これは日本一の黍団子だ。」と得意げに返答する桃太郎について、語り手は、

　勿論実際は日本一かどうか、そんなことは彼にも怪しかつたのである。（一六〇ページ）

と語る。日本一かどうか桃太郎自身にも分からなかったと語るに際し、「勿論」と言い、「そんなことは」とつけ加えたところに、桃太郎に対する語り手自身の非議が読みとれる。

芥川の「桃太郎」の場合、語りに仕組まれる（期待される）読みの方向を取りだすのは、比較的容易である。芥川が描く桃太郎を、正義を行う勇気ある英雄だと考える読者は、まずないと考えてよいであろう。人物造形、発話の再現、副詞・感嘆詞等の使用にみられるレトリック、といった細部を確認するまでもなく、語り手は「あらゆる罪悪」といった簡明な表現で、すでに桃太郎の行為を断罪してしまっている。読者の興味はここで、このような人物造形がなされる芥川の「桃太郎」の成立事情、このような読みの方向を織り込む桃太郎物語の語り直しが、どのような事情において成立したかに向かうかもしれない。その時、この「桃太郎」の語り手の背後にひかえる作者芥川龍之介の中国体験や、第一次大戦後の日本を取り巻く

歴史状況が、参照すべき文脈として浮かびあがることもあるであろう[18]。テクスト成立の文脈を示すテクスト外の情報は、テクストの読みを（外側から）支える有益な材料となる。

テクストを読むにあたり、テクスト自身から期待される読みの方向を見いだすこと。それは、テクストに内在するいかなる思考様態、いかなる価値観に同調を求められているかを（あくまでテクストの内側において）見きわめることである。どのようなことがらについて同意・同感を求められるのかを意識化し、それについて読者として反応を返すことだと言ってもよい。芥川の「桃太郎」というテクストは、日本人に親しまれてきた従来の桃太郎物語が発現する価値観を顚倒し、力を以て他者を征服する行為のいかがわしさを暴く。主人公たる桃太郎に感情移入を求める、桃太郎物語の受容のあり方に疑問をつきつける。

芥川のテクストにそのような思考様態、期待される読みの方向を読みとろうとすることはけっして難しいことではない。浮かびあがるのは、正邪の反転という物語の布置であり、桃太郎物語をめぐる偶像破壊的な iconoclastic 語り口である。

そのような語り口に同感を覚えるかどうか、期待される読みの方向に同調するかどうかは、読者の反応のうちにある。芥川の語りが指向する価値観の顚倒と、偶像破壊的な語りの可能性を認めた上で、読者がなお芥川の語り口に説得されないという可能性は十分にある。さらに言えば、桃太郎の物語に親しんできた読者が、芥川が描く桃太郎に違和感や反発を覚える事態も想像できる。芥川の「桃太郎」の語り自体、必ずしも読者の説得をめざしてはいない。一般に行われる桃太郎物語の価値観を内面化して怪しまない読者を挑発すること。語りとしてなし遂げるべきはそこに尽きるかのようである。

太宰治の「舌切雀」前段における語り手は、芥川の「桃太郎」の語り手のように、読者を突き放す態度はとらない。語り直すべき桃太郎物語について、あくまで読者の同意・同感を求めようとする。読者をして「手に汗を握らせる」物語を語らねばならぬと考え、鬼や桃太郎の人物造形を工夫しようとする。そして、それはどうやら難しいと観念する。

みずから自分の個性をさらけだすような語り口を示していた語り手は、桃太郎の物語を前にして「私は、自身が非力のせゐか、弱者の心理にはいささか通じてゐるつもりだが、どうも、強者の心理は、あまりつまびらかに知つてゐない」（三八三）と、弱音のごときものを吐く。「日本一」という属性を賦与される桃太郎の人物造形について思いあぐね、断念したあげく、「この私の「お伽草紙」に出て来る者は、日本一でも二でも三でも無いし、また、所謂「代表的人物」でも無い。これはただ、太宰といふ作家がその愚かな経験と貧弱な空想を以て創造した極めて凡庸の人物たちばかりである」（三八四）と卑下してみせる。ただし、この一種の開き直りとしての自己表出が、読者の同意・同感をかちえる回路として機能するであろうことも、語り手は十分に計算している。

『お伽草紙』の語り手は、しばしば語る行為の相を露頭させ、語る行為においてみずからの存在を主張し、了解されるべき物語内容に読者の同意を求めようとする。それは瘤取りや、浦島太郎や、カチカチ山や、舌切り雀の物語を語り直すことで生みだされてゆくテクストが、テクスト固有のものとして持つことになる（期待される）読みの方向に対し、読者の同調を促すことであった。そして、語る行為の進行途上において意識に上る、そのような読者との交渉自体を語りの材料としていたのである。

さて、では「浦島さん」の語りに埋め込まれた、テクスト自体に期待される読みの方向とは、どのようなものだったろうか。

6　読みの方向と物語内容

「浦島さん」を想起する

旧家の長男として趣味性（よく言えば風流、悪く言えば道楽）に生きる浦島は、上品な自分の暮らしに満足した様子である。妹は兄に冒険心の欠如を指摘し、弟は兄の風采に隙のないところを非難するが、浦島は取りあわない。浦島は、人にはおのおの宿命というものがあると、悟り澄ました風である。浦島がつねづね思い巡らすのは、人それぞれに生きる流儀を尊重しあえばよいものを、なぜ互いに批評せずにいられぬのか、ということである。批評のない世界、それが浦島の思い望む世界である[19]。

語り手は、旧家の長男の風流が、自分のゆかしさと品位を「人に認めてもらひ」、みずから「うつとりする」ところに成立している点を見のがしていない（三一六）。他者による承認と自己肯定は、批評行為そのものである。そうした自己矛盾を抱え込みつつ、浦島は現在の生活に自足するありさまである。

そこに亀が登場し、浦島とのあいだに長い議論が展開する。浦島を挑発するかに見える亀だが、人の世の批評をめぐる浦島の思いを理解し、繰り返し浦島への好意を口にする点は、留意しておかねばならない。亀は、海底と陸上を往復するうち、陸上生活の批評癖が身につき、批評のない竜宮の生活に退屈を感じるようになった。批評に満ちた世界と、批評のない世界―竜宮の両者を知る身の上を、亀は「悲しき性《さが》」「海底の異端者」（三二四）とみずから表現し、そこから生まれる浦島への共感を明らかにする。

宿命ということばで言い表されるのは、分《ぶん》を弁《わきま》える、分に応じる、ということであったろう。恒産に恵まれた分限者として、分際を守り、分に安んずる恒心を持つ。分に自足しうる心の余裕が風流である。分を越え出ようとする好奇心は冒険をまねき危険であると、浦島は考える。

浦島は、亀を庇護するとも、あなどるとも見える態度を示す。分を弁えぬ亀をたしなめたりもする。竜宮訪問を持ちかけられ、はじめ取りあおうとしないのは、仙界を実見するなどということが、分を弁えぬ危険な行為に映ったからであろう。浦島は人間の分際を守ろうとする。分を弁えつつ不可能を思いみるのが、風流の人士の美しい夢であり、あこがれであると、浦島は亀を諭す。

冒険は野蛮だ、下品だと言う浦島に、亀はあくまで冒険を説く。風流人士が重んずる伝統も、先人たちの冒険の跡に他ならない。宿命に自足しようとしない冒険心が「美しい花」を得たのである。冒険は彼方に美しいものがあると信じるところにはじまる。冒険心とはつまり「信じる力」である。冒険をためらう風流の人士はケチ（吝嗇）なものだ。上流の宿命に満足して人生の切実さを忌む。竜宮に誘うのは堕落をそそのかすのではない。竜宮でただ楽しく遊び暮らしたいと思うからである。何といっても竜宮に批評はない――。批評のない竜宮、という言葉に心を動かされた浦島は、ようやく決断するにいたる。「信じて」亀の背中に乗る。

この後に続く浦島と亀との対話は、竜宮までの道程において経験されること、竜宮という場所と乙姫について知り得ることがらを語る。浦島が知覚し、発見するものについて、亀が説明を加える役目を担う。海底深く薄みどり色の空間を潜ってゆく浦島は、海の火事や、月の影法師や、真珠の山を目撃する。それらは数量・規模においても、現象の不可思議さにおいても、人界の想像を超える。

竜宮は壁も柱も何もない森閑とした薄明の空間である。亀はその「幽邃の美」を誇り、竜宮の奇妙な空間について説明を重ねるが、浦島は心細い思いをする。無数の魚が蝟集して出来た床の足下から、琴の音が聞こえてくる。「聖諦」という曲だと亀に教えられ、浦島は「自分たちの趣味と段違ひの崇高なものを感得」する（三三五）。降り立った正殿の前は、食べれば三百年老いることがないという「海の桜桃」で敷きつめられている。浦島は桜桃を口にする。そこに乙姫が姿をあらわす。

乙姫は「青い薄布を身にまとつた小柄の女性」（三三七）である。竜宮という場所の奇態さにひどく戸惑う浦島も、乙姫の歓待は常に期待していた気配である。浦島は心中あきらかに乙姫への性的関心を蔵している。それ故、亀にそのことを見透かされそうになると、赤面し、狼狽する。乙姫の気高い美しさにたじろぎつつ、「真の気品を有してゐるものの如く、奥ゆかしく思はれ」る「乙姫のからだ」を目にして、浦島は「龍宮に来てみてよかつた」と「このたびの冒険に感謝したいやうな気持ち」になる（三三九）。

一方で浦島は、茫洋模糊とした竜宮の心細さと、乙姫の孤独を思わざるを得ない。亀は反駁する。乙姫は決して孤独ではない、孤独は人間の野心が生むのであって、批評が気にならなければ孤独とは無縁だと、浦島をたしなめる。

浦島は、おっとりとして捉えどころのない乙姫のふるまいを、自分なりに理解しようと努める。美酒珍味と歌舞音曲を用意しながら、客には自由に振舞わせる乙姫の対応は、客を迎えて客を忘れる「真の貴人の接待法」なのであろう。そこに飽き足らぬ思いを残す浦島は、つい「憂い」という言葉を漏らし、亀に聞きとがめられる。浦島はひとり黙って歩いてゆく乙姫のうしろ姿を注視する。

乙姫の沈黙を訝しむ浦島に対し、亀は「言葉といふものは、生きてゐる事の不安から、芽ばえて来たものぢやないですかね。（…）生命の不安が言葉を発酵させてゐるのぢやないのですか。」（三四四）と言う。

人間は不安を払拭する工夫として言葉を用いる。不安のないところ言葉はいらない。乙姫が何も言わないのは何も考えていないからだと、亀は言う。

亀はさらに、あなたは無限に許されている、とも付けくわえる。浦島は、無限に許されるという「思想」を、生まれてはじめて知る。浦島はにわかに風流のたしなみを忘れる。「本性暴露さ。私は田舎者だよ。」「これが風流の極致だつてさ。」と、言葉つきさえ乱暴である（三四五）。

人界から竜宮という仙界を訪れた浦島は、人界の風流と竜宮の風流とをみずから比較する立場に置かれる。竜宮では、さしもの浦島の風流も、田舎者まるだしのありさまである。竜宮にたしかに批評はない。乙姫はすべてを知った上で、何ものにも拘泥しない。竜宮では各自がしたいことをし、互いにかかわろうとしない。すべてが許される。それでは不足かと、亀は尋ねる。

竜宮の風流は、浦島の人間的欲望を浮き彫りにする。浦島は乙姫の身体への関心——性的関心を持続させる。だが、黙ってほほ笑むばかりの乙姫には手応えがない。乙姫の沈黙は、浦島の欲望の回路をとざす。浦島は乙姫の言葉をこそ欲したであろう。だが、言葉を欲することは、批評を求めることに他ならない。浦島は批評のない世界に憧れ、批評のない世界に身を置きつつ、批評を求めた。浦島は自家撞着に逢着したのである。

竜宮という場所と乙姫という存在を、浦島と亀との間に交わされる会話を通じて語ってきた語りは、ここでにわかに転調する。時間の推移と浦島の経験を要約して語る語りとなる。

龍宮には夜も昼も無い。いつも五月の朝の如く爽やかで、樹陰のやうな緑の光線で一ぱいで、浦島は幾日をここで過したか、見当もつかぬ。その間、浦島は、それこそ無限に許されてゐた。浦島は、乙姫のお部屋にも、はひつた。乙姫は何の嫌悪も示さなかつた。ただ、幽かに笑つてゐる。
さうして、浦島は、やがて飽きた。許される事に飽きたのかも知れない。陸上の貧しい生活が恋しくなつた。お互ひ他人の批評を気にして、泣いたり怒つたり、ケチにこそこそ暮してゐる陸上の人たちが、たまらなく可憐で、さうして、何だか美しいもののやうにさへ思はれて来た。（三四五ページ）

季節の推移もなく、常に五月の樹陰のような光が射す竜宮で、浦島は無限に許され、時が過ぎるのを忘れる。浦島の物語を知る読者ならずとも、ここに厖大な時間の経過があることは十分感得できる。浦島を部屋に迎い入れた乙姫は無言のままであったろう。何の嫌悪も示さず、言葉を発することなく、微笑のみがあった。はたして浦島は満たされただろうか。不満という形をとり得ぬ、漠たる不全感があったのではないか。

そうして浦島は飽きた。批評のない世界、無限に許される世界に飽きた。竜宮という場所と対比される陸上の生活と、批評に満ちた世界をなつかしんだ。浦島の物語に通じる読者は、これで物語に一区切りがついたと感じるであろう。乙姫は浦島の願いを容れる。「この突然の暇乞ひもまた、無言の微笑でもつて許された。」（三四五〜六）という仕儀である。あとは玉手箱と、白い煙と、白髪の浦島ということになる。

物語を進行させた亀の饒舌は、批評のない世界とは相容れぬはずのものである。「海底の異端者」を自認する所以である。そんな異端者だからこそ、浦島に惚れたりもしたのだろう。人に好悪の念を抱くのは批評のはじまりである。浦島は、批評に溺れて怪しまぬ亀に、批評のない竜宮へ案内されたことになる。

語り手の誘導

浦島と亀の会話は直接話法的な再現によって語られる。二者の発言は時に鋭い対立を孕み、真の対話の様相を呈する。ただし、それぞれの言い分のいずれに理があるか、いずれに理があると考えるべきか、語り手による読者の誘導が行われていることは見逃し得ない。直接話法的再現の区切りに挿入される、（亀は）「…と見事に逆襲した」（三一九）や、（浦島は）「…とつひに八つ当りの論法に変じた」（三三三）といった、発話内容への評価をふくむ語りは、それぞれの発話をどのような方向で読み解くべきか、読者に重要な手がかりを提供する。また、発話にあたっての作中人物の表情を語る、「…と浦島は狼狽して」（三三九）や、（浦島は）「…とてれ隠しに無理に笑ひ」（三四三）といった注記的な語りも、発話の際の作中人物の心のうちを暗示する機能を果たす。当然のことだが、作中人物の発話は、常に言葉の字義通りに受けとれるわけではない。発話者の真意とは別のものとして読むことが求められる場合もある。たとえば、竜宮の乙姫の「客を迎へて客を忘れる」接待について、強いてみずからを説得しようとする浦島の発話には、乙姫と竜宮の住人に迎合するような響きが聞きとれる。

「（…）ああ、客を接待するには、すべからくこのやうにありたい。何のかのと、ろくでも無い料理をうるさくすすめて、くだらないお世辞を交換し、をかしくもないのに、矢鱈におほほと笑ひ、まあ！　なんて珍らしくもない話に大仰に驚いて見せたり、一から十まで嘘ばかりの社交を行ひ、天晴れ上流の客あしらひをしてゐるつもりのケチくさい小利口の大馬鹿野郎どもに、この龍宮の鷹揚なもてなし振りを見せてやりたい。あいつらはただ、自分の品位を落しやしないか、それだけを気にしてわくわくして、さうして妙に客を警戒して、ひとりでからまはりして、実意なんてものは爪の垢ほども持つてやしないんだ。なんだい、ありや。お酒一ぱいにも、飲ませてやつたぞ、いただきましたぞ、といふやうな証文を取かはしてゐたんぢや、かなはない。」

（三四二ページ）

浦島が「小利口の大馬鹿野郎」と罵倒する似而非風流人には、浦島自身もふくまれていたと考えるべきだろう。ここには浦島の悔悟、自己批判が匂わされているが、同時に、陸上の生活を必要以上に貶める浮薄さもある。語り手はこの浦島のことばに直ぐ続けて、

「さう、その調子。」と亀は大喜びで、「しかし、あまりそんなに興奮して心臓麻痺なんか起されても困る（…）」

（三四二ページ）

と亀の反応を語る。上調子の浦島を見とがめた恰好である。亀は、浦島の心のうちにある漠たる不満を読み切れてはいないが、浦島の発言が額面通りに受けとれないことは、うすうす感じとっている。「浦島さん」には、一カ所、竜宮を離れて故郷に帰ろうとする浦島の心中を一人称に移して地の文で語る語りがみられる。

行きはよいよい帰りはこはい。また亀の背に乗つて、浦島はぼんやり龍宮から離れた。へんな憂愁が浦島の胸中に湧いて出る。ああ、お礼を言ふのを忘れた。あんないいところは、他に無いのだ。あ

あ、いつまでも、あそこにゐたはうがよかつた。しかし、私は陸上の人間だ。どんなに安楽な暮しをしてゐても、自分の家が、自分の里が、自分の頭の片隅にこびりついて離れぬ。美酒に酔つて眠つても、夢は、故郷の夢なんだからなあ。げつそりするよ。私には、あんないいところで遊ぶ資格は無かつた。

（三四六ページ）

放心したように竜宮を離れる浦島。浦島は亀を相手に（相手の反応に配慮して）言葉を発したのではない。浦島自身にも「へん」だと感じられるような憂いが、心のうちに自然に湧いてくるのを、語り手が代弁してみせる語りである。

ここに語られることがらを疑うべき根拠はない。このままの思いが浦島の胸中に去来したと考えるべきだろう。竜宮のような「あんないいところ」は他にないが、自分はあくまで陸上の人間であって、陸上の生活への思いを断ち切ることはできない。要するに自分には竜宮で遊ぶ資格などなかったのだ――浦島は、断念することの寂しさを味わいつつ、そう得心したはずである。これは、陸上の人間の悪口をまくしたてて亀に大喜びされた、先の浦島の発言とは対照的な扱いが指摘できるところである。一方が発話の直接話法的再現により、発話そのものを、発話を受けとった相手（亀）の反応をも織り交ぜて語っていたのに対し、他方は浦島の心中を語り手が一人称で語る。一方は、発話内容の無媒介の（ただし発話への反応を注記する）再現であるのに対し、他方は語り手が作中人物の発話を媒介し、みずから語り直すかたちで言い換える。語られていることをどのように受けとるべきか、テクストの読みの方向はそれぞれ異なる仕方で示唆されるが、この場合、読者がより重要な手がかりとして依拠しうるのは、語り手自身の介入を明示的にあらわした語りの方だと考えるべきであろう。すくなくとも語り手はそのように語ろうとしている、と読者の側が了解できる語りである。

「浦島さん」の物語とは、竜宮という批評のない世界、言葉を必要としない仙界を訪れる機会を与えられた浦島という風流人が、言葉と批評に満ちた世界の意味を再認識して人界に戻る物語であったと、ひとまず受けとることができる。浦島という風流人のうちに意識されずにあった自己撞着が、仙界への冒険を経験することで意識化される物語、自己矛盾の発見を通じて自己認識にいたる物語である。

「浦島さん」というテクストには、浦島が人界への帰心を抱くにいたる心理が納得されるような、読みの方向が内在すると考えるべきである。亀に案内される海底の世界、竜宮という仙界は不思議と驚異に溢れる。そのような仙界の魅力に飽きる浦島の心事に、読者は同調を求められるであろう。竜宮にとどまるという選択はあり得ぬものと了解されねばならない。竜宮を去る決断をした浦島は愚かであったという印象は排除されなくてはならない。

語りによる価値づけ

一般に流布する浦島物語において（『尋常小學國語讀本』に代表される年少の読者向けの浦島物語において）、浦島が竜宮を去る理由が穿鑿されることは稀である。故郷を離れた者が、故郷を懐かしむのは当然であるとする発想に、素朴な信頼が寄せられているようである。したがって、敢えて竜宮の魅力を削ぐような描写はみられない。そこは、鯛や平目が舞い踊るのを見物しつつ、面白おかしく日を過ごす場所であって構わない。美酒佳肴に酔って安逸を貪ることへの負い目、勤倹力行の徳目に背く居心地の悪さはあり得ても、竜宮そのものに負の価値づけがなされることはない。

「浦島さん」に描かれる竜宮も、仙界ならではの魅力に溢れる。広大無辺の重さを感じない空間。薄みどり色の明るさ。真珠の山。魚の掛け橋。海の桜桃。桜桃の花の酒。あらゆる美味を提供する柔らかな藻。驚異の目を見ひらくに値する場所である。

一方で浦島は、竜宮という空間に対する負の反応を隠さない。竜宮の門を潜ったあと、浦島が最初に口にするのは「静かだね。おそろしいくらゐだ。地獄ぢやあるまいね。」（三三〇）という言葉である。竜宮の広間は、浦島には「見渡す限り廃墟と言つていいくらゐの荒涼たる大広場」と感じられ、そこに住まう乙姫に対して「よくもまあ、こんな心細いやうな場所で生活が出来るものだ、と感歎の溜息に似たものがふうと出」る（三三八）ありさまである。語り手自身も「見渡すかぎり平坦の、曠野と言つていいくらゐの鈍く光る大広間」（三四三）であると語る。がらんどうの寂寞たる空間を印象づけることばが繰り返されるのである。

そのような竜宮であってみれば、浦島にやがて倦厭の思いが生じてもおかしくはない。言葉を発することのない乙姫の人物とともに、荒涼たる竜宮の空間もまた、人界への帰還を選んだ浦島の決断を妥当なものと思わせる。また、物語を結ぶにあたり、語り手が物語行為の相での長談義の末、白髪の老人に変じた浦島に幸福な十年を与えたのは、浦島の（人界への帰還という）判断を肯定する流れに沿う。さらに言えば、竜宮に対する違和感と人界の価値の再認識という、テクストに織り込まれてゆく読みの方向が顕在化するからこそ、語り手は玉手箱を開ける浦島を不幸にすることを躊躇したのだと考えられる。

ちなみに、浦島を陸上へ送り届けた亀は、本人の語る通り玉手箱の意味を知らなかったのだと考えられる。貝の玉手箱を目して「きつとその中には龍宮の精気みたいなものがこもつてゐるのでせう」（三四八）と、おのれの想像を逞しくする亀は、竜宮の異端者として、龍宮の精気（本質）を知る資格を与えられていない。玉手箱は、龍宮を体現する乙姫みずからが沈黙のうちに浦島に手渡す必要があった。（ついでに言えば、浦島の足許で囁いた――言葉を発した魚の掛け橋の魚たちも、言葉とは無縁の乙姫から、その本質において隔たるものがあったと考えるべきだろう。）この玉手箱は仙界の賜物であった。批評に満ちた人間界の葛藤に再び身を投ずることなく（浦島はわが家に戻ってから家人に言うべき言葉を心のうちで予行していた）、忘却による幸福な十年を生きることが、浦島には可能となった。「龍宮の高貴なもてなしも、この素晴らしいお土産に依つて、まさに最高潮に達した観がある。」（三五二）それは「深い慈悲」であったと、語り手は結論づける。

語りが導く認識

太宰の「浦島さん」からは、様々な趣意を引き出すことが可能である。人間は元来批評を逃れ得ぬこと。人の世の風流は様々な批評の微妙な均衡の上に成り立っていること。人間はそもそも言葉を欲する存在であること。あこがれの世界（異界）は人間の身の丈にあわぬこと。異界の趣味（風流）は人間にはふさわしくないこと。人間は人間の世界にこそ身を置くべきこと、等々である。こうしたことが実際に冒険に身を投じてはじめて納得されること、ただし納得できたあとは元の生活へ戻ることが許されぬことも、苦い教訓として呼び起こされる。

「浦島さん」の語りとは、そのような認識を導く語りであったろうし、そのような認識が肯定できるよう、読者に同調を促す仕掛けが埋め込まれた語りであったと言えよう。「おのづから別個の物語」とは、浦島の伝説を借りつつ、そのような認識―世界観を明確にした物語の謂であると考えることができる。テクストの読みの方向は、物語言説の相における様々な仕掛けによって作り出されてゆく。物語行為の相の語りは、(おのづから別個の)物語が紡がれてゆく過程に読者を招き寄せ、最終的にテクストがもつにいたる読みの方向へ同調を促す。

「浦島さん」の物語内容は、出来事の時間的経過としては、通行の浦島物語をほぼなぞるかたちであるが、作中人物たる浦島や亀や乙姫の人物造形と、竜宮という場所の描写において際だった特色を帯びる。また、仙界を訪れようとするにいたる決断、仙界から人間界に戻ろうとする際に生じた心の陰りをめぐる叙述にも、大きな特徴がある。太宰の「浦島さん」の物語内容として「おのづから別個の物語」を想起するであろう読者は、それら人物造形や空間描写、さらには心理的動機づけについての語りをふくめた、固有の浦島物語を了解することであろう。

第一章注

[1] Victor Erlich, *Russian Formalism: History-Doctrine* (New Haven: Yale University Press, 1981), 240–42.

[2] Seymour Chatman, *Story and Discourse: Narrative Structure in Fiction and Film* (Ithaca: Cornell University Press, 1978). ちなみに“content plane”(内容の次元)と“expression plane”(表現の次元)という用語は、L・イェルムスレウ(一八九九〜一九六五)による。cf. Louis Hjelmslev, *Prolegomena to a Theory of Language*, trans. F. J. Whitfield (Madison: University of Wisconsin Press, 1961).

［3］ Tzvetan Todorov, "Langage et littérature" in *Poétique de la prose* (Paris: Seuil, 1971), 37–39. ［英訳］"Language and literature" in *The Poetics of Prose*, trans. R. Howard (Ithaca: Cornell University Press, 1977), 25–26. トドロフの二分法の議論はE・バンヴェニスト（一九〇二〜一九七六）による"histoire"と"discours"の区別にもとづく。Émile Benveniste, *Problèmes de linguistique générale* (Paris: Gallimard, 1966), 238–45.

［4］ Gerard Genette, "Discours du récit" in *Figures III* (Paris: Seuil, 1972), 72. ［英訳］*Narrative Discourse: An Essay in Method*, trans. Jane E. Lewin (Ithaca: Cornell University Press, 1980), 27. ［邦訳］ジェラール・ジュネット（花輪光・和泉涼一訳）『物語のディスクール—方法論の試み』（水声社、一九八五年）、一七ページ。以下ジュネットの該書からの引用は本文中で（Genette 72・27・一七）のように示す。

［5］ M・バルは「ファーブラ」fabulaと「ストーリー」storyと「テクスト」textという三分法をとり、それぞれの用語を以下のように定義する。「語りのテクストとは、行為者もしくは主体が、個別の媒体において、あるストーリーを受け手に対して伝える（読者に「話す」）テクストのことである。媒体には言語、イメージ、音、建築物、及びそれらが複合したものがふくまれる。ストーリーはそのテクストの内容であり、ファーブラが帯びる個別の形式や、姿や、趣きを生みだす。こうしてファーブラは、ある様態のもとに表現される。ファーブラとは、関与者が引き起したり経験したりする一連の出来事が、論理的もしくは時系列的に関連づけられたものである。」Mieke Bal, *Narratology: Introduction to the Theory of Narrative*, 3rd ed. (Tronto: University of Tronto Press, 2009), 5.

ちなみに、S・リモン＝ケナンは同じ三分法をとりながら、「ストーリー」story、「テクスト」text、「ナレーション」narrationという用語を用いる。Shlomith Rimmon-Kenan, *Narrative Fiction*, 2nd ed. (London: Routeledge, 2002), 3–4.

［6］ P・オニールは、物語論（ナラトロジー）における二分法、三分法の様々な用語法を紹介しつつ、それらを「レベル」levelという語でまとめている。Patrick O'Neil, *Fictions of Discourse: Reading Narrative Theory* (Tronto: Universtiy of Toronto Press, 1994), 19–21. ［邦訳］遠藤健一監訳『言説のフィクション』（松柏社、二〇〇一年）三一〜三三ページ。

またM・バルは「層」layerという語を用いる。「レベル」も「層」も誤解を招きやすい用語法であると考える。ここでは「相」として論じる。

[7]　『お伽草紙』のはじめに語られる「瘤取り」の冒頭に、以下のような語りがあったことも忘れてはならない。

この瘤取りの話に限らず、次に展開して見ようと思ふ浦島さんの話でも、まづ日本書紀にその事実がちゃんと記載せられている《ママ》し、また万葉にも浦島を詠じた長歌があり、そのほか、丹後風土記やら本朝神仙伝などといふものに依つても、それらしいものが伝へられてゐるやうだし、また、つい最近に於いては鷗外の戯曲があるし、逍遙などもこの物語を舞曲にした事は無かつたかしら、とにかく、能楽、歌舞伎、芸者の手踊りに到るまで、この浦島さんの登場はおびただしい。（二九八ページ）

ここに言われる森鷗外の戯曲と坪内逍遙の舞曲は、それぞれ「玉篋両浦嶼《たまくしげふたりうらしま》」（一九〇二（明治三十五）年）と「新曲浦島」（一九〇四（明治三十七）年）及び「長生新浦島」（一九二二（大正十一）年）をさす。

[8]　巌谷小波には「日本昔噺」叢書（博文館、一八九四（明治二十七）年～一八九六（明治二十九）年）に収める『浦島太郎』（第拾八編、明治二十九年）や、「日本児童文庫」（アルス、一九二七（昭和二）年～一九三〇（昭和五）年）第十巻『日本お伽噺集』（昭和二年）に収める「浦島太郎」がある。六期に及んだ国定国語教科書には、『高等小學讀本』（第一期）二（一九〇四（明治三十七）年）第七課「浦島子」、『尋常小學讀本』（第二期）巻三（一九〇九（明治四十二）年）二十四・五「ウラシマノハナシ（一）（二）」、『尋常小學國語讀本』（第三期）巻三（一九一八（大正七）年）十四「うらしま太郎」、『小學国語讀本』（第四期）巻三（一九三四（昭和九）年）二四「浦島太郎」、『よみかた』（第五期）三（一九四一（昭和十六）年）二十六「うらしま太郎」、『こくご』（第六期）四（一九四七（昭和二十二）年）十「うらしまたろう」、などがある。

［9］「丹後国風土記」には、美しい女に姿をかえた亀に対し「人宅《いへ》遥けく遠く、海庭《には》に人乏《な》きに、詎《いか》に人忽来《きた》れる」（四七四ページ）と問う箇所があり、ここに見える「海庭」について、諸注は人麻呂のこの歌を引く。太宰がここに人麻呂の歌を引いたのは、「風土記」の注釈に拠った可能性がある。

［10］『昔話の形態学』（一九二八年）のV・プロップ（一八九五～一九七〇）にはじまり、『構造意味論』（一九六六年）や『意味について』（一九七〇年）のA・J・グレマス（一九一七～一九九二）、『物語のメッセージ』（一九七三年）のC・ブレモン（一九二九～二〇二一）らに引き継がれる物語構造分析の立場である。

［11］M・バルは、物語内容として想起されることと、物語言説で語られることとを、それぞれ異なる用語で論じようとする。たとえば、物語内容における登場人物は「行為者」actor と名づけられ、物語言説における登場人物は「作中人物」character と名づけられる。物語内容における場所は「位置」location であり、物語言説における場所は「空間」space である。また、「行為者」は「役割」role を果たし、「作中人物」は「行動」action を起こすともされる。バルによれば、物語言説における「作中人物」とは、読者があたかも実在の人間であるかのように、その姿、容貌、声等を想像したり、その行動や態度、心の動きに共感したりする存在である。個人的に好きになったりもすれば、嫌ったりもする。感情移入の対象ともなれば、性格批評の対象ともなる存在である（Bal 2009: 112-15）。

［12］物語内容を、時間軸上の出来事や状況の継起と捉えようとすることは、出来事や状況を時間軸上の「結合の軸」axis of combination において考えようとすることであると言える。物語内容を主に「統辞的」syntagmatique に理解しようとする立場である。状況A、出来事B、状況C、出来事D…等々を、A→B→C→D→…という繋《つな》がりとして理解することである。一方で、浦島や亀の人物造形として、さまざまにあり得た可能性のなかから、物語においてただ一つの人物造形が選びとられるという面を、「選択の軸」axis of selection において考えようとすることも出来るはずである。物語内容を「範列的」paradigmatique に理解しようとする立場である。竜宮という空間を、鯛や平目の舞い踊る賑やかな御殿としてではなく、薄明の茫漠たる空間として語る描写。家郷の激変を目のあたりにした悲しみの激発と

してではなく、亀の囁きにふと萌した好奇心によって玉手箱を開けたのだという因果関係の描写。身の破滅ではない白髪の老人の境涯についての説明。これらは潜在するいくつもの可能性のなかから一つが選択されたというかたちで理解できる。これは、結合の軸と交叉する選択の軸における表れであると考えられる。「結合の軸」と「選択の軸」という用語はR・ヤコブソン（一八九六〜一九八二）に倣う。cf. Roman Jakobson, "Two Aspects of Language and Two Types of Aphasic Disturbances," in *On Language*, eds. Linda R. Waugh and Monique Monville-Burston (Cambridge: Harvard Univerisy Press, 1990), 115-33.

［13］こうした理論の早い例として挙げられるのが、『小説の諸相』におけるE・M・フォースター（一八七九〜一九七〇）の区分である。フォースターは「王が死にそのあと妃が死んだ。」（The king died and then the queen died.）という文と「王が死に、そのあと妃が悲嘆にくれて死んだ。」（The king died, and then the queen died of grief.）という文について、前者を「物語」story、後者を「プロット」plotと名づけ、前者（物語）は「時系列で配置された出来事の語り」であり、後者（プロット）は「時系列で配置された出来事の語りではあるが、力点は因果関係にある」とした。E.M. Forster. *Aspects of the Novel* (1927; London: Edward Arnold, 1974), 60. ただし、「物語」storyと「プロット」plotという用語法については、多くの研究者が違和感を持つようである。通常「プロット」は「筋」であり、「筋」を加工したものが「物語」storyであると受けとられる。ちなみに、前田愛（一九三一〜一九八七）はフォースターの用語法に拠りつつ、シクロフスキーの"fabula"に「ストーリイ」を、"sjužet"に「プロット」を宛てて、「ストーリイ」を「話の筋」として論じている。前田愛『文学テクスト入門』（筑摩書房、一九八八年）第五章「物語の構造」。

［14］「外国人」という表現は、この『お伽草紙』というテクストが発表された一九四五（昭和二十）年という年の時代的文脈についてある連想を働かせる。同じ『お伽草紙』に収める「舌切雀」に「私はこの「お伽草紙」といふ本を、日本の国難打開のために敢闘してゐる人々の寸暇に於ける慰労のささやかな玩具として恰好のものたらしむべく」（三八一ページ）云々とあるのも思いあわされる。

［15］ゴチック書体のカタカナで挿入される文は「瘤取り」「カチカチ山」「舌切雀」にも同様の例がある。いずれも七五調で書かれているが、このうち「瘤取り」に挿入される文は河目悌二（画）武内俊子（文）『コブトリ』（児童図書出版社、一九四四（昭和十九）年）から採られていることが確認できる（次ページ参照）。参考までに、以下に『コブトリ』の全文を引用する。傍線部が太宰治の「瘤取り」と共通するテクストである（改行は「／」で示し、『コブトリ』とは相違する太宰のテクストを括弧内に太字で示した）。

ムカシ　ムカシノオハナシ（**話**）ヨ／ミギノ　ホホニ　ジヤマッ（**ツ**）ケナ／コブヲ　モッ（**ツ**）テル　オヂイサン、／アルヒ　アサカラ　ヨイ　テンキ／オヤマヘ　イ（**ユ**）キマス　キヲ　キリニ（**シバカリニ**）

ニハカニ　クラク　ナリマシタ／カゼガ　ゴウゴウ　フイテキテ／アメモ　ザァ（**ア**）ザァ（**ア**）　フリマシタ／「ヒドイナ　ユウダチ　ツメタイナ／ドコカデ　ユフダチ　ヨケタイナ」

ホラアナ　ミツケタ　オヂイサン／「チヨット　オヤドヲ　タノミマス／リスモ　オイデヨ　アマヤドリ」／ハイレバ　チットモ　ヌレマセン／アア　ヨカッタト　ヤスミマス

ユフダチ　ヤムノヲ　マツウチニ／ツカレガ　デタカ　オヂイサン／イツカ　グッ（**ツ**）スリ　ネムリマス／オヤマハ　ハレテ　クモモナク／アカルイ　ツキヨニ　ナリマシタ

フト　メガ　サメタ　オヂイサン／ミレバ　フシギダ　ユメデショカ／オニガ　オホゼイ　ワニ　ナッテ／ウタヲ　ウタッテ　テヲ　タタキ／ヒトリノ　オニガ　ワノ　ナカデ／ヲドリ　ヲドッテ　ヲリマシタ（**オヤ　ナン**

ムカシ ムカシノ オハナシヨ
ミギノ ホホニ ジヤマッケナ
コブヲ モッテル オヂイサン、
アルヒ アサカラ ヨイ テンキ
オヤマヘ イキマス キヲ キリニ

ヲドリノ スキナ オヂイサン
スグニ トビダシ ヲドッタラ
コブガ フラフラ ユレルノデ
トテモ ヲカシイ オモシロイ
オニドモ スッカリ ヨロコンデ
コヱ ハリアゲテ ウタヒマス

デセウ　サワグコヱ／ミレバ　フシギダ　ユメデシヨカ）

ヲドリノ　スキナ　オヂイサン／スグニ　トビダシ　ヲドッ**（ツ）**タラ／コブガ　フラフラ　ユレルノデ／トテモ　ヲカシイ　オモシロイ／オニドモ　スッカリ**（タイソウ）**ヨロコンデ／コヱ　ハリアゲテ　ウタヒマス

「ツキヨニャ**（ヤ）**イツモ　ヤマヘ　キテ**（カナラズ　ヤッテキテ）**／ヲドリ　ヲドッ**（ツ）**テ　ミセトクレ／ソノ　ヤクソクノ　オシルシニ／ダイジナ　モノヲ　アヅカラウ」／ヨシ　コノトキト　オヂイサン／ワザト　イヒマス　オニドモニ／「ソレデハ　オホキナ　コノコブヲ／トッテクダサイ　アヅケマス」

アサデス　ツユノ　ヒカルミチ／コブヲ　ト＊**（ラ）**レタ　オヂイサン／サッパリ　シマシタ　ウレシイナ／スタコラ　サッサト　イソギアシ**（ツマラナサウニ　ホホヲ　ナデ）**／オヤマヲ　オリテ　イ**（ユ）**キマシタ

ヒダリノ　ホホニ　ジヤマッケナ／コブヲ　モッテル　オヂイサン／コブヲ　トラレタ　ソノハナシ／キイテタイソウ　ヨロコンデ／「ヨシヨシ　ワタシモ　コノコブヲ／ゼヒトモ　トッ**（ツ）**テ　モラヒマセウ」

ツキヨノ　オヤマデ　オニドモハ／ウタヲ　ウタッテ　ヲリマシタ／ヒトマネ　コマネノ　オヂイサン／ヲドリヲドッテ　ミセタケド／ツマラナサウニ　オニドモハ／アクビヲ　シタリ　ネムッタリ／ナカニハ　プンプンオコリマス**（オニドモ　ヘイコウ／ジユンジユンニ　タッテ　ニゲマス／ヤマオクヘ）**

ヘタナ　ヲドリニ　ハラタテテ／オニハ　コナヒダ　アヅカッ**（ツ）**タ／コブヲ　ツケマス　ミギノ　ホホ／オ

ヤオヤ　トウトウ　コブ　フタツ／ブランブラント　オモタイナ／ハヅカシサウニ　オヂイサン／ムラヘ　カヘッ（ツ）テ　イ（ユ）キマシタ

「浦島さん」について同様の原本は確認できていない。「カチカチ山」「舌切雀」とともに、挿入のテクストを太宰自身が創作したという可能性を排除しない。武内俊子（一九〇五〜四五）は「かもめの水兵さん」の作者。

[16]　巌谷小波の「日本昔噺」叢書に収める『桃太郎』（一八九四（明治二十七）年）は、桃太郎自身の発話として「元来《もと》此日本の東北《うしとら》の方、海原遙かに隔てた処に、鬼の住む嶋が御座ります。其鬼心邪《こゝろよこしま》にして、我皇神《おほかみ》の皇化《みおしへ》に従はず、却て此の蘆原《あしはら》の国に寇《あだ》を為し、蒼生《たみくさ》を取り喰ひ、宝物を奪ひ取る、世にも憎くき奴に御座りますれば、私只今より出陣致し、彼奴《きやつ》を一挫《ひとひしぎ》に取て抑《おさ》へ、貯へ置ける宝の数々、残らず奪取て立ち帰る所存。」という鬼退治の動機を語る（『日本昔噺』、東洋文庫、一九ページ）。ただし、同じ小波でも「日本兒童文庫」の『日本お伽噺集』（アルス、一九二七（昭和二）年）に収める「桃太郎」は「鬼が島を征伐して、宝物を分捕つて来たいので御座います」という桃太郎の発話を語るのみである（『復刻版 日本兒童文庫』第十巻『日本お伽噺集』、名著普及会、一九八一（昭和五十六）年、七ページ）。ちなみに、一九三七（昭和十二）年発行の大日本雄弁会講談社の絵本『桃太郎』（文、松村武雄）は「アルヒ　桃太郎ハ　オヂイサン　オバアサンノマヘニ　リヤウテヲツイテ「ドウゾ　シバラク　オヒマヲクダサイ」ト　イヒマシタ。オヂイサンガ「ドコヘイクノカイ」ト　キキマスト「オニガシマヘ　オニセイバツニ　イキタイノデス」トイヒマシタ。ソノコロ　オニドモガ　ワルイコトバカリシテ　人人ヲクルシメテヰタノデ、オヂイサンハヨロコンデ　桃太郎ノネガヒヲ　キキイレマシタ。」と、鬼退治の理由を含む語りを行う。種々の桃太郎物語については滑川道夫『桃太郎像の変容』（東京書籍、一九八一年）、鳥越信『桃太郎の運命』（NHKブックス、一九八三年／ミネルヴァ書房、二〇〇四年）に詳しい。

[17]　初出は一九二四（大正十三）年七月一日発行『サンデー毎日』、後に『白葡萄』（春陽堂、一九二五（大正十四）

年）に収録。なお、芥川には「かちかち山」に言及する「教訓談」（一九二三（大正十二）年一月一日発行『現代』に掲載）と、「猿蟹合戦」（一九二三（大正十二）年三月一日発行『婦人公論』に掲載）がある。また「かちかち山」の草稿三種が「教訓談」の草稿として『全集』第二十一巻に収められている。

[18] たとえば「僻見」の「岩見重太郎」（一九二四（大正十三）年四月『女性改造』に発表）には次のようなくだりがみえることが指摘される（章太炎は章炳麟（一八六九〜一九三六）をさす）。

僕は上海のフランス町に章太炎先生を訪問した時、剝製の鰐をぶら下げた書斎に先生と日支の関係を論じた。その時先生の云つた言葉は未だに僕の耳に鳴り渡つてゐる。——「予の最も嫌悪する日本人は鬼が島を征伐した桃太郎である。桃太郎を愛する日本国民にも多少の反感を抱かざるを得ない。」先生はまことに賢人である。（中略）しかしまだ如何なる日本通もわが章太炎先生のやうに、桃から生れた桃太郎へ一矢を加へるのを聞いたことはない。のみならずこの先生の一矢はあらゆる日本通の雄弁よりもはるかに真理を含んでゐる。

（『芥川龍之介全集』（岩波書店、一九九六年）第十一巻、一九九〜二〇〇ページ。）

[19] 「浦島さん」の人物造形に関して小山清（一九一一〜一九六五）に以下の証言がある。「それからこれは、読者のなにかの参考にでもなればと思ひ、つけ加へる次第ですが、太宰さんは、「浦島さん」を書きながら、河上徹太郎氏のことが念頭に浮かんだと云つておられました。「カチカチ山」を書きながらは、田中英光君の大々とした姿が頻りに心頭を去来して感興を豊富にしたといふ話です。狸のモデルは私だといふ説がありますが、これは嘘。田中君こそはあの団々とした愛嬌者の真の原型です。これは私が直接太宰さんから伺つたのですから、間違ひありません。」（初出、『太宰治全集』第十一巻、八雲書店、一九四九年、「太宰治全集付録第五号」／再録、『太宰治全集』8、筑摩書房、一九九八年、四三三〜四ページ。）「批評」と「宿命」という言葉から河上徹太郎（一九〇二〜一九八〇）ではなく小

林秀雄（一九〇二～一九八三）を連想する読者はあるだろうか。

第二章　語り手と語りの場

1　語り手という存在

前章では、太宰治の「浦島さん」を例に、テクストのうちに照らしだすことのできる三つの相、物語内容、物語言説、物語行為それぞれについて具体的に考えてみた。そのなかで、物語行為の相において、はっきりと姿をあらわす語り手の存在に、しばしば注意を喚起しておいた。太宰の「浦島さん」では、語り手みずからが語る行為そのものを意識的に語ってみせる。それは、語り手が読者の前に自分自身の姿を晒す行為であったと捉えることもできる。

小説は、法律の条文や、百科事典の記述とは異なる。小説を小説たらしめるものとして忘れてならないのは、それが誰かに語られていることを感じさせる点である。語られたものとしての小説は、語る行為を担う存在を前提とする。語る行為はどのようになされるのか。これをテクストそのものに求めようとする際に浮かびあがってくるのが、語り手という存在である。

小説の語り手のありかたは実にさまざまである。語り手の存在がありありと感じられる語りもあれば、語り手の姿がきわめて見えにくい語りもある。語り手の存在が見えにくい、したがって物語行為の相を取りだしにくい小説は、決して珍しくはない。そもそも語り手は小説に（つねに）存在するのか、という問題は十分に吟味してかかる必要がある。小説は語られたものとしてあるが、テクストのなかに語る主体を探しだす必要は、必ずしもないのではないか。語られたものとしてのテクストには、語る行為のみが観察されるのであって、語る行為を誰が担うかは問わなくてよい、とする立場は当然あってよいであろう。[1]

ただし、小説の語りが備えるかたちを考えるにあたり、語り手の存在を仮定することで見えてくるものもある。小説の語りが語り手という存在によって担われると想定した場合、小説の語りをどのように分析できるかを考えてみるのである。その場合、語り手の存在はあくまでテクストの内部に求められることになる。いわゆる作者にかかわることではない。

小説においては、物語の世界に生きる作中人物の経験が語り手によって語られる。作中人物と語り手がどのような関係にあるかは、小説の語りを性格づける重要な要素となるであろう。当事者の立場から語られた経験であるのか、傍観する立場から観察されたものであるのか、あるいは伝聞なのか。語りが帯びる性格はそれぞれの場合で異なることになる。

そこでまず、小説にあらわれる語り手の類型を考えてみることにしよう。手がかりとすべきこととして、次のような点を考えてみる。

一、語り手が小説の語りのなかに「語り手」として姿をあらわすかどうか。

二、語り手が物語の作中人物となるかどうか。

以上の基準にもとづき、語り手のあり方をそれぞれ二つずつ考えてみる。「…かどうか」という問いに対して、肯定の答えになる場合と、否定の答えになる場合である。つまり、右の基準に対応するものとして、次の四類型を考えてみる。

① 語りのなかに姿をあらわす語り手
② 語りのなかに姿をあらわさない語り手
③ 物語の作中人物となる語り手
④ 物語の作中人物とはならない語り手

たとえば、森鷗外（一八六二～一九二二）の「舞姫」（一八九〇年）の太田豊太郎は、「余」を自称しつつみずから経験したことがらを語る。姿をあらわし、作中人物となる語り手である。夏目漱石の『吾輩は猫である』の「吾輩」すなわち猫も、語り手として姿をあらわし、作中人物となる。「猫」は苦沙弥先生をはじめとする人間たちを観察し、報告するかたわら、作中人物として三毛子や車屋の黒とかかわる。一方で、鷗外の「阿部一族」（一九一三年）は、語り手の存在をほとんど意識させない。語り手は姿をあらわさないし、姿をあらわさない以上作中人物となることもない。

語り手が姿をあらわす際、「作者は」等と名告《なの》るのみである場合と、語り手として個性を発揮し、みずからの存在を主張する場合とがある。[2]

前章で確認したように、「浦島さん」には「私」を名告る語り手が登場し、十年前に沼津の宿で一夏を送った経験を語ったり、「私も、としをとつたものだ」といった個人的感想を漏らしたりする。この「私」は、亀の考証について生物学者の反応を気遣い、あげくは「威張つちやいけねえ」などと勇ましい啖呵を切る。語り手として十分な個性を発揮していた。

語り手が作中人物となる際、主人公として物語に深く関与する場合と、目撃者・証人の立場にとどまる場合とがある。それぞれの役割は、謡曲のシテとワキの関係から類推すればよいであろう。鷗外の『雁』（一九一五年）は作中人物たる「僕」によって語られるが、物語の主人公となる作中人物は友人の岡田とお玉である。[3]

以上のように考えるなら、上記の四類型は、①と③に次の下位区分を加えたかたちで考えることができる。もちろん②であって③となる語り手はありえないし、②であれば④を考慮する必要はないから、③と④も本来は①の下位区分であると考えるべきだが、今は煩雑さを避け敢えて並記する。

① 語りのなかに姿をあらわす語り手
（i）個性を発揮する語り手
（ii）個性を発揮しない（名告るのみの）語り手
② 語りのなかに姿をあらわさない語り手
③ 物語の作中人物となる語り手
（i）主人公となる語り手
（ii）脇役（目撃者・証人等）にとどまる語り手
④ 物語の作中人物とはならない語り手

2　語り手の姿——読者と向きあう語り手

語り手のありかたを別の面から考えてみよう。以下に引用するのは、芥川龍之介の「芋粥」(一九一六(大正五)年『新小説』に発表、翌年刊行の『羅生門』所収)の冒頭である。

元慶《げんけい》の末か、仁和《にんな》の始にあつた話であらう。どちらにしても時代はさして、この話に大事な役を、勤めてゐない。読者は唯《ただ》、平安朝と云《い》ふ、遠い昔が背景になつてゐると云ふ事を、知つてさへゐてくれれば、よいのである。——その頃、摂政《せつしやう》藤原基経《もとつね》に仕へてゐる侍の中に、某《なにがし》と云ふ五位があつた。

これも、某と書かずに、何《なん》の誰と、ちやんと姓名を明《あきらか》にしたいのであるが、生憎《あいにく》旧記には、それが伝はつてゐない。恐らくは、実際、伝はる資格がない程《ほど》、平凡な男だつたのであらう。一体旧記の著者などと云ふ者は、平凡な人間や話に、余り興味を持たなかつたらしい。この点で、彼等と、日本の自然派の作家とは、大分ちがふ。王朝時代の小説家は、存外《ぞんがい》、閑人《ひまじん》でない。——兎《と》に角《かく》、摂政藤原基経に仕へてゐる侍の中に、某と云ふ五位があつた。これが、この話の主人公である。

(『芥川龍之介全集』第一巻(岩波書店、一九九五年)二一三ページ)

*旧版全集によりルビを補った。以下同じ。

ここにあらわれる語り手は、素性こそあきらかではないが、語り手としての存在感をあらわにしている。

語りのなかに姿をあらわす語り手である。また、それなりの個性も発揮する。時間を遡って、遠い過去の話をしようとするにあたり、元慶の末か仁和か時代は問わない、ただ平安朝であることが分かっておればよいと、語り手は宣言する。これから語ろうとする物語はおのれの裁量のうちにある、とでも言いたげな語りである。

この語り手はまた、読者の存在に言及する。しかも、読者への働きかけを行う語り手である。読者はただ、これが遠い昔を背景にした物語であることを了解しておけばよいと、語り手は告げる。千年の昔の物語を語るにあたり、読者と語りを共有しておこうとする態度だと言えよう。穿鑿は抜きにしてこれが現代とはかけ離れた過去の物語であることを了解してほしい。そのようなものとして物語を受けとってもらいたいという、語り手の側からの読者への働きかけである。第一段落のおわりにあらわれるダッシュは、そのような読者への働きかけが機能することを待つ、一種の間合いだとみなすことができる。

読者は、語り手 narrator の語り narrative を受けとめる聞き手 narratee の役割を期待されている。[4] 逆に言えば、「芋粥」の語り手に対して聞き手の役割を担うのは、読者だということになる。この語り手は、聞き手 narratee に対してしきりに働きかけようとするが、聞き手として語り手に応じることを求められているのは、読者であると考えるほかない。「芋粥」の語りが成立するのは、語り手が読者と直接向きあう場だと考えられる。

この語り手は、語りを準備するにあたって、楽屋裏をあかす。「某と云ふ五位」と名指される作中人物を紹介したあとで、「某（なにがし）」という匿名にした理由を、「旧記」には伝わらないためだと言うのである。語り手はさらに、「旧記の著者」と「日本の自然派の作家」を比較して、旧記の著者は平凡な人間や平凡な話にあまり関心を示さなかったのだろうとも言う。これは、語り手の楽屋裏を語ることから逸脱して、日本の自然主義作家たちへの批評となっている。「王朝時代の小説家は、存外、閑人でない。」という評言は、現代の自然主義の小説家は閑人だという揶揄を言外に含むことになるからである。しかもこれは、自然主義の小説家は閑人だという批評を、読者に了解させようとする語り手の側の働きかけを潜めている。みずからが設定する語りに読者を引き入れようとするにあたり、語り手は物語の外の時代——自然主義作家が活躍する（現代の）日本——に言及する。そのことで、自分が読者と同じ（平安朝を遠い過去とする）世界に生きていることを確認し、さらには同じ価値観を共有することを求めるのである。段落のおわりに再び用いられるダッシュは、そのような働きかけをした語り手が、読者の反応をたしかめようとする間合いだと考えられる。それは、「芋粥」の物語言説を準備する語り手が、物語行為の相において、みずからの存在を読者に印象づけようとするふるまいである。

このような語り手をもつ「芋粥」には、読者に働きかけようとする語りが頻出する。「某の五位」ははなはだ風采のあがらない男である。赤鼻で、口髭が薄く、色の褪めた水干に、萎えた烏帽子という姿。語り手はそのことを言ったあとで「かう云ふ風采を具へた男が、周囲から、受ける待遇は、恐らく書くまでもない事であらう」と語る。私の読者であれば、この某の五位が人々にどのような扱いを受けるかは、十分に予想できるであろう。そのことは語り手としてわざわざ書くまでもない。そう断った上で、五位が同輩や下役に軽んぜられるありさまをこまごまと語るのである。読者は、五位の扱いについてみずから予想することがらを、語り手が語るいくつかのエピソードと照らしあわせるよう促されるであろう。こうして読者は、語り手の導くがままに語り手の語りを共有することになる。

さて、同輩の憫笑、軽侮に無感覚になってしまっている五位だが、ひとつだけ望みがあった。芋粥を飽きるほど飲んでみたいという欲望をかなえることである。人はかなえられる見込みのない望みのために一生を捧げることもある。「その愚を哂《わら》ふ者は、畢竟、人生に対する路傍の人に過ぎない。」語り手は、そう読者を戒める。そうであってはなるまいと読者の背中を押す。そのようにして読者の誘導が行われ、語りの共有が進行したあと、次のような言葉が続く。

しかし、五位が夢想してゐた、「芋粥に飽かむ」事は、存外《ぞんぐわい》容易に事実となって、現れた。その始終を書かうと云ふのが、芋粥《いもがゆ》の話の目的なのである。

（二二九ページ）

五位にはあり得ぬことに思われたことが、思いがけず実現することになった。まずそのように物語の帰結を予告したあと、五位の望みがかなった事情を書くことが、この語りの目的なのだと語り手は言う。物語行為の相が前面に押しだされた語りであり、語り手自身の存在をはっきり主張する語りである。作中人物となることはないが、はっきりと姿をあらわし、自然主義作家に対する揶揄のことばすら口にする。五位という作中人物の人となりを言ったあと、五位について語ることの目的を示し、目的にそうかたちで語りを裁量しようとする。旧記に記されたことをそのままに語るのではなく、みずから語りを構成してゆこうとする意志を明確にする。

3　語り手と物語世界

物語世界外の語り手

さて、前節で論じた「芋粥」の物語とその語り手のあり方を、あらためて確認してみよう。語り手は、旧記を語り直すにあたり、ことさらに「某と云ふ五位」の物語との時間的距離を言いたてていた。五位が生きていたとされる平安朝の昔と、自然主義の作家が跋扈する現在とを対照してみせていた。したがってこの「芋粥」という小説の語りには、一方で五位の生きた平安朝の世界、他方で語り手が身をおく（現代という）時代が仄めかされていることになる。語り手が語る物語の世界と、語り手の語りの場が対照されていると言い換えてもよい。旧記を土台に虚構が綯い交ぜられてゆく世界と、旧記――『今昔物語集』や『宇治拾遺物語』――を元に「芋粥の話」を語り直してゆく語り手が身を置く場とである。

語り手が語ってみせる物語の世界（この場合は平安朝の世界）を「物語世界」と呼ぶことにしよう。また、語り手によって語りが行われると想定される場を「語りの場」と呼ぶことにする。語りの場とは、語り手の語りが聞き手 narratee に受けとめられる場のことである。聞き手に受けとめられることで、語り手の語りが成立する場と言ってもよい。「芋粥」という作品では、この物語世界と語りの場の距離が、意識的に大きくとられていると考えることができるし、物語世界と語りの場が切り離されているとも言える。これを図示すれば次のようになるであろう。

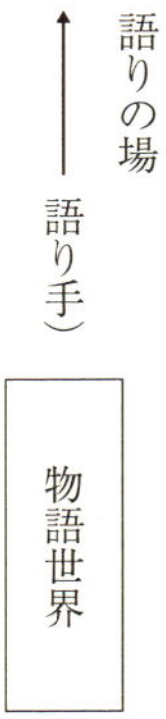

このように、語りの場が物語世界の外にあって、語り手の語りを受けとめる聞き手 narratee としては読者が想定される場合を、ジュネット以降の物語論では、語りが「物語世界の外で行われる」extradiegetic という。また、そのような語りの場を持つ語り手を「物語世界外で語る語り手」extradiegetic narrator（物語世界外の語り手）と呼ぶ。[5] 小説の語りは、通常ある物語世界について語るところから出発するが、その出発点の外側にいかなる語りの場も想定出来ない場合――それは聞き手 narratee として読者の存在を考えるほかない場合である――を「物語世界外の語り」と呼び、そのような語りを担う語り手を「物語世界外の語り手」と呼ぶのである。この「物語世界外の語り」および「物語世界外の語り手」と対照される「物語世界内の語り」および「物語世界内の語り手」は、物語世界の中に聞き手 narratee を持つ場合について言う。これについては後に詳述する

物語世界に属さない語り手

「芋粥」の語り手は、自分自身物語世界の中に入り込むことはない。つねに物語世界の外部にとどまっている。あくまで語り手であることにとどまって、決して物語世界の作中人物となることはない。言い換えれば、この語り手はみずからが語る物語世界には存在する場所を持たない。物語世界に不在の語り手で

ある。これを図示すれば次のようになるだろう。

語り手

物語世界

このように、物語世界の外部にとどまって、物語世界の作中人物となることのない語り手を、ジュネット以降の物語論では、「物語世界に属さない語り手」heterodiegetic narrator と呼ぶ[6]。この語り手は、姿をあらわすこともあればあらわさないこともあるが、作中人物となることはない。物語世界の中には決して入り込まず、物語世界の外部にとどまる語り手である。

以上紹介した二つの用語を組み合わせると、「芋粥」の語り手は、物語世界外の語り手 extradiegetic narrator で、かつ物語世界に属さない語り手 heterodiegetic narrator であるということになる。語りの場が物語世界の外部、すなわち直接読者に受けとめられる場にあって、語り手が決して作中人物になることのない場合である。

「芋粥」で語りの場を確認した際、語り手が自然主義作家について語っていることをみておいた。そのようにして、語りの場を読者と共有しようとしていることを言った。これは「芋粥」が発表された大正五、六年の時代の日本をまずは背景としているが、語りの場とは、そのような時代と場所を限定した個別の場をいうわけでは必ずしもない。作品が発表された特定の時代と場所があったように、われわれ読者にも生きる時代と場所がある。

われわれは、大正五、六年の日本から遠く隔たった時代において「芋粥」の読者となり、語り手が誘導するままに語りの場に招き寄せられる。読者たるわれわれは、われわれの文学史的知識を動員することで、たとえば語り手の自然主義作家への揶揄を共有することができる。さらには、語り手のいう旧記の記述を見あわせつつ、語り手の物語言説のありかたを吟味することもできる。そのような手続きは当然あってよいが、われわれ読者にもっとも強く要請されるのは、一人の読者として、時代や場所の個別性を越えて語りの場に立ち会うことである。

語りの場とは、あくまでも小説のなかの語り手が、語りにおいて設定する場のことである。小説が発表された時代や場所と、一旦は切り離される場である。読者が立ち会うことになるのは、語りが語りを通じて具体化される場であり、物語行為の相から浮かびあがる場である。同様に、語りの場に招き寄せられる読者も、生きて呼吸する生活の場を離れて、語りの場に立ち会うことを求められる。語りの場が、小説作品が書かれた時代や場所の文脈と距離を持つにいたるように、読者が参加を求められる語りの場もまた、個人としての読者が生きる文脈とはある距離を持つことになる。

物語世界に属する語り手

さて、今は物語世界に属さない語り手のことを言った。物語世界の作中人物とはならない語り手である。一方、物語世界の中で作中人物となる語り手のことも、当然考えなくてはならない。たとえば、同じ芥川の最晩年の遺作「歯車」(没後、一九二七(昭和二)年『文藝春秋』に掲載)は、つぎのように語り出される。

僕は或《ある》知り人《びと》の結婚披露式につらなる為に鞄《かばん》を一つ下げたまま、東海道の或停車場へその奥の避暑地から自動車を飛ばした。自動車の走る道の両がはは大抵《たいてい》松ばかり茂つてゐた。上り列車に間に合ふかどうかは可也《かなり》怪しいのに違ひなかつた。自動車には丁度《ちやうど》僕の外《ほか》に或理髪店の主人も乗り合せてゐた。彼は棗《なつめ》のやうにまるまると肥つた、短い顋髯《あごひげ》の持ち主だつた。僕は時間を気にしながら、時々彼と話をした。

「妙なこともありますね。××さんの屋敷には昼間でも幽霊が出るつて云ふんですが。」

「昼間でもね。」

僕は冬の西日の当つた向うの松山を眺めながら、善い加減に調子を合せてゐた。

「尤《もつと》も天気の善い日には出ないさうです。一番多いのは雨のふる日だつて云ふんですが。」

「雨のふる日に濡れに来るんぢやないか？」

「御常談で。……しかしレエン・コオトを着た幽霊だつて云ふんです。」

（『芥川龍之介全集』第十五巻（岩波書店、一九九七年）四〇～一ページ）

この小説の語りは、「僕」を名告《の》る語り手がみずからの経験を語るかたちで進行する。「僕」は、カバン一つを持って、東海道線の駅に向かうために自動車に乗っている。この自動車には理髪店の店主も乗りあわせていて、二人は何気ない会話を交わす。物語はこの「僕」が経験する世界の中で展開する。「僕」は物語世界の中に生きている。「僕」は、語り手でありながら、物語世界の中にいる。この語り手は姿をあらわし、作中人物となる。主人公としてみずからの体験を語る。

語り手は「僕」を名告って物語世界の中の作中人物としてふるまう。では、この語り手の語りの場はどこにあるだろうか。

「僕」は、東海道線の駅に自動車を飛ばしながら、道の両側の松の木に目をとめている。自動車が列車の時刻にまにあうかどうか怪しいと考えている。理髪店の店主にいい加減な相づちを打ちながら、冬の松山に西日があたるのを眺めている。それらはみな、過ぎたこととして「夕形」の語尾で語られているが(「飛ばした」「茂つてゐた」「違ひなかつた」「乗り合せてゐた」)、これらの経験を過去のこととして回想する場が、物語世界の中に具体的に設定されているわけではない。また、これらの語りが東海道線の駅に向かう自動車の車中で行われている——作中人物である「僕」がみずからの行為を実況中継している——と考えることもできない。そもそもこの「僕」の語りを受けとめてくれる作中人物は、物語世界の中にはいない。

語り手は、「僕」を名告って物語世界に生きるものの、語り手の語りを受けとめる聞き手 narratee が物語世界に存在するわけではない。「僕」の語りを受けとめるのは読者であろうと考えられるし、読者以外に聞き手 narratee を探すことは難しい。この語り手は読者と直接向きあう語りの場を設定する。読者は明らかに物語世界の中にいない。したがって、読者と共有される語りの場は物語世界の外部にあり、語り手は物語世界外で語る。つまりこの「僕」は、物語世界の中にあっては作中人物となる一方で、物語世界の外部にあっては語り手としてふるまう。これを図示してみるなら、次のようになるだろう。

このように、作中人物として物語世界の中に生きている語り手を、ジュネット以降の物語論では、「物語世界に属する語り手」homodiegetic narrator と呼ぶ。[7] 物語世界に属する語り手は、主人公として自分自身の経験を語ることもあるし、目撃者・証人としてもっぱら自分以外の作中人物について語ることもある。「歯車」においては、物語世界における自分自身の経験を語る語り手である。

物語世界で作中人物となる「僕」と、語りの場で語り手となる「僕」は、同一の人物である。すなわちこの語り手は、語りの場について言うなら物語世界外の語り手であり、物語世界との関係について言うなら物語世界に属する語り手だということになる。

物語世界の外部にある語りの場は、あくまでも時間や場所の個別性を持たない場である。それは物語世界が持つ時間や場所の制約と無縁である。語り手の語りが、聞き手 narratee たる読者によって直接受けとめられる場である。

これに対し、語りの場が物語世界のなかに具体的に位置づけられる語りもある。物語世界の作中人物が物語世界のなかで実際に語る場合である。

4　語りの階位

物語世界内の語り手／物語世界に属する語り手

泉鏡花（一八七三〜一九三九）の『高野聖』（一九〇〇（明治三十三）年『新小説』に発表、一九〇八（明治四十一）年単行本を刊行）は、次のような書き出しではじまる。

「参謀本部編纂の地図を又繰《くり》開いて見るでもなからう、と思つたけれども、余りの道ぢやから、手を触《さは》るさへ暑くるしい、旅の法衣《ころも》の袖《そで》をかゝげて、表紙を附けた折本《をりほん》になつてるのを引張《ひつぱ》り出した。

飛騨から信州へ越える深山《しんざん》の間道《かんだう》で、丁度立休《ちやうどたちやす》らはうといふ一本の樹立も無《な》い、右も左も山ばかりぢや、手を伸ばすと達《とゞ》きさうな峯《みね》があると、其《そ》の峯へ峯が乗り巓《いたゞき》が被《かぶ》さつて、飛ぶ鳥も見えず、雲の形も見えぬ。

道と空との間に唯《たゞ》一人我《わし》ばかり、凡《およ》そ正午と覚《おぼ》しい極熱の太陽の色も白いほどに冴《さ》え返つた光線を、深々と頂いた一重《ひとへ》の檜笠《ひのきがさ》に凌《しの》いで、恁《か》う図面を見た。」

旅僧《たびそう》は然《さ》ういつて、握拳《にぎりこぶし》を両方枕に乗せ、其《それ》で額《ひたひ》を支へながら俯向《うつむ》いた。

道連《みちづれ》になつた上人《しやうにん》は、名古屋から此《こ》の越前敦賀《つるが》の旅籠屋《はたごや》に来て、今しがた枕に就《つ》いた時まで、私が知つてる限り余り仰向《あふむ》けになつたことのない、詰《つま》り傲然《がうぜん》として物を見ない質《たち》の人物である。

（『新編　泉鏡花集』第八巻（岩波書店、二〇〇四年）三ページ）

はじめに語りはじめるのは、括弧で区切られたあと、「旅僧」と名指されることになる作中人物である。そのことは「然ういつて」とあることで確認できるが、そう言ったとされる旅の僧は、枕の上に握り拳で額を支え、うつ伏せの姿勢をとる。そのことがまずは語られる。この奇妙な姿勢に言い及ぶ語りが、どのような語りなのか明らかにされぬまま次の段落に移ると、「道連になった上人は…」と続き、やがて「私」とされるもう一人の作中人物が導き入れられる。僧が語り、「私」が立ち会う状況であることが、ここで明らかになる。「私」はどうやら物語世界に属する語り手のようである。

参謀本部の地図は「また」開くまでもない、とあるからにはそれまで幾たびも地図を確かめたのだろう。あまりに道が悪いため、暑くるしい衣の袖をからげ、何度目かに地図を取りだした。飛騨から信州へ抜ける山中で、峰々にさえぎられた狭い空の下、たった一人正午の太陽を笠でさえぎりつつ図面を見た——。そのように語り出される言葉を括弧で区切ったあと、旅僧の奇妙な姿勢に言及がある。括弧内の語りのなかで地図を開く動作を行っていた手が、括弧外の語りでは固く握られた拳となり、夏の正午の山中の旅が、「枕」の語がよび寄せる夜の時間と対置される。旅僧によって語られている時間と場所——括弧内で語られる夏の正午の山中——と、旅僧の語っている時間と場所——括弧外で語られる夜の寝床——との対比が鮮やかなところである。括弧の区切りを境に、語りのありかたに変化の生じるありさまが、このようなイメージの落差によって明確にされる。

ちなみに、枕を前に俯いた旅僧の姿勢は、語り手である「私」によれば、「傲然として物を見ない」性質、すなわちものごとに謙虚な態度をあらわすとされる。これが、これから語られようとする奇妙な体験と、これに思いを潜めようとする旅僧の心事を暗示するだろうことは、旅僧の語りを読み進めてゆくうちに納得されることになる。

「私」は、うつ伏した旅僧の姿勢に言及したあと、旅僧と同宿するまでの経緯を語る。「私」は名古屋の駅で近づきになった旅の僧とともに、越前敦賀に着いた。上人と言い換えられた僧は高野山に籍を置く身で、宗派は違うが永平寺へ向かう旅である。若狭に帰省する「私」が敦賀での同宿を願うと、上人は快く諾《うべな》って懇意にする旅籠へ誘った。旅籠は見事な構えの古家で、食事も思いのほかによい。雪に降りこめられた夜、私は眠られぬまま旅僧に諸国行脚の「おもしろい談《はなし》」をせがむ。旅僧は「出家《しゆつけ》のいふことでも、教《をしへ》だの、戒《いましめ》だの、説法《せつぱふ》とばかりは限らぬ、若いの、聞かつしやい」（六〜七）と言って、冒頭の物語を語り出す。この状況設定までで「第一」と「第二」が費やされる。語り手は物語世界の中の作中人物となる「私」である。この「私」の語りを受けとめるのは、物語世界外の読者であると考えられる。これを図示すれば、次のようになるだろう。

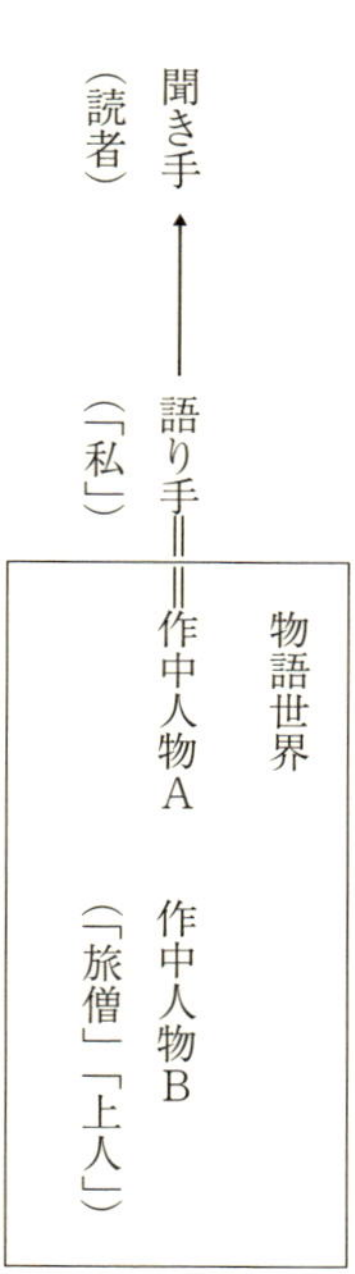

「私」は、「第一」と「第二」の語りを通じて、物語世界の作中人物としての存在感を既に十分主張しうるまでになっている。その「私」が、物語世界のもう一人の作中人物である旅僧の話の直接の聞き手とな

る。旅僧は、自分の体験を語るにあたって「私《わし》」を名告る。発話内容はそのまま括弧のなかに再現される。敦賀の旅籠の夜の部屋には、旅僧の肉声が響いていたであろう。旅僧の語りの場には、具体的な時間と場所がしるしづけられている。

「私」（作中人物A）は、物語世界の中にあって、旅僧（作中人物B）の語りに立ちあっている。「私」の語り――どのような経緯で旅僧と同宿し、旅僧の語りがどのような状況でなされたかを語る語り――は、飛驒の山中の経験を語る旅僧の語りを枠どるかたちになる。「私」が旅僧と出会う敦賀の物語世界が、旅僧が経験した飛驒山中の物語世界の外枠を提供している。自分の体験を語るにあたって、同じく「私」（ただし「わし」とルビが振られる）を名告る旅僧（作中人物B）の語る物語世界は、「私」（作中人物A）が語る物語世界とは、おのずから別の物語世界を形成する。旅僧の語る物語世界に、聞き手たる「私」（作中人物A）が入り込む余地はない。それは「私」のいる物語世界の中の、もう一つの物語世界である。いま仮に、「私」が身を置く物語世界を「物語世界1」とし、旅僧が語る飛驒山中の物語世界を「物語世界2」とするなら、次のような図を考えることができるだろう。

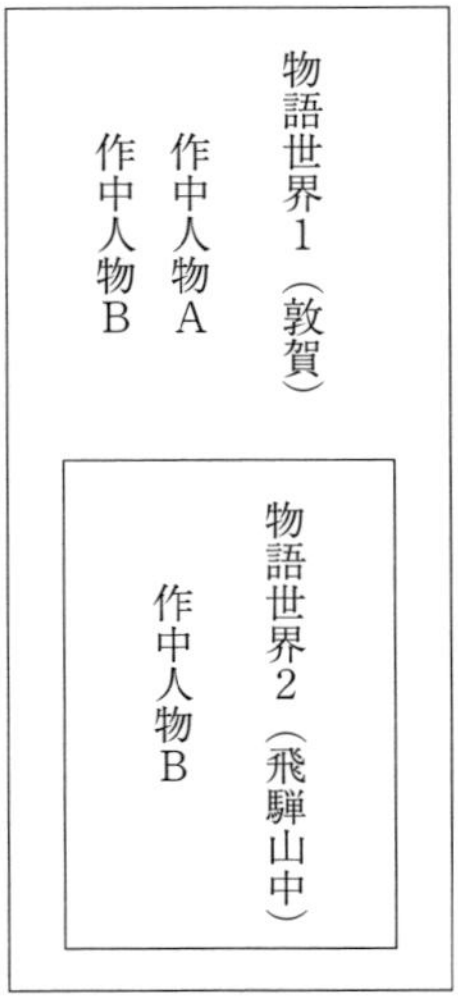

物語世界1は、物語世界2を枠取るかたちになる。この図に、語り手と作中人物を書き入れれば次のようになるだろう。ただし、枠の大きさは物語の重要度にかかわらない。周知のように、『高野聖』において主要な物語を構成するのは、物語世界2で展開する物語の方である。

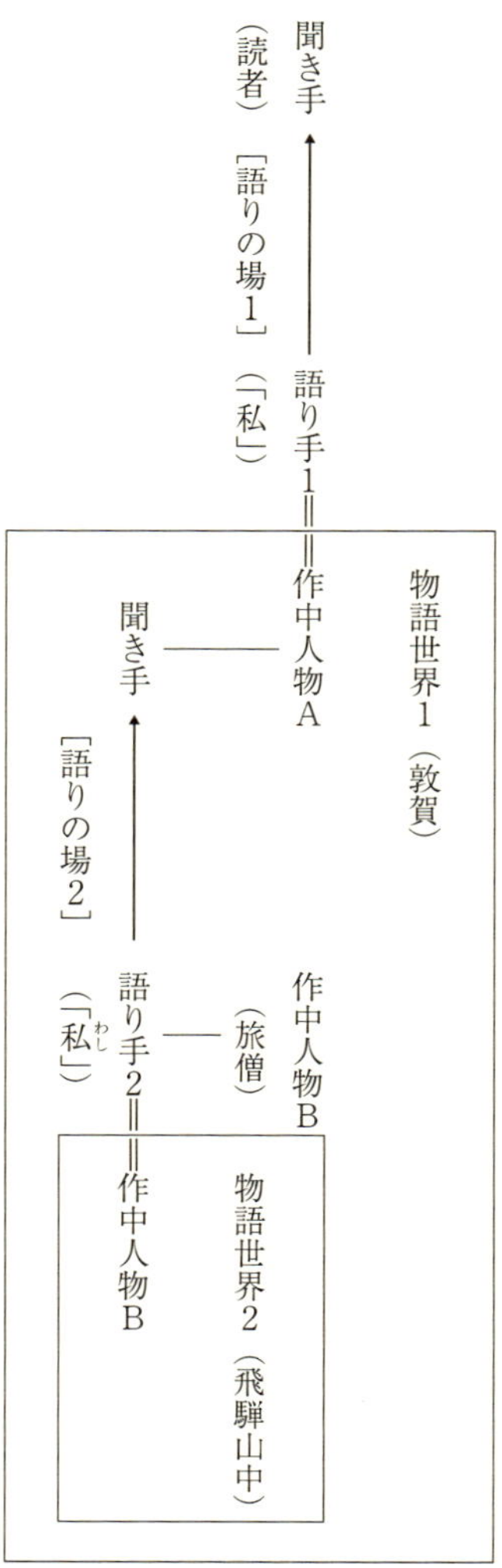

ここで確認すべきは、語りはつねに物語世界について、物語世界の外部で行われるという点である。語りの場は、つねに物語世界の手前にあるのだと言ってもよい。物語世界1においては、物語世界1の作中人物Aが語り手となって、物語世界1について語る。物語世界2においては、物語世界2の作中人物Bが、物語世界2について語る。語りの場は、それぞれ物語世界1の外部と、物語世界2の外部にある。物語世

界1についての語りは語りの場1で行われ、物語世界2についての語りは語りの場2（物語世界1）で行われることになる。ちなみに語り手1は、姿をあらわし脇役として作中人物となる語り手、語り手2は、姿をあらわし主人公として作中人物となる語り手である。

物語世界1について語る語り手1と、物語世界2について語る語り手2は、それぞれ異なる語りの場、すなわち語りの場1と語りの場2を持つ。物語世界1に包摂される物語世界2という関係に即して考えるなら、語りの場2は語りの場1に包摂され、両者には階層的な差違がある。このように、複数の語りの場のあいだに、物語世界1の中に成立する物語世界2といった階層的な差違を認めることができる場合、これを語りの「階位」が異なると言いあらわすことにする。つまり、物語世界1について「私」が語る階位と、物語世界2について「私《わし》」（—「旅僧」）が語る階位は異なる、ということになる。

物語世界1の語りの場（語りの場1）は、物語世界1の外部にある。語りを受けとめる直接の聞き手narrateeとしては読者が想定される。したがって、物語世界1の語り手は、物語世界外の語り手である。また、この語り手は物語世界1の作中人物でもあるので、物語世界に属する語り手である。一方、物語世界2の語りの場（語りの場2）は、物語世界1の中にある。語りを受けとめる直接の聞き手narrateeは物語世界の中にいる作中人物、つまり物語世界1の中の「私」である。この場合、物語世界1の中の「私」は（実際に）旅僧の肉声を耳にする聞き手としてあらわれる。このように、語りの場が物語世界の中にあって、物語世界の作中人物が語り手となり、物語世界の作中人物が直接の聞き手となる場合を、物語論においては語りが「物語世界のなかで行われる」intradiegeticと呼ぶ。「物語世界内の語り」である。また、そのような語りの場を持つ語り手を「物語世界内の語り手」intradiegetic narratorと呼ぶ。物語世界内の語りと物語世界外の語りとは、聞き手 narratee としてどのような存在が想定されるかで区別される。物語世界内の語りは物語世界の作中人物を聞き手とし、物語世界外の語りは（物語世界の外の）読者を聞き手とする。物語世界外の語りの聞き手 narratee となる読者が、具体的肉付けをともなわない抽象的な存在——語り手の語りを受けとめる機能を担う概念的存在——であるのに対し、物語世界内の語り手の語りを受けとめるのは、物語世界内で（実際に）生きた肉体を持つ、文字通りの聞き手である。

物語世界2の語り手である旅僧——「私《わし》」は、物語世界内の語り手である。また、この旅僧——「私《わし》」は、物語世界2の作中人物ともなるので、物語世界に属する語り手である。すなわち、旅僧たるこの語り手は、物語世界内で語る物語世界に属する語り手であるということになる。

『高野聖』という小説は、その「第一」と「第二」において物語世界1の状況を具体的に叙述し、物語世界1と物語世界2の関係を明確にしたあと、「第三」以降は、括弧で括られた旅僧の語りを直接再現してゆくことになる。語り手は「私《わし》」（＝旅僧）である。ただし、物語世界2が物語世界1によって枠どられていたことは、ところどころに挿入される物語世界1についての語りによって、何度も想起させられる。具体的には「第五」の末尾の「「…故《わざ》とするやうで、気が責めてならなんだから、」と宗朝《しうてう》は矢張俯向《うつむ》けに床《とこ》に入つたまゝ合掌していつた。」（一三）や、「第六」の末尾の「「…今でも悚然《ぞッ》とする。」と額《ひたひ》に手を。」（一五）などがあるが、もっとも大がかりな挿入は「第二十三」の冒頭にあらわれる。

此折《このをり》から下の廊下に跫音《あしおと》がして、静に大跨《おほまた》に歩行《ある》いたのが寂《せき》として居《ゐ》るから能《よ》く。軈《やが》て小用《こよう》を達した様子、雨戸をばたりと開《あ》けるのが聞えた、手水鉢《てうづばち》へ干杓《ひしやく》の響《ひゞき》。

「おゝ、積つた、積つた」と呟《つぶや》いたのは、旅籠屋《はたごや》の亭主の声である。

「ほゝう、此《こ》の若狭《わかさ》の商人《あきんど》は何処《どこ》へか泊つたと見える、何か愉快《おもしろ》い夢でも見て居《ゐ》るかな。」

「何《ど》うぞ其後《そのあと》を、それから、」と聞く身には他事《たじ》をいふうちが悶《もど》かしく、膠《にべ》もなく続《つゞき》を促《うなが》した。

「さて、夜も更《ふ》けました、」といつて旅僧《たびそう》は又《また》語出した。

（五二〜三ページ）


旅僧の語りは、飛騨山中の女の家での出来事を語って、佳境に入ったところである。直前の「第二十二」は旅僧の語りが括弧で区切られたまま終わる。そのあとに続く「第二十三」の冒頭は、いきなり物語世界1についての語りに移行して、旅僧の語りの場がどこにあったかを思い起こさせる。階下で旅籠屋の亭主が小用に立つのが聞こえ、亭主のひとりごとで、戸外に雪が降り積もっていたことが了解される。それは、あたりの静けさを語るとともに、旅僧が語りはじめてからの時間の経過を示すであろう。旅僧の言う「若狭の商人」は、「第三」の語りのはじめにおいて「今に最《も》う一人此処《こゝ》へ来て寝るさうぢやが、お前様と同国ぢやの、若狭の者で塗物の旅商人《たびあきうど》。いや此《こ》の男なぞは若いが感心に実体《じつてい》な好《い》い男。」（七）と旅僧が語っていた商人のことである。この語りによって、旅僧と「私」の語りの場にいつなんどき第三者が闖入してくるか分からない、待機—不安の感覚が持ち込まれていた。旅僧と「私」の二人が共有していた濃密な語りの空間が、いつ霧散してもおかしくない危険に脅かされていたわけである。だが、戸外には旅人の往来を阻むほどの雪が降り積もっている。旅僧は「此の若狭の商人は何処へか泊つたと見える」との判断を下す。この一言で、第三者の闖入の可能性はきっぱりと排除される。「私」にとってまったく見ず知らずの人間が、同じ部屋に入り込んでくることにもはやないと考えてよい。語りの場が攪乱されることはあるまい。旅僧と「私」が専有する語りの場は、これまで通り維持されるであろう。このあと旅僧の語りは、「第二十五」の末尾の「私は思はず遮《さへぎ》つた。「お上人《しやうにん》?」」(五八)と、「第二十六」の冒頭の「上人は頷《うなづ》きながら呟《つぶや》いて、」(五八)に見られる物語世界1についての語りをはさんで、一気にことがらの真相を明らかにしてゆく。

ところで「第二」のおわりにおいて、語り手である「私」は、旅僧について「後で聞くと宗門名誉の説教師で、六明寺の宗朝という大和尚であったさうな。」(七)との情報をつけくわえていた。この「後で聞くと…」の「後」がいつのことなのか、たしかめうる手がかりは物語の中にはみつからない。「…語り出した」とあって、直ちに「後に聞くと」と続くのだから、旅僧が語り出した時点では、「私」は旅僧の素性を知らなかったことになる。体験談を語りはじめた旅僧が、話の腰を折ってみずから名告ったとは考えにくいから、「後で」は、旅僧が話を終えた後だと考えるのが自然である。ただし「宗門名誉の説教師」「大和尚」という世間の評価をふくむ言葉が、ものごとに謙虚だという旅僧本人の口から洩れるとは思えない。翌朝雪のなかを山越えにかかる旅僧を見送ったあと、旅籠の老人夫婦から聞いたと考えるべきであろう。「私」を名告る語り手が、語りの場で設定される時間的枠組み――旅僧に出会って一夜を同室し翌朝見送るまでの時間――からはみだすところで、時間的な先廻りの語りを行ったのだと考えられる。

さらに言えば、旅僧の語りがはじまったあとに挿入される物語世界1の語りには、旅僧について「宗朝は矢張俯向けに床に入つたまゝ合掌して」(「第五」の末尾、一三)と語るところがある。「上人」の呼び名は、まだ旅僧の素性を知らされていない「私」が、旅僧の風采から推し量った尊称であったと考えるにしても、「宗朝」と「私」が呼び捨てにすることは、旅僧と「私」の関係からいっておよそ考えにくい。これは、

旅僧の語り――物語世界2についての語り――がすべて終わったあとの、

高野聖《かうやひじり》は此《こ》のことについて、敢《あへ》て別に註《ちう》して教《をしへ》を与へはしなかつたが、翌朝袂《たもと》を分つて、雪中山越《やまごし》にかゝるのを、名残惜《なごりを》しく見送ると、ちら〳〵と雪の降るなかを次第に高く坂道を上《のぼ》る聖《ひじり》の姿、恰《あたか》も雲に駕《が》して行くやうに見えたのである。（六五ページ）

という語り――物語世界1についての語り――の調子とも、著しい齟齬をきたす。「私」が翌朝旅僧と別れるまでに、旅僧の素性について知る機会があったのかどうか、知る機会があったからこそ、ここで「高野聖」と名ざされるにいたったのかどうかの穿鑿はともかく、「第五」の末尾の「宗朝は…」の語りは、「私」によるものとしては納得しがたい。「私」が、旅僧を「宗朝」と呼ぶことには、どうしても不自然さがつきまとうのである。ここに、「私」という語り手によるものではない、もう一人の語り手の語りを聞きとることも、あるいは可能かもしれない。それは、姿をあらわさず作中人物ともならない語り手の語りである。物語世界1についての語りを委ねられたはずの「私」という語り手の、なおその背後で語る語り手の存在を露呈した、テクストの破れ目であるとも言える。

5　枠物語――外枠の物語と埋め込まれた物語

さて、『高野聖』に見られた「物語世界1」が「物語世界2」を枠取るような語りの構造、すなわちレベルを異にする語りが他方の語りを包摂しているような構造を、物語論では「枠物語」の語りと呼ぶ。また、「物語世界2」のように、別の物語世界によって包含される語りを「埋め込まれた語り」と呼ぶ。物語の中に別の物語を入れ込むような語り方を「埋め込み」と言い、そのような語りが語られるテクストを「埋め込まれたテクスト」と呼ぶ。[8]

これに対し、埋め込まれた語りを包み込む外側の語り及びテクストを、ここではそれぞれ「外枠の語り」「外枠のテクスト」という表現で言い表すことにする。外枠の語りにおいて語られる物語は「外枠の物語」、そこで展開する物語世界は「外枠の物語世界」である。[9] 図示すれば次のような構造を示すことになる。

これを『高野聖』のテクストであらためて確認しておけば、「私」が語り手となるのが外枠の物語、旅僧（宗朝）――「私《わし》」が語り手となるのが埋め込まれた物語である。二つの物語のテクストは、『高野聖』にあっては、作中に記されたカギ括弧の外側にあるか内側にあるかで区別される。カギ括弧が語りの階位を区切ることになる。外枠の物語には「私」と旅僧とがあらわれ、埋め込まれた物語に「私」（外枠の物

語世界の語り手である「私」）はあらわれることがない。

外枠の物語の語り手である「私」の語りの場は物語世界の外部にある。埋め込まれた物語の語り手である「旅僧」の語りの場は、物語世界の中にある。埋め込まれた物語世界に起こる出来事は、物語世界のさらにその中で起こることになる。このように、物語に枠取られたもう一つの物語を、物語論では「上位にある」metadiegetic 物語という表現で言いあらわす。[10] 埋め込まれた物語の物語世界が、外枠の物語の物語世界の次の段階に位置する―上位にあるという捉え方である。

さて、外枠の物語の語り手は、物語世界外で語る語り手であり、埋め込まれた物語の語り手は、物語世界内で語る語り手であった。ただし、枠物語について語る際には分かりやすさを優先し、「外枠の物語の語り手」と「埋め込まれた物語の語り手」という表現も、あわせて用いることにする。

	extradiegetic	intradiegetic	metadiegetic
［語りの場］	［「私」］ 外枠の物語の語り手 →	［「私《わし》」＝旅僧］ 埋め込まれた物語の語り手 →	
［物語世界］		敦賀での出来事	飛騨山中の出来事

枠物語の形式をとる小説は数多くある。また、この形式じたいにもさまざまな様態がある。

アベ・プレヴォ（一六九七―一七六三）の『マノン・レスコー』*Histoire du chevalier des Grieux et de Manon Lescaut*（一七三一年）には、典型的な枠物語の構造が見てとれる。[11] ルノンクール侯爵という人物が記した「ある貴人の回想」という回想録に収められた挿話という設定をとる『マノン・レスコー』は、ルノンクール侯爵の序文のあとに、二部構成の本文が続く。第一部は、ルノンクール侯爵がシュヴァリエ・デ・グリューという青年に出会ったいきさつからはじまる。「私」を名告る侯爵は、ルーアンからの帰途、パシーという町で、アメリカへ追放されようとする一団の女性たちを目にする。そこには一際目立って美しい一人の女性と、その女性を追ってきたとみられる悲嘆にくれる青年がいた。この青年がシュヴァリエ・デ・グリューである。同情はしたものの、その場は立ち去ったルノンクール侯爵は、およそ二年後、ロンドンからの帰途カレーの町で、アメリカから戻った青年に再会する。青年は「私」に問われるまま、それまでの二人の経緯を語る。女性の名が、マノン・レスコーである。

『マノン・レスコー』は、このデ・グリューが「私」に語ったことを、そのまま再現するかたちをとる。デ・グリューの語った言葉は、直接引用のかたちでテクストに織り込まれる。語りが行われる場はカレーの旅宿であり、聞き手はルノンクール侯爵である。デ・グリューの語りは第一部と第二部に分かれるが、第一部と第二部とを分かつのは、語り手と聞き手とがともにとる食事の時間である。

つまり、ルノンクール侯爵がシュヴァリエ・デ・グリューという青年との出会いを語るのが外枠の物語であり、デ・グリューによって語られるマノンとの恋のいきさつが埋め込まれた物語である。ルノンクール侯爵の語りと、デ・グリューの語りは階位を異にする。ルノンクール侯爵の語る物語世界の中に、デ・グリューの語る物語世界が組み込まれるかたちになる。外枠の物語の語り手であるルノンクール侯爵は物語世界外で語る語り手であり、埋め込まれた物語の語り手であるデ・グリューは物語世界内で語る語り手である。デ・グリューがマノンとのあいだに経験した物語世界の出来事は、ルノンクール侯爵がデ・グリューと出会う物語世界の上位にあることになる。言うまでもなく、ルノンクール侯爵は姿をあらわし脇役として作中人物になる語り手。デ・グリューは姿をあらわし主人公として作中人物となる語り手である。

外枠の物語に埋め込まれる物語は一つだけとは限らない。『アラビアン・ナイト』は、外枠の物語としてシャハラザードが王の夜伽を命ぜられる状況を語るが、シャハラザードが語る物語の作中人物は、しばしばみずからが語り手となって別の物語を語る。しかも、それが幾重にも入り組む（物語の中の作中人物が語り手となって語る物語の中の作中人物が…）。次のような構造である。

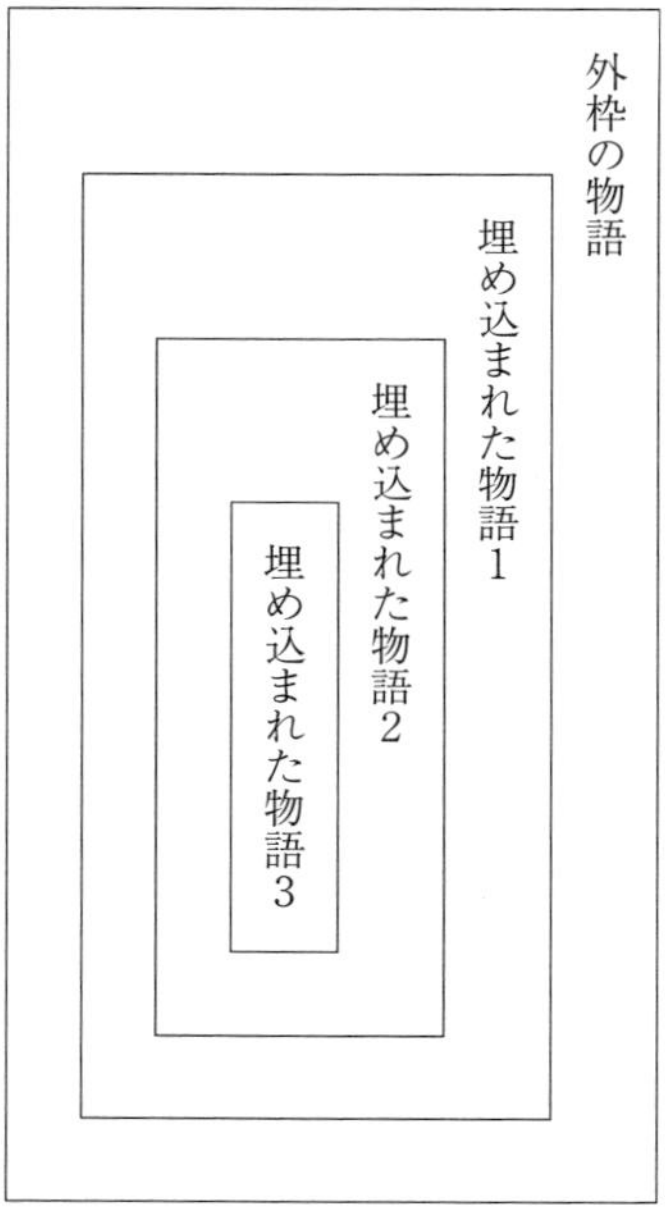

『アラビアン・ナイト』では、階位を異にするいくつもの物語が入れ子構造をなしているのである。[12]

ちなみに、埋め込まれた物語1は、外枠の物語世界を語りの場として、シャハラザードによって語られるが、シャハラザードが埋め込まれた物語世界1に作中人物としてあらわれることはない。したがって、シャハラザードは、物語世界内で語る語り手ではあるが、(『高野聖』の旅僧とは違って)自分が語る物語世界の中に存在する語り手ではない。シャハラザードは、物語世界内で語る語り手であるが、物語世界には属さない語り手だということになる。

この外枠の物語と埋め込まれた物語の関係を、語り手のありかたに着目しながら、さらに詳しく検討してみよう。

外枠の物語の語り手と埋め込まれた物語の語り手

永井荷風(一八七九〜一九五九)の『あめりか物語』(一九〇八年)は、枠物語の形式をとる短編を多く収めている。収載された二十数篇のうち、枠物語と認められる作品名を挙げるなら「野路のかへり」「岡の上」「酔美人」「長髪」「雪のやどり」「悪友」「旧恨」「一月一日」などである。ほかに、作中人物の対話のなかで身の上話が語られる「暁」なども、これに近い形式だと認められるであろう。ここでは「雪のやどり」と「旧恨」の書き出しを比較してみよう。はじめに「雪のやどり」(一九〇七(明治四〇)年『文章世界』に発表)を引用する。

在留の日本人が寄集つて、徒然《つれづれ》の雑談会が開かれると、何時《いつ》も極つて各自《かくじ》勝手の米国観《べいこくくわん》——政治商業界から一般の風俗人情、其《そ》の中《うち》にも女性の観察談が、先《ま》ず第一を占める。

西洋の女——特《こと》に米国《アメリカ》の女は教育があつて、意志が強いから、日本の女の様に、男に欺《だま》されたり、堕落したり為《す》る事は、非常に稀《まれ》である……と、此《こ》の夜の会合に、座中の一人が最後《さいご》の断案を下《くだ》した。

すると、忽《たちま》ち他《た》の一人があつて、『然《しか》し、いくら米国《べいこく》だつて十人が十人、皆《みんな》さう確固《しつかり》して居《ゐ》るとも云《い》へない様《やう》だぜ。僕は、殆《ほとん》ど信じられない様な話を沢山聞いて居るが……。』と横槍《よこやり》を入れた。

『其《そ》れア、如何《どう》云ふ話だ、実際の話か？』

『無論、実際だとも。嘘だと思ふなら、僕は何時《いつ》でも、其《そ》の当人を見せてやらう！』

彼はビールを取つて徐《おもむ》ろに咽喉《のど》を湿《うるほ》して、

『去年の十二月、まだクリスマスの前で、其《そ》の年に初めて雪が降つた晩だ。

尤《もつと》も、宵《よひ》の中《うち》には、空こそ曇つて居たが、風も少く寒気《さむさ》も左程《さほど》でない。僕は知己《ちかづき》の或《あ》る家族《ファミリー》から、芝居見物に誘はれて居たんで、会社から帰ると、さう〳〵大急ぎで、髯《ひげ》を剃《そ》り、顔を洗ひ、頭髪《かみ》を分け直して、さて、真黒な燕尾服《ドレッス》にオペラハット、真白な襟飾《ネクタイ》に、真白な手袋。いよ〳〵出掛けやうと云う前に、最《も》一度昂然《かうぜん》と姿見鏡《すがたみ》の前に立つて、自分の姿に最後の一瞥《べつ》を加へる——いや、すつきり胸が透《す》く様だ。


（『荷風全集』第四巻（岩波書店、一九九二年）八七～八ページ）

外枠の物語で語られるのは、アメリカ在住の日本人たちの雑談会のありさまである。そこで話題になったアメリカ女性のふるまいについて、ある男がみずからの体験談を語りはじめる。埋め込まれた物語は、この男が語る前の年のクリスマス前にはじまる経験談である。

埋め込まれた物語の語り手は「彼」であり、男は「僕」を名告って埋め込まれた物語の作中人物となる。[13]この語り手は姿をあらわし作中人物となる語り手である。一方、外枠の物語の語り手は、姿をあらわさず作中人物となることもない。これは、物語世界外で語る語り手で、かつ物語世界に属さない語り手である。図示すれば、次のようになるだろう。

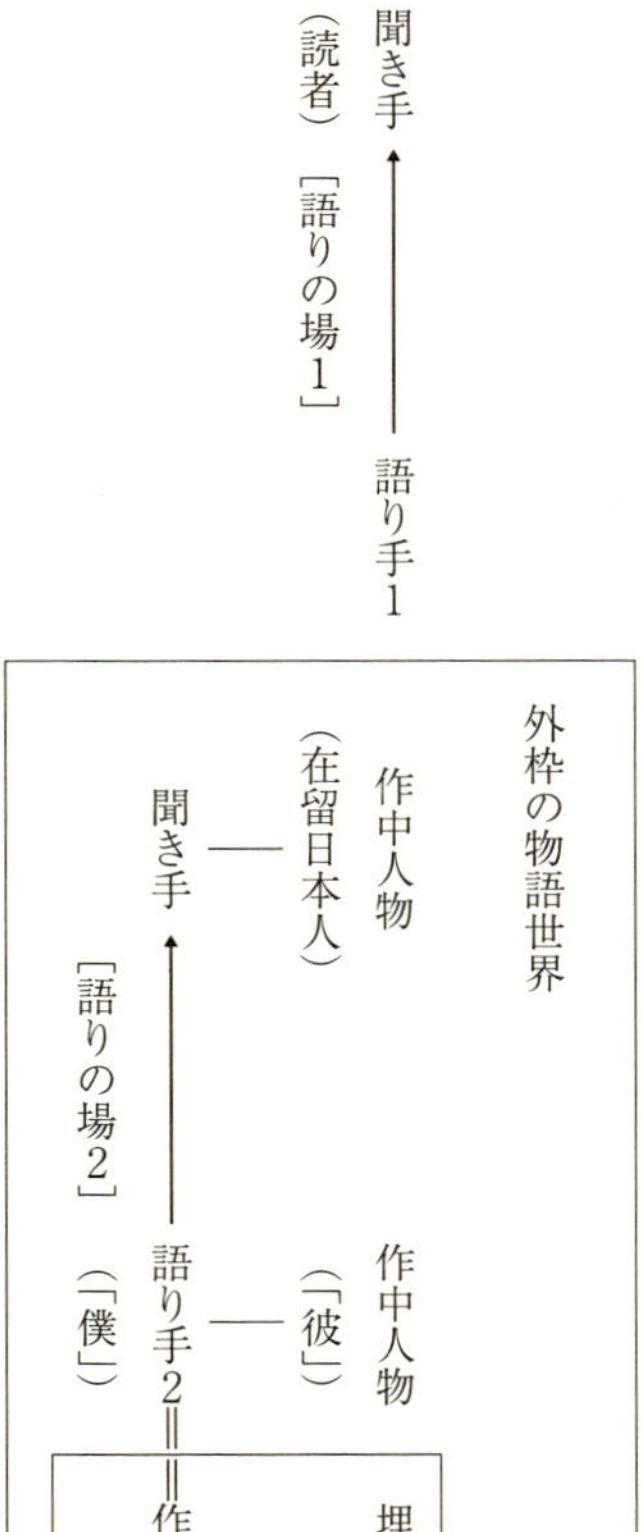

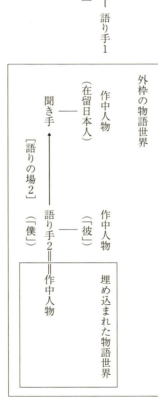

つまり、外枠の物語は、作中人物としての語り手、すなわち物語世界に属する語り手を持たない。物語世界外で語る外枠の物語世界の語り手（語り手1）は、物語世界に属さない語り手であるということになる。埋め込まれた物語の語り手（語り手2）は、一旦外枠の物語の一作中人物としてあらわれ、物語世界

外で語る語り手（語り手1）による語りのあと、埋め込まれた物語世界の語り手（語り手2）となる。階位を異にする二つの語りを担うのは、外枠の物語の語り手（語り手1）である物語世界外で語る物語世界に属さない語り手と、埋め込まれた物語の語り手（語り手2）である物語世界内で語る物語世界に属する語り手である。

つぎに「旧恨」（一九〇七（明治四十）年『太陽』に発表）の冒頭をみてみよう。

博士B——《ビーなにがし》氏とオペラを談じた時である。談話は濃艶にして熱烈なる伊太利亜《いたりや》派、清楚にして又《また》美麗なる仏蘭西《ふらんす》派の特徴より、やがて、雄渾、高宏、神秘なるワグナーの独逸楽劇《どいつオペラ》に進んだ。

偉大なるは Das Rheingold につゞく三楽劇《トリロジー》、神聖なるは Parsifal, 悲哀なるは Tristan und Isolda 美麗なるは Lohengrin 幽鬱なるは Der Fliegende Holländer……と何《いづ》れもバイロイトの大天才が此の世に残した音楽の、天地と共に不朽なる中に、自分は単《た》だ素人耳《しろうとみゝ》の何《なに》となく、かの Tannhäuser《タンホイザー》の物語を忘れ兼《か》ぬる……。

『博士《はかせ》よ、貴君《あなた》はあのオペラの理想については、如何《どう》いふ説をお持ちですか。』

恁《こ》う質問すると、B——博士は忽《たちま》ち胸を刺された様にはツと深い吐息を漏し、暫《しばら》く無言で自分の顔を打目戍《うちまも》つて居たが、

『不幸にして、私は彼《あ》のオペラを学術的に判断する資格がないのです。』と俯向《うつむ》いて、『何故《なぜ》なれば、あの『タンホイザー』を聞いた当時の事を思出すと、無限の感に打たれる……お話しませうか、もうざつと二十年も昔の事ですが《ぜ》……。』

自分が椅子を進めるのを見て、博士は語り出した。
『もう二十年も昔の事です。私の妻ジヨゼフィンが、丁度貴君《ちやうどあなた》と同じやうに、かの『タンホイザー』の意味は何であるかと訊《き》いた事がある。
当時、私は新婚旅行のつもりで、妻と共に欧洲を漫遊し、丁度墺土利《オーストリア》の首府に滞在して居たので、一夕《せき》この都の有名な帝室付のオペラ、ハウスに赴《おもむ》いた（と博士は室《しつ》の壁に掛けてある写真の建物を指《ゆびさ》した後《のち》）其の夜の演題は乃《すなは》ち『タンホイザー』であつた。

（『荷風全集』第四巻（岩波書店、一九九二年）一二一～二ページ）

外枠の物語に登場する「B——博士」は、「自分」を名告る一人称の作中人物とワーグナーのオペラについて談じる。語り手は「自分」である。ワーグナーのオペラのなかでもタンホイザーに愛着をいだく「自分」は、タンホイザーの「理想」（物語があらわす思想）について博士の見解を質す。問われた博士は、自分にはあのオペラを学問的に論じる資格はないのだと言って、二十年以前の話を語りはじめる。埋め込まれた物語は、博士の回顧談である。

埋め込まれた物語の語り手は「B——博士」であり、博士は「私」を名告って埋め込まれた物語の作中人物となる。当然、姿をあらわし、作中人物となる（そして主人公となる）語り手である。また、外枠の物語の語り手である「自分」も、姿をあらわし、個性を発揮し（ワーグナーのオペラを好むという趣味の持ち主である）、作中人物となる。博士から身の上話を引きだすという役目から言えば、脇役としての作中人物である。図示すれば、次のようになるだろう。

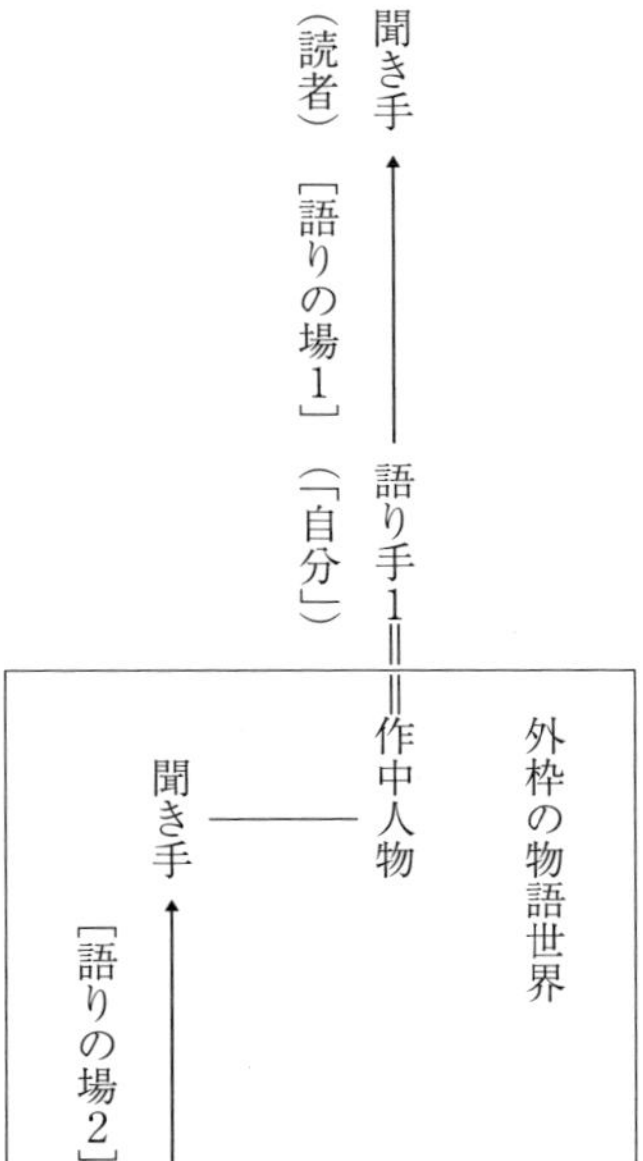

ここには「雪のやどり」とは違って、外枠の物語世界のなかに、「自分」を名告る作中人物が登場する。物語世界外で語るこの語り手（語り手1）は、作中人物として（物語世界に属する語り手として）「B——博士」とワーグナーのオペラを語らう。この「B——博士」は埋め込まれた物語としての懐旧談の作中人物であり、外枠の物語世界の中で、物語世界内で語る語り手（語り手2）となる。階位を異にする二つの語りを担うのは、外枠の物語の語り手（語り手1）である物語世界外で語る物語世界に属する語り手と、埋め込まれた物語の語り手（語り手2）である物語世界内で語る物語世界に属する語り手である。

「旧恨」において、埋め込まれた物語が「B——博士」によって語られる際、埋め込まれたテクストにはところどころ外枠の物語世界が挿入されていた。たとえば、引用部分の最後には「一夕この都の有名な帝室付のオペラ、ハウスに赴いた（と博士は室の壁に掛けてある写真の建物を指した後）其の夜の演題は乃ち『タンホイザー』であつた。」とあり、埋め込まれた物語を語る「B——博士」のしぐさが丸括弧のなかで語られる。この「と博士は室の壁に掛けてある写真の建物を指した後」は、外枠の物語世界にいる「自分」の目に映ったことを、「自分」が語ったと考えるべきであろう。埋め込まれた物語に、外枠の物語が介入する例である。また、「B——博士」による語りは、

> 然《しか》し、貴君《あなた》も已《すで》に気付かれて居《ゐ》る通り、大天才ワグナーの音楽には（と博士は鳥渡《ちよつと》私の顔を見遣《みや》つて、）他《た》の凡《すべて》の音楽とは類《るゐ》を異《こと》にし、聴く者の心の底に、何か知ら強い感化を与へねば止《や》まぬ神秘の力が籠つて居る。　（一三〇ページ）

と続くが、ここにあらわれる丸括弧を用いての挿入も、埋め込まれた物語への外枠の物語の介入であるとみるべきである。「私」とあるのは、はじめに「自分」を名告っていた外枠の物語の語り手である。ここには外枠の物語の語り手たる一人称の呼称に揺れがみられるが、語りの構造という点でそれほど大きな問題はない。

　したがって、埋め込まれた物語はあくまで外枠の物語の存在を支えとすると考えるべきであろう。埋め

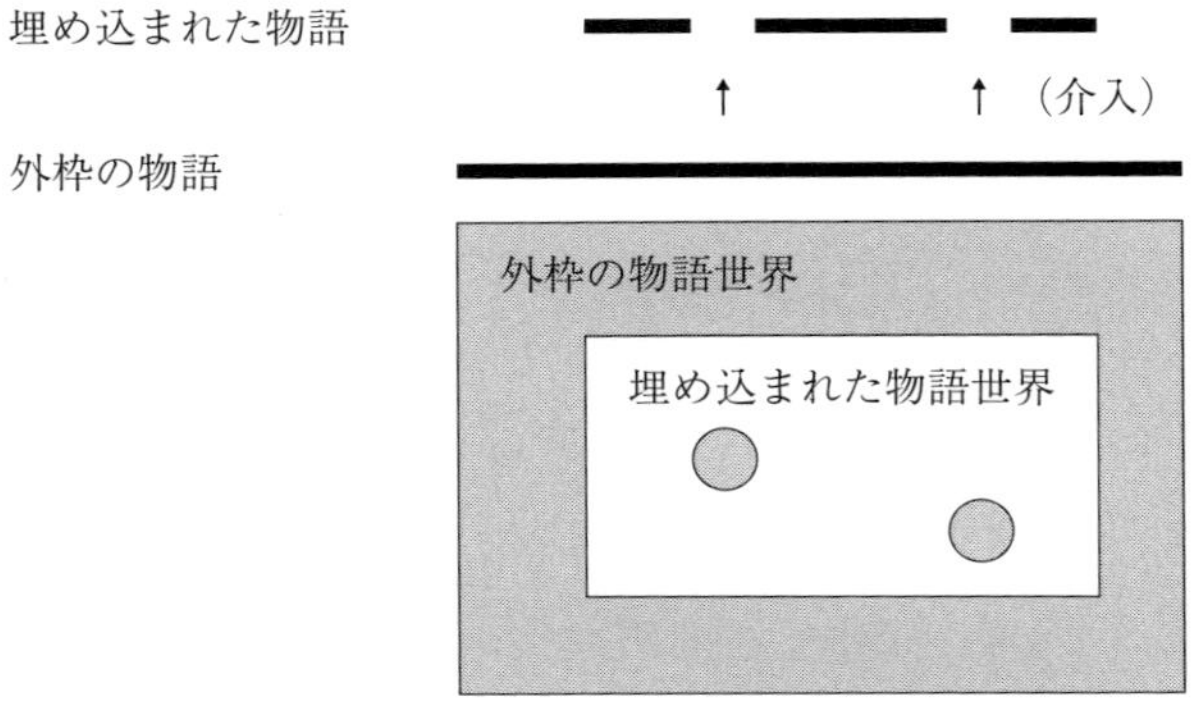

込まれた物語の背後にはつねに外枠の物語が張りついている、という言い方でもよいかもしれない。背後に控える外枠の物語は、いつでも埋め込まれた物語に介入することができる。外枠の物語の語り手は、埋め込まれた物語のテクストの中に、みずからの語りを挿入する権能を持つ。埋め込まれた物語の語りに、外枠の物語の語りをすべり込ませることができるのである。

これをあえて図示すれば上図のようなものとなるだろう。外枠の物語は埋め込まれた物語を支え、時に応じてその存在を顕在化させる。階位を異にする語りが埋め込まれた物語に介入することで、外枠の物語の存在が露わになる。これは、埋め込まれた物語世界は外枠の物語世界の「上位にある」という捉え方とも合致する。

さて、荷風の「雪のやどり」と「旧恨」の語りとを比較すると、同じ枠物語でも、外枠の物語世界を語るのがどのような語り手であるか――物語世界に属さない語り手か、物語世界に属する語り手か――で、異なる構造を観察できることが分かる。また、いずれの物語においても、埋め込まれた物語は外枠の物語の存在を支えとしており、埋め込まれた物語の語り手が、外枠の物語世界の作中人物であることも確認できる。これを埋め込まれた物語の側から言えば、埋め込まれた物語の語り手のありかたは同じで（姿をあらわし作中人物となる語り手―物語世界内で語る物語世界に属する語り手）、外枠の物語の語り手のあり方が異なるのだ、ということになる。一方は（「雪のやどり」の場合）、姿をあらわさず作中人物となることがない語り手（物語世界外で語る物語世界に属さない語り手）であり、他方は（「旧恨」の場合）、姿をあらわし作中人物となる語り手（物語世界外で語る物語世界に属する語り手）である。埋め込まれた物語の語り手の立場に立つなら、前者の語り手とはいかなる物語世界も共有しないが、後者の語り手とは、外枠の物語世界で聞き手の役割を委ねる人物として、一つの物語世界を共有することになる。同じ枠物語でも構造が異なるのである。

伝聞の語り

さて、ここに確認した「雪のやどり」と「旧恨」は、埋め込まれた物語の作中人物が、一旦は外枠の物語世界に登場するという構造をとっていた。埋め込まれた物語の作中人物が、外枠の物語世界を語りの場として、みずからの体験を語るというありかたである。外枠の物語の語り手の属性は異なっていても、埋め込まれた物語の語り手は、いずれも物語世界内で語る物語世界に属する語り手であった。これに対して、同じ『あめりか物語』に収められた「野路のかへり」は、これらとまったく異なる構造を持つ。この作品では、埋め込まれた物語の作中人物が、外枠の物語に登場することはない。埋め込まれた物語は、埋め込まれた物語世界とは無縁の人間によって語られるのである。

「野路のかへり」（一九〇六（明治三九）年『太陽』に「強弱」の題で発表、のちに「牧場の道」と改題）はつぎのような書き出しではじまる。

タコマに滞在して居た時分、その年も十月の確か最後の土曜日であつた。

（『荷風全集』第四巻（岩波書店、一九九二年）一七ページ）

語り手は、アメリカ西海岸のタコマに滞在していた折のことを回想する「私」である。「私」は「或友」に誘われて、秋の青空の見納めに郊外の「曠野《プレヤリー》」へ自転車を走らせた。その時の体験である。友人は、サイクリングの帰り道に、「私」を州立の「癲狂院」へ案内し、そこに「日本人も二三人収容されて居る」（一九）ことを告げる。みな出稼ぎの労働者なのだという。その言葉に心を動かされた「私」は、日本人の出稼ぎ労働者たちの悲惨な境遇を思いやり、さらに事情を知ることがないか友人に尋ねてみる。友人は答える。

『あの……労働者の事かね。』と友は暫くした後《のち》、初めて其の意を得たもの丶如《ごと》く、『大概《たいがい》は先《ま》づ失望と云ふ奴が原因になるんだが、一人は其ればかりぢや無《な》い……実に可哀想な話さ。然《しか》しさう云つた様な話しはアメリカには珍らしくも無いよ。』
『聞かして呉《く》れ給《たま》へ。どう云《い》ふんだね。』
『僕も人から聞いた話しなんだが……いくら日本人の社会が無法律だつたからッて、此《こ》れなんぞは随分激しいと云つて可《い》いね。もう六七年前の事だつて云ふ話だが……。』と友は衣嚢《かくし》から煙草の袋を取出し、指先で巧《たくみ》に巻煙草を作りながら話した。

（二〇ページ）

このち友人は、人伝てに聞いた話として、妻と二人で出稼ぎに来た日本の農夫が、人里離れた山中で木こりとして働き、仲間の日本人から無体な要求をされ、発狂するにいたった顚末を語る。その話を聞いて「私は殆ど茫然として了」うのである。

この「野路のかへり」の外枠の物語の語りは、物語世界外で語る物語世界に属する語り手である「私」が語る。埋め込まれた物語は、外枠の物語世界の作中人物である友人（「友」）によって語られる。ここまでは、これまでにみた枠物語と同じ構造である。ところが、この友人の語る物語は自分自身が体験したことではない。埋め込まれた物語世界に、この友人は登場することがない。話はあくまでも伝聞である。これを図示すれば次のようになる。

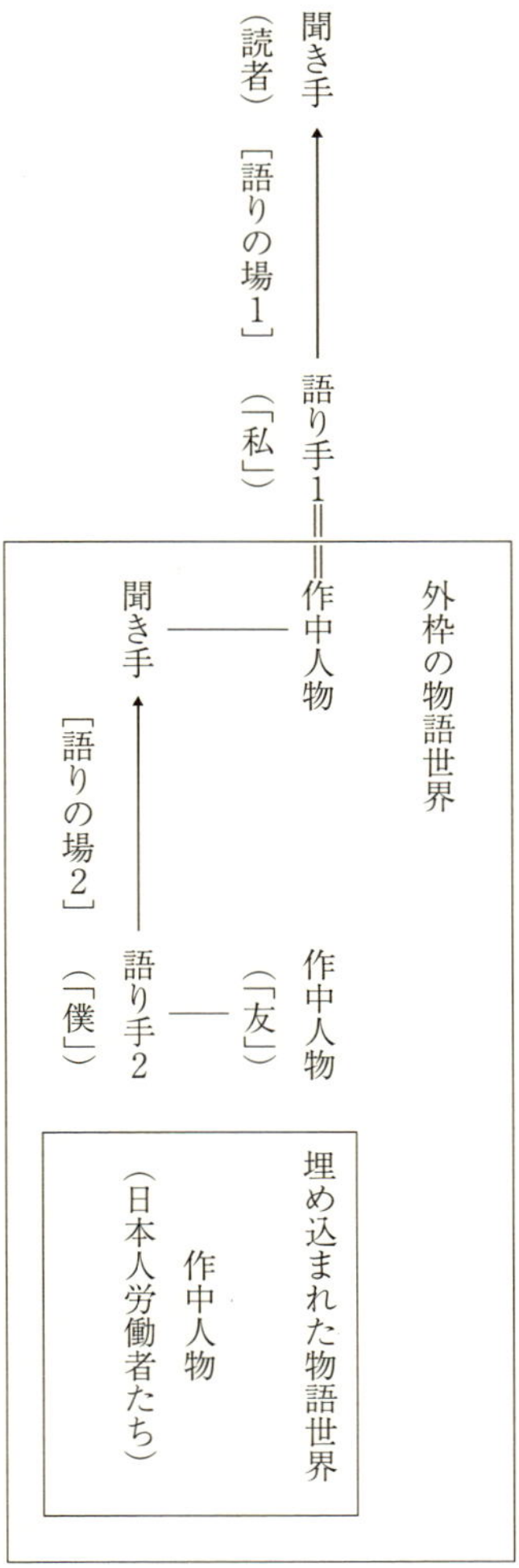

図において、外枠の物語を語る語り手のありかたと、埋め込まれた物語を語る語り手のありかたは同じではない。外枠の物語を語る語り手（「私」―語り手1）は、みずからが語る物語世界（外枠の物語世界）の作中人物となる。一方、埋め込まれた物語の語り手（「友」―語り手2）は、姿をあらわし外枠の物語世界の作中人物として外枠の物語世界で語るが、埋め込まれた物語世界の作中人物となることはない。みずからが語る物語世界（埋め込まれた物語世界）には一切顔を出すことがない、物語世界内で語る物語世界に属さない語り手である。つまり「野路のかへり」は、同じ枠物語でありながら、「雪のやどり」や「旧恨」とはまったく異なる語りの構造を持つことが分かる。これが枠物語と認められるのは、外枠の物語世界に、語り手の語りを受けとめる聞き手が存在するからである。逆に言えば、枠物語の構造を成立させるのは、外枠の物語世界に存在する、埋め込まれた物語の聞き手である、ということになる。

このように、語り手がどこに語りの場を持ち、どこに位置して物語世界とどのような関係にあるか（物語世界に属するか属さないか）、あるいは語りを受けとめる聞き手がどこに存在するかを吟味することで、物語の構造をはっきりと区別することが可能になる。それは、物語世界との関係において語りの場がどこにあるかを明らかにすることであり、そもそもどのような語りによって生み出される物語かを確認する手続きである。語り手の姿のあるなし、語りの場、聞き手の存在を考えてみることは、語りの性質と語りによって実現される物語、その物語世界のありようを明らかにする上で重要な作業となる。

6 物語を作る語り手——永井荷風『濹東綺譚』

永井荷風の『濹東綺譚』（一九三七〔昭和十二〕年『東京朝日新聞』と『大阪朝日新聞』に連載、同年単行本を刊行）は、不思議な構造を持つ小説である。語り手は「大江匡《ただす》」を名告る小説家で、東京の下町を散策するうち、六月末の夕立の晩、玉の井の私娼「お雪」と出会い、その家に足繁く通うようになる。その経過を語るに際し、語り手は自分自身の趣味や感慨を披瀝する語りに多くの紙幅を割き、さらに「失踪」という自作の小説のテクストを挿入する。物語の語り手が、作中でもう一つ別のテクストを作るという設定に、どのような構造を読みとるべきなのか、「お雪」とのいきさつを語る物語と「失踪」という小説とのあいだに、どのような関係を見るべきなのか。さらに、語り手はなぜあれほどまでにみずからを語ろうとするのか。検討を要する課題がいくつかある。

まず「失踪」から考えてみよう。小説「失踪」は、「わたくし」を名告る語り手である小説家大江匡が構想を練り、書き進めつつある小説である。語り手は「二」の冒頭から、「失踪」の「腹案」を語る。主要人物は種田順平という五十余歳の中学の教師。後妻を迎えてから二十年あまり、三人の子のいる家庭を守ってきたものの、心はすっかり離れていた種田は、退職した日、家に帰らずに姿をくらましてしまう。かつて下女として使っていて今はカフェーの女給をしているすみ子と出会ったのをさいわい、退職手当をふところにした当夜、すみ子のアパートを訪ねていたのである……。ここまで構想を練ったものの、その先の「物語の結末」が定まらぬまま、「わたくし」は「作中人物の生活及び事件が開展する場所の選択と、その描写」とを得るため「東京市中、古来名勝の地にして、震災の後《のち》新しき町が建てられて全く旧観を失つた」場所を訪ね歩く（引用は『荷風全集』第十七巻（岩波書店、一九九四年）九五ページ。以下ルビは適宜省く）。その散策の途次、玉の井のお雪に出会うのである。「三」でお雪との出会いを叙したあと、「四」は「小説『失踪』の一節」をそのまま引用する。吾妻橋ですみ子と待ちあわせた種田が、秋葉神社裏のすみ子のアパートにあがり込み、すみ子の身の上話を聞くという内容である。ここには「一」から「三」までを語った語り手「わたくし」はまったく姿をあらわさない。続く「五」で「「失踪」の草稿は梅雨《つゆ》があけると共にラデイオに妨げられ、中絶してからもう十日あまりになつた。」（一一五）と語ったあと、しばらく「失踪」は忘れられたかたちになる。次に「失踪」に言及があるのは「八」の後半で、「わたくしはこの夏のはじめに稿を起した小説失踪の一篇を今日に至るまでまだ書き上げずにゐるのである。」（一四四）とあるのは、お雪を知って三月になる語り手の事情と符合する。語り手「わたくし」は、「失踪」の作中に描かれる白髯橋の上で、種田とすみ子との関係を、自分とお雪との身の上に引きくらべてみる。種田とすみ子を隔てる年齢の違いが、決して不自然でないことに思いいたった「わたくし」は、帰宅後「草稿の末節」を読み返す。「八」の後半は、読み返されたテクストと思われる「失踪」の一部で、引かれるのは、白髯橋の上での種田とすみ子との会話文である。「九」で季節は九月の半ばにいたる。三日ほど足が遠のいた後、ふたたびお雪を訪ねた夜を語る語り手は、やや唐突に次のように言う。

> お雪は倦《う》みつかれたわたくしの心に、偶然過去の世のなつかしい幻影を彷彿たらしめたミユーズである。久しく机の上に置いてあつた一篇の草稿は若しお雪の心がわたくしの方に向けられなかつたな

ら、——少くとも然《さ》う云《い》ふ気がしなかつたなら、既に裂き棄《さ》てられてゐたに違ひない。お雪は今の世から見捨てられた一老作家の、他分そが最終の作とも思はれる草稿を完成させた不可思議な後援者である。わたくしは其《その》顔を見るたび心から礼を言ひたいと思つてゐる。

（一五四ページ）

つまり、小説「失踪」の草稿は、お雪にあらたな創作の活力を注ぎ込まれることで、ようやく完成をみたというのである。「九」のはじめには、

草稿をつくるのと、蔵書を曝すのとで、案外いそがしく、わたくしは三日ばかり外へ出なかつた。

（一四八ページ）

とあって、そのあとお雪のもとを訪ねたのだから、草稿はこの間に完成したと見なくてはならない。「八」のおわりに引用されていた「失踪」は、おでん屋を出すことに決めたすみ子と、すみ子と連れ添うことに決めたらしい種田との対話で終わっていた。そのあとどのような結末が訪れるのか手がかりを与えられぬまま、読者は「失踪」の完成を告げられるのである。

「一二」のはじめで「失踪」の腹案を語った語り手は

それから先どういふ風に物語の結末をつけたらいゝものか、わたくしはまだ定案《ていあん》を得ない。家族が捜索願を出す。種田が刑事に捕へられて説諭せられる。中年後に覚えた道楽は、むかしから

七ツ下《さが》りの雨に譬《たと》へられてゐるから、種田の末路はわけなくどんなにでも悲惨にすることが出来るのだ。　（九四ページ）

と語っていた。その上で語り手は、「刑事につかまつて拘引されて行く時の心持」（九四）など、種田の心理を描写するにあたり、「一」で語った経験――夜の交番で身元を調べられた経験――が役立つであろうとの見通しを述べていた。「四」で引用される「失踪」の一節は、種田がすみ子のアパートに転がり込むところで終わっていたから、ここまではほぼ「腹案」通りの展開だとみてよいであろう。そのあと「五」で十日あまりの中断が告げられ、「八」で中断した草稿の末節を読み返すのだが、読み返すにあたり、語り手は「最初の立案を中途で変へる方が却《かへつ》てよからぬ結果を齎すかも知れないと云《い》ふ心持《こゝろもち》になつて来る」（一四四）と語っていた。そうであるなら「種田順平が貸間の暑さに或夜《あるよ》同宿《どうしゆく》の女給《ぢよきふ》すみ子を連れ、白鬚橋《しらひげばし》の上で涼みながら、行末の事を語り合ふ」（一四四）草稿末節の場面も、「最初の立案」に沿った展開だとみられる。玉の井でお雪を知ったあと、腹案に変更が生じていてもおかしくはないが、少なくとも語り手自身はそのように語っていない。であるならば、白鬚橋の上の場面は「種田先生が家族を棄てゝ世を忍ぶ」（一二　九六）生活の、まだはじまりを描いたに過ぎなかったはずで、「失踪」の物語にはなお幾多の曲折があったとみなくてはならない。それが、曝書に日を送った三日ほどの間に完成したと語られる時、読者にはやや唐突の感が残るのである。

語り手は「一篇の草稿は若しお雪の心がわたくしの方に向けられなかつたなら、――少くとも然う云ふ気がしなかつたなら、既に裂き棄てられてゐたに違ひない」と言う。種田とすみ子との間柄を、わが身とお雪との関係に引きくらべる語り手の語りから推測すると、お雪の心が自分に向いた（少なくともそういう気がした）ことで「失踪」が完成したのである以上、「失踪」の種田もまた、すみ子の心が自分に向かうのを感じて慰められたのだと考えられる。種田を待つものが「最初の立案」通りの運命であったにしても、老境を迎えつつある「種田の末路」が、単に「悲惨」とのみ形容されるものでなかっただろうことも、十分推測できる。

相互補完する物語

ここで考えるべきは、「失踪」の物語と「わたくし」が語るお雪の物語との相互補完である。「失踪」の物語に「わたくし」とお雪の関係が投影され、「わたくし」とお雪との行く末の、ありうべき展開が示されるということである。五十一歳の種田順平は、「一老作家」たる「わたくし」（年齢は五十八）がお雪（年齢は二十六）に激励されたように、おでんやを開いて独立するという二十四歳のすみ子に勇気づけられたであろう。すみ子と二人で暮らしてゆこうとする種田の決意は、「わたくし」がお雪と持ち得たかもしれない（ただし決してあり得たわけではない）別の人生を暗示したであろう。このように、二つの物語は互いに相補うかたちで展開すると考えられるのである。

さらに重要なのは、「失踪」の語りの展開が、お雪と「わたくし」の物語についての語りに似ることである。お雪の家の様子が変わり、お雪の入院を知らされたあと、語り手はにわかに次のように語る。

濹東綺譚はこゝに筆を擱《お》くべきであらう。然《しか》しながら若《も》しこゝに古風な小説的結末をつけようと欲《ほっ》するならば、半年或《あるひ》は一年の後《のち》、わたくしが偶然思ひがけない処《ところ》で、既に素人《しろと》になつてゐるお雪に廻《めぐ》り逢《あ》ふ一節を書添《かきそ》へればよいであらう。猶又《なほまた》、この偶然の邂逅《かいこう》をして更に感傷的ならしめようと思つたなら、摺《す》れちがふ自動車とか或《あるひ》は列車の窓から、互《たがひ》に顔を見合《みあは》しながら、言葉を交《かは》したいにも交《かは》すことの出来ない場面を設《まう》ければよいであらう。楓葉荻花《ふうえふてきくわ》秋は瑟々《しつ》たる刀禰河《とねがは》あたりの渡船《わたしぶね》で摺《す》れちがふ処などは、殊《こと》に妙《めう》であらう。

（一六三ページ）

「失踪」の物語にどのような結末がつくのかは、早い段階での「腹案」が示されるばかりで、実際の完成形はついに示されぬままになっていた。同様に、お雪と「わたくし」の物語についても、その後の展開がどうなるのか、どう結末がつくことになるのか、腹案のみが示されておわっていた。玉の井のお雪とは一旦ここで別れることになる。そのあと、半年または一年の後、私娼としての境涯を離れたお雪に、思いがけぬところで「わたくし」が出会うという設定でもよいし、それを、自動車や列車の窓から偶然互いの顔を見かわす場面としてもよいであろう、秋の利根川の渡船なども趣がある、と語り手は想像をふくらます。「わたくし」とお雪の物語がおわりを迎えつつあることは、「二重人格」を言いつつお雪をおもんばかる「わたくし」の語りと、季節の移ろいやお雪の家の事情の変化によって十分に予感できていた。「濹東綺譚はこゝに筆を擱くべきであらう」との語りがあるにしても、そのあとに「古風な小説的結末」の腹案が示される必要は、必ずしもなかったはずである。ここに、「失踪」の結末が腹案としてのみ示されていたのと相似る、お雪と「わたくし」の物語の結末を告げる独特の語りを読みとることは、十分な根拠を持つ。

重なりあう語りの場

『濹東綺譚』の語り手である「わたくし」が語る場は、物語世界の外部にある。「わたくし」の語りを受けとめる聞き手は、読者以外にないからである。「わたくし」はまた、『濹東綺譚』の物語世界の主要な作中人物である。したがって、この「わたくし」という語り手は、物語世界外で語る物語世界に属する語り手であると性格づけられる。では「失踪」の語りの場はどこにあるだろうか。その語り手はどのような語り手だろうか。

「失踪」は、物語世界に属する「わたくし」が執筆中の小説である。「わたくし」が「失踪」の作者である。ただし、小説の作者を語り手と同一視することができない以上、「失踪」の語り手と語りの場は、あくまで「失踪」という小説の語りに即して考えなくてはならない。「失踪」の語り手は、姿をあらわさず作中人物となることがない。物語世界外で語る物語世界に属さない語り手である。したがって、語りを受けとめる聞き手 narratee は「失踪」というテクストの読者以外には考えられない。物語世界の中の「わたくし」も、自分自身の原稿を読み返してはいるが、これが「失踪」の語りを聞き手として受けとめる行為であるとは考えられない。では「失踪」の読者はどこにいるのか。

もちろん、お雪と「わたくし」が生きる物語世界のなかに、不特定多数の（作中人物としての）読者を想定することは可能である。だが、そのようにして想像される不特定多数の読者が、「失踪」の語りをどう受けとめ、どのような反応を返すか、物語世界のなかで語られることはない。「失踪」の読者は、あくまで「失踪」というテクストに直接向きあう読者であると考えざるをえない。語りの場は、お雪と「わたくし」の物語世界を飛び越えて、『濹東綺譚』の物語世界の外部にあると考えた方がよさそうである。

お雪と「わたくし」の物語と、「失踪」の物語とのあいだには、階位の違いがあるように思える。『濹東綺譚』に、お雪と「わたくし」の物語を外枠の物語とし、「失踪」の物語を埋め込まれた物語とする、枠物語の構造を認めることができるようにも感じられる。だが「失踪」の物語世界の語りが、お雪と「わたくし」の物語世界の上位において行われると考えるなら、外枠の物語世界の中に、埋め込まれた物語世界の語りを受けとめる聞き手が存在していなくてはならない。そのような聞き手が、作中人物として姿をあらわしていなくてはならない。

「失踪」の物語の聞き手となる「読者」が、お雪と「わたくし」の（外枠の）物語世界に、具体的な姿をとってあらわれることはない。物語世界の中に生きる一般読者の存在を想定するにしても、それを物語世界の外部の一般読者と区別することができない。『濹東綺譚』に枠物語の入れ子構造を認めることは難しい。お雪と「わたくし」の物語と、「失踪」の物語との関係を、外枠の物語と埋め込まれた物語の関係として捉えることはできないと考えるのが妥当である。

これには異論がありうるかもしれない。「失踪」は『濹東綺譚』の物語世界の中で執筆されている。仮に「失踪」の原稿が公表される経緯が語られるとするなら、「失踪」の発表の場は物語世界の中にあることになる。物語世界の中の出版媒体（雑誌、新聞、単行本等）によって「失踪」は公にされ、物語世界の中の読者が「失踪」を読むことになるはずである。たとい「失踪」の物語の聞き手たる「読者」の存在が明示されないにしても、「失踪」の読者は、当然『濹東綺譚』の物語世界の中に存在すると考えるべきであろう。したがって「失踪」は物語世界の中に暗黙の「聞き手」を持つことになり、埋め込まれた物語としての要件を十分に備えることになる、という立論である。

枠物語の聞き手

枠物語の構造を考えるにあたっては、聞き手 narratee について、語り手と同様、姿をあらわすか、作中人物となるかどうかを吟味することができよう。外枠の物語と埋め込まれた物語とが、語りの階位を異にする二つの物語として明確に区別されるためには、外枠の物語に、すくなくとも姿をあらわし作中人物となる聞き手が存在することが求められるはずである。そのような聞き手を欠く場合には、聞き手が語りを受けとめる場がどこにあるか不明で、語り手が語る場も曖昧となる。語りの階位がどこに位置するかはっきり指摘することが難しい。枠物語においては、外枠の物語世界の中に、姿をあらわし作中人物となる聞き手の存在することが、要件として求められる。

また、外枠の物語の聞き手が、仮に（「失踪」の読者のように）物語世界の中に存在することが想像される聞き手でよいのだとしても、「失踪」の物語の聞き手たる読者は、（想像される物語世界において）あくまで個性を持たない不特定多数の読者であるにすぎない。物語世界の中の小説の読者が、外枠の物語たる小説の一般読者――その小説を読む読者とどのように差別化されるのか、「失踪」の読者は『濹東綺譚』の読者とどう違うのか、言いあてることはきわめて難しい。読者としての聞き手の区別が難しい「失踪」と『濹東綺譚』に、語りの階位の違いを指摘することは困難だと考えるほかない。

それでもなお、「失踪」の読者と『濹東綺譚』の読者とのあいだには、おのずと区別があるように思われるかもしれない。「失踪」のテクストを読むにあたって、われわれ読者自身に、物語世界内の読者の位置にみずからを擬《なぞら》えようとする心理が働くからである。われわれ（『濹東綺譚』の）読者は、「失踪」の物語を読むにあたり、物語世界の読者ならばこうも読むであろうと思う態度を想像しようとするであろう。想像される物語世界の読者の態度を、「失踪」のテクストの読みに投影しようとするであろう。そのようなかたちで、われわれ読者は、「失踪」の物語を読む際の態度と、お雪と「わたくし」の物語を読む際の態度に、微妙な差異を持ち込もうとするかも知れない。読者自身の内部に生じうるこうした差別が、「失踪」の物語の聞き手と『濹東綺譚』の物語の聞き手とを区別しようとする心理を生むと考えられるのである。ただしこれは、同じ読者のなかに生じうる読みの態度の違い、読者自身の自己イメージの形成にかかわることであって、語り手の語りの場にかかわることではない。枠物語の構造における、外枠の物語と埋め込まれた物語の区別は、あくまでも（語り手と聞き手が共有する語りの場の）階位の違いとしてあらわれなくてはならない。お雪と「わたくし」の物語と「失踪」の物語とのあいだに、語りの階位の区別を指摘することは困難である。それは、あくまで互いに相似る物語として捉えるほかない。

では、お雪と「わたくし」の物語と「失踪」の物語のように、互いが互いを照らし、相似るものを、どのように考えればよいだろうか。

鏡のテクストと並行テクスト

物語論において「鏡のテクスト」mirror text と呼ばれるものがある。[14] 外枠の物語の中に埋め込まれたテクストが引用され、埋め込まれたテクストの物語が外枠の物語の物語内容を予示したり、暗示したりする場合に用いられる用語である。具体的には、エドガー・アラン・ポオ（一八〇九―四九）の『アッシャー家の崩壊』*The Fall of the House of Usher*（一八三九年）において、語り手である「私」がアッシャーに読み聞かせる（そして物語中に三カ所引用される）「狂える出会い」*Mad Trist* と本文との関係などを典型例とする。『アッシャー家の崩壊』の語り手である「私」は、憂悶に沈む友人のアッシャーを慰めるため、荒唐無稽な古い物語を朗読しはじめる。物語は、勇士エセルレッドが隠者の住居に力づくで押し入ろうと槌矛でドアを打ち破るところである。すると、屋敷うちからも物が打ち壊されるような同じ音が聞こえ、「私」はギクリとする。つぎに、物語中でエセルレッドが竜をめがけて槌矛を打ち下ろすと、遠くから竜の叫び声にも似た叫び声が聞こえる。さらに、物語中で盾が大きな音を立てて銀の床に落ちると、同じような金属性の音の反響が聞こえてくる。つまり、「私」が朗読する本の中に響きわたる物音や叫び声と同じ物音や叫び声が、「私」のいる屋敷うちにも三度響きわたり、その暗合が「私」を驚きと恐怖に陥れるのである。ここでは、朗読される本の内容が（アッシャーの家の中を舞台とする）物語世界での出来事を予告し、朗読される（引用される）本のなかの出来事とほぼ同じことが、実際に物語世界の出来事として現出することになる。このように、本文中に引用されるテクストが、本文の物語内容を予示するような場合、あるいは引用テクストの物語内容と本文テクストの物語内容が鏡で映したような関係にある場合について、これを「鏡のテクスト」と呼ぶのである。

では、お雪と「わたくし」の物語に対比される「失踪」は「鏡のテクスト」だろうか。たしかに、種田とすみ子との関係を、「わたくし」とお雪との関係になぞらえることはできる。だが、物語内容の展開そのものが、声に応じる響きのように相似るということはない。腹案をふくめての「失踪」の物語内容が、（腹案をふくめての）お雪と「わたくし」の物語の物語内容を、直接予示するということもない。そもそも、「鏡のテクスト」の構造を典型的に示す『アッシャー家の崩壊』では、「狂える出会い」は、「私」に朗読されることによって、主要作中人物たるアッシャーという具体的な聞き手を物語世界の中に持っていた。「狂える会合」の語り手は、(「失踪」と同じく) 物語世界外で語る物語世界に属さない語り手であると考えられるが、朗読されるテクストの具体的な聞き手を物語世界に持つことで、埋め込まれた物語としての要件を備えるにいたっていた。

「失踪」の物語とお雪と「わたくし」の物語とが、物語言説の相において互いに他を照らし、相似る関係にあったことは、すでに見ておいたとおりである。ここでは「鏡のテクスト」という用語を意識しつつ、相似る物語言説が並置されるという意味で「並行テクスト」という名称を用いることにしよう。一方の物語内容が他方の物語内容を予示し反復するにはいたらぬものの、物語言説の相において並行関係にあると認められるテクストの謂である。[15]

これを、語り手と語りの場について確かめてみると、お雪と「わたくし」の物語の語り手は物語世界に属する語り手で、「失踪」の語り手は物語世界に属さない語り手であるが、物語世界外で語る語り手であるという点は共通する。語りの場はともに物語世界の外部にある。両者は並行して同じ物語世界外の読者を聞き手に持つことになる。

では、並行テクストとしての「失踪」は、お雪と「わたくし」の物語のなかの、何を照らしだすだろうか。並行テクストとしての「失踪」は、『濹東綺譚』においてどのような機能を果たしているだろうか。

ここであらためて考えるべきこととして浮かびあがるのが、『濹東綺譚』における語り手の造形である。『濹東綺譚』では引用が効果的に用いられる。主な引用を数えあげてみれば、「五」に引かれる依田学海の『墨水二十四景記』、「六」に引かれる語り手の旧作の俳句八句と、語り手が虫干しの際に見つけた柳橋の藝妓の古手紙、「七」に引用される語り手の中年の頃の作『見果てぬ夢』の一節、「十」に引かれる『紅楼夢』中の「秋窓風雨夕」の詩、そして最後の自作の詩である。このほか、雑誌や書物、浮世絵への言及なども、引用の機能を果たすとみてよいであろう。

『濹東綺譚』にあらわれる引用は、語り手の趣味と、教養と、社会階層と社会意識、およびその素性らしきものを示唆する。麻布から玉の井へ電車で往復する語り手は、車中で幕末明治期の漢学者、依田学海（一八二三～一九〇九）の漢文の本を読む。お雪の家で溝蚊《どぶか》の声を聞けば、蚊や蚊帳や溝《どぶ》やわび住みを詠んだ旧作の俳句を引く。しかもその半《なか》ばは、明治四十三、四年のころ「亡友唖々君《ばういうあゝ》が深川長慶寺裏の長屋に親の許さぬ恋人と隠れ住んでゐたのを、其折《そのをり》々尋ねて行つた時よんだもの」（一一三）だという。唖々《ああ》井上精一（一八七八～一九二三）は実在の人物で、「五」で言及される神代帚葉《こうじろそうよう》（種亮《たねすけ》、一八八三～一九三五）とともに、永井荷風の旧友である。語り手はまた、お雪の言葉遣いがぞんざいになるのを語りつつ、「現代人と交際する時、口語を学ぶことは容易であるが文書の往復になると頗《すこぶる》困難を感じる」し、「冗談半分口先で真似をしてゐる時とはちがつて、之《これ》を筆にする段になると、実に堪難《たへがた》い嫌悪の情を感じなければならない」といって、「柳橋の妓《ぎ》にして、向島小梅の里に囲はれてゐた女の古い手紙」を引く（以上、一一五）。その上で、語り手は「我《わが》青春の名残を弔《とも》ら ふに今は之《これ》を那辺《なへん》に探るべきか」（一一六）と嘆いてみせるのである。「七」になると、語り手はしきりにみずからと永井荷風とを重ねあわせてみせる。「わたくしが中年のころにつくつた対話「昼すぎ」漫筆《まつぴつ》「妾宅《せふたく》」小説「見果てぬ夢」の如き悪文」（一三四〜五）とされるのは、すべて永井荷風の作品であるし、引用される『見果てぬ夢』のテクストは、荷風のテクストそのものである（俳句の旧作もまた『荷風全集』に収載されるテクストであることがたしかめられるだろう）。『紅楼夢』の「秋窓風雨夕」を引き「わたくしは毎年同じやうに、とても出来ぬとは知りながら、何とかうまく翻訳して見たいと思ひ煩ふのである」（一六二）と語る語り手には、そのような教養の裏づけと詩心があることが分かる。この語り手は、和漢洋の文学、芸術にわたる教養を誇る。その教養のありかたと、交友関係、手がけた作品は、永井荷風について多少の知識を持つ読者には、永井荷風のそれとほぼ同じものであるように思える。これを要するに、『濹東綺譚』の語り手は『濹東綺譚』の作者永井荷風にきわめて近い像を結ぶ、ということになる。

『濹東綺譚』の語り手は、「一」で交番の巡査に尋問を受け「大江匡」を名のっていた。その際は戸籍抄本と印鑑証明と実印を携行し、巡査に調べられていたのだから、物語世界の「大江匡」は偽名ではない。ただし「大江匡」の生年とされる明治十二年己卯（つちのとう）の年は、荷風の生年と重なる。語り手は「大江匡」でありつつ、あわせて永井荷風であることを強く仄めかすかに見える。

このような語り手の設定は、語り手の設定じたいに強い虚構性を匂わせる。語り手は「大江匡」である。「大江匡」は、姿をあらわし、作中人物となって「わたくし」を名告る。ただしこの「大江匡」は、仮にそのように名づけられているだけで、一作中人物としてその個性を強く主張するわけではない。姿をあらわし、個性を持つようでいながら、個性たるものの多くは永井荷風の借りものであるように見える。ありていに言って、永井荷風が「大江匡」を騙っているように思える。この語り手は作りものめいている。虚構として仮に作られているにすぎない。そのような印象を与えるのである。

このことは、永井荷風の私的体験談のようにも読まれかねない『濹東綺譚』の物語世界に、逆説的にではあれ、強い虚構性を付与する。語り手の虚構性が露わになることで、語り手の担う語りにも、同様のことが生ずるにいたる。「大江匡」を名告る語り手の語りに、作られたものとしての虚構性が匂わされる。語り手に施される仕掛けによって、語り自体にある影響が及ぶ。「失踪」が並行テクストとして機能するのは、まさにここである。

「失踪」は、語り手「大江匡」による執筆の過程と、テクストそのものの引用によって、虚構の物語が紡ぎだされる場を『濹東綺譚』に導き入れる。「大江匡」という語り手が虚構として語られるように、「失踪」の語りが虚構として語られる、そのありさまが開示される。虚構というものが作りだされてゆく現場が、物語世界のただなかに据え置かれ、語りの対象として選びとられるのである。

並行テクストとしての「失踪」が喚起する虚構性は、物語言説の相似を通して、お雪と「わたくし」の物語に及ぶ。「わたくし」が語るお雪との物語に、虚構の論理が持ち込まれるのである。こうして『濹東綺譚』の物語世界は、虚構が作られる現場そのものとなる。

虚構を作る語り手

『濹東綺譚』の語り手「わたくし」は、「一」の冒頭において、活動写真を話題にする。活動写真を語ることを通じて、時代に背を向けて生きる自分自身を語る。その「わたくし」には、しばしば浅草近辺を訪れる習慣があった。そこまでを言ったあと、語り手はにわかに態度をあらためて「夕風も追々寒くなくなつて来た或日のことである。」（八二）と語りはじめる。ここから、「わたくし」が吉原に近い古本屋で古着の長襦袢を買い、夜の交番で巡査に尋問をうけたいきさつが語られることになる。「わたくし」は一旦みずからを語る語りを行い、語り口を変えた上で、みずから経験した出来事を語る語りに移る。

この転調は、「二」で「失踪」の腹案が語られたあとにも、繰り返される。

> 六月末《すゑ》の或《ある》夕方である。梅雨《ばいう》はまだ明けてはゐないが、朝から好《よ》く晴れた空は、日の長いころの事で、夕飯《ゆふめし》をすましても、まだたそがれようともしない。わたくしは箸を擱《お》くと共にすぐさま門を出《い》で、遠く千住なり亀井戸なり、足の向く方へ行つて見るつもりで、一先《ひとまづ》電車で雷門まで往《ゆ》くと、丁度折好《ちやうどをりよ》く来合《きあは》せたのは寺島玉の井としてある乗合自動車である。（九六ページ）

「六月末の或夕方である」で転調をむかえる以前、語り手である「わたくし」は、「失踪」の腹案を練りつつ、小説家としてつねに心がけることを語っていた。小説を作るにあたっては、作中人物の性格よりも背景の描写に重きを置く。季節と天候にも留意しなくてはならない。そう語ったあとの転調である。

転調の前後では、語りを支える時間のありかたが異なる。転調の前、「わたくし」が自分自身を語る際に、「わたくし」が身を置く具体的な時間を語ることはない。語られるのは、自分がどのような趣味、性向を持ち、何を知り、何を考えるかであって、いわば常態としての「わたくし」が非時間的な空間において捉えられることになる。一方、転調の後は、具体的な時間において（「夕風も追々寒くなくなつて来た或日」「六月末の或夕方」）、出来事の生起が語られる。出来事が語られることで、物語世界のなかに時間が流れはじめる。

ここでは、「わたくし」自身を語る非時間的な語りと、具体的な時間の流れのなかで「わたくし」の経験を語る語りとが区別される。「わたくし」は、自分がどのような人間であるか、どのような趣味があり、どのような過去を持ち、何を知識として有し、どのような感慨をいだくかを、非時間的な場において語る一方で、「わたくし」が際会する出来事を時間の経過とともに語る。語り手は、この二つの語りのあいだを行き来しつつ、お雪と「わたくし」の物語を語りはじめる。

「わたくし」は、「失踪」の物語の背景をさぐるため、日の長いのをさいわい、夕食後に隅田川を渡り、千住や亀戸に足をのばそうとする。ひとまず浅草へ来てみると、折よく来あわせたのは寺島玉の井行きのバスである。秋葉神社の先でバスを降り、さらに行くと玉の井に出る。「わたくし」は、京成電車玉の井停車場跡の土手の上で、暗くなるまで時を過ごす。ここまでは、具体的な時間のなかの出来事とはいえ、ただ一人下町を徘徊する「わたくし」の行動が淡々と語られる。すると二度目の転調が訪れる。雷雨である。ここにお雪が登場する。

突然傘のなかに飛び込んできた女を「二」のおわりで語ったあと、つづく「三」は、女の家に誘われた「わたくし」の、女とのやりとりを描く。女との取り決めができると、「わたくし」は一旦出来事の語りを中断し、突然次のような語りを展開する。

わたくしは春水に倣《なら》つて、こゝに剰語《じようご》を加へる。読者は初めて路傍《ろぼう》で逢つた此女《このをんな》が、わたくしを遇《ぐう》する態度の馴々《なれ〳〵》し過るのを怪しむかも知れない。然《しか》しこれは実地の遭遇を潤色《じゆんしよく》せずに、そのまゝ記述したのに過ぎない。何の作意も無《な》いのである。驟雨雷鳴《しううらいめい》から事件の起つたのを見て、これ亦《また》作者常套《じやうたう》の筆法だと笑ふ人もあるだらうが、わたくしは之《これ》を慮《おもんばか》るがために、わざ〳〵事を他《た》に設《まう》けることを欲《ほつ》しない。夕立が手引をした此夜《このよ》の出来事が、全く伝統的に、お誂通《あつらひどほ》りであつたのを、わたくしは却《かへつ》て面白く思ひ、実はそれが書いて見たいために、この一篇に筆を執《と》り初めたわけである。

（一〇五ページ）

物語に流れる時間の処理ということでいえば、この語り（正確にいえば、これに先立つ一段落と、このあとに続く一段落をふくむ三段落におよぶ語り）は、娼婦たる女と客とがとり結んだ交渉の時間を埋める機能を果たしている。このあと語りは、「雨は歇まない。」（一〇六）との叙述の一行をはさんで、再び女とのやりとりに戻る。出来事の語りが一旦中断し、出来事の語りへの注釈のごときものが加えられた後、再び出来事の語りに移行するのである。出来事の語りが再開した時には、すでに相応の時間が経過していたことが暗示される。

「わたくし」は、女との出会いを語ったあと、為永春水の例を引きつつ、女の態度が「わたくし」に馴れすぎていないか、男女の出会いが型にはまりすぎてはいないかというありうべき疑問に対して「自家弁護」を行う。この「自家弁護」の語りじたいに、具体的な時間は流れない。これは「わたくし」が自分自身について語る際の、非時間的な語りと同質の語りである。

「わたくし」に、女との出会いは事実を脚色せずありのままを叙述したにすぎない、と言う。実際の出来事があまりにお誂えむきであったため、かえってそのことが面白く「この一篇」を書こうと思いたったのだ、と語る。ここに、進行しつつある物語言説じたいについて語ろうとする、物語行為の相が浮上する。自分は雷雨の晩に女と出会った出来事をありのままに語ろうと思う。ただし、夕立を媒《なかだち》として出会いがあったと書けば、この作者がよく用いる設定である、常套としての語りを踏襲したにすぎない、と誹《そし》られるおそれがある。女がはじめから馴れすぎているのも、作中人物たる「わたくし」にとって、あまりに都合がよくはないか、脚色がすぎるのではないか、との指摘を招くかもしれない――と語り手は語る。懸念されるのは、語られていることが出来事を正確に反映するかどうかではなく、このような物語言説と、それによって立ち上がってくる物語内容を読者が受け入れるかどうかである。語り手は、自分自身の物語言説（とこれによって事後的に了解されることになる物語内容）をみずから俎上にのせる。まさにそのことによって物語言説が読者に受け入れられることを図る。物語行為をめぐる語りによって、物語言説の成立を促す。そして、このような操作を通じて、事実を装う出来事の語りが強い虚構性をおびることになる。

出来事の語りと出来事外の語り

さて、お雪と「わたくし」の物語の語りには、二つの様態があった。「わたくし」自身の趣味や性向、知識、所懐を語る非時間的な語りと、お雪との出会いと別れを語る出来事の語りである。出来事の経験を語る語りには具体的な時間が流れ、季節は六月の末から十月までと限定される。「わたくし」自身を語る語りも、過去に遡り、過去の「わたくし」を喚び戻すことで時間にかかわっているが、遡り、喚び戻す今の「わたくし」の時間が特定されるわけではない。「わたくし」の身にふりかかった出来事は、まさに「奇譚」として、「わたくし」の日常の生活と区別される出来事である。それは常態としての「わたくし」の趣味や性向、そして知識や所懐や記憶を語る、地模様のような語りを背景として語られることになる。

お雪と「わたくし」の物語世界には、「わたくし」の常態を語る物語と、「わたくし」が経験した奇譚としての出来事を語る物語の二つがあった。出来事の語りを準備する常態の語りと、出来事そのものを語る語りだと言ってもよい。これらを、いま仮に「出来事外の語り」と「出来事の語り」として対照するなら、お雪と「わたくし」の物語は、この二つの様態を持つ語りを綯い交ぜつつ語られているのだということになる。地模様としての出来事外の語りのなかに、出来事の語りが浮きだすありさまと言ってもよい。この出来事外の語りと出来事の語りとのあいだに、階位の違いは観察されない。語りの場も同じである。そもそもが同じ物語世界外で語る物語世界に属する語り手によって語られる、語りの二つの様態である。

出来事外の語りと出来事の語りとの対照は、いたるところにみられる。たとえば「六」の前半には、玉の井の歴史と地理についての語りと、「わたくし」の若き日の放蕩を語る出来事外の語り（ここで旧作の俳句が引かれる）がみられるが、そこに突然転調があって（「その夜お雪さんは急に歯が痛くなって…」（一二四））、出来事の語りに移る。だがこの出来事の語りも、お雪との対話をしばらく辿ったあと、女の言葉づかいをきっかけに再び出来事外の語りに戻り、女の古手紙が引用されて「六」がおわる。「七」では、出来事の語りがしばらく続いたあと、お雪の口にした「三月《みつき》になるわネヱ」（一三三）という言葉をきっかけに、「わたくし」自身を語る出来事外の語りに移り、『見果てぬ夢』の一節が引かれることになる。次に、「わたくし」が身分を隠す必要のあること、かつて巡査に「こんな処へ来る人ではないと言はれた事」が「或夜」のこととして語られ（一三六）、再びお雪との出来事を語る語りに移る。この「或夜」の経験——これは「一」で語られる巡査に尋問を受ける経験に似る——は、むろん出来事を語る語りに属するが、「わたくし」が属する社会階層を説明する効果——「わたくし」の常態を語る効果がより大きい。出来事を語る語りと語り手の常態を語る出来事外の語りとが、必ずしも截然とは区別し得ない場合があることを示す例であるといえる。

ちなみに、常態を語る語りでは、物語行為の相が明瞭になる場合がある。たとえば「八」は、はじめに玉の井稲荷への道を辿ることが出来事として語られるが、その途中で「わたくし」を語る出来事外の語りに移り、玉の井を訪れる際には身なりをやつすことが言われる。その際「今まで書くことを忘れてゐたが」(一三九)という語りがあらわれるのである。語りを担う「わたくし」自身を語る物語言説が、語る行為の意識を伴うことの当然の帰結であると考えられる。

『濹東綺譚』の語りにおいて特徴的なのは、語り手「わたくし」がみずからを語る出来事外の語りである。それは、分量的にも出来事の語りに拮抗し、あるいは凌駕するほどである。しかもこの出来事外の語りにおいて、「わたくし」は、みずからの素性をめぐって独特の語りを展開する。物語世界に属する語り手が、物語世界外の「作者」に言及するのである。

作者に仮託する語り手

すでに見ておいた通り、『濹東綺譚』の語り手「大江匡」は、しきりに永井荷風との親近性を匂わせていた。では「わたくし」は永井荷風なのかと言えば、決してそうではない。『濹東綺譚』の語り手は、姿をあらわし、作中人物となる。この語り手は「大江匡」と名づけられ、「わたくし」という一人称で語る。

語り手の姿は、あくまで『濹東綺譚』の物語世界において構築されなければならない。

永井荷風の名は、『濹東綺譚』の作者が永井荷風であることから、まずは意識される。また、語り手がみずからを語るに際し、援用し、引用するいくつかの固有名詞や、その境遇等が、永井荷風を強く連想させる。永井荷風は、「わたくし」の姿や個性を考える際、参照を強く求められる対象として指示されているかに思える。

ただし、語り手がテクストのなかで提供する情報を、永井荷風と関連づけることができるかどうかは、永井荷風に関する読者の知識、読書経験に大きく依存する。たとえば、井上啞々が実在の人物で荷風の友人であるという知識は、永井荷風にかなり親しんでいなければ期待できない知識であろう。「わたくし」の旧作として引かれるいくつかの作品名や、『見果てぬ夢』のテクストも、ある程度の読書経験がなければ同定は難しい。永井荷風についてまったく知識を欠いた読者が、『昼すぎ』『妾宅』といった作品名や、『見果てぬ夢』のテクストを、『濹東綺譚』の物語世界のなかで虚構として作られたものと考えても不思議ではないし、そのような読みを妨げることもできない。そもそも永井荷風の名が、そのまま『濹東綺譚』の物語世界にあらわれることは、一度たりともない。永井荷風との類縁性を匂わせるものとして、『濹東綺譚』のなかにちりばめられる固有名詞等は、調べればたちどころに分かる性質のものであるが、それがうまく機能するかどうかは読者による。連想が働くかどうかは、『濹東綺譚』の物語そのものによっては保証されない。

さらに言えば、永井荷風の著作に親しんだ読者にしても、永井荷風は、あくまで書き残されたものから読みとられる結果としてあるに過ぎない。それは、『濹東綺譚』の「わたくし」が『濹東綺譚』のテクストから読みとられるべきものとしてあったのと同様、永井荷風が残した（と社会的に認知されている）テクストから読みとられるべきものとしてある。読みとられた結果としての永井荷風がどのような像を結ぶかは、永井荷風のテクストを読む読者によるというほかない。

『濹東綺譚』の「わたくし」と永井荷風との類縁性は、固有名詞等の手がかりが機能することを前提としつつ、可能性として開かれたものにすぎない。それがどのようなかたちで実現するかは、最終的には読者による。忘れてならないのは、「わたくし」の姿はあくまで『濹東綺譚』の物語世界において語られたものから構築されるべきであって、出発点は『濹東綺譚』の物語世界にある、ということである。「わたくし」の姿は『濹東綺譚』の物語世界にあるものを核とする。そこに連想によって引き寄せられる様々な情報が加わることで、描き出される「わたくし」の姿がより具体的になる。「わたくし」の姿を思い描く際の手がかりが豊富になる。永井荷風は、読むという行為において読者がみずから取り込む情報であるにすぎない。慎むべきは、『濹東綺譚』の外部に明確な輪郭を持つ永井荷風という存在を想定し、それが（権威を帯びた光源となって）『濹東綺譚』の物語世界に影を落とす、と考えることである。

これを別な角度から言えば、語り手である「わたくし」がみずからを語るに際してとった戦略が、そのようなものであったということである。「わたくし」は「わたくし」を語るにあたり、敢えて『濹東綺譚』の物語世界の外部にあるものを示唆しようとした。物語世界のなかでは十分説明されない情報（たとえば井上啞々という人物は単にその名が言及されるにとどまる）を、語りのうちに散りばめていた。「わたくし」の語りの戦略を受けとめようとする読者は、当然、物語世界の外部にある（現実の？）世界をも参照しようと試みるであろう。そのように「わたくし」の姿を物語世界の外へ開いてゆこうとするのが、『濹東綺譚』の語りだということになる。

『濹東綺譚』はしばしば、『濹東綺譚』のあとがきの性格を持つ「作後贅言」（一九三七（昭和十二）年『中央公論』に発表、同年刊行の岩波書店版および私家版に本文と同じ体裁で収める）とともに読まれる。『濹東綺譚』とほぼ時を同じくして書かれたこの「作後贅言」は、永井荷風がみずからの境涯と同時代の世情を語るものとして、『濹東綺譚』とはおのずから別個の語りをなしている。語りは永井荷風という一人の実在の作家が生きる場において成立している。そこは、永井荷風が玉の井稲荷の横町で門付けの女に呼び止められ、庭で落葉を掃く音に朝目覚める世界である。

『濹東綺譚』と「作後贅言」の末尾には、それぞれ「丙子十月卅日脱稿」、「昭和丙子十一月脱稿」との記載がある（丙子《へいし》はひのえねで昭和十一年にあたる）。したがって「作後贅言」は、『濹東綺譚』脱稿の翌月に書かれたことが知られる。『濹東綺譚』の語り手「わたくし」の戦略を受けとめる読者にとって、「作後贅言」はまさに物語世界のすぐ外にある世界を指し示すものとして機能する。それは、毎夜銀座で待ち合わせた神代帚葉の訃報を「去年の春」に聞き、「今年昭和十一年の秋」寺島町に向かう途次、作者永井荷風が浅草橋で花電車の見物客を目撃する世界であり、紛れもなく昭和十一年という時代の刻印を帯びる。読者は、「わたくし」の背後にあって、永井荷風が「作後贅言」に書きとめる世界の存在を、時代の相とともに受け入れる。『濹東綺譚』を読み終える読者は、「作後贅言」によって、「わたくし」の姿をあらためて時代の文脈のなかに思い描こうとするであろう。『濹東綺譚』にかかわる永井荷風の手がかりは、まずは永井荷風自身によって提供される。

テクストの編成——物語世界と挿画

ちなみに、現在『濹東綺譚』を手にする読者の多くは、『東京朝日新聞』夕刊連載時（昭和十二年四月十六日～六月十五日）に添えられた木村荘八（一八九三～一九五八）による挿画とともに、本文のテクストを読むことになる。[16]『濹東綺譚』において、永井荷風による本文と木村荘八の挿画とが相互干渉しつつテクストを編成するありさまは、決して無視できない。また、木村荘八の挿画を参照しつつ本のかたちで読む現在の読者の経験は、新聞連載時、日々一回分のテクストを読み進めた同時代の読者の経験とも、おのずから別の経験であると考えるべきであろう。

同時代の読者、とくに東京の読者の多くは、木村の挿画に、身近にある同時代の東京の風景と風俗とを認めたことであろう。一方、そのような東京の読者とは、時間的にも空間的にも異なる場にある読者にとって、木村の挿画は、物語世界を思い描くための重要な手がかりとして意味をもつことになる。寺島町玉の井は、今や失われた場所である。街並みは大きく変貌し、玉の井の地名も残らない。人々の生活や風俗も大きく変化した。物語世界において「わたくし」が井戸水を警戒し、溝蚊に血を吸われるさまは、現在多くの読者が享受する衛生環境との隔たりを感じさせる。

木村荘八の挿画は、昭和はじめの東京下町の生活風俗を、よく今に伝える。茶簞笥や長火鉢のある畳の部屋。蚊帳を吊った夏の夜の室内空間。日本髪を結いキモノを部屋着にする女。一つひとつあげてゆけばきりがない生活の細部が、きわめて写実的に描かれている（次頁の図参照）。それは、『濹東綺譚』の物語を読みすすめる読者に対し、物語世界を具体的に思い描く貴重な材料を提供する。「わたくし」の構築において永井荷風のテクストが参照できるように、物語の舞台である浅草や玉の井の視覚的再現において、

木村荘八の挿画が提供する情報はきわめて大きな役割を果たす。『濹東綺譚』は、今や木村荘八の挿画を抜きに語ることが難しいとすら言えよう。それは、『濹東綺譚』のテクストの編成の、欠くことのできない要素となっていると考えられるのである。[17]

木村荘八の挿画は、お雪と「わたくし」の物語世界に付されたものと、「失踪」の物語世界に付されたものとで、大きく印象を異にする。挿画の描き方が工夫されることで、二つの物語世界の違いが巧みに表現されている。とくに、種田順平がアパートの部屋ですみ子と差し向かいになる場面は、地塗りを省いた簡略な線描で、これが虚構のなかの虚構（物語世界の作中人物が語る物語世界）であることをうまく伝えている（次頁の図参照）。細部を言えば、お雪（二十六歳）の日本髪は、すみ子（二十四歳）のモダンな髪型と対比され、その古風さが目に立つ。それは「わたくし」が「過去の幻影を再現させてくれる」（一二二）と語った島田であり丸髷である。木村荘八の挿画は、並行テクストとしての「失踪」の位置づけや、物語世界での「わたくし」の思いまでをも巧みに再現している。

ただし、この挿画と本文との融合は、『濹東綺譚』が印刷物として形を纏う際にようやく成立するものとみなされる。挿画はあくまで本文テクストが成立した後に描かれる。それは、物語世界の「わたくし」が永井荷風のテクストに依拠していたのと同様のあり方で、本文テクストがはじめからその存在を想定していたものではない。木村荘八の挿画が加わった『濹東綺譚』は、『濹東綺譚』のテクストが元来志向したものに異なる次元をつけくわえる。テクストは、作者の手を離れたあと、さまざまなかたちに編成され、そのあり方を変えてゆく。そのことを示す、これは一つの例であると言えよう。そして、一旦成立したテクストの編成は、テクストがすでに生み出していた物語世界に強く干渉することになるのである。

7　聞き手と向きあう語り手

小説の語り手は、物語世界の外や、物語世界の中にあって、物語世界の出来事やその事情を語る。語り手の語りは、語りの場や物語世界との関係によって、そのありようを変える。語りの場をたしかめることは、小説そのものの構造を明らかにすることにつながるし、語り手と物語世界との関係を考えることで、語り手と物語世界それぞれが、より具体的なすがたをあらわす。語りの場のありかを見きわめることは、語りの聞き手 narratee が誰であるのかをおのずから浮かびあがらせるし、聞き手が誰であるかで、語りの性格が変化することにもなる。語り手は、語りの場をどこに持つかによって、物語世界外で語る語り手と物語世界内で語る語り手に分けることができた。また、物語世界に作中人物としてあらわれるかどうかによって、物語世界に属する語り手と物語世界に属さない語り手に分けることができた。この二つの分類によって得られる、おのおの二つの語り手の類型を組み合わせるなら、以下の四つの語り手の型をとりだすことができる。

① 物語世界外で語る物語世界に属さない語り手 extradiegetic-heterodiegetic narrator
② 物語世界外で語る物語世界に属する語り手 extradiegetic-homodiegetic narrator
③ 物語世界内で語る物語世界に属さない語り手 intradiegetic-heterodiegetic narrator
④ 物語世界内で語る物語世界に属する語り手 intradiegetic-homodiegetic narrator

これまで例として挙げてきた作品で言えば、①は、芥川の「芋粥」の語り手、②は、「歯車」の語り手、③は、荷風の「野路のかへり」の埋め込まれた物語の語り手、④は、鏡花の『高野聖』および荷風の「雪のやどり」「旧恨」の埋め込まれた物語の語り手である。『マノン・レスコー』のシュバリエ・デ・グリューは④の語り手、『アラビアン・ナイト』のシャハラザードは③の語り手にあたる。

ただし、この四類型だけで語り手の具体的な姿を掬いとることは難しい。「芋粥」の語り手も、鷗外の「阿部一族」の語り手も、物語世界外で語る物語世界に属さない語り手であるが、語りから受ける印象はまるで違う。「芋粥」の語り手は姿をあらわしそれなりの個性を発揮するが、「阿部一族」の語り手はそもそも姿をあらわさない。[18]「歯車」の「僕」も、鷗外の『雁』の「僕」も、物語世界外で語る物語世界に属する語り手であるが、一方が物語の主人公としてみずからの苦悩を語るのだとすれば、他方は脇役として友人岡田とお玉とを見守るにとどまる（ただし物語の終局において図らずも決定的な役割を果たす）。『高野聖』の旅僧（「私」）と『マノン・レスコー』のデ・グリューは、ともに物語世界内で語る物語世界に属する語り手で、語り手及び主人公として果たす役割もほぼ等しい。『アラビアン・ナイト』のシャハラザードは物語世界内で語る語り手であるが、物語世界に属さない語り手であるため、埋め込まれた物語の語り手としてより外枠の物語世界の作中人物（語り手としての役割こそが生き延びる手段となる作中人物）としての存在感が大きい。語りの場と語りの階位、物語世界との関係をよりどころに語り手の分類を行うことは、小説の語りのありかたを見きわめる際の重要な手立てとなる。同様に、語り手として姿をあらわすかどうか、あらわす場合に語り手としての個性を発揮するかどうか、物語の作中人物になるとして、物語の主人公となるのか、脇役にとどまるのか、あるいは目撃者・証人にすぎないのか等々は、語り手の姿を捉える際の大きな手がかりとなるであろう。

語りがどのように成立しているかは、語り手 narrator に対して、どのような聞き手 narratee が存在するのか、また想定されているのかにもかかわる。埋め込まれた物語の語り手は、外枠の物語世界の中に具体的な聞き手を持つ。それは、語り手が物語世界に存在するか否かにかかわらない。『高野聖』の語り手である旅僧に対しては「私」という聞き手がおり、『マノン・レスコー』の語り手シュヴァリエ・デ・グリューに対してはルノンクール侯爵という聞き手がいる。「野路のかへり」の語り手（「友」）にも、「私」という聞き手が物語世界の中にいた。

一方、物語世界外の語り手に対する聞き手は、読者であると考えるほかない。物語世界外の語り手が、実際にどのような聞き手を想定しているのかは、個々の場合で異なるであろうが、たとえば芥川龍之介の「歯車」の語りを受けとめる聞き手を、「歯車」の物語世界の中に見いだすことは難しい。「歯車」の語りを受けとめる聞き手としては、物語世界の外部にいる読者が想定されるほかないであろう。物語世界外に身を置く読者は、「芋粥」の読者のように、語りの場を語り手と共有するよう求められたりもする。『濹東綺譚』の読者は、『濹東綺譚』の作者についてなにがしかの知識を有することが期待された。語り手は、読者が持つであろう永井荷風に関する知識を戦略的に利用しようとしていた。

書簡体小説

さて、読者の存在を意識的に物語世界に取り込もうとする語りに、書簡体小説がある。物語世界の作中人物が書き送った手紙や、複数の作中人物のあいだでやりとりされる手紙の内容を、そのままテクストとして提示する小説である。代表的な例としては、サミュエル・リチャードソン（一六八九〜一七六一）の『パミラ』（一七四〇年）や、ラクロ（一七四一〜一八〇三）の『危険な関係』（一七八二年）などがある。書簡体小説では、手紙の書き手がそのまま（物語世界内に存在する）語り手となる。語りは手紙のテクストそのものから浮かびあがる。手紙は当然受取り人の存在を前提とするため、手紙の受取り手が、物語世界の中の語りの聞き手 narratee となる。複数の作中人物が手紙をやりとりする場合は、語りの聞き手たる手紙の受取り手が、立場を変えて手紙の書き手、すなわち語り手になる。語り手と聞き手が、手紙の書き手と受取り手として、相互に立場を変えてゆく。書簡体小説では、物語世界の中に存在する聞き手が、重要な役割を担うのである。

書簡体小説の変種として、死を覚悟した人物の遺書の体裁を取る小説もある。遺書のテクストをそのまま小説のテクストとする小説である。その際には、遺書の読み手（受取り手）が、小説の物語世界に姿をあらわさずにおわる場合も生ずる。また、遺書の受取り手が具体的に名ざされない場合もある。だが、名ざされることはなくとも、遺書は（具体的な受取り手に）読まれることを強く望むテクストであると言うことができる。遺書の書き手が想定する遺書の読み手（受取り手）は、当然、遺書の書き手と世界を同じくする存在となる。したがって、テクストとしての遺書の受取り手は、暗黙のうちに小説の物語世界に存在することを求められる。つまり、語りを受けとめる聞き手は、小説の物語世界の中に（潜在的にであれ既に）存在しているのだと考えられる。このように考えるなら、手紙の体裁をとる小説の語り手は、たとい受け手の存在を具体的に示すことはなくとも、同じ物語世界の聞き手に宛てて、その思いを開陳しているのだと考えられる。この語り手は、物語世界内で語る物語世界に属する語り手である。

なかだちをする聞き手

森鷗外の「興津彌五右衛門の遺書」（一九一二（大正元）年『中央公論』に発表、大幅な改訂の上翌年刊行の『意地』に収める）は、主家の細川忠興のあとを追って殉死を遂げようとする家臣の手紙である。興津弥五衛門は、忠興の命で長崎に香木を求めにゆき、伽羅の本木《もとき》と末木《うらき》を伊達家の家臣と争う。同行の横田清兵衛が末木でよいとするのを、「珍らしき品」を手に入れることを主命だと信ずる弥五右衛門は聞かず、刀を抜いた横田を逆に討ち果たしてしまう。伽羅の本木を持ち帰った弥五右衛門は、忠興に同輩を殺した罪を以て切腹を願い出るが、忠興はこれを許さず、むしろ弥五右衛門を引き立てるようになる。忠興が卒去したあとも、江戸詰留守居の役目のため機会を得なかった弥五右衛門は、およそ二年後に宿志を遂げる準備を整える。遺書には、その間の経緯を父祖の時代に遡って述べ、あわせて自裁の前の胸中を記す。

小説は、まず遺書の文面をそのまま小説のテクストとして提示し、次に弥五右衛門切腹の状況と、興津家のその後を語る。小説の語りは、遺書の部分が「某《それがし》」を名告る興津弥五右衛門による一人称語りであり、遺書に続く部分が物語世界外で語る語り手による語りである。物語世界外で語る後半の語り手は、姿をあらわさず、作中人物とならない語り手である。

この遺書は宛先を持つ。宛名にあがるのは、嫡子才右衛門である。これは、遺書のはじめに「然《しか》れば子孫の為《た》め事の顚末書き残し置き度《たく》」とあるのに対応する(『鷗外全集』第十巻(岩波書店、一九七二年)五七三ページ)。したがって、遺書の語り手に対応する聞き手は、遺書を読むことを期待される才右衛門以下興津家の人々だということになる。遺書に続く後半の語りでは、切腹の際、介錯に立った乃美市郎兵衛が弥五右衛門と行ったやりとりが語られるが、遺書の語りの聞き手たる興津家の人々が、遺書を手に取る(読む)ところは語られない。興津家の人々は系図にしたがって簡略に紹介されるにすぎない。遺書の語りを受けとめるべき物語世界の人々が誰であるかは特定できるが、聞き手(読み手)の役割を担う人々についての語りはきわめて乏しい。

このように、聞き手たる作中人物(たとえば興津才右衛門)に関する語りこそ手薄ではあれ、「興津彌五右衛門の遺書」は、弥五右衛門の遺書を埋め込まれた物語とする、枠物語の構造をもつ小説であると見なすことができる。外枠の物語のテクストは、遺書につづく後半の語りの部分である。小説のはじめに外枠の物語のテクストがあらわれることはないが、遺書は、物語世界に生きる興津弥五右衛門が語るもう一つの物語世界の物語をその内容にもつ。「某」を名のって一人称語りをする興津弥五右衛門は、姿をあらわし、作中人物となる語り手である。階位の異なる二つの語りを担うのは、物語世界外の語り手（物語世界外で語る物語世界に属さない語り手）と埋め込まれた物語の語り手（物語世界内で語る物語世界に属する語り手）である。

はじめに外枠の物語を欠いたかたちで提示される遺書のテクストは、あたかも「興津彌五右衛門の遺書」という小説の読者を、直接の読み手とするようにも受けとられる。だが、物語世界において遺書の語りの聞き手 narratee となるのは、あくまで興津家の人々である。遺書のテクストは、弥五右衛門と同じ時代に生きた興津家の人々を媒介として、読者に届けられる。弥五右衛門の語りは、一旦物語世界内の聞き手によって受けとめられ、その上で物語世界外の聞き手たる読者に届けられるのである。このように、聞き手を二重に構える物語の構造は、「興津彌五右衛門の遺書」においてある効果を収めていると考えられる。それは、弥五右衛門の行動を導く倫理規範および価値観に対して読者が感じるであろう心理的距離を縮めるべく、物語世界内の聞き手が橋渡しの役割を果たしていることである。

弥五右衛門は、主命を奉ずることを美徳とする。「香木は無用の翫物《ぐあんぶつ》」（五七五）であるとして、伊達家に本木を譲ろうとした横田清兵衛の意見は、合理的な判断であったと受けとれるが、弥五右衛門は「主《しゅう》命《めい》たる以上は、人倫の道に悖《もと》り候《そろ》事は格別、其事柄に立入り候《そろ》批判がましき儀《ぎ》は無用なり」（五七五〜六）とし、主命であるからは批判は許されないという立場をとる。横田という家臣を一人失うかたちになった細川忠興も、「総《すべ》て功利の念を以て物を視候《さふら》ば、世の中に尊《たふと》き物は無くなるべし」（五七七）と答えて、弥五右衛門の判断を是認する。寛永・正保の時代に重んじられた、そのような倫理規範と価値観は、時を隔てて現在に生きる読者には、なかなか受け入れ難いものと感じられるであろう。香木の本末を争って同輩を殺すにいたるところ、さらには長年主君に殉じようと機会を窺い遂に実行に移すところなど、現代社会の行動規範からはなかなか了解しがたいものがある。

一方で、弥五右衛門の遺書の直接の受取り手である興津家の人々は、弥五右衛門の行動を家門の名誉と見なしたであろうと考えられる。そもそも、弥五右衛門が切腹するにあたっては、細川家当主が並々ならぬ心遣いを示していた。そのような物語世界の状況からみて、弥五右衛門の遺書が、遺書の直接の受取り手たる興津家の人々にどのようなものと映ったかは、十分想像の範囲に収まる。こうして、弥五右衛門の遺書を読む読者は、語り手たる弥五右衛門の語りを受けとめると同時に、物語世界内の聞き手たる興津家の人々の反応を想像し、物語世界内の語り手と聞き手に共通する世界観、処生観を理解しようと努めることになる。弥五右衛門の行動が、一人の奇矯な人物の特異な行動としてあったわけではないこと、弥五右衛門の遺書を共感を以て読む受取り手が存在し得たことが、想像されることになる。物語世界内の人々があり得べきものとして受け入れる倫理道徳に対し、読者が感じるであろう心理的距離は、このようなかたちで媒介項を得ることになる。

ちなみに、大正元年十月に『中央公論』に発表された「興津彌五右衛門の遺書」の初稿は、大正元年九月十三日夜に行われた明治天皇御大葬と時を同じくした乃木大将自刃の報せに衝撃を受けた鷗外が、九月十八日までに一気に書き上げたものである。[19] 作者鷗外は、時代錯誤的とも評された乃木希典《のぎまれすけ》（一八四九～一九一二）の心事と行動を忖度すべく、江戸初期に生きた武士の心事と行動を小説にした。そのような執筆の事情に照らしてみるなら、「興津彌五右衛門の遺書」の読者が語り手に対して感じるであろう心理的距離は、むしろテクストのうちにあらかじめ織り込まれていたと考えることができる。語り手と読者とのあいだに予想される世界観の相違が、むしろ語り手の語りが（物語世界外の）聞き手たる読者を引き留める力となっているのである。その際、弥五右衛門の言葉を物語世界内において直接聞き届けている（と想定される）興津家の人々の存在が、重要な機能を果たすことになる。

現代の一般読者は、弥五右衛門の倫理観や行動に対し、大きな心理的距離を感じることであろう。一方で、弥五右衛門が遺書の直接の宛て先とした人々は、弥五右衛門の身の処し方を見事だと受けとめたことであろう。さらには、弥五右衛門と興津家を取り巻いていた人々、弥五右衛門の切腹を取り沙汰した京の人々も、弥五右衛門が殉じた行動規範に理解と共感を惜しまなかったであろう。弥五右衛門の遺書の宛先となった、興津家の人々を中心とする寛永・正保の時代の人々の共同体倫理が、そのように想像されることで、現代の読者は、弥五右衛門の心事と行動を、やがて正面から受けとめるよう促される。「興津彌五右衛門の遺書」が、遺書の語りの直接の聞き手を媒介とする、書簡形式の語りによって収める効果は、そこにあるはずである。

「興津彌五右衛門の遺書」において、物語世界内の語り手と物語世界外の読者との心理的距離は、物語世界内の語り手と物語世界内の聞き手との距離より、はるかに大きいと考えられる。同じテクストの受容者でありながら、遺書の語り手が直接に想定する（物語世界内の）聞き手と、（物語世界外の）小説の読者とでは、予想される反応が異なるのである。

語りに距離を置く聞き手

一方、物語世界内の聞き手と物語世界外の読者の距離が、物語世界内の語り手と聞き手の距離より小さい例もある。物語世界内の聞き手の反応が、物語世界外の読者の反応とほぼ同調するであろうと考えられる場合である。

森鷗外の翻訳小説集『諸国物語』（一九一五年）に収めるA・シュニッツラー（一八六二〜一九三一）の「アンドレアス・タアマイエルが遺書」"Andreas Thameyers letzter Brief"（一九〇八（明治四十一）年『明星』に発表）は、妻が皮膚の色の違う子を生んだのを悲観してみずから命を絶つ男の遺書である。作品は、男が書き残す遺書をそのまま小説のテクストとしており、外枠の物語を形成する語りは存在しない。また、遺書の宛名が明記されるわけでもない。手紙の形式的文言を欠いた本文だけのテクストである。遺書は次のようにしてはじまる。

> 小生《せうせい》は如何《いか》にしても今日以後生きながらへ居ること難《かた》く候《さふらふ》。何故《なにゆゑ》と申すに小生生きながらへ居る限りは、世間の人嘲《あざけ》り笑ひ申すべく、誰一人事実の真相を認めくるる者は有之《これある》まじく候。仮令《たとひ》世間にては何と申し候とも、妻が貞操を守り居たりしことは小生の確信する所に有之《これあり》、小生は死を以て之を証明する考に候。
>
> （『鷗外全集』第三巻（岩波書店、一九七二年）三八五ページ）

語り手が死を以て訴えようとしたのは、自分の妻が貞操を守り通したという一事である。自分が生きている限り世間は妻の不行跡を取り沙汰し、嘲笑するであろう。自分は、人々に真実を認めさせんがため、死を覚悟した。そう語りはじめる語り手は、「知名の学者」の学説を紹介しつつ、妊娠時もしくは妊娠中に妊婦が目にしたものが強い印象を残して、生まれる子の外貌に影響を残す例があること――それは遺書のなかに引かれる「リムビヨツクの著述『母の物を見ることに依つて生れし子の母の見し物に似る現象に就いて』」（三八六）という本の表題によって簡潔に言い表される――を、聞き手―遺書の読み手に納得させようとする。その上で語り手は、次のように妻へのいたわりをみせる。

小生の死するは世間の人の御身《おんみ》を嘲《あざけ》り笑ふを見るに忍びざるが為に候。小生の遺書一度《ひとたび》世に公《おほやけ》にせらるるに至らば、世の人の御身《おんみ》を笑ふことは止《や》み申すべく候。（三八七ページ）

自分が死を決意したのは世間が妻を嘲笑するのを見るに忍びないからだ。自分のこの遺書が世間に公開されたなら、人々が妻を嘲笑することはなくなるだろう。そのように語る語り手は、自分がみずから命を絶つのは妻の名誉を守るためであることを言う。さらに語り手は、自分が遺書をしたためつつある現在の妻と子の様子――妻は現在語り手の家の寝室で生後十四日の乳児とともに眠っている――を記した上で、「此《この》手紙を読む人の小生を狂人と思ふが如きことありては遺憾」（三八七）であると言い、自分があくまで正気のうちに死に赴くことを強調する。

このような語りから浮かびあがるのは、世間の嘲笑を何より耐えがたく思うのはどうやら語り手自身であるらしいということである。妻の名誉を守ろうとする語り手の決断は真情に満ちたもののようではあるが、理屈を言えば、夫がみずから死を選んだからと言って妻への疑惑が晴れるわけではない。世間は、妻の不貞を気に病んだ夫が絶望のあまり死を選んだのだと考え、夫を憐れむのがせいぜいであろうし、夫の自死によって、むしろ夫の側に妻を疑う気持ちがあったことが裏づけられるとも思うだろう。

この「遺書」は、母の経験が胎児に与える影響について弁じた手紙である。ただし、そのような夫の説明を額面通りに受けとる読者があるとも思われない。「遺書」のなかに描かれる周囲の人間たちの反応――憐れみの表情を浮かべ、嘲笑し、気の毒げに目配せし、噂の種にする――が語るように、生まれた子どもが夫の子どもでないのは明白な事実であると、読者にもいちはやく了解されるであろう。語り手は、「遺書」の語りの早い段階から読者の信用を失っている。語り手は（物語世界の中の）周囲の人々に信ぜられないばかりか、読者にも信ぜられぬまま、その語りを展開することになる。

語り手は、「皮膚の色の如何《いか》にも異様なる」（三八八）子が生まれた事情について、手がかりになりそうなことを語る。「去る八月」自分は実父の病気見舞いのため三日ほど家を留守にした。夫が戻った時、健康を害し床についていた妻は、その三日間の出来事を夫に「包み隠すことなく精《くは》しく」（三九〇）話した。それによれば、三日目の水曜日の夕方、妻は妹とともに動物園に行き、二時間のあいだ黒人の大男のあいだに取り残された。一人残されたのは、妹がある男とともに姿を消したためである。語り手の説明に従えば、その際に妻は、妹の身の上を心配しつつ「黒き髯《ひげむらが》簇り生ぜる、赤き眼の驚くべく輝ける大男共」（三九一）の映像を、大きな不安とともに眼に焼きつけることになった。そのために、生まれてきた子どもに影響が残ったのだということになる。

語り手が家を不在にした三日間の出来事をめぐる語りからは、ある想像を逞しくすることができる。三日目の水曜日の夕方、妻は動物園で黒人たちに囲まれ、恐ろしい思いをしたのだという。であれば、この時妊娠にいたるような出来事があったと考えるのは、ごく自然のことである。妻は男たちの暴力にさらされ、被害者となったのだと考えることができる。

ただし、夫の不在中の出来事は、すべて妻が夫に語り夫が理解したこととして、遺書に語られているという点に留意しなくてはならない。夫は、妻の妹が妻子ある男と不倫の関係にあることを匂わせつつ、妻が動物園に一人取り残された事情を、妻の話をもとに説明する。だが、そもそも妻は夫にありのままを語ったただろうか、という疑問は当然あってよい。語り手は、妻の妹のフリッツチイの落ち度を責めるかに言う。だが、それは妻（妻の名が遺書中に名指されることは最後までない）が語ることに全面的に寄りかかった上で語られる出来事であって、それがどれほどの真実を含むかについて裏づけを得ることはできない。三日間の出来事は、当事者たる妻が夫に語ったことを、夫がさらに語り直したものとして語られる。この遺書の語りを聞き手として受けとめ、語られる内容を夫婦とは異なる立場から検証しうる作中人物は、物語世界ではわずかに妻の妹があるばかりである。ここに、妻が語ったことがらについてさまざまな疑問を差しはさむ余地も生まれてくる。

さらに言えば、妻が語ったという三日間の出来事は、あくまで夫たる語り手が語り直したものとしてある。語り手が妻の語ったことの何を語り伝え、何を語らなかったかは分からない。真相はあくまで謎として残る。

先に確認したように、この遺書は外枠の物語を持たないし、遺書に宛名が記されるわけでもない。したがって、語り手が具体的にどのような人間をこの遺書の受けとり手―読み手――語り手の語りの聞き手――と考えているのか判断はつかない。あとに残された妻が遺書を目にすることは当然予想されてよいが

（遺書のなかで妻に「御身《おんみ》」と呼びかける箇所もある）、遺書の内容は妻以外の人間を読み手に想定していることを強く匂わす。実父はすでに亡く、遺書中に「我が生みの母は」と名指される母や妻の妹も、遺書の受けとり人とは考えにくい。遺書のなかに言及がある語り手の身内の誰かを、遺書の書き手自身が期待する読み手として思い描くことは難しい。つまり、この遺書の語りに向きあう物語世界内の聞き手を具体的に想像することが難しい。

遺書の語りが物語世界内に直接の聞き手をもたないことについて、二つのことが言えるだろう。第一に、物語世界の作中人物たる語り手の周囲に、語り手の説明を受けとめる人間がいないことで、語り手の孤立と絶望が際立つということ。これは、聞き手を物語世界内に設定するかどうかという語りの工夫が、物語世界の作中人物の人物造形に深くかかわることを意味する。第二に、ことがらの真相を物語世界内において証言しうる語り手以外の作中人物を欠くために、語り手の語る出来事が最後まで謎として残るということである。一旦疑いだせばどこまでも疑いは深まる仕掛けである。

そのことは、物語世界外の聞き手である読者が、遺書の内容をみずから吟味するよう求められることを意味する。読者は、アンドレアス・タアマイエルと名告るオーストリア人の男が死に臨んで行う語りを、直接受けとめるよう求められる。語り手の語りを吟味し、語り手にふりかかった出来事の内容とその背後にひそむらしい事実を、自分自身で再構築するよう促される。これは、物語世界外の聞き手である読者が、遺書の語りの直接の聞き手に擬せられるということでもある。

読者は、みずからを遺書の受けとり手の立場に置いて、あれこれ想像を逞しくするであろう。それは、自分自身が物語世界内の聞き手となった場合を想像するというあり方かもしれないし、物語世界内の聞き手を一作中人物として想像―創造するというあり方かもしれない。いずれにしても、読者のなかに一人の想定読者（遺書の語りを受けとめる聞き手）が立ち上がってくることになる。

その際、読者の側には、シュニッツラーの短編がもともと有していた世紀転換期のウィーンという文脈を想像し、考慮に入れるという操作が生じるかもしれない。というのも、この遺書の語り手の貞操観念は現代の読者にそのまま通じにくいところがあるし、語り手に（そしておそらくは作者に）牢固として存在する人種差別意識が強い違和感を惹起すると考えられるからである。それゆえ読者は、遺書の語りの聞き手として想像する想定読者と、読者としての自分自身との距離を強く意識することにもなる。遺書の語りが寄りかかっている様々な価値観に反発を覚える読者が、聞き手としての想定読者を想像する手続きを、そもそも拒絶する事態も十分に考えられる。

遺書は妻の出産をめぐる荒唐無稽な説明をつづる。夫の語りにはそもそも謎が多い。読者は、遺書の語りの聞き手に擬せられていることを感じとりながら、この遺書の語りに応ずる、様々な聞き手 narratee を想像することであろう。そのようにして読むという行為に従う読者を生みだすこと。テクストそのものに内在する構造が、こうしたいとなみの成立を促しているのである。

第二章注

［1］ 小説の語りとしてわれわれが読むもののなかには「書かれたものでも、話されたものでもない ni écrit, ni même parlé/not written, or even spoken」（Genette 240・230・二六九）ものが数多くある。ここでは、われわれが小説のテクストとして読むものを、語られたものであると考える。この語りが語り手によって担われると考える。

［2］　言うまでもないことだが、小説の語りにあらわれる「作者」は、語り手が「作者」と自称するのであって、テクストの創作者としてのいわゆる作者ではない。語り手の自称の仕方はさまざまにある。谷崎潤一郎の『少将滋幹《しげもと》の母』（一九四九（昭和二四）年〜五〇年『毎日新聞』に連載、一九五〇（昭和二五）年に単行本を刊行）の語り手は「筆者」を自称する。例として「筆者は前に、平中の没年は延長元年とも六年とも云はれてゐて、確かでないと云ふことを記した。」（『谷崎潤一郎全集』第二十一巻（中央公論社、二〇一六年）九三ページ。傍線は引用者）がある。

また、みずから名告ることはなくとも、語り方により姿をあらわしている語り手の存在も考慮しなくてはならない。これは物語行為の相における語りのありかたにかかわる。以下に、谷崎潤一郎『乱菊物語』（一九三〇年『大阪朝日新聞』と『東京朝日新聞』に連載、一九四九（昭和二十四）年に単行本を刊行）から、語り手が姿をあらわすことを示す語りをいくつか抜き出してみる（『谷崎潤一郎全集』第十五巻（中央公論社、二〇一六年）。ページは括弧内に示す。傍線は引用者）。

・しかし読者は、中古の遊女と近世のそれとを同一に考へてはならない。（一二）

・こゝでちよつと、この二人の侍が同じ時に同じやうな使命を受けて、こんな競争を始めるやうになつた仔細を語らう。（三六）

・しかし読者は、膃肭臍《おつとせい》や海豹と同じ種属の動物で海鹿《あしか》といふ海獣があるのを御存知であらう。（六七）

・で、ちやうど此の物語の時代に家島を領してゐた者は苦瓜《にがうり》助五郎元道といふ武将で、此れが此の飯盛山の城主であつた。（八六）

・――当分の間、二人の美人はそつと垂れ衣の帳の中に隠しておいて、暫く別の章に移らう。たゞこゝに書き加へて置きたいのは、さしも都を騒がした鼠のいたづらは、もうその頃はぱつたり止んでゐたのであつた。（一六〇）

語りにおいて「読者」を名指すことは、当然語り手としてのみずからの存在をあらわす物語行為の相の語りとなる。

［3］　参考までに『雁』（一九一一（明治四四）年〜一二年に『スバル』に連載、一九一五（大正四）年に単行本を刊行）の冒頭の一段落を以下に引く（『鷗外全集』第八巻（岩波書店、一九七二年）四九一ページ。傍線は引用者）。

古い話である。僕は偶然それが明治十三年の出来事だと云ふことを記憶してゐる。どうして年をはつきり覚えてゐるかと云ふと、其頃僕は東京大学の鉄門の真向ひにあつた、上条と云ふ下宿屋に、此話の主人公と壁一つ隔てた隣同士になつて住んでゐたからである。その上条が明治十四年に自火で焼けた時、僕も焼け出された一人であつた。その火事のあつた前年の出来事だと云ふことを、僕は覚えてゐるからである。（四九一）

また、「肆」（四）のはじめには以下のような語りもみられる。

窓の女の種姓は、実は岡田を主人公にしなくてはならぬ此話の事件が過去に属してから聞いたのであるが、都合上こゝでざつと話すことにする。（四九九）

［4］　英語で示したnarrateeは、narratorの語りを受けとめる側に立つ存在で、コミュニケーションの図式において送り手addresser（sender）が送るメッセージmessageを受けとる受け手addressee（receiver）に相当するが（左図を参照）、これをあらわす日本語は残念ながら存在しない。意味に即して訳せば「語りを受けとめる存在」あるいは「語りの宛先に想定される存在」となるが、ここでは敢えて「聞き手」とする。以後、narrateeをあらわす聞き手の場合は「聞き手narratee」と表記する。

addresser ――→ (message) ――→ addressee
送り手　　メッセージ　　受け手
narrator ――→ (narrative) ――→ narratee

小説の語りをコミュニケーションの図式に倣って考察しうるかどうかについては、物語論の論者によって立場が異なる。

［5］ジュネット自身の表現には「第一の水準、すなわち物語世界外と名づけられる水準で遂行される（文学的）行為 un acte (littéraire) accompli à un premier niveau, que l'on dira *extradiégétique la* (literary) act carried out at a first level, which we will call *extradiegetic*」とある（Genette 238・228・二六七）。これを「文学的行為」を担う語り手に準用する。「物語世界内の語り手」についても同じ。

［6］邦訳『物語のディスクール』では「異質物語世界的」と訳されている（四九、二八八）。

［7］邦訳『物語のディスクール』では「等質物語世界的」と訳されている（七四・二八八）。

［8］ジュネット自身の表現は"emboîtement(s) narratif(s)"である（Genette 88・46・四四）。トドロフは"enchâssement(s)"と表現する。埋め込まれた物語は"histoire enchâssée"で、外枠の物語は"histoire enchâssante"である。cf. Tzvetan Todorov, *Poétique de la prose* (Paris: Seuil, 1971), 82.［英訳］Tzvetan Todorov, *The Poetics of Prose*, trans. Richard Howard (Ithaca: Cornell University Press, 1977), 70. 英訳は"emboîtements narratifs"に対して"narrative embeddings"を宛てる。トドロフの"enchâssement"に対しても"embedding"が宛てられる。"histoire enchâssée"は"embedded narrative"である。英語では外枠の語りに"frame narrative"を、埋め込まれた物語に"framed narrative"を宛てる場合がある。

［9］M・バルは、外枠のテクスト（語り・物語）を"primary text (narrative, fabula)"と呼び、埋め込まれたテクスト（語り・物語）を"embedded text (narrative, fabula)"と呼ぶ（Bal 2009: 56）。

［10］これに対しバルとリモン＝ケナンは"hypodiegetic"という用語が好ましいと主張する。バルとリモン＝ケナンは、文における主節と従属節の関係の類比として外枠の物語世界と埋め込まれた物語世界の関係を捉え、埋め込まれた物語世界は外枠の物語世界の下に（below）あると考える。"metadiegetic"も"hypodiegetic"も入れ子構造の中にある物語世界を指す。上（meta/above）であれ下（hypo/below）であれ同じことであるが、筆者は「上」として論ずる（Bal

1977: 24, 58–85; Rimmon-Kenan: 93）。

［11］ジュネットの『物語のディスクール』が「語りの水準」niveaux narratifs/narrative levels の節で例として引くのが『マノン・レスコー』である（Genette 238–39・227–29・二六六～八）。

［12］トドロフは「せむしの話」（第二十五夜～第三十四夜）その他を例に引きつつ、『アラビアン・ナイト』における入れ子の構造を論じている（Todorov 82–85・70–73）。トドロフはこの話の構造を「理髪師の兄（しかも彼には六人の兄がいる）が語ることを／理髪師が語ることを／裁縫師が語ることを／ジャアファルが語ることを／シャハラザードが語る（Scheherazade tells that / Jaafer tells that / the tailor tells that / the barber tells that / his brother (and he has six brothers) tells that...）」というかたちで説明する。埋め込まれた物語の最後のものは「五段階目にある」とされる。

M・バルは『アラビアン・ナイト』の埋め込まれた物語について「時に八段階目に及ぶ」とする（Bal 2009: 57）。

［13］引用した新版『荷風全集』は、『あめりか物語』（博文館、一九〇八年）初版の本文を採る。著者生前刊行の中央公論社版『荷風全集』第三巻（一九四九年）の著者控本に拠る旧版『荷風全集』第三巻（岩波書店、一九六三年）では、「彼」は「その男」となっている（九八ページ）。また、「去年の十二月」にはじまる部分にカギ括弧はなく、地の文に組み入れられる形になっている。そのほかにも、本文の異同が多い。

［14］「鏡のテクスト」mirror-text という用語は、埋め込まれた物語が外枠の物語に似る語りについていう“mise en abyme (abîme)”（もと紋章学の用語で「紋中紋」と訳される入れ子構造のこと――“abîme”は盾の中央部のことだが一般的には「深淵」を意味する）に宛てたM・バルの表現で、直接的には埋め込まれた物語（テクスト・語り）を指す。埋め込まれた物語が外枠の物語の作中人物に手がかりを与える例としてバルが挙げるのが、ポオの『アッシャー家の崩壊』である（Bal 2009: 63–64）。バルの「鏡のテクスト」は、埋め込まれた物語が外枠の物語において手がかり・指標等を提供すると考える。単なる入れ子構造を示すものについて言うのではなく、両者の関係をより限定的に捉えている。

［15］あえて造語 neologism に頼るのは、外枠の物語と埋め込まれたテクストとの関係において、埋め込まれたテクス

トが物語内に聞き手を持つかどうかという点が、テクストの性格を見きわめる上できわめて重要であると考えるからである。バルの「鏡のテクスト」概念の元となった“mise en abyme”（盾の中央に置かれた）という表現では、入れ子構造を示す外枠の物語と埋め込まれたテクストとの関係について、それほど限定的な条件はつかないと考えられる。“mise en abyme”という表現をはじめて文学技法について用いたのはアンドレ・ジッド（一八六九～一九五一）であるといわれる。

ちなみに『濹東綺譚』については、『綺譚』刊行直後に平井呈（程）一（一九〇二～一九七六）がアンドレ・ジッドの『パリュード』（一八九五年）に言及して以来（平井程一「永井荷風論——読「濹東綺譚」」『文學』第五巻第十一号、一九三七年十一月）、両者の類似を説く説が流布している（吉田精一『永井荷風』（新潮社、一九七一年）「そして平板な事実描写に満足しない作者は、ジイドの「パリュード」に倣ってか、ことさらに自作の「草稿」の一部をその中に挟んで、一方では本筋の話の事実性を強め、一方では単調を救って複雑化している。」（一六五ページ）等）。ただし『パリュード』には、物語世界中に「パリュード」の原稿を朗読する作中人物と、これに耳を傾ける作中人物が登場し、複数の作中人物がこれを話題にもする。埋め込まれたテクストの聞き手narrateeが物語世界中に存在するのである。平井はジッドの『パリュード』に言及した『綺譚』の感想を荷風に書き送り、荷風から「扨拙作につき御過賞唯只汗顔の至りに候御手紙の通パリユードの体裁一度拙作中に取入度と多年の願望にて有之候パリユードには精霊の悩みとも申度き神秘の色有之候へども拙作にてはどうやら隠居の戯作らしく相成候然しこれが作者の持前故如何とも致難しと存居候」（『荷風全集』第二十七巻（岩波書店、一九九五年）三二二ページに「日付不明／「文学」第五巻第十一号より転載」として収載）との返信があった旨を記しているが、これが平井の解釈を荷風がそのまま首肯したものだと考えるのは難しい。ジッドの『パリュード』は、一九三五（昭和十）年に小林秀雄訳による岩波文庫版『パリユウド』が出ている。

［16］ 現在流布する『濹東綺譚』のテクストの代表例として岩波文庫版を考える。これには「作後贅言」が収められ、

本文中に木村荘八の挿画を配する。これは基本的に昭和十二年刊行の岩波書店版のテクスト編成を踏襲する。岩波書店版には扉裏に「木村荘八畫／永井荷風装幀」とある。

［17］『濹東綺譚』には岩波書店から公刊された単行本とは別に私家版が存在する（昭和十二年四月、京屋印刷所）。私家版には著者撮影の口絵写真一葉（「里の名を人のとひなばしらつゆの玉の井深きそこといはまし」の歌を添える）と、挿入写真十葉（それぞれに「名も知れぬ小草の花やつゆのたま」「遠みちも夜寒になりぬ川むかう」「降りたらぬ残暑の雨や屋根の塵」「秋晴やおしろい焼の顔の皺」「蚊ばしらのくづるゝかたや路地の口」「ゆく春の秋にも似たる一夜かな」「木枯にぶつかつて行く車かな」「目あかしの入り込む里の霜夜かな」「ひもの焼く窓のけむりや秋の風」「雀鳴くやまづしき門の藪つばき」の句を添える）を収める。私家版では永井荷風自身が撮影した写真とともにあるテクストの編成を考える必要が生じる。写真に添えられる和歌や俳句のテクストももちろん考慮しなくてはならない。私家版の写真は『荷風全集』第十七巻で見ることができる。

［18］参考までに「阿部一族」の冒頭の一段落を以下に引く（『鷗外全集』第十一巻（岩波書店、一九七二年））。

従四位下左近衛少将兼越中守細川忠利は、寛永十八年辛巳の春、余所よりは早く咲く領地肥後国の花を見棄てて、五十四万石の大名の晴々しい行列に前後を囲ませ、南より北へ歩みを運ぶ春と倶に、江戸を志して参勤の途に上らうとしてゐるうち、図らず病に罹つて、典医の方剤も功を奏せず、日に増し重くなるばかりなので、江戸へは出発日延の飛脚が立つ。徳川将軍は名君の誉の高い三代の家光で、島原一揆の時賊将天草四郎時貞を討ち取つて大功を立てた忠利の身の上を気遣ひ、三月二十日には松平伊豆守、阿部豊後守、阿部対馬守の連名の沙汰書を作らせ、針医以策と云ふものを、京都から下向させる。続いて二十二日には同じく執政三人の署名した沙汰書を持たせて、曽我又左衛門と云ふ侍を上使に遣す。大名に対する将軍家の取扱としては、鄭重を極めたものであつた。島原征伐が此年から三年前寛永十五年の春平定してから後、江戸の邸に添地を賜はつたり、鷹狩の鶴を下されたり、不断慇懃を尽してゐた将軍家の事であるから、此度の大病を聞いて、先例の許す限の慰問をさせたのも尤である。

（原文総ルビ。三一一ページ）

［19］　初出のテクストは『鷗外全集』第三十八巻（岩波書店、一九七五年）に収める。初出のテクストは遺書に対する外枠の物語を欠く。遺書のテクストのみがあり、波線で区切って作者鷗外による注記（考証）が続く（「○此擬書は翁草に拠つて作つたのであるが、其外は手近にある徳川実記と野史とを参考したに過ぎない。（……）」五〇〇ページ）。この注記はテクスト外のテクスト（『澀東綺譚』に対する「作後贅言」の位置にあるテクスト）であるとみなされる。初出のテクストの遺書には、みずから切腹する行為を「老耄」「乱心」の所為であるとみなすであろう遺書の読み手（聞き手）に対する顧慮が強くにじむ。また弥五右衛門は、船岡山の草庵でたったひとり「窓の雪明り」を頼りに割腹することになっている。改訂版において、弥五右衛門が乃美市郎兵衛の介錯により「京都の老若男女が堵《と》の如くに集つて見物」（五八一）するなかで切腹するのと、設定が大きく異なる。二つのテクストには、それぞれ相異なる想定読者を考える必要が生ずる。

第三章　語りの視点

1　心の中を語ること

小説の語りにおいて、ある出来事や状況が描かれるのを読む際、しばしば強い関心の対象となるのが、語る視点はどこにあるかという問題である。ある作中人物がある出来事や状況に立ち会うとして、その個別的経験を語る視点は、かならずしもその作中人物自身のものである必要はない。たとえば、死につつある老人の個人的な経験は、老人自身の視点からのみ語りうるということはない。老人の経験を第三者的視点から客観叙述として語ることが小説には可能であるし、老人を見つめる家族の視点と本人の視点を織り交ぜた複数の視点から語ることもできる。

小説においては、ある一人の作中人物が何を経験し、何を考えているかが語られていたりする。あるいは複数の作中人物が現れ、それら複数の作中人物が何を経験し、何を考えているかが語られたりする。同じ物語の世界に生きている複数の作中人物たちの、個人的な経験や思考を語ることが、小説の中では可能となる。愛しあう（あるいは愛しあうことをやめた）男と女の心理が、男女それぞれについて語り分けられる小説を、われわれは何ら抵抗なく受け入れる。小説を読み慣れた読者はごくあたり前のことと受けとめる。だが、現実のわれわれの経験において、自分以外の人間の心の中を知ることなどとうてい不可能であることを思えば、小説において他人の心の中や複数の作中人物の心理が語られることの、ある不思議さに思いいたる。小説において、他人の心や複数の人間の心の中を語ることができるとするなら、現実にはありえないそのような視点を持ちうるのはどのような存在なのか。それは、そのような視点を持ちうる存在をわれわれが許容するという、小説をとりまく制度の問題でもある。

一般に、小説における視点が関心の対象となる場合、ある出来事や状況が誰によって経験され、その経験によってどのような心理状態や判断が生じ、さらにそれが誰によってどのように語られるかが問題となる。それは、ある出来事や状況の経験がいかにして語られるかという問題である。ここで、いくつかのことを考える必要が生じる。

第一に、視点といっても、ある出来事や状況の経験は、視覚のみを通じて行われるわけではない。人間の経験が五官を通じてなされる以上、そこには視覚とともに聴覚も、嗅覚も、触覚も、味覚も関与することになる。したがって、小説の作中人物に関して言えば、作中人物の知覚が小説中で語られると考えるべきであろう。そうした知覚および経験の再現には、しばしばある心理状態の描出が伴う。

第二に、小説の作中人物の視点について言う場合、われわれは作中人物の知覚や経験およびそれらがもたらす心理状態とともに、作中人物の心の働きとしての想像、思考、判断、あるいは記憶等を考慮しなくてはならない。思考・判断には、ものの考え方や世界観といった広く人間の性格・人となりに結びつくものも含まれるであろう。こうした作中人物の知覚、心理、想像、思考、判断、記憶等を、ここでは作中人物の「経験・意識」と呼ぶことにする。作中人物の経験・意識を語る際、その知覚、心理、想像、思考、判断、記憶等すべてを網羅する必要はない。知覚のみを語る場合もあれば、思考・判断に重きを置く場合、あるいは記憶のみを辿る場合もある。作中人物の経験・意識を語るにあたり何を優先するかで、小説の語りはある個性を帯びることになる。

第三に、小説の視点を言うにあたっては、作中人物自身の視点をさす場合と、作中人物とは区別される語り手の視点をさす場合がある。作中人物と区別される語り手の視点には、小説中に現れる作中人物について語る語り手自身の思考、判断等がふくまれる。ちなみに、作中人物とは区別される語り手自身に知覚、心理、想像の働きを認めるかどうかは難しい問題である。難しいが、考慮にあたいする問題である。

第四に、小説の作中人物の経験・意識は、必ず言葉を通して語られなくてはならない、という点を忘れてはいけない。われわれは、現実の生活において様々なことを知覚し、様々な心理状態に陥るが、それらをいちいち言語化する必要は感じない。道を歩いていて緑の並木が見える、小鳥の鳴き声が聞こえる、という知覚上の経験を一つ一つ自分の心の中で言葉に置き換えなくてはならない、ということはない。ある幸福な、あるいは陰鬱な心理状態にある自分について、それがいかなる状態なのかを言葉によって（自分自身に）説明しなくてはいけない、とは思わない。自分自身の知覚や心理は、言葉によることなしに経験としてそこにある、という感覚をわれわれは持つ。また、言葉にできない感覚、心持ちというものが存在することを、われわれは日常の経験からよく知っている。思考、判断については言語化される部分が大きいが、何かについてこう考えると思う際、その思考、判断の内容を（あたかも議会における弁論のように）自分自身の心の中ですべて言語化する必要はない。

だが、小説においては作中人物の経験・意識はすべて言葉を通して語られなければならない。語られないことは小説中に存在しない。作中人物が「ことばにできない感覚」を持つとしても、その「ことばにできない感覚」は、言葉を通して語られなくてはならない。作中人物がどのような状況でどのような出来事を経験しつつあるか、どんな季節でどんな天候でどんな時間帯で見えているもの聞こえているものはどんなものかといった、作中人物をとりまく様々なことがらが具体的に語られることで、類似の感覚が読者に喚起されねばならない。作中人物の経験・意識や作中人物をとりまく状況等を一つ一つ言葉によって語ること。それこそが小説の語りの使命とも言える。

したがって、小説の視点という用語でやや曖昧なままに語られてきたことは、一方で作中人物の経験・意識に、他方でそれらを語ることにかかわることが確認できる。そして、この二つの面を区別して考えることで、小説における視点の問題をより明確に考えることが可能となる。

2 焦点化——誰が知覚し、誰が語るのか

小説における視点を、(一) 誰が見るのか、と (二) 誰が語るのか、という問題として捉え、この二つの関係を「焦点化」focalisation/focalization という概念を用いて整理したのが、『物語のディスクール』におけるジェラール・ジュネットである。以来、焦点化という用語・概念は、小説の語りを論ずるにあたり、かならず一度は参照が求められるものとなった。

一方で、ジュネットに続いた論者たちがジュネットとは異なる用語法の構築に向かったため、焦点化という概念の理解・用法が論者によって異なるという事態も生じている。ここではまずジュネットの提唱した焦点化という用語と概念をあらためて整理、紹介し、この用語・概念のジュネット以後における用法を検討してみることにする。

ジュネットが提起する (一) 誰が見るのかという観点を、ジュネット自身は「語りのパースペクティヴを方向づける視点の持ち主 (作中人物) は誰か」と言い換えている。小説において何を語り得るか、また

語られるのは誰の経験・意識なのかということであるが、ここではまず語りの対象となる経験・意識は誰のものか、という問題として考えることにする。ちなみに、(二) 誰が語るのかは、単に「語り手は誰か」と言い換えられている (Genette 203・186・二一七)。

「誰が見るのか」という問いに答えるのは、多くの場合それほど難しくはない。小説中に語られる経験・意識が誰のものであるか、そのことじたいが問題となり、その曖昧さを語ることが狙いとなる小説というものはたしかに存在する。だがたいていは、語られる経験・意識が作中人物の誰のものとされるか、またされないかは比較的判断が容易である。「されないか」ということの意味は、小説中には物語世界に生きる人間には知覚し得ないことや知り得ないこと——たとえばある作中人物が身を置く空間とは別の空間で起きつつあること——が語られる場合があるからである。また、ある作中人物の経験・意識が謎として、あるいは知り得ぬものとして描かれるということもある。

「誰が語るのか」という問いは、物語の作中人物の経験・意識が語られる際、それがどのような立場から語られるのか、あるいはどのような資格を持つ語り手によって語られるかに関する問いであると言ってよい。つまり、語り手にはどのようなことが許され、どのようなことが許されないかという問いである。語り手は物語の作中人物の経験・意識以上のことを語ることができるのか、あるいはできないのかという基準を立てるなら、それによって語り手に与えられる資格を判断することができる。誰が語るのかという問いの「誰」とは、語り手はどのような資格・能力を備えているのか、という問いのことだと考えてよいであろう。

「焦点化」とは、作中人物について語る際の制約、ことに作中人物の経験・意識を語り手がどこまで語りうるかについての制約を意味する。つまり、語りの対象となる作中人物の心の中を語ろうとする際、語り手がどれだけのことを語りうるか、また語ることができないかという制約のことである。語りのパースペクティヴを方向づける視点の持ち主は「焦点人物」と名づけられるが、焦点人物の経験・意識を語りのうちにどれほど表出し得るのかという問題である。

やや単純化して言えば、小説の作中人物について、その心の中を覗きこむことがどれだけ許されるのか、あるいは許されないのかという、語り手に課せられる制約のことを焦点化と名づけたと考えればよい。焦点人物とは語り手によって心の中が覗かれる、あるいは覗いてみたいとされる（覗いてみたいが覗けないということも含めての）作中人物のことである。語り手が作中人物として自分自身の心の中を語る場合は、語り手自身が焦点人物となる。

G・ジュネットによる焦点化の三分類

そのように用語を定めた上で、ジュネットは焦点化の三つのタイプを考える。問題とされるのは、語られる情報をめぐる作中人物と語り手の関係である。三つのタイプは次のように図示される。不等号と等号で比較されるのは「知識」（savoir/knowledge）であるとされる。

① 語り手＞作中人物　「焦点化ゼロ」（または「非焦点化」）
② 語り手＝作中人物　「内的焦点化」
③ 語り手＜作中人物　「外的焦点化」

①の場合は、語り手の方が、作中人物より語るべき知識を多く持っていて、物語の作中人物の心の中にあること、及びそれ以上のことを語る場合である。この場合、語り手には制約がない、つまり焦点化がないと考える。これを「焦点化ゼロ」focalisation zéro/zero focalization、もしくは「非焦点化」non-focalisé/non-focalized の語りと呼ぶ。ゼロとは存在しない、焦点化が行われていない、という意味である。

「非焦点化」の語りにおいては、語り手は物語のあらゆる作中人物の心の中に入りこむことができるし、物語世界の作中人物が誰も知らない情報を伝えることもできる。空間的な制約も時間的な制約もない。語り手は物語のなかの複数の場所で同時に起こりつつあることについて語ることができるし、時間軸において過去に遡ることも未来へ先廻りすることも自由にできる。

②の場合は、ある一人の作中人物の経験・意識に即して語り手が語る場合で、これを「内的焦点化」focalisation interne/internal focalization と名づける。また、先に紹介したように、経験・意識が再現される人物を「焦点人物」personnage focal/focal character と呼ぶ。[1] 語り手は、焦点人物が知り得ることしか語り得ないという制約のもとに置かれるが、これは語り手がそのような制約をみずからに課す、ということでもある。語られることがらがある一人の作中人物の経験・意識に制限される、という意味での内的焦点化である。内的焦点化には三つの下位区分があるが、これについては後に詳述する。

③の場合は、語り手が作中人物よりも少ない知識しか持たない場合で、「外的焦点化」focalisation externe/external focalization と名づけられる。作中人物の経験・意識が語り手によって十分に再現されない、あるいは語り手には知り得ないものとして描かれる、という語りである。外的焦点化の場合、語り手は語ろうとする作中人物の心の中に入りこむことができない。またはそのような制約の下にみずからを置く。「外的」

という言葉は、作中人物の心の中に入りこむことができない、作中人物の心の外にとどまるほかないという意味であって、作中人物を外側から見るということではない。この点で、作中人物の心の中に自由に入りこむことができる非焦点化の場合とは、はっきり区別されることになる。

以上の三つの焦点化の区分について説明を補足しよう。もっとも、非焦点化（焦点化ゼロ）の場合は焦点化が行われないということを意味するのだから、正確には焦点化の例に漏れることになるが、便宜上焦点化の区分の一つとして扱うことにする。

非焦点化（焦点化ゼロ）

非焦点化（焦点化ゼロ）の語りを説明するにあたって、ジュネットはそれまで広く用いられてきた「全知の語り手」omniscient narrator という概念を援用する。[2] 全知 omniscient の神 God のごとき立場にあって、物語世界に生起することがらを知悉し、物語世界のすみずみを物語に登場する人間たちの心の中まで見通している——そのようにイメージされる語り手である。ジュネットは、T・トドロフの「語り手は作中人物より多くを知る、より正確に言えば、いかなる作中人物が知るにまさって多くを語る」という表現を紹介する（Genette 206・189・二二一）。ちなみに言えば、全知の語り手は物語世界のすべてを語る義務を負うわけではない。語り手はみずから知ることを取捨選択した上で語る（そして語らない）権利を保持する。全知の語りの例として挙げられるのはフィールディング（一七〇七～一七五四）の『トム・ジョーンズ』（一七四九年）である（Genette 204・187・二一八）。

内的焦点化と三つの下位区分

内的焦点化の場合は、ある焦点人物が定められ、その焦点人物の経験・意識とされるものが語りの対象となる。焦点人物の定め方にしたがって、内的焦点化の三つの下位区分が立てられる。

第一の下位区分は、焦点人物が作中で一貫する場合である。ある一人の作中人物——ここでは「主人公」という用語を用いてもよいだろう——を中心に定め、物語世界の展開をこの作中人物の視点を通して語る語り方である。例としてしばしば挙げられるのはヘンリー・ジェームズ（一八四三〜一九一六）の『使者たち』（一九〇三年）であるが、この小説においては物語中のことがらが主人公であるストレーザーの経験・意識として語られる。また、同じヘンリー・ジェームズの『メイジーの知ったこと』（一八九七年）では、幼い少女であるメイジーが焦点人物に定められ、物語中の出来事がメイジーの経験・意識を通して語られるが、幼い少女の思考力では判断、解釈のできないことも（大人の）読者には十分にその意味が了解できる、という仕掛けが施されている（Genette 206-7・189・一二二）。このように、作中の焦点人物が一人に限られる、あるいは一人の焦点人物を通じて物語が語られる場合を、内的焦点化が「一定不変である」fixe/fixedと呼ぶ。[3] 語り手は、つねに一人の焦点人物の経験・意識を通じて物語世界を語るという制約を、みずからに課すことになるのである。以後、これを「内的焦点化（不変）」と表記することにする。

第二の下位区分は、焦点人物が変化する、あるいは移ってゆく場合である。はじめにAという人物が焦点人物となり、物語がAの視点から語られる。次に焦点人物がBという人物に移り、物語はBの視点から語られる、さらにはCという人物が焦点人物となる……というように、語り手が選びとる焦点人物を変化させてゆく語り方である。例として挙げられるのは、フローベール（一八二一〜一八八〇）の『ボヴァリー夫人』（一八五七年）だが、この小説では、まずシャルル・ボヴァリーという平凡な田舎の医者が焦点人物となり、シャルルがエンマという女性と結婚したあとは、エンマ・ボヴァリー（すなわちボヴァリー夫人）が焦点人物となる。そして、エンマがみずから命を絶ったあとは、ふたたびシャルルに焦点人物が移ることになるのである（Genette 207・189・二二二）。この場合、シャルルが焦点人物であるあいだは、エンマはシャルルの視点を通じて描かれることになるし、エンマが焦点人物になったあとは、シャルルはエンマの視点から描かれることになる。ある一つの出来事をめぐって、シャルルとエンマの視点が同時に現れることはない（ただし他の脇役的作中人物が一時的に焦点人物となることがある）。このように、小説の語りのある一断面をとった場合は焦点人物が一人に限られるにしても、物語の展開のなかで焦点人物が交代してゆく場合を、内的焦点化が「変化する（可変である）」variable と呼ぶ[4]。ある一つの出来事や状況を語る場合、ある一人の焦点人物の経験・意識の制約を受けるが、別の出来事や状況を別の焦点人物を通じて描くことは可能である。以後、これを「内的焦点化（可変）」と表記する。

第三の下位区分は、ある一つの出来事や状況について、複数の焦点人物それぞれの異なる視点からの語りが行われる場合である。つまり、Aという作中人物や、Bという作中人物、Cという作中人物が、それぞれ自分自身の経験・意識を通じて、ある同一の出来事や状況を語る、という語り方である。このような語りの典型例として挙げられるロバート・ブラウニング（一八一二～一八八九）の長編劇詩『指輪と本』（一八六八～九年）は、ある殺人事件をめぐって殺人犯、犠牲者、弁護人、検事等が、それぞれみずからの見解を語る体裁をとる（Genette 207・190・二二二）。ただし現在、この第三の区分の例として最もよく言及されるのは、黒澤明監督の映画『羅生門』（一九五〇年）である。『羅生門』は、ある旅の夫婦の若妻が山中で陵辱され、夫は殺されるという一つの出来事をめぐって、目撃者と当事者たちが異なる立場から証言を行うという構成をとる。一つの出来事をめぐって複数の登場人物が時に食い違いを示す語りを行うさまが、映像によって再現されるのである。このように、ある一つの出来事や状況について複数の作中人物（登場人物）がそれぞれに焦点人物となり、それぞれの経験・意識を語る場合を、内的焦点化が「複数に及ぶ」multiple と言う[5]。内的焦点化（可変）が、ある一つの出来事や状況を一人の焦点人物を通して語るのに対し、内的焦点化が複数に及ぶ場合は、同じ一つの出来事に対し複数の焦点人物が存在することになる。以後、これを「内的焦点化（複数）」と表記する。映画『羅生門』の原作である芥川龍之介の「藪の中」（一九二二年）において、実際にどのような焦点化が行われているかは、後に詳述を試みる。

外的焦点化

外的焦点化において、作中人物たちはもっぱら外面的なあらわれを通して語られることになる。作中人物たちの外見や、声として発せられた発話内容が語りの対象となるのみで、作中人物たちの心の中、その経験・意識が明かされることはない。語り手は、作中人物たちの言動について、外面から観察し得ることを語る。しかも、そのような観察を行うのが誰なのか、どのような人間なのかは特定されない。語り手は匿名の anonyme/anonymous 観察者が観察しうることを語る、という制約の下に置かれる。心の中をのぞきこむことはない。ただし、この匿名の観察者は、作中人物のあとを追いながら物語世界の空間を自由に移動することができる。空間の移動に関する制約はない。例として挙げられるのは、ヘミングウェイ（一八九九～一九六一）の「殺人者たち」（一九二七年）や「白い象のような山なみ」（一九二七年）である（Genette

207・190・二二三)。後者においては、スペインのとある田舎の駅での男女の会話が、何の説明も加えられることなく展開する。駅の周囲の自然の風景、男と女の外見は描かれるが、男と女が何を思っているのか、また彼らがどのような事情を抱えているのか、語りによる説明はまったくない。また、前者においては、殺人者たちに追われる人間をニック・アダムズが訪ねる場面において、匿名の観察者はニックとともに物語の空間を移動する。

外的焦点化による語りの工夫

上記のヘミングウェーの短編の場合、作中では一貫して外的焦点化が行われるが、ある長さを持った小説の一部に外的焦点化が用いられることがある、とジュネットは言う。例として挙げられるのは、バルザック(一七九九〜一八五〇)の長編の導入部や、ジュール・ベルヌ(一八二八〜一九〇五)の『八十日間世界一周』(一八七三年)の冒頭部分、『ボヴァリー夫人』でエンマが愛人と馬車の中で密会する場面などである。バルザックの小説の場合、語りだしの部分では主人公の素性が明かされず、はじめは謎めいた人物として描かれ、物語が進行するにつれてようやくその人物像が鮮明になってくる、という語りがみられることがある(『あら皮』(一八三一年)や『従兄ポンス』(一八四七年))。同様に、『八十日間世界一周』のはじめの部分では、ロンドンの社交界において謎の多い人物として知られるフィレアス・フォッグが、すぐには理解の及ばない人柄の持ち主として描かれる(Genette 207–08・190–91・二二三)。ただし、謎としてのフォッグは、新しい主人に仕えようとする執事パスパルトゥの目を通して語られることになるので、パスパルトゥの視点(そこではパスパルトゥの心の中も語られる)を通しての語りをどう考えるかが問題となる。ジュネットを批判したＭ・バルの議論は、まずその点をつくことになるが、これについては後に改めて述べる。ジュネットの立場に立って補足すれば、この『八十日間世界一周』の冒頭部分は、きわめて独特な性格をあらわす主人に唖然とするパスパルトゥによって、フォッグへの外的焦点化が行われている、ということになる。これが外的焦点化の例に挙げられるのは、フォッグこそが物語の主人公であって、パスパルトゥは目撃者 témoin/witness の立場にあるにすぎないからだと、ジュネットは言う。

バルザックやヴェルヌの小説において、物語の導入部に外的焦点化が行われるのは、主人公を謎めいた人物として提示することで、まずは読者の興味をつなぐ効果を狙ったものだとされる。一方『ボヴァリー夫人』において名高い馬車の場面は、性的交渉を匂わせる状況を描くにあたって、語り手が慎み convenance/propriety のために選びとった外的焦点化の例であるとされる（Genette 208–09・191–92・二二二―四）。ルーアンの街を行き先のあてもなく走り続ける馬車のなかで何が起っているかは、読者には一切明かされない。ただエンマとレオンの二人が乗った馬車がどこを通ったかが語られ、やがて馬車の窓から千切られた紙（渡そうと思った手紙であるとされる）が棄てられるありさまが語られるだけなのである。

内的焦点化の語りにともなう困難

内的焦点化にしたがう語りにおいて、語り手はある焦点人物の経験・意識を語ることが求められる。焦点人物が知りうること、知識として持つと考えられることに語りの内容を限定する必要が生じる。この制約を忠実に守ろうとするとき、小説の語りはいくつかの困難にぶつかることになる。

たとえば、焦点人物の外見を語ることを考えよう。われわれは、自分自身がどのような容貌を持つか、ある程度自己観察を行っている。どのような服装や髪型を好むか、またその日に自分がどのような恰好でどのような化粧を施しているか、それなりに意識していることであろう。ただし、自分が他人の目にどう映るか、どのように見えているかについては、自己認識とのあいだに隔たりがあるとも考えるべきである。ある焦点人物について三人称の語りを行うとして、その人物の外見はどこまで語りうるのか、どこまでを焦点人物の意識（あるいは知識）を反映する語りとなしうるのか、どこまでが自然でどこからは不自然な語りとなるのか、読者として関心を持たざるをえない。

習慣化された行為がどのように語られるのかも興味を引く。われわれは日常生活において習慣化された行為（歯をみがく、出勤のために家を出てある方向に向かう）をあまり意識しない。私はこれから歯をみがこうとしている、私は右下の奥歯をみがいている、いま歯磨きがおわった……といった経過が意識化されることはない。家の戸口を出たら左に曲がらなくてはならない、横断歩道を渡ったら右だ、とも思わない。習慣化された行為は、われわれがわれわれ自身について持つ知識の範囲にふくまれるであろうが、それを格別意識することはないはずである。習慣化された行為が意識されるのは、その行為が阻害される場合（右下の奥歯が痛んでうまくみがけない、横断歩道で工事があっていつも通りに渡れない）や、いつもとは違う行為を意識的に行う（今日は気分を変えて横断歩道の手前で右に折れてみようと思う）場合、あるいは習慣化された行為をあらためて回顧、考察する気分にある時であろう。

内的焦点化の制約にしたがいつつ、小説がある焦点人物の日常行為を語ろうとする際には、それなりの工夫が求められるはずである。焦点人物自身はとくに意識してはいないものの、自己についての知識（私は朝起きて食事のあとに歯をみがく）にはふくまれる行為について語り手が語りうるためには、そのような語りが行われる理由がまずは読者に了解されねばならない。

内的焦点化の制約に可能な限り忠実であろうとしたかにみえる小説として、ヌーボー・ロマンの作家ロブ＝グリエ（一九二二～二〇〇八）による『嫉妬』（一九五七年）がある（Genette 210・193・二二六）。この小説では、夫のものと推定される「視線」を通して、妻とその友人たちについて観察されることのみが語られる。視線の持ち主がどのような人物なのかは視線の持ち主自身の語りを通じて推測するほかない。経験・意識についての情報は豊富にあるが、視線の持ち主の容貌・外見等についての手がかりはほとんどない。ただし、視線の持ち主がなぜ執拗に妻と自分の家の日常を観察し語るのかは、この人物が抱くらしい強い嫉妬の感情によって説明される。

一人称による回想の語り

内的焦点化の語りをめぐって大きな問題となりうるのが、一人称による回想の語りである。

小説においては一般に出来事や経験が過去時制 preterit で語られる。作中人物の経験や起きた出来事が過ぎたこととして語られる。経験しつつあることも、経験しつつあったこととして語られるのが常である。

これは、作中人物の経験や出来事と、それを語る行為とのあいだに、つねに時間差があるということを意味するわけではない。経験されることが先行し、語りはそのあとに続くということでは必ずしもない。ことがらの本質にかかわるのは、語りはつねに何かについての語りであるという点である。出来事や経験について語られたものを、読者は語りの場において語りとして受けとめる。それは出来事や経験そのものではない。

語られていることがらは物語世界に属する。語りはその外部で行われる。語りに用いられる過去時制は、そのような枠組みを示す制度的な指標であると考えてよい。現代小説で多用される現在形の語りも、基本的にこの枠組みにしたがう。語る私は、私が経験することについて語る。

（物語世界）
私が経験すること

（語りの場）
語る私

一人称語りとは自分の身にふりかかった出来事や経験を自分自身で語る語りである。語られることがらは自分自身が知り得ることに限られる。語りの制約としての焦点化の議論に戻して言うなら、

語り手＝作中人物

という図式が成立する。これは時制に左右されない。過去時制であれ現在時制であれ、内的焦点化の典型としての一人称語りは成立する。それは、経験することについて語る私の知識が、経験において生ずる知識の範囲に収まることをあらわす。

ただし、出来事を経験した時点での心理・思考・判断等と、ある時間が経過したあとで語り直す際の心理・思考・判断等に、違いが生じることは当然ある。端的に言って、自分自身がとった行動の結果がどうであったか、語る自分自身がすでに知っている場合、ある行動に移りつつあった自分の心理・思考・判断

等について、いわゆる後知恵が加わることがある。それは、語り手としての私（語る私）と作中人物としての私（経験する私）とのあいだに、知識の差が生じていることを意味する。つまり、内的焦点化において語り手と作中人物のあいだで等しいとされる知識も、語り手と作中人物が同一人物で、経験する時点と語る時点に時間的先後関係がある場合は、

語る私（語り手としての私）＞経験する私（作中人物としての私）

という関係が成り立つと考えられる。不等号によって示されるのは、時間が経過した後に生まれる自己の経験についての解釈、判断、思考等であり、出来事や経験が有していた文脈等について後に知り得たことがらなどである。

一人称による回想の語りは、経験する私と語る私の時間的先後関係に、敢えて寄りかかろうとすることがある。出来事や経験を語る行為のうちに、時間の経過がもたらす知識を織り込もうとする。回想の語りにしばしば時間的に先廻りをした語りが混じるのはそのためである。回想の語りが時に美しく、時に暗い色どりを帯びるのもそのためである。過去の出来事や経験の語りが、その後の時間における語り手の思いとの対照において語られるのは、ごくあたりまえのことである。[6]

一方で、語り手はみずからが持つ知識をすべて開示する義務を負うわけではないという点も忘れてはならない。語る私が自己の経験の事後的な（ある出来事や状況が経験された後の）語りを引き受けるとき、語り手としての私は、経験する私のその時の経験・意識に入り込む。その際、知識の量を語り手が意図的に

操作することがあっておかしくはない。語り手は語ることがらをみずから自由に取捨選択する立場にある。知っていておかしくないことを、知らなかったふりを装いつつ語ることはある。回想の語りが、語り手の嘘に塗り込められるという事態も、ないことではない。

作中人物の経験・意識は必ず言葉を通して語られなくてはならない。これは小説の語りにおける当然の要請である。現実に生きるわれわれは、自分の経験・意識を言語化する——ある脈絡を持った語りに仕立てる——必要を感じない。経験・意識は言葉にしなくともそこにあるという感覚を持つことができる。だが、小説の作中人物にあっては、言葉によって語られない経験・意識が物語世界に存在するということはない。言葉で表現されないかぎり、作中人物の「心の中」は存在しない。

何を語り、何を語らないかは語り手の裁量のうちにある。したがって、語り手が何を語るかが、作中人物の経験・意識のありかたを決定づけることになる。小説の語りを分析するにあたり、誰が知覚し、誰が語るかを区別するにしても、作中人物の知覚はそもそも語られることによって物語世界中に立ち現れるという点を軽視すべきではない。小説の語りにおいて、まずは語られるべき知覚・経験があり、次にそこにあるものが語り手によって語られる、と考えることはできない。

一人称の語り手は、しばしば重要な情報を読者に隠すことがあるし、事実とは異なった情報を与えることもある。事実ではあっても重要ではない情報を必要以上に与えることもある。必要とされる量に満たない情報の提供にとどめることもある。そのようにして、読者の注意を逸らしたり、逆に読者の好奇心を掻きたてたりする。嘘は語るところに生まれる。語る行為がないところに嘘は生まれない。小説において、誰が何を知覚するかという問題は、誰が語るかという問題と不可分の関係にある。

3　焦点化概念の変容

ジュネットが提唱した焦点化の概念に対し批判を加え、まったく異なる用語法を展開したのが『物語論』におけるミーケ・バルである。[7] 以下ではまずバルのジュネット批判を紹介しつつ、小説の語りをめぐるジュネットとバルの関心の相違を指摘してゆくことにする。バルによる「焦点化」の概念構築が、リモン＝ケナンらの支持を得て現在も一定の影響力を揮っていることを考えるなら、ジュネットとバルの用語法の違いを明らかにすることで、「焦点化」という用語をめぐってしばしば観察される混乱を、ある程度回避できると思われるからである。[8]

M・バルのジュネット批判

バルによるジュネット批判は、あらまし以下のようなものである。

ジュネットのいう焦点化ゼロ（非焦点化）と内的焦点化との違いは制約の有無である。焦点化ゼロにおいて語りに制約はない。内的焦点化においては、作中人物を通して語りが行われるので、そこに制約が生ずる。一方、内的焦点化と外的焦点化の違いは、制約の有無ではない。内的焦点化においては、ある一人の作中人物の目（感官）を通し、その人物の内側から外界に向けて焦点があてられるのに対し、外的焦点化においては、作中人物が外側から観察される―焦点をあてられる、という点に違いが存する。このように考えるなら、焦点化ゼロ（非焦点化）と内的焦点化の違いは、見る者（知覚の主体としての観察者）の性質の違い、すなわち見る者に制約があるかないかの違いであり、内的焦点化と外的焦点化の違いは、見る者と見られる者の立場の違い（知覚の主体か対象か）ということになる。これは、焦点化ゼロと内的焦点化、内的焦点化と外的焦点化の分類基準が異なる、ということを示す。ジュネットの三分類は、語り手の持つ情報という観点から考えるなら一貫するが、「視点」または「焦点化」の観点からは再考を要するとバルは主張する。焦点化ゼロ（非焦点化）と内的焦点化の場合は、見る者が作中人物以上のものを見る語り手なのか、作中人物とともに作中人物と同じだけのものを見る語り手なのか、という点に違いがある。内的焦点化と外的焦点化の場合は、焦点となる人物が見るのか、あるいは見られるのか、という違いになる。これは、見るという行為の主体と対象の違いの問題になると、バルは言うのである。

以上の要約にもあきらかなように、バルが「焦点化」という用語を用いる場合には、「焦点をあてる」という動詞的意味を重視しようとする。バルがここで「見る」という言い方で進める議論は、先にも述べたように本来は「知覚する」と言い直すべきであるが、しばらくは「見る」「見られる」という用語で議論の展開を追うことにしよう。

バルによる焦点化の概念理解がいかなるものであるかは、次のようなジュネット批判にもよく現れている。ことがらは、先に紹介した『八十日間世界一周』の冒頭部分にかかわる。重要なところであり、しばしば話題となるところなので、バルが問題視するジュネットの主張を引用しよう。

ある一人の作中人物にかかわる（par rapport à）外的焦点化は、時に、他の作中人物への（sur）内的焦点化としても定義しうる。フィレアス・フォッグへの外的焦点化は、新しい主人に唖然とするパスパルトゥへの内的焦点化でもある。これを外的焦点化とする唯一の理由は、フィレアスが主人公の資格を有するという点で、そのことが、パスパルトゥを目撃者の役割に限定するからである。［拙訳］

（Genette 208・191–2・二二四）

これに対してバルは、ジュネットは「…への sur/on 焦点化」と「…による（を通しての）par/through 焦点化」を区別すべきであったと批判する。『八十日間世界一周』の冒頭では、新しい主人に仕えたパスパルトゥの目を通して、フィレアス・フォッグに対し焦点化がなされているとすべきだ、とバルは言う。ジュネットの説明にあるように、フォッグとパスパルトゥそれぞれに対し、「…への焦点化」という同じ言い方をするのであれば、知覚の主体（パスパルトゥ）と対象（フォッグ）が入れ替え可能なものとなってしまう、というわけである（Bal 1977: 29）。

この批判は、焦点化の概念をめぐるバルの理解の性質をよく表している。バルは、焦点化という概念について、あくまで知覚の要素を重視し、誰が知覚の主体 sujet/subject として焦点をあてるのか、あるいは誰が（または何が）知覚の対象 objet/object（客体）として焦点をあてられるのか、という問題にかかわることだと考えている。ジュネットが言う「…への焦点化」を、焦点をあてるという動詞的意味の対象を示すと考えていることが、ここでは明白である。

ジュネットの説明に見える「…への焦点化」という表現は、作中人物のうち誰の経験・意識が関心の的になるかということを示している。ジュネットの三分類において、「焦点化ゼロ」または「非焦点化」は、焦点化が行われていない（存在しない）ことを表していた。焦点化が行われるのは内的焦点化と外的焦点化の二つの場合であるが、それぞれにおいて誰の経験・意識が取りあげられるか、つまり誰が語りの対象として焦点の位置をしめるのか、が問題となる。そのことを言うにあたって「…への焦点化」という表現を用いるのである。『八十日間世界一周』の冒頭では、新しい主人の奇妙な性格に戸惑うパスパルトゥの心の動きが描かれており、その点だけを考えるなら、これをパスパルトゥを焦点人物とする内的焦点化の例とみなすこともできる。ただし、この作品の主人公が富豪のフィレアス・フォッグであることは疑い得ない。つまり、語りの対象として中心的な位置をしめるのはあくまでフォッグであり、その謎めいた人柄を描くにあたって用いられるのが外的焦点化であった、ということになる。パスパルトゥは目撃者・証人témoin/witnessの立場にとどまり、語りにおける中心的な関心の的とはならないから、パスパルトゥは焦点人物ではない。ジュネットの説明は一貫している。

M・バルの「焦点化」概念

バルは、「焦点化」という用語が連想させる動詞的な意味を捉え、動詞表現において意識される主語と目的語の関係、すなわち行為の主体と対象（客体）の関係を明確にしようとする。「焦点化」においては、見るという行為の「見る」側と「見られる」側の関係に着目し、見る主体と見られる対象（客体）の区別こそが重要であると主張するのである。その上で、「焦点をあてる者」focalisateur/focalizor（sujet/subject）［以後これを「焦点化主体」と呼ぶことにする］と「焦点をあてられる者」focalisé/focalized（objet/object）［以後これを「焦点化対象」と呼ぶことにする］という用語を用いつつ、内的焦点化と外的焦点化という概念を、ジュネットとはまったく異なる意味で用いようとする。バルの枠組みからは、焦点化ゼロ（非焦点化）という用語・分類は排除され、すべてが内的焦点化か外的焦点化のいずれかに整理されることになる。

バルによれば、読者が小説のある作中人物に関して判断を下す、すなわちある作中人物がどのような人間であるかを解釈できるのは、その作中人物を読者が「見る」ことができるからにほかならない。読者は、小説の作中人物をある媒介を通して見る。この媒介となるものこそ「焦点化主体」である。読者が作中人物を知るについては、二つの場合が考えられる。一つ目は、語り手みずからが焦点化主体となって、物語世界の焦点化対象を見る場合である。このような語り手を「語り手としての焦点化主体」focalisateur-narrateur/narrator-focalizor と呼ぶ。二つ目は、語り手によってある作中人物が選びだされ、選ばれた作中人物が焦点化主体となって、物語世界の中の焦点化対象を見る場合である。語り手によって焦点化主体として選ばれた作中人物は「作中人物としての焦点化主体」focalisateur-personnage/character-focalizor と呼ばれる。以上の点を図示すれば次のようになる。

①焦点化主体（語り手）――→焦点化対象（作中人物）

②焦点化主体（作中人物）――→焦点化対象（他の作中人物）

バルは、この二つのモデルのうち、前者の場合を「外的焦点化」と名づけ、後者の場合を「内的焦点化」と名づける。語り手が、物語世界に生きる作中人物を物語世界の外部から見るという意味での外的焦点化であり、物語世界に生きる作中人物が物語世界の内部において見るという意味での内的焦点化ということになる。焦点化主体が物語世界の外部に位置する場合を外的焦点化、焦点化主体が物語世界の内部に位置する場合を内的焦点化と考える、と言ってもよい。これについて、焦点化主体が物語世界のどこに位置するかという問題との関連において図示するなら、次のようになるはずである。

①外的焦点化

焦点化主体（語り手）——→焦点化対象（作中人物）

②内的焦点化

焦点化主体（作中人物）——→焦点化対象（他の作中人物）

バルにおいては、「語る」という役割を担う語り手が、「見る」という役割をも担うことになる。ジュネットによる外的焦点化と内的焦点化という用語を踏襲しつつも、バルは、語り手が物語世界の外部に位置して物語世界の中に生きる作中人物を見る場合を外的焦点化と名づけ、物語世界の中に生きる作中人物が物語世界の内部において「外界」すなわち他の作中人物や、モノや、状況等を見る場合を内的焦点化と名づけている。まずここにおいて、ジュネットの用語法とバルの用語法がまったく異なることが分かるであろう。

M・バルにおける焦点化対象の二区分——「知覚できるもの」「知覚できないもの」

ここで気になるのは、作中人物の心の中、その経験・意識をどう考えるかである。たとえば、バルの用語法における内的焦点化の場合において、焦点化主体は物語の一作中人物であるから、この焦点化主体は、超能力者として設定されているのでないかぎり、焦点化対象である他の作中人物の心の中を覗くことは出来ない。一方、バルの用語法における外的焦点化では、焦点化主体は物語世界の外部に位置する語り手として、作中人物の心の中を覗き込むことが可能とされる。物語世界外の語り手は、物語世界について語りうるがゆえに、物語世界内に生きる作中人物の経験・意識を再現することができるのである。これは、語り手が物語世界の作中人物とは異なる世界に位置するからだと考えてもよい。同じ世界にいる限り他人の心の中を覗き込むことは不可能だが、世界を異にすることで、それが可能になると考えるのである。ただし、物語世界の外部に位置して外的焦点化を行う語り手であっても、物語世界の中に生きる作中人物の心の中を覗き込むことなく、その外面のみを描くという選択はありうるであろう。

　このことを焦点化対象の側から整理すると、焦点化対象には「知覚できるもの」と「知覚できないもの」があるということになる。「知覚できないもの」とは、端的に言って他人の心の中である。物語世界に生きる作中人物は、現実世界に生きる人間以上の能力を持つのでないかぎり、物語世界に生きる他の作中人物の心の中を覗き込むことはできない。作中人物の心の中を覗き込み、その経験・意識を再現することができるのはただ語り手のみ、ということになる。一方、物語世界に生きる（他の）作中人物の外見や言動であれば、作中人物もこれを観察し、語ることができる。外界の風景、状況等も「知覚できるもの」に数えることができる。語り手が作中人物の外見や言動、風景や状況を語りうるのは言うまでもない。以上の点を考慮した上で、先に図示したものに補足を加えれば、次のようになる。

①外的焦点化

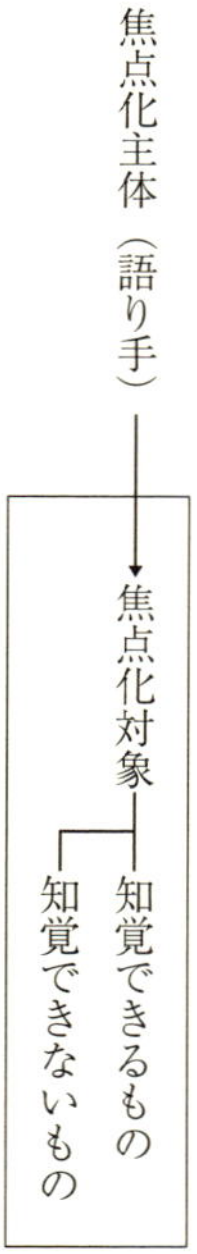

②内的焦点化

ここで二つの問題が生じる。一つ目は、語り手は知覚するか、という問題である。バルは、語り手は知覚する、と考えるようである。「語り手としての焦点化主体」は、焦点化の主体となる資格を有する以上、自分自身知覚する能力を持つ、とするのである。一方、語り手はあくまで「語る」のであって、知覚すると考えるのは誤りであると考える立場もある。ジュネットは「焦点化主体」「焦点化対象」という用語そのものに反対しているし、ジュネットにとっては「語ること」と「知覚すること」の峻別こそが、焦点化という用語法の出発点であったはずである。三人称の語りで作中人物の容貌や外界の風景が語られる際、語り手はその作中人物や風景を「知覚している」と言えるのか。あるいは、語り手は単にそれらを「語る」にすぎないのか。一人称の語りにおいて知覚するのは作中人物としての「私」であって、語る「私」とは区別されるのか。あるいは語る「私」がそのまま知覚する「私」であると考えてよいのか。バルによる外的焦点化における

焦点化主体（語り手）────→焦点化対象

という図式には、そのような根本的な難問がふくまれている。その点は考慮しておかなくてはならない。

心の中を覗き込むことが可能となる理由

二つ目の問題は、バルによる内的焦点化の焦点化主体、すなわち作中人物の心の中はいかにして覗き込み得るにいたるかということである。作中人物としての焦点化主体は自分自身の経験・意識を読者に示すことができる。それはどのようにして可能となるか、という問題である。焦点化主体となった作中人物の経験・意識はどのようなかたちで語られるか、と言いかえてもよい。これについては、たとえば次のような説明の仕方がある。[9]

バルの用語法における内的焦点化では、まず物語世界の外部に位置する語り手―焦点化主体によって、物語世界の中に生きる作中人物が焦点化対象となる。すなわち、ある特定の（あるいは一人の）作中人物に対して焦点化が行われ、次にこの焦点化対象に選ばれた作中人物が焦点化主体となる、と考えられる。語り手は、焦点化対象として選び取った作中人物に、焦点化主体としての役割を譲る。こうして、焦点化を行う権限を委譲された作中人物が、焦点化主体となって焦点化対象を知覚する、というのである。これを図示すれば以下のようになる。

語り手（焦点化主体）→作中人物（焦点化対象）
　　　　　　　　　　　［権限の委譲］
　　　　　　　　　　　作中人物（焦点化主体）→焦点化対象

この図に、物語世界の内と外の区別を加えると、以下のようになるであろう。

語り手（焦点化主体）→［作中人物（焦点化対象）
　　　　　　　　　　　　作中人物（焦点化主体）→焦点化対象］

さらにこれに、「知覚できるもの」と「知覚できないもの」の区別をつけ加え、焦点化主体と焦点化対象の関係を示すならば、以下の図が出来上がることになる。

焦点化主体（語り手）→［焦点化対象（知覚できないもの）
　　　　　　　　　　　　焦点化主体（作中人物）→焦点化対象（知覚できるもの）］

焦点化主体としての語り手は、物語世界の外部に位置するという資格により、物語世界の中にある知覚できないもの（作中人物の心の中）を焦点化の対象とすることができる。知覚できないものとしての作中人物の心は、一旦語り手にとっての焦点化対象となり、その上で、心の中を開示された作中人物が焦点化主体としての権限の委譲をうける。つまり焦点化主体としての作中人物の経験・意識――本来同じ世界に生きる他の人間には知覚できないもの――を示すことができるのは、知覚できないもの（他人の心の中）を語りうる語り手が物語世界の外部に存在するからだ、ということである。これを別の観点から言い直せば、作中人物の心の中を覗き込むことが許されるのは、物語世界の外部に位置する語り手のみであって、物語世界の中に生きる作中人物には、あくまで人の心の中は覗き込むことができないということになる。

小説に描かれる世界が、われわれが現実に生きる世界と根本的に異なるのは、物語の世界に生きる作中人物、すなわち読者にとってはまったくの他人である人間の、その心のうちが語られるという不思議さにある点は、見過ごすことができない。ジュネットの三分類は、まさに物語世界に生きる作中人物の心の中を覗き込むことが可能かどうかを、もっとも重要な基準としていたはずである。知覚の主体と知覚の対象の区分をこそ重視し、知覚の対象――焦点化対象について知覚できるものと知覚できないもの（心の中）という下位区分を設けるバルの立論は、発想の出発点をまったく異にしている。

M・バルの二分法についての補足

バルの二分類法については、これを支持する立場からいくつか提案がなされた。またバル自身、語り手と焦点化主体の概念について修正を試みたところもある。これについて若干補足しておかなくてはならない。

まず、焦点化対象について適用される、知覚できるものと知覚できないものの区別において、「知覚できるもの」は作中人物の心理と必ずしも無縁ではない。作中人物としての焦点化主体が知覚する他の作中人物の言行には、その心理状態に関する数々の手がかりが含まれているからである。われわれは、日常生活において周囲の人々の表情や、動作や、発せられる言葉の内容や、声の調子等々から様々なものを読みとり、その心の中を忖度する。同様に、ある作中人物（焦点化主体）が他の作中人物の言行（知覚できるものとしての焦点化対象）のうちに知覚し、読みとるものには、その作中人物（焦点化対象）の心の中を推測させる手がかりが数多くふくまれている。また、焦点化主体となった作中人物が、焦点化対象として誰を選び出し、選び出した人物の何に着目するか（恋する男と女は誰に、何に視線を注ぐだろうか？）で、焦点化主体の心の中を推し量る手がかりが得られることもある。人間だけではない。焦点化対象としてどのようなモノや、状況や、情景が知覚されるかで、焦点化主体の心理状態が暗示されることがある。作中人物が目にする（注意を向ける、気にとめる）風景の描写がそのまま作中人物の心の中を描きだす例は、小説において枚挙にいとまがない。

そのように考えるなら、焦点化主体として選ばれた作中人物と、その知覚対象としての焦点化対象には、ある結びつきを読みとることができることがわかる。また、そのような結びつきが読みとれるような語りが行われるという点も、考慮に入れる必要がある。そもそも、ある作中人物が何をどのように知覚するかは、語りを通してのみ読者に伝えられる。その際、ある知覚が成立する場において、何を語り、何を語らないかの選択は、ひとえに語り手自身に委ねられることになる。言い換えるならば、焦点化主体の知覚と焦点化対象の再現においては、つねに語り手の仲介が求められるということである。語り手は知覚するかという問題とは別に、そもそも小説中の知覚は、語られることがなければその知覚自体が存在しないという点には注意が必要である。

一人称の回想の語りを、外的焦点化と内的焦点化との二分法においてどう考えるかという問題もある。さきにジュネットの三分類を紹介した際には、以下のような図式を示しておいた。

語る私（語り手としての私）∨経験する私（作中人物としての私）

不等号によって比較されていたのは、作中人物であり同時に語り手でもある一人の人間の、時間軸上で変化する知識であった。経験・意識についての解釈、判断・思考についての評価等をめぐって、語る私は経験する私を、その知識において上まわると考えられたのである。このことについて、バルの二分法を受け継ぐリモン＝ケナンはきわめて単純な解釈をする。すなわち、語る私は物語世界の外部に位置するとする一方、経験する私は物語世界の内部に生きると考え、語る私に外的焦点化を、経験する私に内的焦点化を割りあてるのである（Rimmon-Kenan 2002: 72–86）。簡単に図示すれば、以下のようになるであろう。

［外的焦点化］

語る私（焦点化主体）→ 経験する私（焦点化対象）

〔内的焦点化〕

経験する私（焦点化主体）――→私が経験すること（焦点化対象）

ただし、語る私と経験する私が同じ「私」であるという最も困難な問題を、この図式はうまく説明しきれていないように思われる。「語る私」と「経験する私」が判然と区別し難い場合、すなわち経験しつつ語る語り手の場合は、内的焦点化の語りと外的焦点化の語りが併存することになるのだろうか？ 作中人物として経験する私の心の中を語ることが可能となるのが、焦点化対象としての私への「権限の委譲」によるとするなら、「経験する私」の内的焦点化はほぼ一続きに「語る私」の外的焦点化に接続することになるのだろうか？

バルは、物語世界の外部に位置する語り手 external narrator と、物語世界の外部に位置する焦点化主体 external focalizor を、同じく物語世界の外部に位置しながら別のものとして区別する立場を主張するにいたる。同時に、作中人物と結びついた語り手 character-bound narrator ―物語世界に生きる語り手と、作中人物と結びついた焦点化主体 character-bound focalizor ―物語世界に生きる焦点化主体を区別する。すなわち、物語世界の外部に位置するにせよ、物語世界の内部に位置するにせよ、語り手と焦点化主体はそれぞれ別の機能を担うとするのである。ただし、焦点化主体が物語世界の外部に位置する場合を外的焦点化とし、焦点化主体が物語世界の内部に位置する場合を内的焦点化とする用語法に変更はない。

焦点化という概念をめぐるバルの議論において見るべき点は、語り手や焦点化主体が位置する場を明確にしようとした点である。そのことにより、語りや焦点化が物語世界の外部で行われるのか、物語世界の内部で行われるのか、その位置する場を階位の違いという観点から考察する道が開けることになる。たとえば、バルの用語法に従う以下の図において、「焦点化主体1」と「焦点化主体2」の位置する場が異なる点を問題にする際、これを階位の違いとして捉えることもできる。

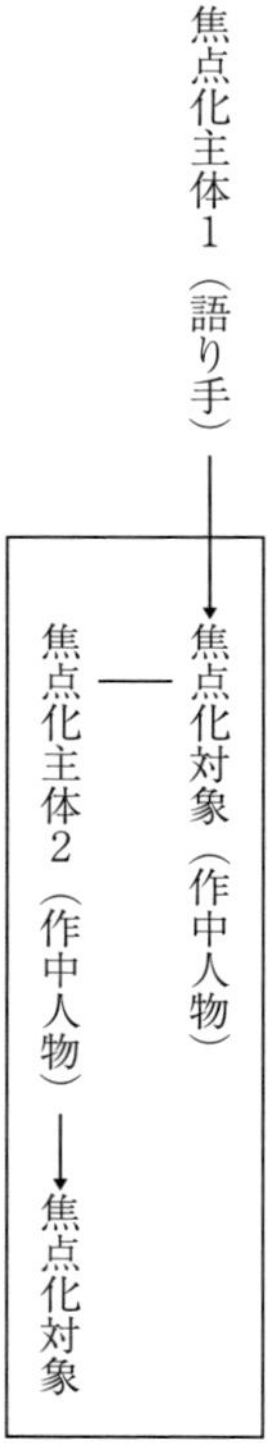

小説の語りには、明確な姿をあらわす語り手や、知覚の主体であることが明白な作中人物ばかりがあらわれるわけではない。存在の輪郭がきわめて希薄な語り手は数多く存在するし、物語中の知覚の主体（いったい誰が知覚しているのか）を見極めることが困難な場合もある。そうした場合、語りもしくは知覚が行われる場―階位の違いを明確にすることで、個々の語りが帯びる具体的な性格を論じる道が開けると考えられるのである。

4　黒澤明『羅生門』と芥川龍之介「藪の中」の語り

ここまでは、焦点化という概念・用語法をめぐる、大きく異なる二つの立場について概観してきた。議論がやや些末に及ぶところもあったが、焦点化という用語がやや安易に用いられる傾向に鑑み、敢えて踏み込んで検討したつもりである。ここからは、以上の議論で積み残した課題について具体例に即して考えてみることにする。

ジュネットの焦点化概念の三分類について紹介した際、内的焦点化（複数）の例に挙げていたのが黒澤明（一九一〇～一九九八）の『羅生門』（一九五〇年）である。小説の語りを論ずるにあたって、映画の例を持ち出すこと自体の当否も問われなくてはならないが、黒澤の『羅生門』と原作となった芥川の「藪の中」を同一視し、混同する際に生ずる問題も大きいと言わなくてはならない。その点を論じてみたい。

証人としての目撃者と当事者

芥川龍之介の「藪の中」（一九二二（大正十一）年『新潮』に発表、同年刊行の『将軍』『沙羅の花』、翌年刊行の『春服』に所収）は、山科の山中に遺棄されていた男の死体を発見した木樵の話にはじまり、目撃者、当事者らが、それぞれの立場、見方から行った証言をつなぎあわせた作品である。[10] 全体の語りを統括する語り手は不在で、はじめに「検非違使に問はれたる木樵りの物語」といった見出しが置かれたあとは、証言者それぞれの言葉がそのまま再現されることになる。証言をするのは、「木樵」のほかに「旅法師」、「放免」（検非違使――警察官と裁判官の役目を兼ねる役人――に仕える下級の職につく者）、殺された侍の妻の母である「媼」、「多襄丸」（放免に捕らえられた盗人）、侍の妻で山中で多襄丸に犯された「女」、殺された侍の「死霊」である。侍の死霊は巫女の口を通して証言する。それぞれの証言の前に置かれる見出しは「検非違使に問はれたる旅法師の物語」、「検非違使に問はれたる放免の物語」、「検非違使に問はれたる媼の物語」、「多襄丸の白状」、「清水寺に来れる女の懺悔」、「巫女の口を借りたる死霊の物語」である。最初に置かれた「検非違使に問はれたる木樵りの物語」は次のようにはじまる。

さやうでございます。あの死骸を見つけたのは、わたしに違ひございません。わたしは今朝何時《いつ》もの通り、裏山の杉を伐《き》りに参りました。すると山陰の藪の中に、あの死骸があつたのでございます。あつた処《ところ》でございますか？　それは山科《やましな》の駅路からは、四五町程《ほど》隔たつて居《を》りませう。竹の中に痩せ杉の交つた、人気《ひとけ》のない所でございます。

（『芥川龍之介全集』第八巻（岩波書店、一九九六年）一一三ページ）

まずはじめに「さやうでございます」とあるのは、「死骸を見つけたのはお前か？」という趣旨の質問が検非違使（またはその下役）からあって、それに対する答えとして発話されたものと考えられる。同様に「あつた処でございますか？」についても、死骸の残されていた場所を尋ねる問いに答えた、という状況が想像できる。このあとも、

太刀《たち》か何かは見えなかつたか？　いえ、何もございません。唯《ただ》その側《そば》の杉の根がたに、縄が一筋落ちて居りました。それから、——さうさう、縄の外《ほか》にも櫛が一つございました。（一一三〜四ページ）

とあるように、木樵の発話は、検非違使との問答のなかで発せられたものとして、木樵がみずからの記憶

をたどり寄せる時間の経過（「それから、――さうさう」）をも含みこんだ、再現性の高さを感じさせる。このような語りは、旅法師、放免、媼らの証言にほぼ一貫している。

これらの証言は、検非違使の前に引き出された人間が検非違使、または検非違使に仕える下役たちの問いに答えた発話を、そのまま再現する体裁をとる。そして、この四人の証言に耳を傾けることで、事件の概要がほぼ飲み込める仕組みになっている。殺されたのは金澤の武弘という若狭の国府の侍で、妻の名は真砂。二人は都を発って若狭に向かう途中、山科の山中で多襄丸という都でも名高い盗人に襲われたらしく、夫は殺され、妻は行方不明である。多襄丸は、侍から奪った馬に振り落とされ、粟田口の石橋の上で呻吟しているところを放免に捕らえられた。死骸には胸元を突いた傷が一つ残っていたが、これと藪の中に残されていた縄一筋とが、残る三人の当事者の証言の核心にかかわることになる。さて、四人目の媼の証言の末尾は、以下のように語られる。

どうかこの姥《うば》が一生のお願ひでございますから、たとひ草木を分けましても、娘の行方をお尋ね下さいまし。何に致《いた》せ憎いのは、その多襄丸《たじやうまる》とか何とか申す、盗人《ぬすびと》のやつでございます。婿ばかりか、娘までも……（跡《あと》は泣き入りて言葉なし。）（一一六ページ）

老女の発話がほぼ忠実に再現されているとみられるが、末尾の括弧内に老女の様子についての語りが補われている。これについてはどう考えればよいだろうか。

説明の内容は、老女の外面にあらわれた態度であるから、この場に立ち会った誰か、すなわち物語世界の内部に位置する者が知覚した事柄を、注釈のような形でつけくわえたのであろう。「藪の中」をここまで読むかぎり、この知覚の主体は検非違使自身だとも考えられるし、検非違使の取り調べに立ち会った他の誰か―証人とも考えられる。知覚の位置する場を明確にすべきだとする立場からは、作中人物の「跡は泣き入りて言葉なし」という様子を知覚するのは誰なのか、この知覚が行われる場はどこに位置するか、という点は重要な問題となる。

この「検非違使に問はれたる媼の物語」の直後には、次に続く「多襄丸の白状」とのあいだに隔てを置くように、アステリスク（星印）が添えられている。この印は、ややもすれば見逃してしまいかねないが、七人の証言者のうちはじめの四人が目撃者の立場にあるのに対し、後半に登場する三人が事件の当事者であるという点を考えるなら、テクストの上に記された重要な区分として機能していると考えられる。また、前半の四人の証言の見出しがいずれも「検非違使に問はれたる…」ではじまるのに対し、後半の三人にはこのような断り書きがみられない。「多襄丸の白状」、「清水寺に来れる女の懺悔」、「巫女の口を借りたる死霊の物語」といった見出しをみる限り、それぞれの白状や懺悔や物語が、どの場所で行われたのかは判然としない。とくに、「清水寺に来れる女の懺悔」の場合は、この懺悔が清水寺で行われたものなのか、清水寺に逃げ込んだ女が検非違使のもとに引き立てられた上でのことなのか、確定しうる手がかりはない。

ただし「多襄丸の白状」については、この「白状」が行われた場所を特定する手がかりがふんだんに与えられている。「多襄丸の白状」は以下のようにはじまる。

あの男を殺したのはわたしです。しかし女は殺しはしません。では何処《どこ》へ行つたのか？　それはわたしにもわからないのです。まあ、お待ちなさい。いくら拷問にかけられても、知らない事は申されますまい。その上わたしもかうなれば、卑怯な隠し立てはしないつもりです。
（…）
何、男を殺すなぞは、あなた方の思つてゐるやうに、大した事ではありません。どうせ女を奪ふとなれば、必《かならず》、男は殺されるのです。唯《ただ》わたしは殺す時に、腰の太刀《たち》を使ふのですが、あなた方は太刀は使はない、唯《ただ》権力で殺す、金で殺す、どうかするとお為《ため》ごかしの言葉だけでも殺すでせう。成程《なるほど》血は流れない、男は立派に生きてゐる、――しかしそれでも殺したのです。罪の深さを考へて見れば、あなた方が悪いか、わたしが悪いか、どちらが悪いかわかりません。（皮肉なる微笑）
（一一七～八ページ）

再現されているのは捕らわれた多襄丸の発話のみであるが、多襄丸の発話がどのようなやりとりのなかで行われたかを想像するのは、それほど難しいことではない。たとえば、多襄丸の「まあ、お待ちなさい。」という発話は、女の行方なぞ知らないと言う多襄丸に対して、「知らぬふりをするなら拷問にかけるぞ」といった趣旨の追求が行われたことへの反応としてあったろう。
また、引用の後半に現れる「あなた方」という呼びかけから、これが複数の人間、しかも権力の側に立つ人間が何人も居並ぶ前で行われた発話であることが容易に想像される。見出しのみからは判断はつかないが、この多襄丸の「白状」も、おそらくは検非違使の面前で行われたものであると判断されるのである。

さて、引用した一節の末尾の部分には、先の媼の物語において確認したような、多襄丸の外面的な様子に関する描写が、括弧の中に補われている。「皮肉なる微笑」がそれである。

媼について言われていた「跡は泣き入りて言葉なし」という観察が、検非違使自身によるものなのか、検非違使の取り調べに立ち会った別の人間、たとえば検非違使の配下の者によるものなのか、判断を下しがたいことは先に述べた。この「皮肉なる微笑」という表現からは、もう一つの可能性を考える必要が生まれてくる。

それは、仮にこの多襄丸の外面に関する観察が検非違使自身か、その下役の者によって担われていたとするなら、そこには多襄丸の態度に対する観察者自身の立場やその感情的な反応が反映すると予想するのが、自然であると考えられるからである。「皮肉なる微笑」という表現には、検非違使もしくはその下役の立場を離れるニュアンスがある。これに続く多襄丸の外面的態度の描写——すべて括弧内に補われる観察——にみられる表現も同様である。具体例を挙げるなら、多襄丸の態度は以下のように語られる。

（陰鬱なる興奮）　（一二〇ページ）
（快活なる微笑）　（一二一ページ）
（昂然たる態度）　（一二二ページ）

はじめに現れる「皮肉なる微笑」について言えば、多襄丸の面上に微笑が浮かぶという状況に対し、尋問を行う側が冷静でいられたとは考えにくい。検非違使たちの自然な反応を想像するなら「不逞なる微笑」といった表現になったはずである。多襄丸の微笑は、かならずや検非違使たちの反発を招いたであろう。「皮肉なる」という表現は、多襄丸の浮かべた微笑が、役人たちに対する皮肉として機能したことを表す。「皮肉なる微笑」という表現が、尋問の場の状況説明となっている以上、ここには多襄丸と検非違使たちとを等距離に見すえようとする態度が感知される。

次に表れる「陰鬱なる興奮」も対象との距離をふくんでいる。「陰鬱なる興奮」は、木の根方に縛りつけられた侍を前に、妻がどちらか——夫か多襄丸か——が死なねばならぬと迫ったことを、多襄丸が語る際に表れる。多襄丸のうちには、そのような事態に立ちいたったことが思い出されることで興奮が高まってゆく。それが「陰鬱」であるとされるのは、多襄丸の心中にふみこんだ解釈になる。「生き残つた男につれ添ひたい」と美しい女に誘惑された無法者の、心の乱れと暗い性のうごめき。多襄丸がそのように語ってみせる事のなりゆきに従って、多襄丸の外面に表れる興奮に「陰鬱なる」という色づけがなされるのである。検非違使たちに、あるいは何らかの立場で尋問に立ち会った証人に、そのような穿鑿が可能であったとは考えにくい。

同様に、「快活なる微笑」も「昂然たる態度」も、尋問の場に居あわせた人間たちの知覚のみに依存するとは考えられない。単なる外面的な観察からは「快活なる」や「昂然たる」といった形容は生まれ得ないであろうし、容疑者を取り調べる立場にある者—検非違使たちが、多襄丸の表情・態度に「快活」さや「昂然」たるものを認めるのは、彼らの職分から言って許されることではない。とくに「昂然たる態度」についていて言えば、これは

——わたしの白状はこれだけです。どうせ一度は樗《あふち》の梢《こづゑ》に、懸ける首と思つてゐますから、どうか極刑《ごくけい》に遇《あ》はせて下さい。（昂然たる態度）
（一二一〜二ページ）

という文脈にあらわれる。多襄丸の「白状」がしめくくられるところである。処刑されるのは覚悟の上であると語る多襄丸の言葉に、検非違使たちへの挑戦の響きを聞きとることが出来る以上、この「昂然たる」という形容が検非違使たちの経験・意識に帰せられるとは考えられない。したがって、知覚の位置する場こそ物語世界の内部にあるものの、それを語る場は、おのずから別のところにあるとすべきであろう。この「昂然たる態度」は、死を決意した人間の言葉として、多襄丸の「白状」にある信憑性を付与する機能を帯びる。一方、のちに「女の懺悔」と「死霊の物語」によって互いに大きな食い違いを露呈するにいたる事件の状況説明が、当事者それぞれの人間としての誇りを賭けたものであることも、ようやく明らかになりはじめる。多襄丸の「白状」は、無法者として捕らえられ処刑を覚悟した男が、自分自身の真実を訴えようと試みた行為であったはずである。それゆえにこそ多襄丸は「昂然たる態度」を示していたと語られる。それは、その場に居合わせた目撃者の単なる経験・意識の再現ではない。多襄丸という人間の心事（心中）に寄り添った、語りの場での解釈を示すのである。

語り手の介入

多襄丸の「白状」をめぐる語りには、一箇所説明の難しいところがある。次の一節である。

しかし男を殺すにしても、卑怯な殺し方はしたくありません。わたしは男の縄を解いた上、太刀《たち》打ちをしろと云ひました。(杉の根がたに落ちてゐたのは、その時捨て忘れた縄なのです。)男は血相を変へた儘、太い太刀を引き抜きました。と思ふと口も利かずに、憤然とわたしへ飛びかかりました。

(一二一ページ)

女に挑発された多襄丸は、女を妻にしたいと強く願い、夫を殺そうとした。それは卑しい色欲のみにでた行動ではない、と多襄丸は言う。多襄丸は、一人の男としての誇りと自尊心をくすぐられ、それゆえに夫と斬りあおうと決心する――そのことを語る場面である。

さて、引用の箇所にあらわれる括弧内の説明は、どう考えればよいだろうか。多襄丸の発話の流れからいって、とくに括弧の使用を必要としないのは、括弧を取り去ってしまっても自然な発話として十分に成立しうることから明かである。ただし、「陰鬱なる興奮」に駆られた多襄丸が語る事の次第において、もっとも緊迫した場面に差し掛かろうとする際の発話であるという点を考えるなら、括弧内に挿入される情報が、発話の文脈を外れる性格を帯びるのも否めない。これから太刀打ちをする場面を語ろうとする人間に、このような冷静な状況説明の補足が可能であろうか、という素朴な疑問が生じるのである。

そうした点を考慮するなら、この括弧内に挿入される多襄丸の発話には、多襄丸の発話を再現する語り手の介入、という性格を認めざるを得ない。多襄丸の口から発せられるかたちを取りはするものの、実質的には語り手が担う語りだと考えられるのである。それは、この「藪の中」という物語において、殺された男の胸元の傷と、その場に残された縄一筋についての説明が三人各様に食い違う証言において、きわめて重要な細部として浮上することにかかわる。多襄丸の発話の流れからして、残された縄の説明を補うべきところはここにしかない。また縄についての説明を多襄丸の発話から省くこともできない。ただし、多襄丸の発話が帯びる感情的文脈からすれば、括弧内に挿入される情報は、やや冷静にすぎるのである。ここには、残された縄について説明を加えておかなくてはならない語り手の側の要請との、一種の妥協がみられると考えられる。

自立する語り

「清水寺に来れる女の懺悔」には、それまでの証言にみられなかった一つの特徴があらわれる。女の「懺悔」に発話の直接話法的再現がみられるのである。二箇所あらわれる発話のうち、短い引用でおわる二番目の部分は以下のようである。

（…）わたしはその小刀《さすが》を振り上げると、もう一度夫にかう云ひました。
「ではお命を頂《いただ》かせて下さい。わたしもすぐにお供《とも》します。」
夫はこの言葉を聞いた時、やつと唇《くちびる》を動かしました。

（一一三ページ）

多襄丸の「白状」にも、自分自身が発した言葉や、女が多襄丸に叫んだ言葉などが引用されていた（もっとも、夫の言葉らしきものはまったく引用されない）。ただし、それらはすべて間接話法的言い換えとして多襄丸の言葉のなかに繰り込まれていて、ここに見るような直接話法的再現ではない。女の「懺悔」にあらわれる「かう云ひました。［…］夫はこの言葉を聞いた時」といった語り口には、女の「懺悔」を自立した語りに仕立てようとする、語りの場の意図が働いている。それは、検非違使の尋問に応答する体裁をとる先の四人の証言の語りとは、本質的に異なる語りである。そのような、当事者の語りを自立した語りに仕立てようとする意図がさらに深まるのが、「巫女の口を借りたる死霊の物語」すなわち殺された夫の物語である。

この巫女による降霊も、はたして検非違使たちの面前で行われたのか、あるいは別の場所で行われたのか、判断しうる手がかりはない。女の「懺悔」同様、夫の「物語」もまたすぐれて自立した語りとなっているため、聞き手の応答のありさまや、聞き手の素性を推測させる手がかりがほとんどないからである。それが、どのような性質を持つ語りであったのかは、たとえば次のような箇所に如実にあらわれている。

妻の罪はそれだけではない。それだけならばこの闇の中に、いま程《ほど》おれも苦しみはしまい。しかし妻は夢のやうに、盗人《ぬすびと》に手をとられながら、藪の外へ行《ゆ》かうとすると、忽《たちま》ち顔色《がんしょく》を失つたなり、杉の根のおれを指さした。「あの人を殺して下さい。わたしはあの人が生きてゐては、あなたと一しよにはゐられません。」――妻は気が狂つたやうに、何度もかう叫び立てた。「あの人を殺して下さい。」――この言葉は嵐のやうに、今でも遠い闇の底へ、まつ逆様《さかさま》におれを吹き落さうとする。一度でもこの位《くらゐ》憎むべき言葉が、人間の口を出た事があらうか？　一度でもこの位呪《のろ》はしい言葉が、人間の耳に触れた事があらうか？　一度でもこの位、――（突然迸《ほとばし》る如《ごと》き嘲笑）その言葉を聞いた時は、盗人さへ色を失つてしまつた。「あの人を殺して下さい。」——妻はさう叫びながら、盗人の腕に縋《すが》つてゐる。盗人はぢつと妻を見た儘《まま》、殺すとも殺さぬとも返事をしない。——と思ふか思はない内に、妻は竹の落葉の上へ、唯一蹴《ただひとけ》りに蹴倒《けたふ》された。（再《ふたたび》、迸る如き嘲笑）盗人は静かに両腕を組むと、おれの姿へ眼をやつた。「あの女はどうするつもりだ？　殺すか、それとも助けてやるか？　返事は唯《ただ》頷《うなづ》けば好《よ》い。殺すか？」——おれはこの言葉だけでも、盗人の罪は赦《ゆる》してやりたい。（再、長き沈黙）

（二二五〜六ページ）

引用のはじめにある「それだけならばこの闇の中に、いま程おれも苦しみはしまい。」という部分、とくに「苦しみはしまい」という語尾には、聞き手の理解を求めるというより、自分自身の気持ちを整理しようとする男の心理が反映している。その上、女の「懺悔」において、直接話法的に再現されていたのが女自身が発した自分の言葉であったのに対し、ここに引用されるのは妻の言葉であり、盗人の言葉であって、自分の言葉ではない。自分自身が体験した出来事の語りのなかに、自分以外の人間の言葉が直接話法的に再現される点に、この男の語りの語りとしての自立性を認めることができる。男はきわめて強い感情にゆすぶられ、妻に対する「瞋恚《しんい》」に燃えながら、出来事そのものについてはある距離を保った語りを展開しているかにみえる。男は「一度でもこの位憎むべき言葉が、人間の口を出た事があらうか？」といった、出来事の評価すら試みるのである。

もっとも、これはあくまでも男自身の言葉ではなく、霊媒としての巫女の口を借りた言葉なのだ、という点は考慮しなくてはならない。死霊となった男の思いを巫女が語りとして仕立てた、という要素があるからである。ただしそうであるなら、括弧内に補われる「突然迸る如き嘲笑」のような外面的な態度の描写については、どう考えればよいだろうか。死霊に憑依された状態にある巫女が、男の感情的な爆発をそのまま体現してみせる、ということは十分にありえる。そう考えるなら、これは巫女による外面的感情表現を、その場に居合わせた人間が知覚したと考えるのが、もっとも単純な解釈ということになる。一方、これが語りの場においてなされる死霊についての描写である可能性も十分考慮する必要がある。男の語りが帯びる自立的性格を重視するなら、眼前に存在する巫女の姿の背後に、死霊の語りそのものが浮かびあがってくるのを十分感じとることができるからである。

このように、木樵、旅法師、放免、媼、多襄丸、女、死霊それぞれの語りについて、その語り方自体と、語りの再現方法に着目するなら、はじめの四人の目撃者と当事者三人の語りとの間に、まずは大きな違いが観察できることが確認できる。はじめの四人の証言が、検非違使の尋問への応答であって、その発話がほぼありのままに記録されるという体裁を取るのに対し、当事者である多襄丸、女（真砂）、死霊（その夫である金澤の武弘）らの語りは、尋問に対する応答という性格を脱して、語りとして自立する傾向を帯びる。また、多襄丸の語りよりも女の語りが、女の語りよりも死霊の語りの自立性が高まるという、漸進的な傾向も認められる。したがって「藪の中」は、七人の作中人物の発話が単に並置される構成を持つ作品だと考えることはできない。アステリスクで区切られた前半と後半とでは発話の再現方法がはっきりと変化するし、後半にあらわれる当事者三人の語りも、それぞれに異なる性格を帯びているからである。

「藪の中」における焦点化

さて、このような「藪の中」の語りを確認した上で、これを焦点化の観点から考えるとどうなるであろうか。

ジュネットの三分類における指標は、語り手と作中人物とのあいだの知識の比較であった。語り手が作中人物に関し、より多くの知識を持つのか（焦点化ゼロ）、作中人物が持ちうる知識に限られるのか（内的焦点化）、あるいは作中人物よりも少ない知識しか持たないのか（外的焦点化）が目安とされていた。繰り返しになるが、比較される「知識」とは作中人物の経験・意識、すなわち経験、意識、心理、想像、思考、判断、記憶等にかかわることである。しかも、作中人物の経験・意識については、経験、意識、心理、想像、思考、判断、記憶等がすべて網羅される必要はなかった。経験のみが語り手の持つ知識として提供されるということでよかったし、思考、判断が披瀝されるということでもよい。

この点から「藪の中」を考えるなら、前半の四人の証人については、四人の証人それぞれが持つ経験、意識、記憶を、彼ら自身の発話という形で語り手がそのまま語るのだと見なすことができる。一方で語り手は、彼ら（前半の四人の証人）の心の中を覗き込むことはない。語り手が、検非違使の前での彼ら自身の発話以上に、彼らの心の動きを語ろうとする気配はない。問われるままに語る証人たちの発話が、そのまま音声の記録として提示されているに過ぎないし、四人目に登場する媼の物語の最後に補われる「跡《あと》は泣き入りて言葉なし」も、媼の外面にあらわれた様子が言及されるにとどまる。彼らの声と外面的態度を知覚するのは誰なのかという点については、これをジュネットの言う匿名の目撃者と考えることも十分に可能である。あるいは検非違使（もしくはその配下の役人）が目撃者の役割を担うとしてもよい。いずれにせよ、前半の四人の証言に限っては、これを外的焦点化の例と考えることが可能である。

一方で、後半の三人の当事者の心の中を、語り手が覗き込むことができたかどうかは、かなり微妙な問題である。三人の語りの内容の食い違いが明白である以上、三人のうちの少なくとも二人、あるいは三人全員が、本当のことを隠していると考えざるを得ない。嘘を語ったと言ってもよい。事実として起こったことに自分なりの脚色を施し、自分に都合のよい、自分自身の誇りと自尊心を傷つけない物語を、自分自身のために語ってみせたのである。もちろん、人間の「心の中」とはまさにそうしたものだと言うことはできる。作中人物の心理、判断が、出来事に関する解釈そのものと不可分である以上、三人の当事者はまさに彼らの心の中を語ったのだと考えることもできるであろう。実際に起こった出来事は一つであるにしても、その出来事をめぐる作中人物の心理、判断等が、出来事自体の再現に大きな影を落とすことは、現実にしばしば起こりうることだからである。ただし、自分に都合のよいように出来事を解釈してみせる当事者たちの「嘘」をそのままに語ることが、語り手として当事者の心の中を覗きこむことであったかどうかは議論の余地がある。

ここにおいて考慮すべきは、後半の三人の語りが、語りとして自立する傾向を強く帯びていたことである。当事者三人の語りは、匿名の目撃者の知覚を通した音声としての発話と外面的態度の再現という性格を、はるかに逸脱している。多襄丸の語りにおいて、すでにその心中は「陰鬱なる興奮」という表現によって暗示されていたし、殺された夫の「いま程おれも苦しみはしまい」という言葉にいたって、その心事は十分に開示されていたと見なすことができる。したがって、当事者三人の語りについてみれば、同じ一つの出来事を三人の焦点人物（語り手が心の中を覗く—語ることのできる作中人物）の立場、視点から語ったものだと見なすことができよう。すなわち複数の焦点人物の経験・意識を通じて、ある同一の出来事や状況が語られるという、ジュネットの三分類のうちの内的焦点化（複数）の例として十分成立すると考えることができる。

そのように考えるなら、作品を前半と後半に分かつアステリスクの存在は、かなり重要な意味を帯びることになる。前半の四人の証言者については、音声としての彼らの証言を聞き取り、その外面的表情を読みとるという意味での知覚は、検非違使の取り調べの場においてなされる。また、そうした知覚の場が明確であるような語りがなされてもいる。知覚の主体ははっきりしないが、それが誰であれ（あるいは匿名の目撃者であれ）、知覚の対象である四人の証言者と同じ場を共有していると想像されるのである。

後半の三人の当事者については、多襄丸の白状が聞き取られるのが検非違使の取り調べの場であることは間違いないものの、妻と夫の語りが実際にどの場で行われたかは必ずしも明らかでない。とくに、巫女の口から発せられる言葉を知覚する物語世界の中の（検非違使の取り調べの場にいる？）知覚の主体をまずは想定すべきかどうか、判断は難しい。巫女は、物語世界の中にありながら、殺された男の（すなわち他人の）心の中を覗き込んでいると考えるべきなのか。憑依とはそのようなものではなく、殺された男が直接みずからの心中を語ると考えるべきなのか。巫女の口寄せという特殊な状況設定のため、様々な要素を考えあわせなくてはならない。

実際の語りは、それら様々な要素を併せ持つ曖昧なものだが、殺された男の経験・意識が男の立場から語られているという点に、疑問の余地はない。バルの二分法に拠るとしても、これを内的焦点化の例として考えることは十分に可能である。

『羅生門』の語り

黒澤明の『羅生門』は、芥川龍之介の「藪の中」を原作としつつ、映画という媒体に固有の条件を生かした物語の改変を行い、事件そのものについて踏み込んだ解釈をほどこしている。以下、そのことについて論じてゆきたい。

黒澤の映画は、荒廃した羅生門の下に激しい雨を避ける杣売り《そま》（木樵）［志村喬］と旅法師［千秋実］が、隣り合って座る場面からはじまる。杣売りは「わからねえ……さっぱりわからねえ」とつぶやき、旅法師は深く考え込む様子である（『全集 黒澤明』第三巻（岩波書店、一九八八年）五一ページ。以下『羅生門』のセリフの引用は同書から）。そこに、一人の下人［上田吉二郎］が雨宿りに羅生門に駆け込んでくる。芥川の原作にはない登場人物である。下人は杣売りのつぶやきに興味を示し、三人の間でやりとりがはじまる。その際、旅法師が口にした「恐ろしい話」という言葉に杣売りは強く反応し、頭をめぐらして旅法師の顔を覗き込む。杣売りの顔には驚愕と不安の影さえ浮かぶようである。杣売りにとって「さっぱりわからねえ」不可解な話は、旅法師にとっては不思議であるとともに「恐ろしい話」なのである。旅法師は、人の心が信じられない、とも言う。杣売りは我慢ができない様子で「おい……聞いてくれ」（五二）と下人に語りかける。ここで、杣売りの顔が正面からクローズアップされる。

下人の登場は重要である。下人の登場により、この映画には、物語の中の語り手 narrator が語り、聞き手 narratee がこれを聞くという構図が成立するからである。語り手も聞き手も、いずれも物語世界の登場人物として個性を発揮する。聞き手となる下人は、登場人物の一人として杣売りと旅法師の物語に反応を返す。この下人の登場が映画の物語展開のなかで重要な鍵となる。

画面上に大きくクローズアップされる顔は、杣売りの心の中にあるものへの関心を呼びさます。「三日前だ……俺は山へ薪を切りに行った」(五二)という杣売りの言葉の次に映し出されるのは、森の中に深く分け入ってゆく杣売りを前後左右さらには丸木橋の下から映し出す映像であり、下から仰ぎ見られる木々の梢の映像である。これらは、杣売りの経験・意識を反映するものと受けとられる。登場人物(杣売り)の顔のクローズアップは、観客が登場人物の心の中を覗き込もうとするのを促す、窓のような機能を果たしている。

聞き手の導入

ここまでのところで、既に芥川の原作と黒澤の映画の大きな違いが浮かび上がる。映画『羅生門』は、杣売りと旅法師の回想と語りという枠を設定し、さらに物語世界自体に聞き手(下人)を登場させる。この語り手と聞き手との関係は、杣売り及び旅法師と下人との間に成立するばかりでなく、検非違使庁の庭で証言する多襄丸や、真砂や、巫女の口を借りた金澤武弘と、杣売り及び旅法師との間にも及ぶ。たとえば金澤武弘の証言は、巫女を媒介として杣売りと旅法師により検非違使庁の庭で聞きとどけられ、それがさらに羅生門の下で伝聞として下人に語られるのである。

杣売りが森の中で死体を発見するまでの経緯は、声による語りを伴わない映像と音楽によって提示される。死体に驚いた杣売りが駆けだすところで、羅生門下で語る杣売りの声が聞こえ(「あわてて俺はもよりの役人まで届け出た……それから三日目の今日……俺は検非違使庁へ呼び出された」(五三))、急に画面が切り替わって検非違使庁の取り調べの場に移る。杣売りの応答はほぼ芥川の原作に沿うかたちで行われるが、それ以前に映し出される映像は、杣売りの個人的な経験をありのままに提示したものだと、ひとまず観客は受けとることであろう。そのあとワイプ wipe による場面転換があって、同じ検非違使庁の庭に座る旅法師の姿が映し出され、旅法師の証言がはじまる。その際の旅法師の言葉はヴォイス・オーバー voice-over として――検非違使庁の庭で発話される声として――回想の映像に重ねられる。旅法師の証言のあと、放免［加東大介］と多襄丸［三船敏郎］が同じ画面に並ぶ。多襄丸に縄をかけた放免が、太刀や弓矢を前にしてまず証言し、次に縄をかけられた多襄丸が語る。その際、先に証言をした杣売りと旅法師が検非違使庁の庭の端に控えているところは重要である。羅生門の下で下人に向けてなされる語りは、この検非違使庁の庭での二人の見聞がもとになるはずだからである。

放免が証言しているあいだ、多襄丸は一瞬空を見上げる。すると画面に陽に輝く雲の映像があらわれる。多襄丸の知覚が再現されるかたちである。多襄丸の語りは、多襄丸自身の経験と見なされる映像及び音声と、検非違使庁の庭での発話を織り交ぜながら進行する。多襄丸は、隣にかしこまる放免と、画面手前にいると想定される検非違使に向かって語る。その激しい語気、粗暴な態度は強い自己主張を帯び、提示される映像は多襄丸の視点を色濃く反映したものであることを感じさせる。その後、画面は再び雨の羅生門に切り替わる。殺された男の妻は放免によって捜し出されたが、その態度、物腰は多襄丸の描きだす女の性格とは著しく相違していたと、旅法師は言うのである。その際に交わされた、「人間ッて奴ア、自分自身にさえ白状しねえ事が沢山あらア」という下人の言葉と、旅法師の「人間は弱いからそうなのだ」(六〇)と言う言葉に、杣売りは無言でうつむく。画面は検非違使庁の庭で泣き伏す真砂［京マチ子］を映しだし、真砂の語りが、多襄丸の語りと同様の形式で進行する。その際も、杣売りと旅法師は庭の隅に控えて静かに耳を傾ける様子である。女の語りの後は再び羅生門の場面となり、死人である金澤武弘が巫女の口を借りて証言したことが話題となる。画面は巫女［本間文子］の口寄せの儀式を映す。死霊が乗り移ったと見えた瞬間に語り出す巫女の声は、それまでの証人たちの音声とは異なる、一種くぐもった響きを伝える。金澤武弘［森雅之］が、いかにも巫女の身体を借りて語ると感じさせる声である。巫女の周りには、そこだけ強い風が吹きつのる。

殺された夫の証言を聞くにいたり、当事者三人の語る物語が、互いに著しい食い違いを示すことが明らかになる。多襄丸は武弘と男らしく切り結んで殺したのだと言い、真砂は自分が気を失う間際に夫を刺したのだと言い、武弘自身は自らの胸に刃を突き立てたと言うのである。

嘘が潜む証言

巫女は最後に、自害したあと自分の身から短刀を引き抜いた者がいる、と語る。そのあたりにさしかかった時、それまで検非違使庁の庭で神妙に耳を傾けていた杣売りが激しい動揺を示す。その動揺をそのまま引き継いで、画面は雨の羅生門の下、旅法師と下人の面前を左右に動き回る杣売りを映し出す。杣売りは「嘘だ!! 嘘だ!!」(六五)と吐き捨てるように言う。下人は、杣売りの最初の証言が真実ではないことに感づき、「一部始終」を語るよう促す。「かかり合いになるのがいやだった」(同)ため、嘘の証言をしたとする杣売りが、下人に向かって改めて事の顚末を語る。画面上に映し出されるのは、妻となってくれるよう両手をついて真砂に懇願する多襄丸であり、妻を「売女」だと突き放す武弘であり、自暴自棄になって男たちを挑発する真砂であり、やむを得ず相争うにいたる二人の男である。男たちが交える刃の切っ先は恐怖に震え、こけつまろびつ不様とも言える戦いを繰り広げる。当事者三人の証言を映し出す映像が、三人それぞれの自尊心に裏づけられるものであったのに対し、杣売りの二度目の語りを映す映像には、三人の人間的な弱さが強く滲みでる様子である。観客は、そこに事件の真相を見る思いを誘われる。

ただし、その前に考えておかなくてはならないことがある。巫女の語りを下人に語ったのは誰か、ということである。はじめに杣売りのクローズアップがあった時から、羅生門の下で展開する語りは杣売りが主導するかの印象が生じていた。ただし、下人が聞きとる検非違使庁での取り調べの語りは、杣売りと旅法師の両者が担うものであったろうし、巫女の語りの再現においては旅法師こそが主導し、むしろ杣売りは沈黙していただろうと考えるのが自然である。巫女の証言の存在について切り出したのは旅法師である（旅法師「うむ、その死んだ男の話を聞くと……」下人「なに、死んだ男の話……死んだ男がどうして話をしたというのだ」旅法師「巫女の口を借りて話したのだ」下人「ふむ」〔六二〕）。下人に向かい検非違使庁での出来事を語るのが杣売りのみであったならば、証言のその部分は省かれていたかもしれない。だが、旅法師の語りを通じて、螺鈿をちりばめた高価な短刀を武弘から引き抜いた者がいるという事実が、羅生門で雨宿りをする三人の男たちの前に明らかになる。それによって杣売りは激しい動揺を示し、二度目の証言が引き出されることになるのである。

巫女の語りの最後の部分に激しく反応した杣売りの姿は、検非違使庁の庭の出来事として、観客に直接提示されている。観客は、杣売りの態度にただならぬものを感じとるであろうが、そのような動揺を杣売りが検非違使庁の庭で示したことを、旅法師が下人に直接語ったとは思えない。巫女の証言の最後の部分が下人に語り直されたとき、杣売りは、検非違使庁の庭で表した動揺と同じ動揺に襲われ、旅法師と下人の目の前で平静を失ったと考えねばならない。画面が切り替わる前後をはさんで登場する杣売りは、まずは（検非違使庁の庭で）巫女の言葉を耳にし、つぎに（羅生門の下で）旅法師の再話を聞くのである。杣売りはここで二重の聞き手となる。二重の聞き手の立場に置かれることが、杣売りを単なる証人からもう一人の当事者の立場に追い込むことになる。

黒澤の『羅生門』には、語り手と聞き手の役割をめぐる明確な構造がみてとれる。もっとも大きな枠組みは、羅生門で雨宿りする下人に、杣売りと旅法師が自分たちの体験と見聞を語るというものである。杣売りと旅法師は、検非違使庁の庭では聞き手の側にまわる。そこで聞いたことを、さらに下人に語ることになるのである。物語の伝達の経路ははっきりしている。

一方で映画の観客は、検非違使庁の庭での証言のありさまと当事者たちの回想を、直接映像として体験する。映画における知覚の場は、無媒介に観客にも提供されていると考えることもできないわけではない。ただし、当事者たちの経験を再現する映像［撮影──宮川一夫］と音楽［早坂文雄］は、そこに語る人間の視点が色濃く反映していることを感じさせる。知覚の場は、やはり当事者が媒介すると考えるべきであろう。

さて、杣売りの二度目の語りによって、真実が明らかになったかに見える物語の展開であるが、螺鈿をちりばめた真砂の短刀のことは、杣売りの語りでは説明できない。羅生門の片隅で突然泣き出した捨て子の持ち物を奪う下人は、人の道に反した強欲さを杣売りに咎められると、その点を鋭くつく。真砂の短刀はどうやら杣売りが盗んだものらしい。そうであるなら、杣売りの二度目の語りの信憑性も揺らいでしまう。真実は、事の一部始終を目撃したと主張する杣売りによっても明らかにされない。旅法師は人間の業の深さを嘆く。

その後、羅生門の下で赤子を抱えたまま呆然とする旅法師と、うちひしがれた杣売りの姿が、小さく画面に映し出される。時間が経過し、やがて雨があがる。杣売りは赤子を引き取ろうと申し出る。旅法師は、これで人間が信じられる、と希望を口にする。映画は、赤子を抱えて羅生門を去る杣売りの正面からの映像を以て終わる。

以上のように、『羅生門』における語りの特徴を確認してみると、芥川の「藪の中」において単なる証人の一人にすぎなかった木樵―杣売りが、下人という聞き手との関係のなかで語り手としての役割を大きくし、さらには当事者の立場に引き上げられていることが注目される。芥川の「藪の中」において、事件の当事者は多襄丸と真砂と金澤の武弘の三人であったのに対し、黒澤の『羅生門』では、当事者は杣売りを加えた四人になっている。当事者それぞれの言い分の最終的な聞き手となるのは、物語中で雨宿りに駆け込む下人である。下人が杣売りと旅法師の話を聞き、本来の当事者である三人の主張の食い違いを確認し、さらには目撃者たる杣売りの話に潜んだ嘘を見抜く。全体の語りを統括するかに思えた杣売りの語りの信憑性が揺らいでしまった以上、事件の真相は最後まで明らかではない。

当事者の体験が映像として提示される意味は大きい。映像は、当事者それぞれの知覚体験をそのまま再現するかに見える。多襄丸が語りはじめた後に映し出される映像は、多襄丸を焦点人物とした過去の出来事の再現であるかに思えるし、多襄丸の知覚体験に忠実なものとも受けとられる。真砂及び金澤の武弘を焦点人物とする映像に関しても、事情は同じである。それぞれの体験を再現した映像は、焦点人物それぞれについての「内的焦点化」の語りであると認められる。それだけに、本来の当事者三人の体験内容の食い違いは不可思議であり、それぞれを焦点人物とする映像は、まったく異なる物語を再現するかに見える。そのうえ、杣売りが目撃したとする事件の映像が、やはり杣売り自身の嘘を含んでいることが明らかにされることで、当事者の体験を再現する映像が、それぞれ別個の物語として浮かびあがってくるのである。ジュネットが、黒澤の『羅生門』を「内的焦点化（複数）」の例に挙げたことには、それなりの根拠をみいだすことができる。

5　芥川龍之介「偸盗」の語り

さて、ここまでは芥川龍之介の「藪の中」と黒澤明の『羅生門』を、焦点化という概念をめぐる問題と絡めて考えてきた。ジュネットの三分類に従うにせよ、バル、リモン＝ケナンの二分類に従うにせよ、焦点化という用語・概念を実際のテクストとすりあわせてみるためには、テクストの具体的な細部に目を配ることが求められる。そのことを、同じ芥川龍之介による「偸盗」（一九一七（大正六）年四月及び七月に『中央公論』に発表、生前単行本への収録はなし）を分析の対象として、さらに考えてみたい。

「偸盗」は、荒廃した平安京に跳梁する盗賊団の首領である沙金《しゃきん》という美しい女をめぐって、兄太郎と弟次郎が相争う物語であると要約できる。この三人のほか、沙金の母である猪熊《いのくま》の婆、夫の猪熊の爺、猪熊夫婦のもとに婢女《みずし》として身を寄せる身重の阿濃《あこぎ》らが主要な作中人物となり、藤判官《とう》の屋敷への襲撃計画の実行を軸に物語は展開する。ここに名前を挙げた六人の作中人物は、沙金を除き、なんらかの時点においてその心中や身体感覚が再現される。それは、物語の展開にしたがって作中人物たちの心の中を順次語り継いでゆく内的焦点化（可変）の例に近いとも言えるが、語り手は作中人物たちの経験・意識に制約されない多くのことがらを語る。全体としては焦点化ゼロ（非焦点化）の例であるとするのが妥当であろう。ただし、テクストをやや詳しく見てゆくなら、「偸盗」の語りにはさまざまに興味深い問題がふくまれている。それらを一つひとつ考えてみたい。

非焦点化の語りと作中人物の経験・意識

物語はまず、次のようにはじまる。

「お婆《ばば》、猪熊《ゐのくま》のお婆。」

朱雀綾小路の辻で、ぢみな紺の水干に揉烏帽子《もみゑぼし》をかけた、二十ばかりの、醜い、隻眼《かため》の侍が、平骨《ひらぼね》の扇を上げて、通りかかりの老婆を呼びとめた。――

（『芥川龍之介全集』第二巻（岩波書店、一九九五年）一二三ページ）

ここに導き入れられる若い（醜い）侍が太郎である。語り手は、物語展開のただなかから、ただちに物語世界のありさまを語りはじめる。「朱雀綾小路」という場所の名と、「水干」「揉烏帽子」という着物、被り物によって、物語の時間は歴史上の過去にあることが推測される。また、「猪熊のお婆」という印象的な名前を持つ老婆を、[11] まちなかで呼びとめる男には「二十ばかりの、醜い、隻眼の侍」という明確な特徴が与えられる。ある侍の発話から語りはじめた語り手は、つぎに「朱雀綾小路の辻」という場の描写に移る。

むし暑く夏霞のたなびいた空が、息をひそめたやうに、家々の上を掩《おほ》ひかぶさつた、七月の或日ざかりである。男の足をとめた辻には、枝の疎《まばら》な、ひよろ長い葉柳が一本、この頃流行《はや》る疫病《えやみ》にでも罹つたかと思ふ姿で、形《かた》ばかりの影を地の上に落してゐるが、此処にさへ、その日に乾いた葉を動かさうと云ふ風はない。（一一三ページ）

季節は夏霞のたなびく季節とされる。「七月」と明示される月は、旧暦の七月であろう。ここには物語のなかに流れる歴史上の時間に入り込もうとする態度が明白である。はたして次の文には「この頃流行る」という表現があらわれる。また、侍が老婆を呼びとめた場所は「此処」という指示代名詞で呼ばれることになる。「この頃」という時間と「此処《ここ》」という場所は、はじめに登場した男（侍）の生きる時間と空間とに関連づけられているように、まずは考えられる。

はじめの引用の末尾にあったダッシュ（…呼びとめた。――）は、老婆を呼びとめた男の行為（発話）を提示したあと、行為が行われる場の描写に移るにあたって、物語の時間をしばし停止させる機能を担う。ある個別的な出来事を語ったあと、その出来事をとりまく一般的な状況の説明を行うためにとられる休止の合図といってもよい。そのうえで、男の行為は「この頃」と「此処」という表現によって限定される「いま、ここ」において行われることだと語られる。呼びとめられた老婆の描写はまだない。「いま、ここ」は、男の経験・意識の場に関連づけられる。仮にこれ以後、ある作中人物の経験・意識が再現されるとするなら、それはこの男を焦点人物とするであろうとの予測が生まれておかしくない。「日に乾いた葉を動かさうと云ふ風はない」という否定表現が、蒸し暑い日の日盛りに柳の葉を揺らす風の涼しさを欲する人間の感覚をふくむとしたら、その感覚はこの男の感覚を反映するのではないか。陽をさえぎる影を求め、風を待つ心があるからこそ、それがないということが言及されるのではないか。ところが、次に続く描写は、この男の経験・意識から一旦距離を置くかにみえる。

> まして、日の光に照りつけられた大路には、あまりの暑さにめげたせいか、人通りも今は一しきりとだえて、唯さつき通つた牛車《ぎつしや》の轍《わだち》が長々とうねつてゐるばかり、その車の輪にひかれた、小さな蛇《ながむし》も、切れ口の肉を青ませながら、始めは尾をぴくぴくやつてゐたが、何時か脂ぎつた腹を上へ向けて、もう鱗一つ動かさないやうになつてしまつた。どこもかしこも、炎天の埃を浴びたこの町の辻で、僅に一滴の湿《しめ》りを点じたものがあるとすれば、それはこの蛇の切れ口から出た、腥《なまぐさ》い腐れ水ばかりであらう。　（二二三～四ページ）

「まして」という副詞に導かれるこの部分は、さきに導入された「此処」という場所を、男の感覚とかかわりなく描写する。牛車に轢かれた蛇を、男自身が観察していたとは考えられない。牛車が通りかかり、車輪の下に蛇を引きちぎり、蛇が尾を痙攣させ、やがて動かなくなるまでには、かなりの時間が経過したはずである。その間、このささやかな出来事を、男がはじめからおわりまで見ていたわけではあるまい。

牛車が「さ、つ、き、通つた」と言い、蛇の状態の変化について「始めは…何時か…もう」と三段階に分けて語るのは、あくまで語り手の知識にかかわる。語り手は、男の経験・意識の場に制約されない時間の経過を語る。時間だけではない。空間についても、語り手は一作中人物の知覚能力を超えるものを語る。埃にまみれた都の辻のなか、一点の湿りを含む蛇の死骸について、「であらう」との推測を語りうるのは語り手以外にない。この語り手の語りは一作中人物の経験・意識に制約されてはいないという観察が、このあたりで生じる。

小説を読む読者は、あらたなテクストに向かう際、書きだしの部分を読み進めながら、これから展開する語りがどのような語りなのか、語り手はどのような語り手なのか、無意識のうちにせよ確かめておこうとする。物語の生起する時間と空間に関する描写があり、作中人物が姿をあらわすとして、語り手の語りが作中人物の経験・意識とどのように結びつくのか、ある見通しを持とうとする。手がかりになるのは、語り手がどれほどの知識を持ち、どれほどの情報を開示しようとするかである。語り手が明かす知識は、作中人物の経験・意識の範囲に収まるのかどうか、その場の知覚以上のことが語られるのか語られないのかといったことが、まずは手がかりになる。「偸盗」の語り手は一作中人物の経験・意識に寄り添うものの、制約を受けることはないのであろうとの判断が、このあたりで生じてもおかしくない。

語り手は知覚するか?

描写のために停止されていた物語の時間は、やがて以下のようにして、再び流れはじめる。

「お婆。」

「……」

老婆は、慌しくふり返つた。見ると、年は六十ばかりであらう。垢じみた檜皮色《ひはだいろ》の帷子《かたびら》に、黄ばんだ髪の毛を垂らして、尻の切れた藁草履をひきずりながら、長い蛙股《かへるまた》の杖をついた、眼の円い、口の大きな、どこか蟇の顔を思はせる、卑しげな女である。

（一二四ページ）

はじめに記される「お婆。」という発話は、男が実際に老婆への呼びかけを繰り返したとも受けとれるし、物語冒頭の「お婆、猪熊のお婆。」という発話を、語り手が（その一部を要約して）語り直したとも受けとれる。その点はどちらとも見定めがたい。注目すべきは、慌ただしく振り返った老婆の描写の前に置かれる「見ると」という表現である。この「見る」という知覚を担うのは誰だろうか。

ここで語られる行為は、男が老婆を呼びとめ、老婆がそれに反応して男の方を振り返った、ということである。老婆を呼びとめた男は、老婆を（いずれかの方向から）見ていたであろうし、ふり向いた老婆と男の視線が交わる、ということもあったであろう。老婆を見る位置に立つ男について、「見る」という行為が語られるのは、当然あってよいように思われる。

ただし、「見ると」という導入部のあとに語られる内容が、男の経験・意識に対応しているとは、とうてい考えられない。老婆を呼びとめた男には、老婆が誰であり、どのような身体的特徴を持つ人間なのかはよく分かっていたはずである。老婆の年齢について「六十ばかりであろう」と推測する必要はなかったはずだし、帷子や、髪の毛や、藁草履や、杖について、その特徴をいちいち確かめることもなかったであろう。老婆の顔を見て、あらためて「蟇」を連想することはあってよいが、「卑しげな女」だとする形容が、男自身の経験・意識から導きだされるとは考えにくい。男は、通りすがりの老婆を「猪熊のお婆」その人であると認識したがために、名を呼んでいたはずである。この描写が男の経験・意識をそのまま反映したものだと考えることはできない。

「見ると」から「卑しげな女である」にいたる描写は、呼びとめられた老婆の外面的な特徴をとらえている。とくに「卑しげ（気）」だとする観察は、老婆をはじめて見る者の反応を匂わせる。とするなら、ここに描かれる老婆の観察は誰によるものなのだろうか。

男の観察でないとするなら、語り手の観察であるとすることになりそうである。だが、これが語り手の観察、すなわち語り手自身の知覚を語ったものなのかどうかは、よく考えてみなくてはならない。

語り手の語りは物語世界をつくりだす。物語世界は、語り手が語ることによってはじめてそこに存在するようになる。語り手が語る前に物語世界には何も存在しないし、物語世界じたいも存在しないのだと、まずは考えるべきである。であるならば、語り手が物語世界のなかのものを、語る以前に既にそこに存在していたかのように知覚するのは、きわめて奇妙なことだと言わざるをえない。知覚は存在するものが対象となるのであって、まだ存在してもいないものを知覚し、観察することなどありえない。

一方で、物語世界は、語り手の想像のうちに既にある像を結んでいるのだとも考えられる。語り手が「猪熊の婆。」という男の発話を語った際、そこには既に猪熊の婆の姿が想像（創造）されていて、語り手は（すでに）想像されている姿を、想像するがままに語るのだと解釈するのである。そうであるなら、ここで知覚・観察であるかのように語られるのは、想像世界をめぐる語り手の想像の仕方、想像の様態なのだと考えることもできる。想像（創造）する行為を、あたかも既に存在するものを知覚し、観察する行為になぞらえて語るということである。

ただし、ここに語られる「見ると」という動作を、振り返った老婆に向きあう男の経験・意識から、完全に切り離すことも難しい。「見る」—想像するのは語り手自身だとしても、語り手はここで作中人物である男の行為を模倣しつつ、観察の結果のみを語るかのようにふるまう。「見ると」という動作については、作中人物と語り手が同調していて、それ以後の観察は語り手が引き継ぐのだと考えられる。「年は六十ばかりであろう」以下は、男自身による観察ではあるまい。

「見ると」という動作は、物語世界において成立する知覚を匂わせている。知覚—観察の場は物語世界の内部にあるように感じられる。この知覚—観察の場は、ジュネットの言う外的焦点化の匿名の観察者の位置に近いようにも思われる。

さて、ふり向いた老婆は「おや、太郎さんか。」と言葉を返す。これにより、男（侍）の名が「太郎」であることが明らかになる。猪熊の婆と太郎は言葉を交わす。

「何か用でもおありか。」

「いや、別に用ぢやない。」

隻眼《かため》は、うすい痘痕《あばた》のある顔に、強いて作つたらしい微笑をうかべながら、何処か無理のある声で、快活にかう云つた。

（一二四ページ）

物語の冒頭で、太郎の経験・意識の再現に向かうかにみえた語りは、ここで太郎を外面から描くことを選択する。まず、太郎という名が明かされた男について、「隻眼は」という身体的特徴をとらえた換喩的呼称（部分によって全体を表す表現）が用いられる。また「強いて作つたらしい」と言い、「何処か無理のある」と語る語り手は、太郎の心の中に直接入り込むことを控える。「らしい」という推定も、「何処か」という留保も、物語世界に生きる太郎について、猪熊の婆と同じ場に立って観察するかにみえる語りである。ここにも匿名の観察者のような語りがみられる。

このあと、猪熊の婆と太郎とのあいだにやや長い会話がとり交わされ、会話の内容を通して、その晩（亥の上刻―午後九時すぎ）藤《とう》判官の屋敷の襲撃が計画されていること、猪熊の婆の娘で美貌の沙金《しやきん》に太郎と次郎の兄弟がそれぞれ思いを寄せていること、猪熊の婆の夫である爺と沙金が関係を結んでいること、仲間うちの阿濃《あこぎ》という女が身重であることなどが分かってくる。盗賊の一味の名を挙げ、太郎のもとを離れようとする猪熊の婆に、太郎はなお次のように問いかける。

「が、沙金は？」

この時、太郎の唇は、目に見えぬ程、かすかに痙攣《ひきつ》つた。が、老婆は、これに気がつかなかつたらしい。（一二八ページ）

太郎の唇はひきつった。老婆はこれに気づいていないようなのだが、気づいたとも気づかなかったとも断定されているわけではない。老婆の様子から、「気がつかなかつたらしい」という推定が述べられるだけである。いわゆる全知の語り手であるなら、老婆が太郎の様子に気づいたか気づかなかったかは断定されてよい。だが、この語り手はそうした点について判断を留保する。語りに先んじる知覚の場が、あたかも物語世界の中にあると感じさせる仕掛けである。太郎と猪熊の婆のやりとりのあとには、次のような描写がある。

二人の分れた後には、例の蛇の屍骸にたかつた青蠅が、不相変日《あひかはらず》の光の中に、かすかな羽音を伝へながら、立つかと思ふと、止つてゐる。………（一二八ページ）

ここには、太郎と猪熊の婆のやりとりに立ちあってきた匿名の観察者が、二人の立ち去ったあともその場にとどまって観察を続け、物語の冒頭で語られていた蛇の死骸に再び目を落とす、といった一連の動きが感じとれる。

以上辿ってきた第一節（「偸盗」に記されている「一」から「九」までの区分を「第一節」「第九節」等に読み替える）において、語り手はみずからを匿名の観察者の立場に置き、太郎と猪熊の婆の両者について、その心の中に入り込むことを控える。物語の冒頭において太郎の経験・意識の再現、そして太郎の心の中の開示へと向かい得た語りは、二人の作中人物から等しく距離を置くことを選択していたのである。

作中人物の心中を語る

ところが、次のようにはじまる第二節は、第一節の語りとはまったく趣を変える。

猪熊の婆は、黄ばんだ髪の根に、じつとりと汗をにじませながら、足にかかる夏の埃も払はずに、杖をつきつき歩いて行く。——

通ひ慣れた路ではあるが、自分が若かつた昔にくらべれば、どこもかしこも、嘘のやうな変り方である。自分が、まだ台盤所の婢女《みづし》をしてゐた頃の事を思へば、——いや、思ひがけない身分ちがひの男に、挑まれて、とうとう沙金を生んだ頃の事を思へば、今の都は、名ばかりで、その頃の俤《おもかげ》は殆どない。

（一二九ページ）

第一節が、太郎の経験・意識の再現に向かう可能性を秘めていたことを考えるなら、第二節において太郎ではなく猪熊の婆の心の中が明かされる時、意外の感が生じうるだろう。そのことの意味は、さらに第三節、第四節と読み進め、作中人物の心の中の開示が太郎、次郎、さらにほかの作中人物へと引き継がれてゆくにいたって、ようやく納得されるはずである。

第二節のはじめの段落は、語り手が太郎と別れた猪熊の婆の行動を語る客観叙述である。ここには、猪熊の婆の経験・意識に拠らない語りがみられる。「足にかかる夏の埃も払はずに」という否定表現であらわされる行動が、婆の意識にのぼったとは考えられないからである。続くダッシュが語りの様態の変化を予告し、段落が変わると、ただちに猪熊の婆の心中が一人称の語りで語られはじめる。この部分だけをとりだすなら、内的焦点化の語りとみなしうる語りである。焦点人物である猪熊の婆は、眼前に展開する都大路の荒廃ぶりに、若かった頃の記憶を重ね合わせて感慨にふける。その感慨は、婆の心内語のかたちで語られる。

この若かった自分の過去を回想する語りにも、猪熊の婆自身の経験・意識をはみ出す語りが紛れこんでいることに注意する必要がある。「思ひがけない身分ちがひの男に、挑まれて、とうとう沙金を生んだ頃」という語りは、猪熊の婆自身がこの場において持った感慨ではあるまい。そのような記憶はたしかに婆の心の中にあったであろうが、これは沙金を生んだ猪熊の婆の事情を語り手が挿入的に語ったと考えた方がよいだろう。第一節で話題となった沙金について、補足的な説明が提供されるのである。内的焦点化の語りにおいて、焦点人物の経験・意識に直接結びつかない記憶、感慨等が、付加的な情報として盛り込まれることはよくある。語り手は、焦点人物が持ちうる経験・意識、知識の範囲を越えた情報を提供することはないが、焦点人物の持つ経験と知識（これには記憶もふくまれる）は、必要に応じて最大限動員される。そのことによって、物語の背景、出来事の文脈等を語ることが可能になってくる。猪熊の婆の心中の語りは、猪熊の婆が現在置かれている境遇について、背景となる知識を提供するかたちで進行する。自分も変わったが、都も変わってしまった。今の夫と娘のあいだの関係には驚かされた、といった感慨が述べられることで、猪熊の婆を取り巻く状況がさらに明確になってゆくのである。猪熊の婆の一人称語りは、次のように締めくくられる。


（…）かうして人間は、何時までも同じ事を繰返して行くのであらう。さう思へば、都も昔の都なら、自分も昔の自分である。………

猪熊の婆の心の中には、かう云ふ考が、漠然とながら、浮んで来た。（一三〇ページ）

語り手は、それまで語ってきた猪熊の婆の心中の感慨を「かう云ふ考が、漠然とながら、浮んで来た」と語る。漠然と浮かんだとは、語り手が語ってきたことが、猪熊の婆の思考の忠実な再現では決してないことを、語り手自身が明らかにしたものである。語り手は、猪熊の婆の心中にあったものが、かならずしも語り手が語った通りではなかったと言っている。これは、焦点人物となった作中人物の心の中についての語りが、あくまで語り手自身によるものであること、すなわち猪熊の婆の独り言のごときものではないことを、語り手自身が明示的に語った部分である。そう思ってみれば「かうして人間は、何時までも同じ事を繰返して行くのであらう」には、人間性一般についての箴言的な語りの響きを聞きとることができる。これは、盗賊の一味である猪熊の婆の思いである以上に、語り手の説くところでもある。

これ以降の語りについてまとめるなら、第二節では猪熊の婆の心の中が、第三節では太郎の心の中が、第四節では次郎の心の中が、第五節では再び太郎の心の中が明かされ、第六節の客観叙述をはさんで、第七節では次郎、阿濃、爺、婆、太郎、次郎の心の中が明かされてゆく。さらに第八節で死に行く爺の心の中が明かされ、最後の第九節では、阿濃の経験と証言が、その心中の開示に代わるものとして語られる。

作中人物の心の中を明かす際は、しばしば一人称語りによる心内語の再現というかたちをとる。たとえば、第三節における太郎の心の中の開示は、次のような語りによって行われる。

（猪熊の婆の云つたやうに、沙金を次郎に奪はれると云ふ惧《おそれ》は、漸く目の前に迫つて来た。あの女が、――現在養父にさへ、身を任かせたあの女が、瘡痕《あばた》のある、隻眼《かため》の、醜い己《（おれ）》を、日にこそ焼けてゐるが目鼻立ちの整つた、若い弟に見かへるのは、元より何の不思議もない。己は、唯、次郎が、――子供の時から、己を慕つてくれたあの次郎が、己の心もちを察してくれて、よしや沙金の方から手を出してもその誘惑に乗らない丈の、慎しみを持つてくれる事と、一図に信じ切つてゐた。（中略）現にかう云ふ己でさへ、唯一度、あの女を見たばかりで、とうとう今のやうに、身を堕した。……………）

（一三八～九ページ）

ここには丸括弧の使用がみられ、太郎の心の中を語る部分と、それ以外の部分が截然と区別されているが（ただし引用部分のはじめの一文は語り手による叙述である）、第四節以降では括弧の使用はみられない。このことにとくに意味はないであろう。第四節における次郎の心中の開示は、

何で自分は、かう苦しまなければ、ならないのであらう。たつた一人の兄は、自分を敵のやうに思つてゐる。（後略）

（一四九ページ）

のような形で行われるが（心内語における太郎の自称は「己」であり、次郎の自称は「自分」である）、両者の語り方に大きな違いはみられないからである。ただし、丸括弧で区切られる第三節における太郎の心内語の再現のなかに、さらに丸括弧が用いられる例もある。

己と弟とは、気だてが変つてゐるやうで、実は見かけ程、変つてゐない。尤も顔貌は、七八年前の

瘡瘡《もがさ》が、己には重く、弟には軽かつたので、次郎は、生れついた眉目《みめ》をその儘に、うつくしい男になつたが、己はその為に隻眼つぶれた、生まれもつかない不具になつた。その醜い、隻眼の己が、今まで沙金の心を捕へてゐたとすれば、(これも、己のうぬ惚れだらうか。)それは己の魂の力に相違ない。

(二四五〜六ページ)

これは、思いを辿る太郎の心中に生じた自分自身への問いかけ、反問を括弧内に埋め込んだもので、太郎の思いが太郎の心中に去来する、その流れを追いかけ、再現するかたちをとるのだと考えられる。そのような再現性は、先の引用部分にあらわれていたダッシュ(——)や省略記号(……)の使用にも認められる。語りは、作中人物の心の中の動きを忠実に捉えようとしているかにみえる。

心中を開示されない作中人物

「偸盗」においては、複数の作中人物の心の中が明かされていた。ところがここに、心の中を伺い知ることのできない主要作中人物が一人いる。沙金である。若く美しい沙金は、太郎や、次郎や、猪熊の爺の(そしておそらくは藤判官の屋敷の赤鬚の侍の)心を弄び、盗賊団の襲撃が失敗に帰す(そしてそのために猪熊の婆や猪熊の爺が命を落とす)原因を作る女で、物語の要をなす作中人物である。その行動に関する情報は、太郎や次郎の観察および回想、さらには語り手自身の語りによってふんだんに与えられているし、発話についてもカギ括弧を用いた会話文の引用が頻出する。その存在感は十分で、どのような性格の女か、あるいはどのような魅力を持つ女かも、よく分かる。ところが、その心の中だ直接語られることはない。唯一、沙金の心の動きが推測できるように感じられるのは、次のような箇所である。

「もうあいつに話してしまつたのに、――今更取返しはつきはしない。――そんな事がわかつたら、妾は――妾は、仲間に――太郎さんに殺されてしまふぢやないの。」

その切れ切れな語と共に、次郎の心には、自ら絶望的な勇気が、湧いて来る。血の色を失つた彼は、黙つて、土に膝をつきながら、冷い両手に緊く、沙金の手をとらへた。

彼等は二人とも、その握りあふ手の中に、恐しい承諾の意を感じたのである。（一五八ページ）

次郎は、藤判官の屋敷の襲撃計画にひそむ恐るべき陰謀を知らされ、戦慄しつつ黙諾する。次郎は意を込めて沙金の手を握ると、沙金もその手を握りかえす。その握りかえした手のうちに、沙金の心のうちが推測できたという語りである。ただし、沙金の発話の直接引用と次郎の心中の開示が対照されるように（沙金の発話の再現は、次郎がどんなことばを直接耳で聞いたかという、次郎の知覚の再現でもある）、「彼等は二人とも…感じたのである」とする語りには、次郎の側に立つ見方――二人はそう感じたと次郎は思ったという見方――が色濃い。実際に沙金が何を感じ、何を考えているかには、謎の部分が残るのである。

したがって、沙金という作中人物に限って言えば、外的焦点化の語りがみられるとすべきであろう。沙金の行動は、たとえば次郎の目に映ずるままに語られ、発話はカギ括弧を使用する直接引用によって再現される。ただし、その心の中を語ることを語り手は一貫して避けているのである。

語り手の介入と語り手の視点

一方で、「偸盗」の語り手は、焦点人物たる作中人物の行動を追いながら、語り手としての介入を明らかにすることがある。たとえば、次のような例である。

するとと忽ち又、彼の唇を衝いて、なつかしい語が、溢れて来た。「弟」である。肉身の、忘れる事の出来ない「弟」である。太郎は、緊く手綱を握つた儘、血相を変へて歯噛みをした。この語の前には、一切の分別が眼底を払つて、消えてしまふ。弟か沙金かの、選択を強ひられた訳ではない。直下《ぢきげ》にこの語が電光の如く彼の心を打つたのである。彼は空も見なかつた。路も見なかつた。月は猶更眼にはいらなかつた。唯見たのは、限りない夜である。夜に似た愛憎の深みである。太郎は、狂気の如く、弟の名を口外に投げると、身をのけざまに翻して、片手の手綱を、ぐいと引いた。

（一九三～四ページ）

太郎は、血に飢えた犬に囲まれて進退窮まった次郎の姿を、盗みだした馬の上から望んで、一旦は走り去ろうとする。沙金を争う身にしてみれば、弟など死ねばよいとも考えるからである。ところが、一旦走り去ったあとで、太郎の心に弟への肉親の情がよみがえる。弟ということばが、一切の損得勘定を洗い流してしまうのである。ここで語り手は「彼は空も見なかつた。路も見なかつた。月は猶更眼にはいらなかつた。」と語る。利得に左右される太郎であったなら、空や路や月のありかも見えていただろう、だが太郎が目にしていたのは深い夜だけであった、という語りである。こうして太郎が目にする「夜」は、計算高い議論の及ばない情動としての心の領域を表し、「愛憎の深み」の直喩となる。語り手は、太郎の経験・意識を離れて、比喩としての夜を語るのである。これは、あくまで語り手の語りのレトリックとして機能する風景である。

あるいはこんな例もある。

――すると又一しきり、腹の児が、身動きをする。彼女は急に耳をすますやうにして、その身動きに気をつけた。彼女の心が、人間の苦しみをのがれようとして、もがくやうに、腹の児は又、人間の苦しみを嘗めに来ようとして、もがいてゐる。が、阿濃は、そんな事は考へない。唯、母になると云ふ喜びだけが、さうして、又、自分も母になれると云ふ喜びだけが、この凌霄花《のうぜんかづら》のにほひのやうに、さつきから彼女の心を一ぱいにしてゐるからである。（一八四～五ページ）

語り手は、子を身籠もった阿濃の身体感覚を語る。さらに身体感覚に促されての行動を語る。いずれも阿濃という作中人物の知覚に寄りそった語りである。語り手はさらに、この阿濃の身体感覚を離れて、箴言的な語りをする。苦しみを逃れようとする女がいる一方で、苦しみに満ちたこの世に生まれて来ようとする胎児がいる、というのである。人の世について皮肉な観察を語るのは、もちろん語り手自身である。阿濃自身そのようなことを考えるはずはないと、語り手自身も言う。

これらは、語り手自身の観察、レトリック等を作中人物の経験・意識の語りに織り込んだ例であるが、語り手みずからの思いに注意が向けられるよう、さらに工夫が施されることもある。たとえば次のような例である。

——阿濃は、この時、唄をうたひながら、遠い所を見るやうな眼をして、蚊に刺されるのも知らずに、現《うつゝ》ながらの夢を見た。人間の苦しみを忘れた、しかも又人間の苦しみに色づけられた、うつくしく、傷《いたま》しい夢である。（涙を知らないもの、見る事が出来る夢ではない。）そこでは、一切の悪が、眼底を払つて、消えてしまふ。

（一八六ページ）

阿濃の見る夢がどのような夢なのか、語り手は具体的に語らない。おそらくは胎児の父だと信じる次郎にかかわる夢なのだろう。美しく、痛ましい夢であると語った上で、語り手は「涙を知らないもの、見る事が出来る夢ではない。」とたたみかける。丸括弧の区切りによって語り手の介入をしるしづけ、あらためて言い加えるのである。「人間の苦しみを忘れた…」「一切の悪が、眼底を払って」等、阿濃の見た夢の形容には、すでに語り手自身の語りが色濃く反映していたが、それがさらに際立だつ印象である。猪熊の婆、太郎、次郎とその心中を語ってきた語り手は、ここで阿濃への同情と肩入れをあからさまに語る。心中の思いが決して語られることのない沙金との対照が、ここに明らかである。

語り手は、物語世界の空間を自由に見渡すことができる。互いに離れた空間で同時に生起することがらを、同じ一つの語りのうちに収めることができる。次に引くのは、次郎についての語りが、まったく別の場所にいる阿濃についての語りに連なるところである。

するとその時である。月にほのめいた両京二十七坊の夜の底から、かまびすしい犬の声を圧して遙に戞々《かつ》たる馬蹄の音が、風のやうに空へあがり始めた。……

しかしその間も阿濃《あこぎ》だけは、安らかな微笑を浮べながら、羅生門の楼上に佇んで、遠くの月の出を眺めてゐる。東山の上が、うす明く青んだ中に、旱《ひでり》に痩せた月は、徐にさみしく、中天《なかぞら》に上つて行く。それにつれて、加茂川にかかつてゐる橋が、その白々とした水光りの上に、何時か暗く浮上つて来た。

（一八二〜三ページ）

次郎は藤判官の屋敷を逃れ「立本寺の辻をきはどく西へ切れて、もの丶二町と走るか走らない」（一八〇）うちに、疫病で野垂れ死んだ女の屍体をあさる犬の群に出くわし、絶体絶命の窮地に陥いる。まさにその時、遠くから駆けてくる馬蹄の響きが聞こえてきたというのである。直前まで次郎の経験・意識にそって平安京のまちを移動してきた語り手は、次郎が追い詰められた小路から、一挙に「両京二十七坊」を俯瞰するような語りに移る。物語の展開からすれば、作中人物の生死にかかわる緊迫した場面である。

語り手は、野犬のひしめく小路の狭い空間から大きく距離をとる語りに転換したあと、独立した長い縦線を挟んで、まったく別の場所にいる阿濃について語りはじめる。「しかしその間も」と語り継いだのは、馬蹄の響きが次郎に近づくあいだ同時進行している状況なのだという点を明らかにする。差し迫った危機と危機回避の可能性を匂わす語りが、安らかな微笑を浮かべて月の出を眺める身重な女についての語りに接続される。阿濃のまわりにひろがる風景が穏やかであればあるほど、次郎の安危にかかわる懸念は深まり、かつ持続する。血腥い死闘の場面に引き続くからこそ、子を孕んだ女の平安さが際立つ。そのような対照を浮かびあがらせつつ、語り手は平安京の異なる二つの場所を同じ視野に収めて語るのである。語り手が、みずからの語りの様態を際立たせるところだと言えよう。

「偸盗」は、第八節で阿濃の身籠った赤子の誕生と猪熊の爺の死を語ったあと、物語の締めくくりをなす第九節で沙金の死を語る。第九節は以下のようにはじまる。

> 翌日、猪熊の或家で、虐《むご》たらしく殺された女の屍骸が発見された。年の若い、肥つた、うつくしい女で、創《きず》の容子では、余程はげしく抵抗したものらしい。証拠ともなる可きものは、その屍骸が口にくはへてゐた、朽葉色の水干の袖ばかりである。
>
> 又、不思議な事には、その家の婢女《みづし》をしてゐた阿濃と云ふ女は、同じ所にゐながら、薄手一つ負はなかつた。この女が、検非違使庁で、調べられた所によると、大体こんな事があつたらしい。大体と云ふのは、阿濃が天性白痴に近い所から、それ以上要領を得る事が、むづかしかつたからである。
>
> （二〇六ページ）

——

藤判官の屋敷の襲撃があった翌日、猪熊（これは平安京の地名である）の家で女の死骸が見つかった。手がかりとして残されたのは、女が食いちぎった男の着物の袖である。その家には阿濃という女が居あわせていたが、不思議にも怪我一つなかった。阿濃は検非違使の庁で取り調べを受け、おおよそこのような証言をした——。ここでは出来事の客観叙述として語られる。情報の源は特定されない。

これに続く語りでは、阿濃みずから目撃したことが要約される。太郎と次郎が女を殺したこと、女を殺したあと兄弟が抱きあって泣いたこと、阿濃は赤子に害が及ぶのを恐れて傍観するばかりであったことなどが、間接話法的な言い換えとして語られる。さらには、「その上、その次郎さんと申しますのが、この子の親なのでございます。」にはじまる、阿濃の発言の直接引用が行われる。これは、阿濃が問われもせずにみずから進んで語ったことだと分かる。太郎と次郎は自分をいたわった後（ことに次郎は笑いながら頭を撫でてくれた）、月明かりの下、一頭の馬に二人でまたがってその場を立ち去った、というのである。

語り手は、知的障碍を持つ阿濃の話が、第三者には不得要領であったことを語る。女が殺された状況の説明が、目撃者である阿濃の能力が不足するため、十分に提供できなかったとする。阿濃の経験・意識に制約を受ける語りだが、ねらいは別のところにある。検非違使庁の役人にはいささか不得要領であっても、「偸盗」に展開していた物語、その第八節までの物語を知る読者ならば、容易に事情を察することができる。殺された女は沙金であったこと、太郎と次郎には沙金と争うべき訳があったこと、兄弟が抱きあって泣く理由のあったこと等、「偸盗」の語りの聞き手 narratee たる読者にはよく理解できる。阿濃の証言が第三者には理解しにくかったろうこともよく分かる。語り手は、あえて制約を設けるかにみせて、その場の事情が十分読者に伝わることを見通している。

阿濃が猪熊の家に居あわせたのは、沙金の最期と太郎次郎の消息を伝える証人が求められたからである。「偸盗」の語りが成立するためには、どうしても必要な証人である。沙金および太郎と次郎を見知っていながら、殺人の現場での争闘に関与するおそれのない人間として選びとられている。語りの成立のために要請される役回りである。

物語の結末では阿濃の経験と世の風聞が語られる。

それから、十年余り後、尼になつて、子供を養育してゐた阿濃は、丹後守何某《なにがし》の随身《ずゐしん》に、驍勇の名の高い男の通るのを見て、あれが太郎だと人に教へた事がある。成程その男も、うす痘痕《いも》で、しかも隻眼つぶれてゐた。

「次郎さんなら、私すぐにも駆けて行つて、逢ふのだけれど、あの人は恐《こは》いから……」

阿濃は、娘のやうなしなをして、かう云つた。が、それがほんとうに太郎かどうか、それは誰にも、わからない。唯、その男にも弟があつて、やはり同じ主人に仕へると云ふ事だけ、その後かすかに風聞された。

（二〇八ページ）

阿濃は尼となって命を長らえ子を養育していた。読者を慰める、そのような事実が客観叙述として語られたあと、語り手は知的障碍を持つ（そしておそらく多分に空想癖を持つ）阿濃が経験したことと、その発話を語る。阿濃の経験・意識として語られる以上、痘痕のある隻眼の随身が果たしてあの太郎なのか、確証はない。また、同じ主人に仕える弟がいると風聞されるその弟が、あの次郎なのか断定するすべもない。語り手は、全知を誇ることなく、物語世界のなかの証言、風聞を語るにとどめる。それは、語り手に課された語りの制約というより、語り手が選びとる語りの工夫である。

第三章注

［1］ジュネットは「焦点人物」personnage focal という用語を用いるが、M・バルは focalisateur（focalizor）という用語に言い換えた。これに対しジュネットは違和感を表明した。Gérard Genette, *Nouveau discours du récit* (Paris: Seuil, 1983), 48.［英訳］*Narrative Discourse Revisited*, trans. Jane E. Lewin（Ithaca: Cornell University Press, 1988）, 72-73.［邦訳］『物語の詩学─続・物語のディスクール』（和泉涼一・青柳悦子訳、水声社、一九八五年）七六〜七七ページ。

［2］全知の語り手については、W・C・ブースによる議論に詳しい。cf. Wayne C. Booth, *The Rhetoric of Fiction*（Chicago: The University of Chicago Press, 1961）.［邦訳］W・C・ブース『フィクションの修辞学』（米本弘一・服部典之・渡辺克昭訳、水声社、一九九一年）。

［3］邦訳『物語のディスクール』（花輪光・和泉涼一訳）では「内的固定焦点化」と訳されている（二二二）。

［4］邦訳『物語のディスクール』では「内的不定焦点化」と訳されている（二二二）。

［5］邦訳『物語のディスクール』では「内的多元焦点化」と訳されている（二二二）。

［6］たとえば、夏目漱石の『坊っちゃん』の語り手（「おれ」）は次のような先廻りの語りをする（『漱石全集』第二巻（岩波書店、一九九四年））。

（…）名刺を出したら校長室へ通した。校長は薄髯のある、色の黒い、眼の大きな狸の様な男である。やに勿体ぶつて居た。まあ精出して勉強してくれと云つて、恭しく大きな印の捺つた、辞令を渡した。此辞令は東京へ帰るとき丸めて海の中へ抛り込んで仕舞つた。校長は今に職員に紹介してやるから、一々其人に此辞令を見せるんだと言つて聞かした。余計な手数だ。そんな面倒な事をするより此辞令を三日間教員室に張り付ける方がました。

（二六四ページ）

次のような語りもある。

(…)序だから其結果を云ふと、寄宿生は一週間の禁足になつた上に、おれの前へ出て謝罪をした。謝罪をしなければ其時辞職して帰る所だつたが、なまじい、おれの云ふ通になつたのでとう〳〵大変な事になつて仕舞つた。夫はあとから話すが、校長は此時会議の引き続きだと号してこんな事を云つた。

（三二〇ページ）

「とう〳〵大変なことになった」という表現は、これから語られる出来事の上にあらかじめ心理的な影を落とすことになる。

[7] M・バルの『物語論』には、フランス語版 Mieke Bal, *Narratologie: essais sur la signification narrative dans quatre romans modernes* (Paris: Klincksieck, 1977). と英語版 Mieke Bal, *Narratology: Introduction to the Theory of Narrative* (Tronto: University of Tronto Press, 1985). があるが、両者の内容はまったく異なる。英語版の扉裏には "*Narratology: Introduction to the Theory of Narrative* is a translation, revised for English-language readers, by Christine van Boheemen, of the second, revised edition of *De theorie van vertellen en verhalen* [Muiderberg: Coutinho, 1980]." との注記がある。オランダ語版は未見。また英語版は一九九七年に第二版が刊行されたが、第一版と第二版では構成・内容がまったく異なる。英語版第三版は第二版の内容をかなり引き継いでいるが改訂のあとも著しい。コレット（一八七三〜一九五四）の『牝猫』（一九三三年）の分析にもとづくジュネットの「焦点化」批判 "Narration et focalisation: pour une théorie des instances du récit" はフランス語版第一部に収めるが、これは独立論文として英語版が流布する。cf. Mieke Bal, "Narration and Focalization," in *A Mieke Bal Reader* (Chicago: The University of Chicago Press, 2006), 3–39.

[8] 以下「焦点化」概念の変容をめぐってはW・F・エドミストンの記述に負うところが大きい。cf. William F. Edmiston, "The Evolution of the Concept of Focalization," in *Hindsight and Insight: Focalization in Four Eighteenth Century French Novels* (University Park, PA: Pennsylvania State University Press, 1991), 147–69. M・ヤーンの記述も参考になる。cf. Manfred Jahn, "Focalization," in *Routledge Encyclopedia of Narrative Theory*, eds. David Herman, Manfred Jahn, and Marie-Laure Ryan (London:

Routledge, 2005), 173-77.

［9］ 以下、焦点化主体の「権限の委譲」という考え方はP・ヴィトゥの議論に拠る。cf. Pierre Vitoux, "Le jeu de la focalisation," *Poétique* 51 (1982): 359-68.

［10］ 芥川の「藪の中」についてはブラウニングの『指輪と本』のほかに、従来からアンブローズ・ビアス（一八四二〜一九一四）の「月明かりの道」"The Moonlit Road"（一九〇七年）の影響が指摘されている。語りの構造はたしかに似る。『芥川龍之介全集』第八巻（岩波書店、一九九六年）の注解は、このほかに「レニエ「復讐」、ゴーチエ「カンドール王」、O・ヘンリ「運命の道」など十五、六編の西欧文学との関連が指摘されている」とする（三二九〜三三〇ページ）。なお出典は『今昔物語集』巻二九「具妻行丹波国男、於大江山被縛語第二三」。

［11］『芥川龍之介全集』の注解によれば、「猪熊」は単なる地名であり「京都御所石薬師御門の東側、河原町通の西側の町」である。

第四章　テクストの声

1　テクストから聞こえる声

テクストには様々な声を聞き取ることができる。まずは語り手の声。それから物語の作中人物の声。作中人物のなかでも、いわゆる主人公とされる人物が心の中でつぶやく声。主人公が直接耳にする、ほかの作中人物の声。複数の作中人物が会話する声……。

テクストのなかに聞こえる様々な声を考えるため、まずは語り手自身の声と、作中人物の声を分けて考えるところからはじめよう。

語り手の声と作中人物の声

語り手について、われわれは第二章において「物語世界外で語る語り手」と「物語世界内で語る語り手」を区別しておいた。物語世界内で語る語り手は、物語世界の中に語り手の語りを受けとめる聞き手を持つ。語り手の語りは物語世界の中で行われ、その語りを聞く聞き手が物語世界の中に存在する（例として『高野聖』の旅僧や『マノン・レスコー』のシュヴァリエ・デ・グリューといった語り手、そして彼らの話に耳を傾ける「私」やルノンクール侯爵といった聞き手を挙げておいた）。一方、物語世界外で語る語り手は、みずからの語りを受けとめる聞き手を物語世界の中に持たない。語り手の語りは、物語世界の外部の読者に直接受けとめられるのだと考えられる（例として芥川龍之介の「芋粥」や「歯車」を挙げておいた）。したがって、物語世界内で語る語り手の声は、物語世界の中で（実際に）耳に聞こえていると考えられる一方、物語世界外で語る語り手の声は、その声を聞き届けようとする読者にとって、あくまでも想像される声としてある。前者の声については「しわがれた声」「鼻にかかった声」といった描写が、語り手によって提供される場合がある。だが後者の声について、そのような手がかりが与えられることはない。読者はまったく自由に語り手の声を想像することになる。

作中人物の声は物語世界のなかで（実際に）聞こえているはずである。また、物語世界内で語る語り手の声は、当然物語世界のなかで物理的に聞こえている声だと考えるべきである。たとえば『アラビアン・ナイト』のシャハラザードは、ともに王宮に参内した妹のドゥンヤーザードに「お姉さま、是非にものお願いでございますが、なにか面白いお話しをなすって下さいませ。この夜のねむれぬ間が短うなりましょうほどに」とせがまれ、「この教養高くいらせられます王様がお許し下さいますなら、喜び勇んでいたしますわ」（前嶋信次訳『アラビアン・ナイト1』（東洋文庫71、平凡社、一九六六年）一〇ページ）と応じる。このシャハラザードの声は、妹の声同様、王宮の寝室において（実際に）発せられた声としてある。その声は物語世界の作中人物たるシャハリヤール王によって、毎夜しっかりと聞き届けられていた声である。また、物語世界に登場する作中人物は、それぞれが自分自身の声を持つことになる。「芋粥」にあらわれる「某の五位」は、飽きるほど芋粥を食べさせようという申し出を受けて「いや……忝うござる。」と答えるが、この五位の声は、物語世界において人々が（実際に）耳にする声だったはずである。

物語世界において作中人物が発する声と、その声によって伝えられる内容を、ここでは「発話」と呼ぶことにする。虚構の世界ではあるが、物語世界のなかにおいて物理的に発せられていると考えられる声、作中人物たちがお互いに耳にし聞き届けている声、そしてその声によって伝達される言葉である。

作中人物の発話

では、物語世界において発せられる声、すなわち発話は、語り手によってどのように語られるだろうか。夏目漱石の『三四郎』（一九〇八（明治四十一）年『東京朝日新聞』と『大阪朝日新聞』に連載、翌年単行本を刊行）に、次のような例がある。

しばらくすると「名古屋はもう直《ぢき》でせうか」と云ふ女の声がした。見ると何時《いつ》の間にか向き直つて、及び腰になつて、顔を三四郎の傍《そば》迄持つて来てゐる。三四郎は驚ろいた。

「さうですね」と云つたが、始めて東京へ行くんだから一向要領を得ない。

「此分《このぶん》では後《おく》れますでせうか」

「後《おく》れるでせう」

「あんたも名古屋で御下《おおり》で……」

「はあ、下《お》ります」

此汽車は名古屋留《どま》りであつた。会話は頗《すこぶ》る平凡であつた。只女が三四郎の筋向《すぢむか》ふに腰を掛けた許《ばかり》である。それで、しばらくの間は又汽車の音丈《だけ》になつて仕舞ふ。

次の駅で汽車が留つた時、女は漸く三四郎に名古屋へ着いたら迷惑でも宿屋へ案内して呉れと云ひだした。一人では気味が悪いからと云つて、頻《しき》りに頼む。三四郎も尤もだと思つた。けれども、さう快《こゝろ》よく引き受ける気にもならなかつた。何しろ知らない女なんだから、頗る躊躇《ちゆうちよ》したにはしたが、断然断わる勇気も出なかつたので、まあ好《い》い加減な生返事《なまへんじ》をして居た。其うち汽車は名古屋へ着いた。

（『漱石全集』第五巻（岩波書店、一九九四年）二七七〜八ページ）

『三四郎』は、帝国大学の学生となった三四郎の体験を、三四郎の知覚・経験に寄りそいつつ語る。語られることはほぼ三四郎の知覚・経験の範囲に制限される。内的焦点化（不変）の例である。熊本から山陽線、東海道線の汽車に乗って上京する三四郎は、京都からの車中、乗りあわせた色の黒い女と言葉を交わすようになる。その場面である。

引用の部分では、作中人物の発話が三つの異なった方法によって処理されている。まず、女の発話の「名古屋はもう直《ぢき》でせうか」と、三四郎の「さうですね」以下の対話は、女と三四郎の発話をほぼそのまま再現したものだと受けとられる。いわゆる直接話法として知られる語り方である。

一方「女は漸く三四郎に名古屋へ着いたら迷惑でも宿屋へ案内して呉れと云ひだした。一人では気味が悪いからと云つて、頻《しき》りに頼む。」では、女が三四郎に「名古屋へ着いたら迷惑でも宿屋へ案内して呉れ」という内容のことを頼み、さらに「一人では気味が悪いから」という理由をつけくわえたことが、いわゆる間接話法的に言い換えられることによって語られている。「頻りに頼」んだとあるので、この発話は、ほぼ同じ内容のことが何度か繰り返されたのであろう。ただし、実際の発話がどのような言葉遣いによるものであったかは不明である。

たとえばここには「…呉れ」という表現が含まれる。それは「…下さい」といった、より丁寧な言葉遣いが間接話法に変換される際に言い換えられたのだと考えられる。実際の発話において「どうかお頼み申します」といったたぐいの嘆願の表現が用いられただろうことは容易に想像できるし、同じことを何度か頼むうちに表現は微妙に変化したとも想像される。が、そのような具体的な表現への配慮はここでは希薄である。「迷惑でも」にわずかに発話表現への顧慮が反映されている程度で、依頼の内容とその理由を語ることに重点がある。発話の内容をどう語るかは語り手の裁量に任されている。

発話の処理としてもう一つ見逃せないのが「まあ好《い》い加減な生《なま》返事をして居た。」という語りである。三四郎は女の懇願に当惑して、否とも応ともはっきりしない生返事をしていたというのだが、実際の場面において三四郎が何らかの言葉を発しただろうことは間違いない。それが「はあ」なのか、「さうですね」なのか、あるいは別の表現なのか想像する手がかりはない。ともかく受けあいもしなければ拒みもしなかったことが語られるのである。これは、実際の発話を想像する（復元する）手がかりを持たない語りとして、間接話法よりさらに語り手の裁量の範囲が大きな語りであると言える。語り手は、女の懇願に対する三四郎の反応として何がなされたか（何が起きたか）を語るが、その声に三四郎自身の声の反響を聞くことはむずかしい。これは語り手自身の言葉によって語られていると考えるべきである。

発話の処理の三つの分類

ジュネットは、マルセル・プルースト（一八七一～一九二二）の『失われた時を求めて』第四編『ソドムとゴモラ』（一九二二年）の終わりにあらわれる語りを例に、作中人物の発話の処理について、次の三つの分類を行う。[1]

1．discours narrativisé（narratized speech）　物語化された（叙述にくみ込まれた）発話

2. discours transposé（transposed speech）　移し替えられた（言い換えられた）発話
3. discours rapporté（reported speech）　再現された発話

ジュネットの分類法は、プラトンの『国家』第三巻第六章で論じられる、語りの二つの形式を確認するところから出発する。[2]

プラトンは、ホメロスの『イリアス』冒頭を例に引きながら、語り手が誰か別人であるかのごとく語る語り方、すなわち作中人物のだれかに真似て語る語り方と、語り手が自分自身の存在を隠すことなく語る語り方を区別して、前者を「真似」――「ミメーシス」μίμησις/mimesis、後者を単純な叙述「ディエゲーシス」διήγησις/diegesis であると定義する。「真似」――「ミメーシス」とは、発話された言葉をそのまま忠実に再現しようとする語り方であり、「ディエゲーシス」とは、語り手が発話の内容を語り手自身の言葉によって語る語り方である。

ジュネットは、この「ミメーシス」と「ディエゲーシス」の区別から出発し、発話の処理において語り手の存在感がもっとも希薄な語り方から、語り手の存在がもっとも強く感じられる語り方のあいだに、三つの段階を考える。語り手の存在感がもっとも希薄な語り方とは、発話された言葉を（ほぼ）そのままに再現する語り方で、ジュネットはこれを「再現された発話」と名づける。一方、作中人物の発話を語り手自身が語り直す場合、すなわち作中人物の発話内容を一つの行為として語ろうとする場合、そのような語りによって処理される言葉を「物語化された（叙述にくみ込まれた）発話」と名づける。「移し替えられた（言い換えられた）発話」はその中間形態である。

ここでは便宜上、ジュネットの三分類を、

1. 叙述　(discours narrativisé, narratized speech)
2. 言い換え　(discours transposé, transposed speech)
3. 再現　(discours rapporté, reported speech)

と言い直すことにしよう。

ジュネットの関心は、語りにおいて、語り手の存在がどの程度感じられるかにある。語られる内容が、語り手自身によっていかに語り直されているか、語り手はどの程度介入するか。そのことに着目して、作中人物の発話の処理を三つに分類してみせる。『三四郎』のテクストにおいて確認した発話の処理の三つのありかたは、このジュネットの三分類に対応する。

『三四郎』の冒頭についてみれば、語り手の介入の仕方がもっとも著しいのが「好《い》い加減な生返事《なま》をして居た。」という語りである。先に確認したように、ここでは三四郎の発話の声はほぼ完全に失われて、語り手自身の語りに置きかえられている。「生返事をした」という三四郎の反応・態度が、女との相互交渉のなかで三四郎が選択した行為として語られている。三四郎の「生返事」を出来事として語る語りだといえよう。これを「叙述」と考える。次に、「女は漸く三四郎に名古屋へ着いたら迷惑でも宿屋へ案内して呉れと云ひだした。一人では気味が悪いからと云つて、頻《しき》りに頼む。」においては、女の発話を語り手自身の言葉で語り直そうとする一方、実際の発話をおこなった作中人物のことばへの配慮がみられる。いわゆる間接話法の語りである。語り手は作中人物の声を意識しつつ、発話内容をみずからの裁量において言い換える。これは「言い換え」の例である。カギ括弧付きで語られる三四郎と女の発話は、いわゆる直接話法による語りであるが、発話の処理ということでいえば、語り手の介入の度合いがもっとも小さい。このまま抜き出せば、舞台や映画の科白になると（建前上は）考えられる性質のものである。これを「再現」とする。ただし、再現による発話の語りの前後の「しばらくすると……と云ふ女の声がした」という部分が、語り手自身の言葉で語られていたことには留意しなければならない。これは再現する言葉を導入するにあたっての、語り手による補足ということになる。

一人称の語り手の声

語り手の声と作中人物の声との関係について考える際に注意を要するのが、一人称の語り手の声である。一人称の語り手とは、物語世界の出来事を物語世界の一作中人物として経験し、その経験をみずから語り手として語る語り手、物語世界外で語る物語世界に属する語り手である。第二章では例として芥川龍之介の「歯車」を挙げておいた。

一人称の語り手は、自分自身の声を、物語世界において発せられた通りに、あるいは物語世界においてそのように発せられたと記憶する通りに語ることがある。その声は、われわれが現実の世界で自分の声として耳にしていると感じる声が、何らかの録音機器によって記録され再生される声と微妙に異なるように、物語世界において他の作中人物たちが耳にする声とはすこし異なるのかもしれない。たとえば、第二章で引用した「歯車」の冒頭の、

「妙なこともありますね。××さんの屋敷には昼間でも幽霊が出るつて云《い》ふんですが。」

「昼間でもね。」

僕は冬の西日の当つた向うの松山を眺めながら、善い加減に調子を合せてゐた。

「尤《もつと》も天気の善い日には出ないさうです。一番多いのは雨のふる日だつて云ふんですが。」

「雨のふる日に濡れに来るんぢやないか？」

「御常談で。……しかしレエン・コオトを着た幽霊だつて云ふんです。」


という会話のうち、理髪店の主人が発した「妙なこともありますね。…」は、二人が共有する空間に音声として物理的に響いた声として語られているが、語り手である「僕」自身が発した言葉である「昼間でもね。」は、語り手自身の意識と身体を通過した言葉としてある。それは、「僕」の意識のあり方から考えるなら、心のなかで「昼間でもね。」と応じようとしたことが、言葉として実際に発せられていたということかもしれないし、「昼間でもね。」と答える自分の声が自分自身の身体を通して聞こえている、ということかもしれない。同じことは、これに続く対話における「雨のふる日に濡れに来るんぢやないか？」についても言える。二人の会話が噛みあっていることを考えると、「僕」の発話が相手に明瞭に伝わっていることは確かだが、同じ直接話法で語られる声は、「僕」の発話の場合と相手の声の場合とではおのずから異なっていたはずである。

心内語

作中人物が心に思う言葉を、一般に「心内語」と呼ぶ。これは、われわれが現実の世界に生きていて、心に思いつつ口に出さずにいること、頭の中で考えていること、意識の内容を言葉として表現してみること等を、作中人物の心の中に生起するものとして、われわれが想像するものである。たとえば「歯車」には、次のような例がある。

僕は戸をあけて廊下へ出、どこと云ふことなしに歩いて行つた。するとロツビイへ出る隅に緑いろの笠をかけた、背の高いスタンドの電燈が一つ硝子《ガラス》戸に鮮かに映つてゐた。それは何か僕の心に平和な感じを与へるものだつた。僕はその前の椅子に坐り、いろいろのことを考へてゐた。が、そこにも五分とは坐つてゐる訳に行かなかつた。レエン・コオトは今度も亦僕の横にあつた長椅子の背中に如何にもだらりと脱ぎかけてあつた。

「しかも今は寒中だと云ふのに。」

僕はこんなことを考へながら、もう一度廊下を引き返して行つた。

（『芥川龍之介全集』第十五巻（岩波書店、一九九七年）四七ページ）

レイン・コートを着た幽霊を話題にしたあと、「僕」は東海道線の待合室と省線電車のなかで二度、レイン・コートを着た男を目にする。半透明の歯車（の幻）に悩まされていた「僕」は、長椅子の背中に脱ぎかけてあったレイン・コートに驚く。かろうじて訪れたかに思えた心の平安を、五分とたたずに破られる。なにゆえ僕はレイン・コートにつきまとわれるのか、——しかも今は冬のさなかだというのに、と「僕」は考える。ここで語り手は「僕はこんなことを考へながら」と語る。そのように明示的に語られている以上「しかも今は寒中だと云ふのに。」は、語り手であり作中人物である「僕」が心の中に思ったことだということになる。

語り手が一人称で語るとき、一作中人物である語り手自身の発する言葉が、口に出して（実際に）発せられ、ほかの作中人物も（実際に）耳にする言葉なのか、あるいは心内語なのか、区別はそれほど明確ではない。心に思ったことを口にするという過程を考えるなら、一人称の語り手によって語られる発話は心内語と一続きであると考えることもできる。ここに引いた「しかも今は寒中だと云ふのに。」という言葉についても、これを「僕」が独り言として声に出して呟いていた可能性は十分にある。発話なのか心内語なのか区分けの難しい例はすぐに見つかる。

僕は一時間とたたないうちにベッドの上から飛び起きるが早いか、窓かけの垂れた部屋の隅へ力一ぱい本を抛りつけた。

「くたばつてしまへ！」

すると大きい鼠が一匹窓かけの下からバスの部屋へ斜めに床の上を走つて行つた。　（五一ページ）

ここにあらわれる「くたばつてしまへ！」が、実際に声として発せられたのか、心の中で叫んだことなのか、断定する手がかりはない。しかも、この「くたばつてしまへ！」が仮に声として発せられていたにしても、それを耳にしうる作中人物は、語り手である「僕」以外、物語世界には存在しない。この言葉が「僕」の口をついて出た言葉であったにせよ、「僕」の意識に上った言葉に過ぎなかったにせよ、「僕」にとっては結局のところ同じことであったとも言えるのである。[3]「歯車」には、次のような例もある。


「不相変《あひかはらず》薬ばかり嚥《の》んでゐる始末だ。」

「僕もこの頃は不眠症だがね。」

「僕も?――どうして君は『僕も』と言ふのだ?」

「だつて君も不眠症だつて言ふぢやないか? 不眠症は危険だぜ。……」

彼は左だけ充血した目に微笑に近いものを浮かべてゐた。僕は返事をする前に「不眠症」のシヤウの発音を正確に出来ないのを感じ出した。

「気違ひの息子には当り前だ。」

僕は十分とたたないうちにひとり又往来を歩いて行つた。

(六七ページ)


対話のあとにカギ括弧を用いて語られる「気違ひの息子には当り前だ。」がどのような性質のものなのか、判断しうる手がかりは少ない。そもそもこの言葉は、それまでの対話の内容とどうつながるのか。高等学校以来の旧友(応用化学の大学教授)の発話である「不眠症は危険だぜ。」に対する応答としてあるのか、あるいはこの旧友が言いかけて口をつぐんだ言葉(「……」)を補うと考えられるのか。後者ならば、「僕」の側で補ってみせた言葉だと考えられるが、これは発話としてあったのか、心内語であったのか。

心内語であったとして、それは旧友に対する（お前が言いたいのはこういうことだろう、というかたちでの）直接的な反応であったのか、あるいは語り手としての「僕」が、みずからを省みて思う言葉なのか。「僕」は、旧友の発話に対して言葉を返そうとするが、その際に「不眠症」の「症」の発音が正確にできないのを感じる。「感じ出した」とあるからには、発話をためらう時間があったものとみなくてはなるまい。そのあとに「気違ひの息子には当り前だ。」が続き、十分とたたないうちに道を歩いていることが語られる。旧友との会話は早々に切り上げられたであろうし、「不眠症は危険だぜ。」への応答を返さないうちに、「僕」がその場を離れてしまったとも考えられる。そうであるなら、「気違ひの息子には当り前だ。」は、旧友と別れたあと一人歩きながら呟いた発話か、心内語であるのかもしれない。あるいは、「気違ひの息子には当り前だ。」という言葉を、相手の言葉として心のうちに補ってしまったがため、いたたまれなくなってその場を離れたのだとも考えられる。

解釈の可能性はいくつかあるが、カギ括弧を用いて語られる言葉は、発話とも心内語ともいずれとも考えられる。この例に即して言えば、直接話法的な言葉の再現において、実際の発話と心内語とを区別することには、しばしば大きな困難が伴うことが分かる。

ただし、物語世界においては、ある作中人物の発話がほかの作中人物の耳に入ることで、ある反応が引き起こされることになる。通常の会話において、発話が作中人物のあいだの相互関係に強い影響を及ぼすことを考えれば、発話そのものを作中人物の行為とみなすこともできる。これは、ある作中人物の心のなかにおいてのみ生ずることとは異なる。心内語と実際の発話とは、やはり区別しておく必要がある。

心内語と発話とは、物語世界において、それがほかの作中人物に聞きとめられるかどうかで区別されると考えるのが妥当であろう。作中人物の発話は、ほかの作中人物の耳に入り、ある受けとめられ方をすることで機能を果たす。一方で、作中人物が独り言を（声に出して）言ったとしても、それがほかの作中人物の耳に届かないかぎり、発話としての機能を果たすことはない。心のなかで同じことを思った場合と選ぶところはない。逆に言えば、発話を受けとめるほかの作中人物がその場にいない場合には、発話と心内語とは区別しなくともよいことになる。独り言と心内語は区別できないし、区別する必要はない。これは、物語世界外で語る物語世界に属する語り手、いわゆる一人称の語り手による語りの場合に、留意しておくべきことである。

直接話法と間接話法——英語の例

さて、これまでは直接話法（direct discourse/speech）と間接話法（indirect discourse/speech）という用語について、とくに吟味することなく議論を進めてきた。それは、たとえば英語の文法の知識が広く共有されていることを期待した上でのことだが、ここで改めて一通りの確認をしておこう。

いわゆる学校文法と呼ばれる規範文法では、「明日の晩、ここで会おう」という発話を、それぞれ直接話法と間接話法とで語る場合、はっきりと区別される二通りの書き方で書きわけることが求められていた。はじめに直接話法で書かれた英語を示そう。

Taro said to Hanako, "Let's meet here tomorrow evening."
（太郎は花子に「あしたの晩ここで会おう」と言った。）

この文を間接話法に変換する場合には、次のような文を作りだすことが求められた。

Taro suggested to Hanako that they should meet there the following evening.

または

Taro proposed to Hanako that they meet there the next evening.

（太郎は花子に翌日の晩そこで会おうと持ちかけた。）

直接話法から間接話法への変換にあたって、英語の初学者が注意を促されたのは、間接話法において従属節（主節のあとの that 節や if 節や wh- 節など）をつくる際、（一）主語をみきわめること、（二）時制をみきわめること、（三）時や場所に関する表現をみきわめること等であった。初学者にはかなり煩瑣だと感じられる規則である。

時間や場所に関する表現は、直示性・直示表現（deixis/deictics）の問題にかかわる。[4] 直接話法の文において「あしたの晩ここで会おう」と言ったのは太郎で、その時、花子は太郎と一緒にいた——同じ時間と場所を共有していた——のだと考えられる。したがって、太郎と花子が一緒にいた場所と、この発話がなされた時点を基準にして「ここ」と「あした」が示されていることになる。「ここ」と「あした」は、太郎が花子に向けて言葉を発したところから考えての「ここ」here であり「あした」tomorrow である。仮にこの発話が四月一日に浅草雷門の前でなされたとするなら、「ここ」は浅草雷門を指し、「あした」は四月二日を指すことになる。

　間接話法は、この太郎の発話を出来事として語る。語る場と時点がどこなのかは不明だが、ここ（「太郎は花子に……持ちかけた」と語っている場）は浅草雷門ではない可能性が大きいし、四月二日はもう過ぎてしまっているかもしれない。太郎が花子に会おうと誘ったことを語るには、「ここ」hereを「そこ」thereに、「あした」を「翌日」the following dayもしくは「次の日」the next dayに書き換える必要が生ずる。太郎と花子を物語世界の作中人物とするなら、これら直接話法の文と間接話法の文は、いずれも太郎でも花子でもない（別の）語り手によって語られているであろう。語り手は、語り手自身の立場から時間や場所を示すことになる。太郎と花子という二人の作中人物は語り手の立場から「彼ら」theyという人称代名詞で呼ばれ、"Let us（Let's）"という命令文で促されることがらは、提案・勧誘の動詞表現（suggest, propose, insist, hint... 等）で言い換えられる。

　こうした書き換えは、たとえば英語の場合には、規範的な文法として初学者が学ぶべきことがらとされる。先に示した例はやや複雑な書き換えだが、

Taro said to Hanako, "I love you."（直接話法）
Taro told Hanako that he loved her.（間接話法）

といった書き換えは、英文法の基礎として広く学ばれていることであろう。

日本語と話法

一方、日本語においては、話法の書き換えに関する規範的な文法はほとんど意識されない。直接話法と間接話法とを区別するにあたってのほぼ唯一の指標は、カギ括弧の使用の有無だと考えられるが、これとても明確な使い分けの基準があるわけではない。たとえば英語の文で示した、

A　太郎は花子に「あしたの晩ここで会おう」と言った。

B　太郎は花子にあしたの晩ここで会おうと言った。

という文から、機械的にカギ括弧を省いて、

C　太郎はあしたの晩ここで会おうとその時花子に言った。

と書いてもまったく自然だし、これを

D　太郎は「あしたの晩ここで会おう」とその時花子に言った。

と書き換えた上でカギ括弧を復活させ、

と書き換えたとしても、なんら不自然な点はない。仮にAとDの文を直接話法の文、BとCの文を間接話法の文と考えるにしても、「あした」も「ここ」も両者において何らの改変を加えずに使用できるし、英語の文における時制の一致のような現象が生じるわけでもない。人称の問題に配慮する必要もない。英語という言語における直示性・直示表現の問題が、そのまま日本語の文にあてはまるわけではない。小説の読者としては、便宜的に、カギ括弧を用いた発話の再現を直接話法的な語り、カギ括弧を用いない発話の言い換え等を間接話法的な語りと考えてみるほかない。ただし次のような例を読むと、直接話法と間接話法の境界がきわめて曖昧であることが改めてわかる。以下は、太宰治『人間失格』(一九四八(昭和二三)年『展望』に発表、同年「グッド・バイ」と併せ単行本として刊行)から引く。

一緒にやすみながらそのひとは、自分より二つ年上であること、故郷は広島、あたしには主人があるのよ、広島で床屋さんをしてゐたの、昨年の春、一緒に東京へ家出して逃げて来たのだけれども、主人は、東京で、まともな仕事をせずそのうちに詐欺罪に問はれ、刑務所にゐるのよ、あたしは毎日、何やらかやら差し入れしに、刑務所へかよつてゐたのだけれども、あすから、やめます、などと物語るのでしたが、自分は、どういふものか、女の身の上噺といふものには、少しも興味をもてないたちで、それは女の語り方の下手なせゐか、つまり、話の重点の置き方を間違つてゐるせゐなのか、とにかく、自分には、つねに、馬耳東風なのでありました。

(『太宰治全集』10(筑摩書房、一九九九年)四四二ページ)

銀座のカフェで相手をした女給（ツネ子）の部屋は本所の大工の二階にあって、「自分」（大庭葉蔵）はこの女とともに一夜を過ごす。女が寝物語に語る言葉が文の前半で語られるところである。

女の言葉には「そのひとは……などと物語るのでした」と語り手による補足が加えられる。はじめの部分の「自分より二つ年上であること」は、間接話法的な言い換えというより語り手による叙述に近いようだが、「故郷は広島」は間接話法的な言い換えと読める。そのあとの「あたしには主人があるのよ」以降は、女の言葉の直接話法的再現であると見なされよう。つまりこの部分をカギ括弧を用いて、

「あたしには主人があるのよ、広島で床屋さんをしてゐたの、昨年の春、一緒に東京へ家出して逃げて来たのだけれども、主人は、東京で、まともな仕事をせずそのうちに詐欺罪に問はれ、刑務所にゐるのよ、あたしは毎日、何やらかやら差し入れしに、刑務所へかよつてゐたのだけれども、あすから、やめます」などと物語る……

と書き換えることも、十分に可能であると考えられるのである。この場合、カギ括弧という記号の有無が、語り手の語りに本質的な差異を生むことはない。そもそも、上に引いた例では「一緒にやすみながらそのひとは」から「馬耳東風なのでありました。」までの一段落がただ一つの文からなっていて、同じ文のなかに叙述、言い換え、再現の三者が入り混じるかたちになる。直接話法と間接話法の区別がはなはだ頼りないものでしかない上、叙述から再現への（そして再現から叙述への）移行において生じうる文法上の問題はほとんど意識されない。

こんな例もある。
夏目漱石の「坊っちゃん」(一九〇六(明治三十九)年『ホトトギス』に発表、翌年刊行の『鶉籠』所収)は、幅広い年齢層の読者に読まれていると考えられるが、その冒頭は次のようにはじまる。

親譲りの無鉄砲で子供の時から損ばかりして居る。小学校に居る時分学校の二階から飛び降りて一週間程腰を抜かした事がある。なぜそんな無闇をしたと聞く人があるかも知れぬ。別段深い理由でもない。新築の二階から首を出して居たら、同級生の一人が冗談に、いくら威張つても、そこから飛び降りる事は出来まい。弱虫やーい。と囃したからである。小使に負ぶさつて帰つて来た時、おやぢが大きな眼をして二階位から飛び降りて腰を抜かす奴があるかと云つたから、此次は抜かさずに飛んで見せますと答へた。

(『漱石全集』第二巻(岩波書店、一九九四年)二四九ページ)

この部分について、主に年少の児童を読者に想定する福田清人編『坊っちゃん』は、以下のようなテクスト改変を行っている。

親ゆずりのむてっぽうで、子どものときから、そんばかりしている。
小学校にいるじぶん、学校の二階からとびおりて、一週間ほどこしをぬかしたことがある。
「なぜ、そんなむちゃをした。」
と聞く人があるかもしれぬ。べつだん深いわけでもない。新築の二階から首をだしていたら、同級生

の一人がじょうだんに、

「いくらいばっても、そこからとびおりることはできまい。よわむしやあい。」

とはやしたからである。小使におぶさって帰ってきたとき、おやじが大きな目をして、

「二階くらいからとびおりて、こしをぬかすやつがあるか。」

といったから、

「このつぎは、ぬかさずにとんでみせます。」

と答えた。


（講談社青い鳥文庫『坊っちゃん』（講談社、二〇〇七年）五～六ページ）

漢字がひらがなにひらかれていること、こまめに段落が分けられていること（さらには「無闇」が「むちゃ」に、「理由」が「わけ」に言い換えられていること）を別にして、ここで最も注目すべきは、地の文に織り込まれていた発話が、すべてカギ括弧付きの直接話法的な再現に変換されていることである。しかもこの変換はきわめて機械的に行われている。英語における話法の転換のような、文そのものを別のかたちで書き換える作業は、まったく必要とされていない[5]。

以上の例でも分かるように、日本語で書かれた小説において、直接話法と間接話法とを文法上の指標によって截然と区別することは不可能に近い。また、英語等の言語で書かれた小説の直接話法においては、“she said”、“he asked” 等、発話主体を明示する表現（verba dicendi）があらわれることが多いが、人称表現や敬語表現等により作中人物の識別が比較的容易な日本語の小説では、これは省かれる傾向にある。日本語で書かれた小説において、仮に直接話法と間接話法とを区別しようとするなら、手がかりとなるのは記号

としてのカギ括弧の有無しかないということになりそうである。

　もちろん、作中人物の発話を直接話法的に再現する際にも、カギ括弧をまったく使用しない例があることは言い落とせない事実である。現代小説にあっては、とくに珍しいことではない。ありふれた書き方だと言ってよい。また、カギ括弧が使用されるテクストにおいても、その有無のみを手がかりに、再現の語りとしての直接話法と言い換えの語りとしての間接話法を判別することが、きわめて困難な例もある。[6]カギ括弧は、英語等の言語における引用符（quotation marks、guillemets 等）に対応する記号とみなされるが、担う機能はかなり異なるという観察はあってよいであろう。

　とはいえ、カギ括弧の使用が、日本語で書かれる小説において広く受け入れられた慣行となっていることも事実である。読者の側も、カギ括弧の有無を直接話法的再現と間接話法的言い換えを区別する際の一つの指標と見なしていると考えられる。少なくとも、カギ括弧が使用されるテクストにおいて、カギ括弧のあるなしが発話を語る際の語り手の態度の違いを示すと受けとめる傾向があることは確かである。ここでは、作中人物の発話をカギ括弧でくくる語りを直接話法的な語り、カギ括弧を欠いた語りを間接話法的な語りであると考えることにしよう。カギ括弧の使用の有無に、作中人物の発話を語る際の語り手の態度の違いを認めることは、小説のテクストを読むにあたってなお有効であると思われるからである。

　ちなみに、英語等で書かれた小説の話法を取りあげる際に問題となるのが、自由間接話法の語りである。自由間接話法とは、直接話法の語りと間接話法の語りとをとり混ぜたものとして、まずは文法的な指標によって特徴づけられる語り方であるが、それは直接話法と間接話法とが文法的に区別される指標を持つことを前提とする。[7]日本語において、直接話法と間接話法とのあいだに文法的な区別を立てるのが難しいとするなら、自由間接話法を日本語文のなかで語形として取りだすことは不可能に近い。

ただし、直接話法的な再現とも間接話法的な言い換えとも言いえない、独特の発話の語りが、日本語で書かれる小説にみられることも確かである。仮に自由間接話法を、作中人物の声の痕跡をふんだんに残しながら語り手自身の声で語る語り方であるとするなら、[8] そのような（あいまいな）語り方は、日本語においてかなり自由に工夫できるように思われる。たとえば、先に引いた『人間失格』における発話の語り（一緒にやすみながらそのひとは…）において、作中人物の声と語り手の声が重なりあう点に注目するなら、これを自由間接話法の語りになぞらえて考えることも可能かもしれない。

日本語で書かれた小説において、直接話法的な語りと間接話法的な語りを、文法的な指標によって区別することが難しいのであれば、語り手による発話の語り方の違いは、以下の二つの点から考えることになるであろう。第一に、カギ括弧の使用の有無といったきわめて外形的な指標による区別。第二に、発話の語りのなかに語り手自身の声をどの程度聞き分けることができるのかという、読者の判断にかかわる区別である。後者は、作中人物の発話の語りに語り手がどの程度介入していると認められるかという、テクスト解釈の問題となる。

日本語で書かれた小説に多様な発話の語りがみられることは疑いえない。ここではまず、ジュネットの「叙述」、「言い換え」、「再現」という用語に拠りつつ、日本語の小説においてどのような話法の処理が行われうるのかを具体的にみてみたい。直接話法的な語りと間接話法的な語りとの区別を、「再現」から「叙述」にいたるそれぞれの段階の区分として確かめてみたい。例としてとりあげるのは森鷗外の「山椒大夫」（一九一五（大正四）年『中央公論』に発表、一九一八（大正七）年刊行の『高瀬舟』所収）である。

2　森鷗外「山椒大夫」における話法の処理

東京語と「古び」

「山椒大夫」については、執筆の経緯を記した鷗外自身による「歴史其儘と歴史離れ」があるが、そこに作中人物たる安寿と厨子王やその母たちの話す言葉について「対話は現代の東京語」を用い、「只山岡大夫や山椒大夫の口吻に、少し古びを附けた」との説明がある（『鷗外全集』第二十六巻（岩波書店、一九七三年）五一〇ページ）。この作者自身の解説を裏切ることなく、冒頭部分で越後の春日から今津への道中をゆく母子主従は、以下のような言葉を交わす。

> 「まああの美しい紅葉《もみじ》を御覧《ごらん》」と、先に立つてゐた母が指《ゆび》さして子供に言つた。
> 子供は母の指さす方を見たが、なんとも云はぬので、女中が云つた。「木の葉があんなに染まるのでございますから、朝晩お寒くなりましたのも無理はございませんね。」
> 姉娘《あねむすめ》が突然弟を顧《かへり》みて云つた。「早くお父《と》う様の入らつしやる処《ところ》へ往きたいわね。」
> 「姉えさん。まだなか〱往《い》かれはしないよ。」弟は賢《さか》しげに答へた。
> 母が諭《さと》すやうに云つた。「さうですとも。今まで越して来たやうな山を沢山越して、河や海をお船で度々《たび》渡らなくては往かれないのだよ。毎日精出《せい》して大人《おとな》しく歩かなくては。」
> （『鷗外全集』第十五巻（岩波書店、一九七三年）六五三〜四ページ）

ここには、いわゆる東京語の語彙とともに、女中の言葉にある「ございます」といった敬体表現、姉娘によるまだ見ぬ父への敬語表現等、さまざまな口語表現がふくまれている。東京語による発話を再現した直接話法的な語りであるが、東京語を話すのはこの母子主従だけではない。引用した箇所の直後、主従は土地の潮汲女に出会って宿の事情を尋ねるが、潮汲女もまたあざやかな東京語で返答をする。「まあ、お気の毒な。生憎《あいにく》な所で日が暮れますね。此《この》土地には旅の人を留《と》めて上げる所は一軒もありません。」といった口調が再現されるのである。

再現における敬体と常体

一方で、母子主従を騙して人買いに売る山岡大夫は、次のような口調で話す。

「わしは山岡大夫《やまをかたいふ》と云《い》ふ船乗ぢや。此頃此《このごろこの》土地を人買《ひとかひ》が立ち廻ると云ふので、国守《こくしゆ》が旅人に宿を貸すことを差し止めた。人買を摑《つか》まへることは、国守の手に合はぬと見える。気の毒なは旅人ぢや。(…)」

(六五七ページ)

ここでは「ぢや」という独特な助動詞の語尾がまず目につく。鷗外自身の言う「古び」であろうが、潮汲女の言葉にはあった敬体が、ここでは省かれているのに気づかされる。敬体が用いられていれば、「差し止めた」という常体は「差し止めました」、「手に合はぬと見える」は「手に合わぬと見えます」となったはずである。同じ土地の人間でありながら、東京語による口語表現の文体は微妙に異なる。潮汲女の話す敬体との対照において、山岡大夫の用いる常体の言葉はある人物造形の機能を果たす。ここには、敬体を用いる人々と常体で済ます人間との、物語展開における対比を嗅ぎとることができる。

では、この後に登場する人間たちはどんな言葉を話すだろうか。まず、山岡大夫から母子主従を買いとる船頭たち、宮崎の三郎と佐渡の二郎は、「どうぢや。あるか。」「気張るぞ」と山岡大夫に応じる。人買い同士はそれほど長々と言葉を交わすわけではないが、「ぢや」といった助動詞と、敬体を欠いた表現が特徴をなすことは確認できる。また、佐渡の二郎に対してすら敬体を用いていた姥竹が、絶望のあまり入水する最後の瞬間「えゝ。これまでぢや。奥様、御免くださいまし。」と声を発する際に現れる「ぢや」は、人買いへの懇願が通じないと見ての、応酬と覚悟の言葉と受けとることができよう。敬体によってつながる人々——安寿、厨子王とその母——へ向けた言葉ではない。

姉弟は丹後の山椒大夫のもとに売られる。山椒大夫の口調は次のようなものである。

「買うて来た子供はそれか。いつも買ふ奴《やつこ》と違うて、何に使うて好《よ》いかわからぬ、珍らしい子供ぢやと云ふから、わざ〳〵連れて来させて見れば、色の蒼ざめた、か細い童《わらは》共ぢや。何に使うて好いかは、わしにもわからぬ。」

（六六六ページ）

ここにも「ぢや」という助動詞の使用が認められ、否定の助動詞は「ない」ではなく「ぬ」が用いられる。これ以後の物語には、山椒大夫の子の二郎と三郎、山で厨子王に柴刈りを教える木樵、安寿に潮汲みを教える伊勢の小萩という名の女、山椒大夫の荘園を遁れて厨子王が逃げ込む国分寺の曇猛《どんみよう》律師、京の清水寺で厨子王を救う関白師実らが登場する。これら作中人物の発話は、東京語を土台に「ぢや」という助動詞の使用の有無、敬体の使用の有無等、数少ない特徴によって区別されることになる。たとえば、山椒大夫の子の二郎と三郎とでは、安寿と厨子王の姉弟に対する接し方が異なるが、それは発話の口調にもあらわれる。三郎は父に対しこのように言う。

「いやお父《と》つさん。さつきから見てゐれば、辞儀《じぎ》をせいと云はれても辞儀もせぬ。外《ほか》の奴のやうに名告《なのり》もせぬ。弱々しう見えてもしぶとい者共ぢや。奉公初《はじめ》は男が柴苅《しばかり》、女が潮汲《しほくみ》と極《き》まつてゐる。其通《そのとほり》にさせなされい。」

（六六六ページ）

三郎の言葉は、山椒大夫の言葉と文体的に区別できない。また、先に確認した人買いたちの言葉とも大きな差異を示さない。一方二郎は、次のように敬体を用いて父と三郎に返答する。

「仰《おつし》やる通《とほり》に童共《わらべども》を引き分けさせても宜《よろし》うございますが、童共は死んでも別れぬと申《まを》すさうでございます。愚《おろか》なものゆゑ、死ぬるかも知れません。苅る柴はわづかでも、汲む潮はいささかでも、人手を耗《へら》すのは損でございます。わたくしが好《い》いやうに計《はか》らつて遣《や》りませう。」

（六六九ページ）

このような言葉遣いの違いを語りわけることが、物語の作中人物の人物造形として重要な役割を果たすことは言うまでもない。やがて二郎は、安寿と厨子王の苦境を救うことになるのである。ただし、「山椒大夫」の作中人物たちは、発話を通じて独自の強い個性をあらわすわけではない。彼らが口にする言葉は、東京語を土台にして、敬体や「ぢや」といった助動詞の有無という比較的単純で数少ない差異を示すに過ぎない。たとえば厨子王の口調は、「ぢや」という助動詞を決してふくまないことで、ほかの年嵩の男たち（二郎は安寿と厨子王に話しかける際に「ぢや」を用いる）の口調との対照を示すが、それ以上の特徴を帯びることはない。厨子王の母と姉の安寿はあくまで折り目正しい東京語で通す。この物語には、作中人物の発話の再現において、一種の類型化が認められると言えるであろう。

こうしたことから、発話の再現についてあらためて確認できることがある。語り手は単に作中人物が口にした（と想像される）ことばを記録する役割に徹するわけではない、ということである。語り手は、物語世界に生きる作中人物たちの言動をそのまま報告することに終始するわけではない。再現とはいっても、語り手が発話の内容を語ることにかわりはない。再現の仕方は語り手の裁量のうちにある。『山椒大夫』の語り手は、岩代や越後や丹後の作中人物たちに東京語を話させるという選択を行う。再現における語り手は透明な存在ではない。発話の再現にも、語り手の声は聞こえていると考えられるのである。

言い換え――再現への指向と叙述への指向

次に言い換えの例を確認してみよう。

はじめに言い換えの例があらわれるのは、母の心内語においてである。河原の材木の下に一夜の宿りを定めた母子の不自由を和らげるため、女中が湯や薦《こも》を手あてしようと出て行く。しばらくして足音があり、山岡大夫が入ってくる。

「姥竹《うばたけ》かい」と母親が声を掛けた。併《しか》し心の内には、柞《はゝそ》の森まで往《い》つて来たにしては、余り早いと疑つた。姥竹と云ふのは女中の名である。（六五七ページ）

「柞の森」以下「早い」までは、母が心のなかに思った言葉を言い換えたと思われる部分である。この部分は、そのままカギ括弧でくくってしまえば母の心中の言葉の再現であるとも受けとれるが、「…早いと思った」ではなく「…早いと疑った」とする語りに、再現よりも叙述に傾こうとする語り手の態度があらわれている。「疑った」と語るのは、母の反応としての出来事を語ったとも受けとれるからである。すくなくともこの部分は、再現ではなく言い換えであると考えてよいであろう。

ある作中人物の心内語が語られる場合、読者には、語り手が一時的にもせよその作中人物に肩入れしているかのような印象が生ずる。読者は、その作中人物の立場から、物語世界のものごとをみるよう仕向けられるであろう。こうして読者の側には、旅の母子に声をかける山岡大夫に対して、ある警戒の気持ちが働くようになる。

ちなみに、引用の部分は作中人物の固有名があらわれる最初の例である。「姥竹」という名は、まずは作中人物の発話の再現の語りにあらわれ、ついで語り手自身の声による補足としてあらわれる。同様に、物語の主人公たる安寿と厨子王の名も、発話の再現に続く語り手による補足を通じて、はじめて明らかにされる。以下のくだりである。

母親は物狂《ものくる》ほしげに舷《ふなばた》に手を掛けて伸び上がつた。「もう為方《しかた》がない。これが別《わかれ》だよ。安寿は守本尊《まもりほんぞん》の地蔵様を大切におし。厨子王はお父様の下さつた護刀《まもりがたな》を大切におし。どうぞ二人が離れぬやうに。」安寿は姉娘、厨子王は弟の名である。

（六六三ページ）

これは、全集版のテクストでは書き出しから十一ページ目にあたる。物語内容から言えば、越後の街道で行き暮れた母子主従が、山岡大夫の家に一夜を明かし、翌朝直江の浦から舟に乗って、人買いに騙されたと知るところまでである。ここに至るまで、読者は姉と弟の名を知らされることがない。再現された言葉に続く「安寿は姉娘、厨子王は弟の名である。」は、同じ語り手の声でありながら、出来事を叙述する言葉「母親は物狂ほしげに舷に手を掛けて伸び上がつた。」とは別の声である。このような語り手による補足は、語り手による介入の語りであるとみなされる。つけくわえておけば、『山椒大夫』の語りの中で、母の名が明かされる機会はついぞ訪れることがない。

さて、山岡大夫は母子主従を家に泊めると、最初の質問を発する。

大夫は（…）芋粥を進めた。そしてどこからどこへ往《ゆ》く旅かと問うた。

（六五九ページ）

ここのところは、山岡大夫の発話の言い換えとして語られるのか、山岡大夫の言動を出来事として語る叙述であるのか、判断が難しいところである。このあとに続く母と山岡大夫の発話の長々とした言い換えの導入部だと考えることもできるし、山岡大夫が母に尋ねた内容を示す叙述と考えることもできるからである。それは、山岡大夫という作中人物の素性がまだはっきりしないため、この人物自身の発話のありさまを想像しにくいという事情が、読者の側にあるためでもあるだろう。

言い換えにおける再現性

さて、問われた母は「身の上のおほよそを、微かな燈火《ともしび》の下《もと》で」話す。母の言葉はすべて言い換えとして語られる。

自分は岩代《いわしろ》のものである。夫が筑紫《つくし》へ往《い》つて帰らぬので、二人の子供を連れて尋ねに往《ゆ》く。姥竹《うばたけ》は姉娘の生れた時から守《もり》をしてくれた女中で、身寄のないものゆゑ、遠い、覚束《おぼつか》ない旅の伴《とも》をすることになつたと話したのである。

さてここまでは来たが、筑紫の果《はて》へ往くことを思へば、まだ家を出たばかりと云つても好《よ》い。これから陸《をか》を行つたものであらうか。又は船路を行つたものであらうか。主人《あるじ》は船乗であつて見れば、定めて遠国《をんごく》の事を知つてゐるだろう。どうぞ教へて貰《もら》ひたいと、子供等《ら》の母が頼んだ。（六五九ページ）

母の発話は、二つの段落にわけて言い換えられる。比較してみると、はじめの段落の方があとの段落よりも言い換えの度合いが大きい。逆に言えば、後半の段落の方が再現に近い。そのことを感じさせるのは、「さて」のような言葉を継ぐ表現、「まだ」や「どうぞ」といった副詞、「ここまで」や「これから」といった直示表現、「あらう」や「だらう」といった助動詞の語尾である。これらは、実際の発話を想像させる口語的要素であり、言い換えにあたっては省くことの可能な要素である。敬体を交え、カギ括弧を付すならば、「さてここまで」から「貰いたい」までを直接話法的な再現として書き直すことも比較的容易である。二つの段落を通じて、発話の再現性はかなり高いと見ることができる。

これに直ちに続くのが、山岡大夫の発話について語る次の段落である。

> 大夫《たいふ》は知れ切つた事を問はれたやうに、少しもためらはずに船路《ふなぢ》を行くことを勧めた。陸《をか》を行けば、ぢきに隣の越中の国に入《い》る界《さかひ》にさへ、親不知子不知《おやしらずこしらず》の難所《なんじよ》がある。削《けづ》り立てたやうな巌石《がんせき》の裾《すそ》には荒浪が打ち寄せる。旅人は横穴に這入《はひ》つて、波の引くのを待つてゐて、狭い巌石の下の道を走り抜ける。其時《そのとき》は親は子を顧《かへり》みることが出来ず、子も親を顧みることが出来ない。それは海辺の難所である。又山を越えると、踏《ふ》まへた石が一つ揺《ゆる》げば、千尋《ひろ》の谷底に落ちるやうな、あぶない岨道《そはみち》もある。西国《さいこく》へ往くまでには、どれ程の難所があるか知れない。それとは違つて、船路は安全なものである。慥《たしか》な船頭にさへ頼めば、ゐながらにして百里でも千里でも行かれる。自分は西国まで往くことは出来ぬが、諸国の船頭を知つてゐるから、船に載《の》せて出て、西国へ往く舟に乗り換へさせることが出来る。あすの朝は早速《さつそく》船に載せて出ようと、大夫は事もなげに云つた。
>
> （六五九〜六六〇ページ）

はじめの文「大夫は知れ切つた事を問はれたやうに、少しもためらはずに船路を行くことを勧めた。」は、大夫の返答を出来事として語る叙述である。ここには実際の発話における言葉遣いを想像させる要素はほとんどない。そのあとに続く「陸を行けば」以下は、大夫が船路を勧める理由を述べたものだが、親不知子不知の難所を説明するくだりなど、語り手による言い換えの度合いがかなり高い。山岡大夫の思惑からやや距離をおいて、語り手自身が船路の安全を説いているとすら受けとることのできる書き方である。実際の発話を想像させる要素があらわれるのは、段落中の後半「自分は西国まで往くことは出来ぬが…」に至ってのことで、「あすの朝は早速船に載せて出よう」の部分までくると再現の要素がそれなりに大きくなる。それまでは、発話の言い換えとして語り手の声が大きく支配する語り方である。段落を通してみた場合、発話の再現性はかなり低い。

これは、直前にあらわれる母の発話の言い換えと、ある対照を示す。

母の発話の言い換えは、実際に母が口にしていたと想像される口語的要素を、かなり意識的に再現しようとしている。母の発話のありさま、声音や表情さえ、彷彿とする語り方である。一方、山岡大夫の発話の言い換えでは、陸路の危険についての説明がきわめて手際よく行われる。語り手自身がこの先の陸路の危険を説くとも感じさせる。説かれている内容は理に適ったことで、無理なく了解できる。人を陥れるための拵えごととは思えない。第三者の立場から山岡大夫の説明を聞いたとしても、同じ判断に傾いたであろうことを読者に納得させる。語り手による介入を示すとも受けとれるこの山岡大夫の発話の言い換えは、まさにそのことによって説得力を帯びる。山岡大夫のことばを信じた母の判断が、決して軽率なものではなかったことを思わせる。山岡大夫の話をここまで聞いてしまった以上、母子主従は山岡大夫の舟に乗るという選択に傾かざるを得なかった。それは余儀ないことだったかもしれないと、読者に納得させる。これに発話の言い換えを行う語り手の、語りの戦略であると認められる。

山岡大夫の発話は、「自分は西国まで往くことは出来ぬが」と言い換えられるところにさしかかって、ようやく再現性を高める。ここに至って、陸路の危険という客観性を帯びた事実の提示よりも、人買いの思惑と欲望とを強くにじませた、山岡大夫の発話の主観性があらわになってくるのである。

このように見てくると、発話の言い換えには、その再現性という点においてさまざまな度合いがあることがわかる。再現—言い換え—叙述という図式で言うならば、再現に近い言い換えと、叙述に近い言い換えがある、ということになる。再現に近い言い換えが、作中人物による実際の発話が帯びる主観性に傾くのであれば、叙述に近い言い換えは、なんらかの意味で語り手の立場から語る姿勢を示そうとするものだと言えよう。それは、特定の作中人物の発話のあり方に視野を限定した語りと、作中人物と距離をとることで語り手としての視野の拡がりを維持する語りとの違いということでもある。

言い換えにおける語り手の介入

語り手が語り手としての立場と視野の拡がりを維持するということは、語り手が物語の展開に関してある見通しを持つことを意味する。語り手として持ちうる知識が動員されるということである。叙述の度合いの高い言い換えには、そのような語り手の権能があらわになる。一夜があけて、山岡大夫の家を出た母子主従は大夫に宿賃を払おうとする。すると大夫は言う。

大夫《たいふ》は留《と》めて、宿賃《やどちん》は貰はぬ、併《しか》し金の入れてある大切な嚢《ふくろ》は預つて置かうと云つた。なんでも大切な品は、宿《やど》に著《つ》けば宿の主人《あるじ》に、舟に乗れば舟の主《ぬし》に預けるものだと云ふのである。（六六〇ページ）

引用の後半、「大切な品は、宿に著けば宿の主人に、舟に乗れば舟の主に預けるものだ」は、山岡大夫の発話の言い換えだが、これに加えられる「なんでも」という言葉は、語り手による介入と考えるべきところである。文末の「と云ふのである」とともに、山岡大夫の言い分によれば、という意味をあらわすが、なぜ金の入った袋を預けねばならないのかという母の不審と不安に応える表現であり、山岡大夫の言い分の胡散臭さ、その不当を暴く表現である。この言い分はおかしい、と匂わせることで、そのような不当な要求に従わねばならない無力な母子主従が、やがて陥ることになる過酷な運命を、語り手は予示する。語り手はこれに続けてさらに次のように語る。

子供等《ら》の母は最初に宿を借ることを許してから、主人《あるじ》の大夫《たいふ》の言ふ事を聴かなくてはならぬやうな勢になつた。掟を破つてまで宿を貸してくれたのを、難有《ありがた》くは思つても、何事によらず言ふが儘《まゝ》になる程、大夫を信じてはゐない。かう云ふ勢《いきほひ》になつたのは、大夫の詞《ことば》に人を押し附ける強みがあつて、母親はそれに抗《あらが》ふことが出来ぬからである。その抗ふことの出来ぬのは、どこか恐ろしい処があるからである。併《しか》し母親は自分が大夫を恐れてゐるとは思つてゐない。自分の心がはつきりわかつてゐない。

（六六〇ページ）

語り手は、語り手自身の声によって、母の心の動きを語る。母子主従が、そもそもなぜ山岡大夫のもとに身を預け、言うがままに舟に乗り込むことになったのかについて、母子主従の行動を要約してみせる。母は山岡大夫を十分に警戒していたが、山岡大夫の言葉には母の心理的抵抗を押し切る力があった。それは母が山岡大夫を恐れる感情を抱いたためであったと、語り手は言う。語り手は、そのような母の心の動きを、母自身も自覚しないこととして語る。一作中人物の知覚・経験の範囲を抜け出て、いわゆる「全知の語り手」の権能において語る。先に舟路の安全を説く山岡大夫の発話の言い換えに介入した語り手は、今度は大夫の発話を受けとめる母の側の事情を語る。こうして母子主従が、理においても情においても追い詰められていったことを、語り手は読者に納得させることになる。

「山椒大夫」では、再現―言い換え―叙述という図式のうち、再現の側に傾く言い換えの例も、叙述の側に傾く言い換えの例も、いずれも数多く指摘できるが、なかには語り手自身の声がやや強く滲む箇所も目につく。たとえば次のような例である。

姉と弟とは朝餉《あさげ》を食べながら、もうかうした身の上になつては、運命の下《もと》に項《うなじ》を屈《かゞ》めるより外《ほか》はないと、けなげにも相談した。

(六六七ページ)

ここにあらわれる「運命の下に項を屈める」という表現が、実際の発話に用いられた表現を反映しているとは考えにくい。幼い姉弟が話し合った内容を、語り手自身の語彙で言い換えたものと考えるべきであろう。あるいはこんな例もある。

姉は浜で弟を思ひ、弟は山で姉を思ひ、日の暮《くれ》を待つて小屋に帰れば、二人は手を取り合つて、筑紫《つくし》にゐる父が恋しい、佐渡にゐる母が恋しいと、言つては泣き、泣いては言ふ。

(六六九ページ)

「筑紫にゐる父が恋しい、佐渡にゐる母が恋しい」は発話の再現にも似るが、この簡潔な対句表現は、「姉は浜で弟を思ひ、弟は山で姉を思ひ」にみられる対句表現とともに、語り手自身による修辞的な語りであると考えるべきだろう。これは「言っては泣き、泣いては言う」という修辞表現（交差対句 chiasmus）にもあてはまる。

発話の語りが完全な叙述になると、発話の実際のありさまは容易に想像できなくなる。次の例は、母が一夜の宿りに藁や薦を借りることを頼んだのに対する、潮汲み女の反応を語った箇所である。

潮汲女《しほくみをんな》は受け合つて、柞《はゝそ》の林の方へ帰つて行く。

（六五五ページ）

母の懇願を受けてのことで、潮汲女が「受け合つ」た内容は文脈によって明らかであるが、実際の発話にどのような表現がふくまれていたのか――単に「わかりました」ということだったのか、母子主従をいたわる言葉もあったのかどうか――はわからない。同様に、次の例においても、弟の厨子王が姉にどのような言葉で話しかけたのか、知るべき手がかりはない。

厨子王は姉の心を忖《はか》り兼《か》ねて、寂しいやうな、悲しいやうな思《おもひ》に胸が一ぱいになつてゐる。きのふも奴頭《やつこがしら》の帰つた跡《あと》で、いろ〳〵に詞《ことば》を設《まう》けて尋《たづ》ねたが、姉はひとりで何事をか考へてゐるらしく、それをあからさまには打ち明けずにしまつた。

（六六六‐七ページ）

姉の安寿は、弟とともに山の仕事に出たいと願い出る。それが許された代わりに、安寿は鎌で髪を切り落とされ、男のような姿になる。姉の心を量りかねた厨子王は質問を重ねてみるものの、はかばかしい答えは返ってこない。「いろいろに詞を設けて」には、厨子王が様々に表現をかえて姉に迫った様子があらわれているが、具体的に何を尋ねたのかは分からない。厨子王は姉の決心について知るところはなかったし、その手がかりさえつかめていない様子である。ここのところは読者の側にも同じ気持ちが生ずるところである。厨子王の幼さゆえに事態が把握できないというのではない。安寿の心には謎がある。何ごとをか深く考えているらしいのだが、安寿は結局何も打ち明けずにいる。そのため、安寿の思いをめぐる疑問は様々に生じうる。この厨子王の発話の叙述は、安寿の心事をめぐって生じうる不審の念を不審のままにとどめておこうとする、語りの工夫がみられるところである。

発話と心内語

さて、発話もしくは心内語の語りという点から見て、「山椒大夫」にはきわめて興味深い例がある。やや長くなるが、当該の箇所をまずは引用してみる。

其晩《そのばん》は二人が気味悪く思ひながら寐《ね》た。それからどれ丈《だけ》寐たかわからない。二人はふと物音を聞き附けて目を醒《さ》ました。今の小屋に来てからは、燈火《ともしび》を置くことが許されてゐる。その微かな明りで見れば、枕元《まくらもと》に三郎が立つてゐる。三郎は、つと寄つて、両手で二人の手を摑《つか》まへる。そして引き立てゝ、戸口を出る。蒼《あを》ざめた月を仰《あふ》ぎながら、二人は目見《めみ》えの時に通《とほ》つた、広い馬道《めだう》を引かれて行く。

階《はし》を三段登る。廊《ほそどの》を通る。廻《めぐ》り廻つて前《さき》の日に見た広間に這入《はひ》る。そこには大勢の人が黙つて並んでゐる。三郎は二人を炭火の真つ赤におこつた炉の前まで引き摩《ず》つて出る。二人は小屋で引き立てられた時から、只《たゞ》「御免《ごめん》なさい〳〵」と云つてゐたが、三郎は黙つて引き摩つて行くので、しまひには二人も黙つてしまつた。炉《ろ》の向側《むかひがは》には茵《しとね》三枚を畳《かさ》ねて敷いて、山椒大夫《さんせうだいふ》がすわつてゐる。大夫《たいふ》の赤《あか》顔《がほ》が、座の右左《みぎひだり》に焚《た》いてある炬火《たてあかし》を照り返して、燃えるやうである。三郎は炭火の中から、赤く焼けてゐる火箸《ひばし》を抜き出す。それを手に持つて、暫《しばら》く見てゐる。初《はじ》め透《す》き通るやうに赤くなつてゐた鉄が、次第に黒ずんで来る。そこで三郎は安寿《あんじゆ》を引き寄せて、火箸を顔に当てようとする。厨子王《づしわう》は其《その》肘《ひぢ》に絡《から》み附く。三郎はそれを蹴倒《けたふ》して右の膝に敷《し》く。とう〳〵火箸を安寿の額《ひたひ》に十文字に当てる。安寿の悲鳴が一座の沈黙を破つて響き渡る。三郎は安寿を衝《つ》き放《はな》して、膝の下の厨子王を引き起し、其《その》額にも火箸を十文字に当てる。新《あらた》に響く厨子王の泣声が、稍《やゝ》微《かす》かになつた姉の声に交《まじ》る。三郎は火箸を棄てゝ、初め二人を此《この》広間へ連れて来た時のやうに、又二人の手を摑まへる。そして一座を見渡した後、広い母屋を廻つて、二人を三段の階の所まで引き出し、凍つた土の上に衝き落す。二人の子供は創《きず》の痛《いたみ》と心の恐《おそれ》とに気を失ひさうになるのを、やう〳〵堪《た》へ忍んで、どこをどう歩いたともなく、三の木戸の小家《こや》に帰る。臥所《ふしど》の上に倒れた二人は、暫く死骸《しがい》のやうに動かずにゐたが、忽《たちま》ち厨子王が「姉《ね》えさん、早くお地蔵様を」と叫んだ。安寿はすぐに起き直つて、肌の守袋《まもりぶくろ》を取り出した。わななく手に紐を解いて、袋から出した仏像を枕元に据ゑた。二人は右左にぬかづいた。其時《そのとき》歯をくひしばつてもこらへられぬ額の痛が、掻《か》き消すやうに失《う》せた。掌《てのひら》で額を撫《な》でて見れば、創は痕《あと》もなくなつた。はつと思つて、二人は目を醒ました。

（六七一～二ページ）

これは、安寿と厨子王が逃げる相談をしていて、三郎に立ち聞きされた晩に二人が見る、夢の語りである。逃亡の企てをした者には焼き印をすると脅した三郎の言葉が心に残って、二人はこのような夢を見るのだが、不安に思いつつ寝た二人の行動を事実として語った語りと、夢の中の出来事の語りが切れ目なく続く、独特の語りがみられるところである。

夢のなかの出来事を語る語りの文体は、現実の出来事を語る文体とは、微妙な差異を持つ。

第一に、「山椒大夫」のテクストの多くの部分において、いわゆる「タ形」（文末が「〜た」で終わる形で、一般に過去時制を示すと受けとられる形）の文を連ねる形で語りが進められるのに対し、この部分では圧倒的に「ル形」（文末が「〜る」で終わる形で、一般に現在時制を示すと受けとられる形）の文が優勢になる。枕元に三郎が立って二人を小屋から連れ出すところから炉の前に引きすえるところまで、さらには二人が山椒大夫の前で烙印を押されて木戸に帰るところまで、一貫して「ル形」の文末を持つ文が畳みかけられるのである。これは、物語のはじめから続いていた「タ形」による叙述とは著しい対照を示していて、この部分の語りが出来事を語るほかの部分の語りとは区別されねばならないことを示唆している。

次に、文の長さにも変化が生ずる。とくに「(…) 広い馬道《めだう》を引かれて行く。」のあとの「階《はし》を三段登る。廊《ほそどの》を通る。廻《めぐ》り廻つて前《さき》の日に見た広間に這入《はひ》る。そこには大勢の人が黙つて並んでゐる。」のあたりは、一文一文がかなり短い。これも、それまでの語りとは対照をなすところである。鋭敏な読者であれば、事実としての出来事を語る語りが、別の語りへと変質してしまっていることに、この夢の語りのどこかで気づくはずである。

問題は、引用のくだりにすぐに続いて

二人の子供は起き直つて夢の話をした。同じ夢を同じ時に見たのである。

とある点である。この夢の語りは、安寿と厨子王が見た夢を、語り手が語り手の権能を以て二人の身に起こった（と思えた）出来事として語ると同時に、夢が覚めたあとに二人で語りあった夢についての（二人の）発話を、語り手が語り直した語りでもある。発話についての語りとして捉えるなら、このくだりは長大な言い換えの語りということになる。

段落のはじめの部分をもう一度読んでみよう。「其晩は二人が気味悪く思ひながら寐た。それからどれ丈寐たかわからない。」とあるところまでは、語り手による出来事の語りである。二人が見た夢の内容にかかわることもない。続く「二人はふと物音を聞き付けて目を醒ました。今の小屋に来てからは、燈火を置くことが許されてゐる。その微かな明りで見れば、枕元に三郎が立つてゐる。」のうち、最後の（三つ目の）文は、明らかに夢の内容を語った部分であり、安寿と厨子王が目覚めたあと語りあった発話内容を語るものである。一方で、最初の文（二人はふと…）には曖昧なところがある。語り手が、二人が見た夢のはじめの部分を出来事として語っているのだとも、覚めたあとに二人が語った発話にかかわるとも読める。ただし、次の文（今の小屋に…）は、語り手が語り手として介入し、補足を加えたところである。夢にも、発話内容にもかかわらない。続く「三郎は、つと寄つて、両手で二人の手を摑まへる。」に至って、語りは夢の内容に深く入り込んでゆく。目覚めたあとで、安寿と厨子王が互いに確かめあったことがらでもあったろう。

それでも、この夢の語りは、二人の発話に引き戻しえない多くの細部をふくんでいる。馬道を引き立てられていく二人が仰ぎ見たとされる月。広間に並ぶ大勢の人々。山椒大夫が座に敷く三枚の茵《しとね》、といったその場の情景である。あるいは、安寿の悲鳴や厨子王の泣声なども、実際の発話には引き戻しにくい。また「御免なさい〳〵」といった夢のなかの発話が、姉弟が夢を語りあった際に語られたものなのかどうか（発話のなかで発話の自己引用として語られたのかどうか）、判断がつきかねるところである。

人の見る夢が、人の心の中の奥に秘められたことがらであるとすれば、物語世界外で語る語り手が作中人物の見る夢について語るのは、その心の中を、物語世界に属さない語り手として物語世界の外部において語ることだと考えられる。この「山椒大夫」のくだりでは、二人の作中人物が同じ晩に同じ夢を見る。その夢を、語り手は二人の心に等しく接近して語る。この語り手は、作中人物の見た夢のなかに入り込み、夢にあらわれたあれこれの情景をこまやかに描きだす[9]。

同時にこの語り手は、夢の内容を夢を見た当人たちの語りであるとして語る。それは、夢のなかの出来事が語り手自身によって語り終えられたあと、遡及的に言及されることである。作中人物たちの見た夢を語ったあとに、夢の内容は夢を見た当人たちの発話によって裏づけられることであると、語り手は語るのである。

したがって、この夢の語りには、語り手の声と作中人物たちの声とが二重に響くありさまが認められることになる。作中人物の発話の語りに語り手自身が介入するという以上に、作中人物の経験をめぐる語り手自身の語りと、作中人物の発話の言い換えとが平行する語りである。ただし、作中人物たちの声は、事後的に（すなわち語り手自身による夢の語りがおわったあとに）語り手の声に重ねあわされるかたちで、その存在が指摘される。読者は、一旦語り了えられた語りの内容を振り返りつつ、あらためて安寿と厨子王の夢の語りの声を聞くことになるのである。

以上、「山椒大夫」における発話の語りを、再現、言い換え、叙述という三つのタイプに分けて確認してきた。また、発話が語られる際、語り手自身の声による補足として語り手の介入が生じることもみてきた。「山椒大夫」においては、直接話法的な再現と間接話法的な言い換えの違いは、カギ括弧の使用の有無によって明確に区別することが可能である。また叙述としての発話の語りを識別することも容易である。その意味で、「山椒大夫」という鷗外のテクストは、近代日本語文における発話の語りの一つの典型を示していると言えるであろう。

第四章注

［1］ ジュネットが挙げる例は、以下のようなものである。

1. J'informais ma mère de ma décision d'épouser Albertine.
(I informed my mother of my decision to marry Albertine.)

私は母にアルベルティーヌと結婚する決意を語った。

2. Je dis à ma mère qu'il me fallait absolument épouser Albertine.
(I told my mother that I absolutely had to marry Albertine.)

私はどうしてもアルベルティーヌと結婚しなくてはならないのだと母に言った。

3. Je dis à ma mère : il faut absolument que j'épouse Albertine.
(I said to my mother: it is absolutely necessary that I marry Albertine.)

私は母に言った。「僕はどうしてもアルベルティーヌと結婚しなくてはならない。」

Gérard Genette, "Discours du récit: essai de méthode," in *Figures III* (Paris: Seuil, 1972), 190–91; *Narrative Discourse*, 171–172.

ここでは discours の訳語としては「談話」ではなく「発話」の語を用いた。これは本文の叙述にあわせるためである。

［2］ プラトン『国家』の該当箇所の後半部分は以下の通り。ちなみに「彼」とはアデイマントスである。

「したがって、そのような場合には、どうやら、ホメロスにせよ他の作家（詩人）たちにせよ、〈真似〉というやり方で叙述を行なっていることになるようだ」

「たしかにそうです」

「これに対して、もし作家（詩人）がどこにおいても自分を覆いかくさないとしたら、彼の詩作と叙述の全体は、〈真似〉というやり方なしになされたことになるだろう。——しかし、ここでまたわからないと君に言われると困るから、それが実際にはどのようにしてなされるか、ぼくが自分で語ってみせることにしよう。すなわち、ホメロスは、クリュセスが娘の身の代《しろ》の品々を持ってアカイア勢に、特にその王たちに嘆願しにやってきたことを語っているが、かりにもしその後のところも、クリュセスになりきったようにして語るのでなく、依然ホメロスとして語ったとしたならば、その語り方は〈真似〉ではなく、単純な叙述となっただろうことが、君にもわかるはずだ。それは大体のところ、次のようなものとなるだろう。ただし、韻はふまないでやる。ぼくは詩人ではないからね。

『神官はやって来て、彼らアカイア勢の人々には、トロイアを攻略のうえその身は無事帰国することを神々が許したもうように、だが娘のことは、彼らが償《つぐな》い代《しろ》を受け取り、神（アポロン）を畏れて、どうか釈放して自分に返してくれるようにと祈った。

神官がこのように言うと、他の人々は敬意を表してそのことを承知したが、アガメムノンは怒って、即刻立ち去って二度と来ないように命じた——そうしないと、笏杖《しゃくじょう》も、神の標《しるし》の毛総《けふさ》も、彼の身の護りとはならぬようになるだろうからと。そして彼の娘は、釈放されるより前に、アルゴスの地で自分とともに年老いるだろうと言い、彼が無事に家へ帰りたいと思うなら、ここを立ち去って自分を怒らせないようにせよと命じた。

老人はこれを聞いて恐れをなし、黙ってそこを立ち去ったが、陣営からはなれると、いろいろと熱心にアポロンに祈った、この神のさまざまの呼び名を呼びながら、そして、もし自分がこれまでに神殿を建てたり犠牲を捧げたりして贈ったもので、何かお気に召すものがあったとすれば、それを思い出して報いを給わることを願いながら——。こうして彼は、神がそれらのものを嘉《よみ》したまいて、この神の矢によってアカイア勢たちが彼の涙の償いをすることになるようにと、祈ったのであった』

——こんなふうにして、君、〈真似〉なしの単純な叙述はなされるのだよ」とぼくは言った。

「わかりました」と彼は答えた。

（藤沢令夫訳『国家（上）』（岩波文庫、改版、二〇〇九年）二一六〜八ページ。）

ここで言及されているホメロスのテクストは『イリアス』の冒頭の部分であるが（ちなみに「アカイア勢」とはトロイア戦争におけるギリシア勢をさし、クリュセスはアポロンの神官をいう）、ここで語り直されているクリュセスとアガメムノンのことばは次の通りである。

（クリュセス）「アトレウス家の御兄弟ならびに脛当美々《すねあてびび》しきアカイア勢の方々よ、どうかあなた方が見事プリアモスの城を攻め落し、恙《つつが》なく故国にお帰りなされることを、オリュンポスに住まいます神々がお許し下さるように。わたしの娘はしかし、どうかゼウスの御子、遠矢のアポロンの神威を憚《はばか》って、身の代と引き換えに自由の身にしてやっていただきたい。」

（アガメムノン）「老いぼれよ、そのままここでうろうろするにせよ、また出直してくるにせよ、この洞《ほら》なす船の傍《かたわ》らで、わしに姿を見せてはならぬぞ。気の毒だが笏杖も神の標《しるし》もお前には何の役にも立たぬであろう。娘を返すつもりはない。故郷を遠くアルゴスなるわが屋敷で機《はた》を織り、わしの夜伽《よとぎ》をつとめながら老いを迎えるまではな。さあ、さっさと立ち去れ、無事に家へ帰りたくば、わしを怒らすなよ。」
(クリュセス)「お聞き下さい銀《しろがね》の弓持たす君、クリュセならびに聖地キラの守り神、さらにはテネドスを猛《たけ》き力に統べ給うスミンテウスよ、かつてわたくしがあなたのために御心に叶《かな》う社《やしろ》を築きまいらせ、また牛、山羊の肥えた腿《もも》を焼いてお供えしましたことをお忘れなくば、このわたくしの望みを叶えて下さいませ。どうかあなたの弓矢によってダナオイ勢に、わたくしの流した涙の償いを払わせてやって下さいませ。」

(松平千秋訳『イリアス(上)』(岩波文庫、一九九二年)一一～三ページ。)

[3]『芥川龍之介全集』の注解(浅野洋)には、一九二七年三月二八日付の斎藤茂吉宛書簡から「みづから『くたばってしまへ』と申すこと度たびに有之候」という一節が引かれている。

[4] 語りにおける直示表現の問題については以下の記述が参考になる。Wiiliam F. Hanks, "deixis," in *Routledge Encyclopedia of Narrative Theory*, eds. David Herman, Manfred Jahn and Marie-Laure Ryan (London: Routledge, 2008), 99–100.

[5] ちなみに、アラン・ターニーによる英訳の書き出しは以下のようになっている。

Ever since I was a child, my inherent recklessness has brought me nothing but trouble.

Once, when I was at primary school, I jumped out of a second-story window and couldn't walk for a week. Some of you may be wondering why I did such a rash thing. There was no particularly deep reason. It was just that, as I stuck my head out of a second-floor window of the new block, one of my classmates jeered at me and said, "You're always bragging, but I bet you couldn't jump from there. Yah! Sissy!"

When I arrived home on the caretaker's back, my father glared at me and said, "Whoever heard of anyone shaking at the knees after only jumping from the second floor?" To which I replied that I'd show him. Next time they wouldn't shake.

(Natsume Soseki, *Botchan*, trans. Alan Turney (Tokyo: Kodansha International, 1972), 9.)

ここではまず原文の一段落が三段落に分割されているのが観察される。また、原文のうち「いくら威張つても、そこから飛び降りる事は出来まい。弱虫やーい。」の部分と「二階位から飛び降りて腰を抜かす奴があるか」の部分の二箇所が直接話法で処理されているのがわかる。一方、エレーヌ・モリタによる仏訳は次のようになっている。

Pour tout héritage, j'ai reçu une nature impulsive et risque-tout qui me vaut depuis ma petite enfance de perpétuelles mésaventures. J'étais encore écolier quand j'ai sauté du premier étage de mon école. J'en ai perdu l'usage de mes jambes une bonne semaine. Je peux m'interroger sur le motif de cette action insane. Mais non, il n'y a aucune raison sérieuse à cela. Comme je passais la tête par la fenêtre du nouveau bâtiment, l'un de mes condisciples m'avait apostrophé: «Eh... tu te vantes, mais tu ne serais pas capable de sauter d'ici... Poltron, va!» Il me raillait.

Le retour à la maison se fit sur le dos du factotum, et mon père ouvrit de grands yeux... J'avais réussi l'exploit de ne plus mettre un pied devant l'autre simplement en enjambant un premier étage!... À quoi je répondis que le prochain saut s'effectuerait, je l'espérais, sans encombre.

(Natsumé Sôseki, *Botchan*, trans. Hélène Morita (Paris: Le Serpent à Plumes, 1993), 7-8.)

この訳では、当該箇所の段落は二つに分けられているが、原文の第二段落（親類のものから西洋製のナイフを貰つて…）は、段落を分けずに引用のテクストに続いている。また、直接話法で処理されているのは「いくら威張つても、そこから飛び降りる事は出来まい。弱虫やーい。」の箇所のみである。

［6］　たとえば谷崎潤一郎の『春琴抄』にあっては、カギ括弧の有無によって再現と言い換えとを区別することはかなり難しい。以下のくだり（『谷崎潤一郎全集』第十七巻（中央公論新社、二〇一五年））を参照されたい。

（…）佐助は次に同じ方法を右の眼に施し瞬時にして両眼を潰した尤も直後はまだぼんやりと物の形など見えてゐたのが十日程の間に完全に見えなくなつたと云ふ。程経て春琴が起き出でた頃手さぐりしながら奥の間に行きお師匠様私はめしひになりました。もう一生涯お顔を見ることはござりませぬと彼女の前に額づいて云つた。佐助、それはほんたうか、と春琴は一語を発し長い間黙然と沈思してゐた佐助は此の世に生れてから後にも先にも此の沈黙の数分間程楽しい時を生きたことがなかつた（…）

（一〇二ページ）

このうち、佐助のことばである「お師匠様私はめしひになりました。もう一生涯お顔を見ることはござりませぬ」と、春琴のことばである「佐助、それはほんたうか」は、作中人物の発話の再現とみてよいはずだが、カギ括弧は用いられていない。一方で、

扨夕食を済ませてから時々気が向いた折に佐助を二階の居間へ招いて教授するそれが遂には毎日欠かさず教へるやうになりどうかすると九時十時に至つても尚許さず、「佐助、わてそんなこと教せたか」「あかん、あかん、弾けるまで夜通しかゝつたかて遣りや」と激しく叱咤する声が屢〻階下の奉公人共を驚かした時に依ると此の幼い女師匠は「阿呆、何で覚えられへんねん」と罵りながら撥を以て頭を殴り弟子がしく〳〵泣き出すことも珍しくなかつた

（七二ページ）

といった例にみるように、カギ括弧を用いて発話を再現するところもある。

［7］ 自由間接話法は、まずは文法的指標により直接話法と間接話法から区別される。B・マッケールは、ジェイムズ・ジョイスの『若い芸術家の肖像』の例をもとに、次のような例文を示す。Brian McHale, “Free Indirect Discourse,” in *Routledge Encyclopedia of Narrative Theory*, 189.

He said, ‘I will retire to the outhouse’. 直接話法

He said that he would retire to the outhouse. 間接話法

He would retire to the outhouse. 自由間接話法

また、M・フルダーニクは、以下の例を示す。Monika Fludernik, “Speech Representaion,” in *Routledge Encyclopedia of Narrative Theory*, 560.

‘Hey, I love you’. 直接話法

Hey, he loved her. 自由間接話法

He said/thougt he loved her. 間接話法

G・ヒューズは自由間接話法の特徴として以下の六点をあげている。George Hughes, *Reading Novels*（Nashville: Vanderbilt University Press, 2002）, 112.

1. 発話者は、間接話法におけるように、三人称で言及される。
2. 感嘆口調の表現や、反語的表現（修辞疑問文）等がしばしば使用される。
3. 主節の時制と一致する助動詞の過去形等がしばしば使用される。
4. 空間や時間の指示が、しばしば「いまここ」を基準とした表現になる。
5. 文が断片化する。
6. 「と、＊＊は思った」といった表現（tag phrases）が文の末尾に現れる。あるいは、「と、＊＊は思った」という設定を前提とする。

［8］　シュタンツェルは、自由間接話法については言語学的な説明の仕方と物語論的な説明の仕方とがあり、物語論的には定義が難しいとしながら、その本質は語り手の観点から語る視点と、作中人物の観点から語る視点とが二重になることにある、としている。F. K. Stanzel, *A Theory of Narrative*, trans. Charlotte Goedsche (Cambridge: Cambridge University Press, 1984), 191.

［9］　夢の語りをどう考えるかは難しい。夢についての語りを、枠物語の構造で考えるなら、物語のなかで夢を見る登場人物を、物語世界内で語る物語世界に存在する語り手とみなすことも可能であろう。夢を見ることじたいを、自分が体験した別の物語世界について語ることだとみなすのである。また、夢の出来事を語ることを、心のなかに生起する思いを語ることに擬えるなら、夢の語りを心内語の語りの延長上で考えることも可能であろう。なお、拙論「伝説の文体――森鷗外訳「聖ジュリアン」について」(『比較文學研究』第六五号、一九九四年、五〇～六四ページ)でも「山椒大夫」のこの箇所を論じた。

第五章　語りと時間

1　小説の中の時間

小説の中には時間が流れている。たとえば、三年のあいだに起きる出来事が語られるなら三年という時間が小説の中に流れる。一日のあいだの出来事を語るなら一日という時間が流れる。

ただし、小説の中に流れる時間は、われわれの現実生活のなかに流れる時間とは異なり、一定の速度を保って流れることはめったにない。ある一週間の出来事が長々と語られる一方、一年に余る時間が省略されてしまうことは珍しくない。一分しか要しなかったはずの出来事について数十ページが費やされるかと思えば、三年という時間の経過がたった一行で済まされてしまうこともある。

小説の中を流れる時間はつねに一定の速度で先へ先へと進むわけではない。十年前に時間が巻き戻されたり、五年先のことが予告されたりする。一週間前の出来事に話が飛んだかと思えば、ある出来事が招くことになる三日後の帰結が、出来事そのものが語られる以前に明らかにされたりする。同じ出来事が何度も繰り返し語られたり、何度もあったはずの出来事が一度しか語られなかったりする。

出来事をいかに語るかは出来事に流れる時間に縛られない。したがって、小説の中の時間は澱んだり、流れを早めたり、止まってしまったりする。遡ったり、先回りしたりする。同じ時間が反復されるかたわら、別々の時間が一つにくくられてしまうこともある。

小説の中の時間とは、出来事を語るにあたって加工される時間のことである。小説の語りが時間をどう扱うかにかかわる。語りの中で時間がどのように処理されるかということである。

小説の語り自体も時間の流れの中にある。語りは先へ先へと進んでゆく。語りに要する時間を考える必要もある。

ここに一つの難問が浮かびあがる。小説の語りは読まれることを前提とする。小説のテクストは読まれることによってはじめて語りとして成立する。読まれないテクストは単なる紙の上の（あるいは画面の上の）黒いシミにすぎない。語る時間を扱おうとするなら、テクストが読まれる時間をあわせて考慮しなくてはならない。これをどう考えればよいか。

物語の時間と読者の時間

小説を読む読者が実際にどのようにテクストを読むかを予測するのは不可能に近い。まず速度の問題がある。小説の一ページを三十秒で読む読者もいれば、三分かける読者もいる。外国語の小説なら、三十分あるいは三時間かける読者がいてもおかしくはない。小説のテクストが読まれる標準的な速度を想定することは難しい。したがって、あるテクストが読まれるのに要する時間を予想することもできない。

ミヒャエル・エンデ（一九二九〜一九九五）の『はてしない物語』（一九七九年）は、本を読むスピードそのものが語られている面白い例である。主人公の少年バスチアンは、古書店から盗んだ本を持って、学校の屋根裏部屋に閉じこもり「はてしない物語」を読みはじめる。同時に、読者もまたバスチアンが読んでいる物語を読みはじめる。物語の提示にはある工夫が施される。バスチアンが読み、読者もまた読むことになる「はてしない物語」は緑色の活字で、バスチアンが生きる「現実の」世界の描写は赤い活字で印刷される。緑色の活字のテクストがしばらく続いたあと、ところどころに赤い活字のテクストがあらわれ、バスチアンが耳にする塔の時計の音が一時間ごとに言及される。そのことで、バスチアンが生きる「現実の」世界において一時間が経過したことが分かる仕掛けになっている。同時に、バスチアンが「はてしない物語」の（緑色の活字の）テクストを読むのに要した時間がほぼ正確に分かる。

だからといって、読者もまたバスチアンと同じ速度で緑色の活字のテクストを読まなくてはならないということはない。バスチアンが一時間かけて読む分量のテクストを一時間で読む必要はない。エンデが想定する年少の読者ならバスチアンの読む速度は標準的なものかもしれない。が、もっと遅く読む読者がいても、早く読む読者がいてもおかしくない。大人の一般読者ならおそらく一時間はかからない。バスチアンの世界に流れる一時間という時間はあくまで仮構の一時間であり、バスチアンが物語のテクストを読む速度も仮構の速度である。読者にとっての「現実の」世界でどれほどの時間が経過するのかは判断がつかない。

読者は、小説の語りをはじめからおわりまで、語られている通りに、語られている順序で読むわけでもない。出来事の発端を読んだあとすぐに（こっそり）結末を確認しようとする読者もいることだろう。途中の数ページ、数十ページを読み飛ばしてしまう読者もいる。テクストが実際にどのように読まれるか、あるいは読まれないかは、ほとんど予測がつかない。小説のテクストに指摘できる時間の処理が、テクストが読まれる現場において期待通りに機能するかどうかはまったくわからない。

フリオ・コルタサル（一九一四〜一九八四）の『石蹴り遊び』（一九六三年）では、二つの異なる読み方が作者によって指示される。はじめに読者に、第一章から最終章であるとされる第五十六章までを順序よく読むよう促される。読者はまずここで戸惑いを覚える。手にしている本には第五十六章のあと、さらに第五十七章から第百五十五章までが収められているからである。次に読者は、二つ目の読み方として以下のような順序を作者によって指示される。これははじめの章立てとはまったく無関係であるように映る。以下に、作者による指定のはじめの部分だけを引いてみる。

73—1—2—116—3—84—4—71—5—81—74—6—7—8—93—68—9—104…

この順序に従って小説を読み進めようとする読者の便宜を図って、たとえば第七十三章の末尾には「—第一章」という指示が記される。この指示に従うことにより、読者は同じ小説をまったく異なる順序で読むよう求められる。

これは、同じテクストに異なる二つの読み方が期待される小説の例である。だが、果たして読者が作者の要求通りに同じ小説を二度読むかどうかは、保証の限りではない。『石蹴り遊び』の第五十七章以下を、第五十六章に続けて「順序通りに」読もうとする読者がいても不思議ではない。

小説の時間を考える際、難問として浮かびあがる読者の問題は、小説のテクストを考えるにあたりつねに考慮しておく必要がある。読者の存在は小説のテクストをめぐるあらゆる問題にかかわるが、読者が「現実の」時間のなかで実際にどのようにテクストを読むのかを、一般化して論じることはきわめて困難である。ドストエフスキーの『カラマーゾフの兄弟』（一八八〇年）をまったく中断することなく、同じスピードで読み続け、読み通す読者を想定することは現実的でない。読者が一気に読み通すことを期待して書かれたとされるポウの『黒猫』（一八四三年）を読むにあたり、途中で何度か休息をはさもうとする読者がいておかしくはない。小説を読み進める読者がどこで本を置いて休息し、立ってお茶を飲もうとするか、などということを理論的に考察しようとしても無意味である。

小説の語りにおける時間の問題を考えるにあたってさしあたり可能なのは、書かれているテクストにおいて時間がどのように処理されているか、テクストの語りにおいて時間がどのように扱われているかを考えてみることだということになる。

ジュネットは、小説の中で扱われる時間を「順序」ordre/order、「持続」durée/duration、「頻度」fréquence/frequencyという三つの観点から分析することを提唱する。これは多くの研究者が受け入れるところとなり、小説の時間を論じる際の基本的な枠組みとして定着している。ここでは、この「順序」「持続」「頻度」という三つの観点の概要を確認し、個々の具体例にそって小説の時間を考えてゆくことにする。

2　順　序

「順序」は、出来事の語りにおいて、実際に起こった出来事の順序と語りの順序とが一致しないことを問題とする。ホメロスの『イリアス』の冒頭が、順序という観点からみてきわめて錯綜した語りを示すことはしばしば指摘されるところだが（Bal 2009: 83）、そのような例を引くまでもなく、小説の語りの順序が出来事の順序とは別の連鎖を示すことはごくありふれたことである。

たとえば、歌舞伎の舞台でしばしば上演される森鷗外の「ぢいさんばあさん」(一九一五(大正四)年『新小説』に発表、一九一八(大正七)年刊行の『高瀬舟』所収)は、白髪の老人になった美濃部伊織《いおり》が、妻るんと一緒に暮しはじめるところから語りおこされる。場所は伊織の実弟宮重《みやしげ》久右衛門が仕える松平左七郎乗羨《のりのぶ》の屋敷うちに新たに建てられた隠居所で、文化六(一八〇九)年の春のことである。伊織とるんが仲むつまじく暮すありさまは人々のうわさになるが、年の暮にるんが徳川将軍家から褒美を頂戴するにおよんで、評判は江戸中にひろまる。夫が長い年月遠国にあるあいだ、よく貞節を守ったというのである。夫伊織は七十二歳、るんは七十一歳であった。語りはここで明和三(一七六六)年に遡る。

この年大番頭《ばんがしら》になった石川阿波守総恒《ふさつね》の家臣に、美濃部伊織という文武に秀でた武士があった。翌明和四年、三十歳になった伊織は妻を娶る。宝暦二(一七五二)年十四歳で召使になってから、明和三年二十九歳になるまで十四年間、市ヶ谷門外の尾張徳川家の屋敷に奉公していたるんである。るんは美人ではないが、武芸にも学問にも嗜みのある才気溢れる女性で、結婚後は夫をひどく好いた。伊織には癇癖があったが、結婚後は穏やかに暮した。伊織とるんが夫婦になって四年後の明和八(一七七一)年、宮重の主君松平石見守が京都二条城の在番となり、宮重が従うべきところを、病気のために伊織が代人で上京した。伊織が江戸を発つ春、るんは臨月を迎えていた。

秋になり、伊織は京都の寺町通で、質流れのよい古刀を見つけた。代金は百五十両である。伊織は万一の用心に百両の金を身につけていたが、五十両足りない。商人にかけあって百三十両にまけてもらい、あとの三十両はあまり親しくはない同輩の下島甚右衛門に借りることにした。刀を手に入れた伊織は拵えを直し、八月十五日の月の佳い夜に親しい友人二三人を招いてお披露目をした。宴たけなわのころ下島があらわれた。下島は自分が招かれないのを不満としたのである。伊織と下島のあいだで言い争いがおこる。伊織は刀を抜いて下島に切りつける。なお下島を追おうとする伊織を仲間が抱きとめてその場は収まったが、下島は数日後に死んだ。

伊織は江戸で取り調べを受け、知行を召放された上、越前丸岡藩の有馬家へ御預けとなった。安永元(一七七二)年のことである。残された美濃部家の人々は親類に引き取られた。安永四(一七七五)年には伊織とるんの子の平内が五歳で死んだ。安永六(一七七七)年にるんは筑前黒田家に奉公にでた。るんは文化五(一八〇八)年まで三十一年間黒田家に勤め、故郷の安房で隠居した。翌文化六年、伊織は恩赦に浴して江戸に帰った。喜んだるんは安房から江戸へ出て伊織のもとに身を寄せた。三十七年ぶりのことであった。

以上の梗概について出来事を編年体にまとめるなら、次のようになるだろう。

A　一七五二年　るん、尾張徳川家に奉公にあがる。
B　一七六六年　石川阿波守総恒、大番頭となる(その家臣に美濃部伊織があった)。るん、尾張徳川家の奉公をさがる。
C　一七六七年　伊織とるんの婚儀が調い、新婚生活がはじまる。
D　一七七一年　松平石見守、京都二条城の在番となる。(春)伊織、弟宮重の代人として上京。

E　一七七一年（秋）伊織、刀を買い、披露の宴席で同輩の下島を切る。
F　一七七二年　伊織、越前丸岡藩に御預けとなる。伊織の家族は親類に身を寄せる。
G　一七七五年　伊織とるんの子平内が病没。
H　一七七七年　るん、筑前黒田家に奉公にあがる。
I　一八〇八年　るん、筑前黒田家の奉公をさがる。
J　一八〇九年（春）伊織、御預御免となる（恩赦を受ける）。
　　伊織とるん、三十七年ぶりの再会をはたし、同居をはじめる。
K　一八〇九年（暮）るん、徳川将軍家から褒美を頂戴する。

これを、鷗外の語りにあらわれた順序に並べ替えれば、おおよそ以下のようになる。

J—K—B—A—C—D—E—F—G—H—I—J

「ぢいさんばあさん」では、伊織やるんの身の上に関する語りにおいて様々な細部が積み上げられてゆく。たとえば、老いた伊織とるんが亡き息子の菩提を弔う様子が語られる際には、息子が生きていれば三十九になることが告げられる。この情報を掬い上げるとするなら、はじめの部分の語りはJ—G—Kという展開をもつことになるだろう。あるいは、伊織とるんの結婚を語るにあたりるんの身の上が詳細に紹介されるが、そこでの出来事の提示の順序はかなり複雑である。

だが、出来事の提示をめぐるこのような操作が行われても、読者はとくに戸惑うわけではない。歌舞伎の舞台においても同様である。ごく普通の時間的操作として、とくに困難もなく受け入れることができる。「ぢいさんばあさん」ではさらに、宮重が隠居所を立てた松平家の屋敷が「麻布龍土町の、今歩兵第三聯隊の兵営になつてゐる地所の南隣」にあること（龍土町は現在の港区六本木）、伊織の仕えた石川阿波守の屋敷は「水道橋外で、今白山から来る電車が、お茶の水を降りて来る電車と行き逢ふ辺の角屋敷になつてゐた」ことなどが語られるが（『鷗外全集』第十六巻（岩波書店、一九八八年）一三三・一三六ページ）、こういった現在の時間—作品発表当時の時間への言及が読者の混乱を招くこともない。小説の読者は、このような時間の操作に十分慣れているのである。

小説の語りは出来事が起こった順序に倣う必要はない。どのような順序で語ってもよい。そのような小説の語りを「順序」という観点から分析する際、さしあたり有効となるのは、時間を後戻りして語る場合と、時間を先廻りして語る場合とを区別することである。ある出来事について時間を遡って語ることと、のちに起こる出来事を予告するかたちで語ることを、「順序」について考える際の一つの手がかりとすることである。まずここでは、時間を遡って語ることを「後戻り」analepsis、予告することを「先廻り」prolepsis と呼ぶことにする。[1]

後戻り（analepsis）

はじめに「後戻り」について考えてみよう。時間を遡る場合には、どれほどの時間を遡るのか、また遡った時点からどれほどの時間が経過するかを考える必要がある。

たとえば、三日前に別れた恋人たちのことが語られるとしよう。三日前、男と女はとあるカフェで落ちあい、やがて口論がはじまり、別れてしまった。語られるのは男女がカフェにいた一時間のあいだのことである。具体的な時間として記されるのは、遡られる三日という時間であり、カフェで過ごされる一時間という時間である。前者の時間は、遡られる時間の「射程」portée/reachと呼ばれ、後者の時間は語られる時間の「振幅」amplitude/extentと呼ばれる。「射程」も「振幅」も、ともにジュネットが示す用語である。

三日前に遡るといっても、いつの時点から遡るのか、という点は明確にしておかなくてはならない。起点を設定しなければ「三日前」といった時間をめぐる語りは成立しない。そのような、遡る時間の射程を明示しうる起点を、ここでは「語りの起点」と呼ぶことにする。また、起点とされるところが語り手が語る行為と結びつく場合、その時点を「語りの今」と呼ぶことにする。語りの今は、語り手のありようと語り手を取り巻く状況についての具体的な説明・描写をともなうこともあるし、語り手や語る行為に関する具体的な情報を欠くこともある。同様に、語りの起点も必ずしも具体的な時間と場所のなかにあるとは限らない。たとえば「三日前のことである」という叙述によって、語りがある出来事の三日後に行われていることが推定されるとして、それ以上のことを知りえない場合がある。語りの今が明示されない語りである。

射程として示される三日という時間を遡ったあと、語りがしばらく三日前の時間にとどまることがある。起点が忘れられてしまったかのように、三日前のカフェでの出来事の時間の流れに沿いつつ、振幅として示される時間のあいだに起こる出来事を語る語りである。そのような場合、語られる出来事のなかで意識される時間を「物語の今」と呼ぶことにする。

語りの今と物語の今とのあいだで、射程として示される時間的隔たり（たとえば三日間）をつねに意識させるような語りがある一方、語りの今と物語の今が重なりあっているような印象を与える語りもある。後者の語りは、出来事を語る時間の操作を意識させず、出来事の経過とともに語りが進行すると思わせる語りである。

あらかじめ言っておけば、先廻りについても同じ用語を用いて考えることができる。語りの起点もしくは語りの今が何らかのかたちで明示され、たとえば三日後に起こることになる出来事が予告されるとき、三日後までの時間的隔りを「射程」と呼ぶ。また、三日後の出来事が一時間という時間的経過のなかで語られる場合、この一時間が「振幅」と呼ばれることになる。三日後に起こる出来事の時間のなかでしばらく語りが進行するとき、出来事のなかで意識される時間は「物語の今」として示される。

森鷗外「舞姫」における後戻り

以上、概略を述べた語りの時間をめぐって、まずは森鷗外の「舞姫」（一八九〇（明治二十三）年『國民之友』に発表、一八九二（明治二十五）年刊行の『水沫集』所収）を例に考えてみよう。

「舞姫」は、物語全体が後戻りの枠組みのなかで語られる。ヨーロッパでの留学生活をおえた主人公太田豊太郎が、日本への帰途、みずからの体験を過去に遡って書き記すというのが「舞姫」の語りの設定である。そのことは物語の冒頭において明確に示される。

石炭をば早や積み果てつ。中等室の卓のほとりはいと静にて、熾熱燈の光の晴れがましきも徒なり。

今宵は夜毎にこゝに集ひ来る骨牌仲間も「ホテル」に宿りて、舟に残れるは余一人のみなれば。五年前の事なりしが、平生の望足りて、洋行の官命を蒙り、このセイゴンの港まで来し頃は、目に見るもの、耳に聞くもの、一つとして新ならぬはなく、筆に任せて書き記しつる紀行文日ごとに幾千言をかなしけむ、当時の新聞に載せられて、世の人にもてはやされしかど、今日になりておもへば、稚き思想、身の程知らぬ放言、さらぬも尋常の動植金石、さては風俗抔をさへ珍しげにしるしゝを、心ある人はいかにか見けむ。こたびは途に上りしとき、日記ものせむとて買ひし冊子もまだ白紙のまゝなるは、独逸にて物学びせし間に、一種の「ニル、アドミラリイ」の気象をや養ひ得たりけむ、あらず、これには別に故あり。

(『鷗外全集』第一巻(岩波書店、一九八六年)四二五ページ)

一人称の語り手は今サイゴン(現在のホーチミン)の港に停泊する船のなかにいる。どこからどこへ向かう旅であるか、はじめ明らかではないが、五年前にも同じサイゴンに寄港したこと、それが西洋へと向かう旅の途上であり、独逸(ドイツ)で学問をしたことが明らかにされることから、ここに語られているのはヨーロッパから日本へと向かう帰路の航海であろうとの想像が働く。語りの起点は船がサイゴンに停泊している時点にあり、射程は五年という時間である。洋行の旅にのぼることになり、(おそらくは)横浜の港を出帆してサイゴンに至るまでの時間が、曖昧ではあるが振幅として示される。振幅がどれほどの時間(日数)であったかは明示されないが、そのあいだ日々紀行文を書き綴り、相当の分量に達し、のちに新聞に載せられて人々の好評を博したということが示される。洋行の途上サイゴンに達した時点で、みずから物した紀行文が既に新聞紙上を賑わし、世にもてはやされたとは考えにくいから、これはサイゴン到着後、さらに先の時間をも含むことだと受けとられる。ここにも振幅の曖昧さはある。

これらのことが一人称の語り手の回想として語られ、回想される時間と場が具体的に叙述される。石炭を積みおえた船は出港の準備を整え、明朝はサイゴンを発つであろう。「余」（私）は船の中等室のテーブルの前で、一人夜の時間を過ごそうとしている。いつもともにトランプに興じる船客たちの姿はない。静かである。ランプが煌々と照っている。一人残る船室のランプの明るさがかえって虚しさを誘う。希望かなって西に向かった航海の折のことは、自分の未熟さ、傲りとして今は思い返される。書き散らした紀行文など具眼の士はどう読んだろうか。そのような心境を語る私の語りの今が描かれる。

屈託を抱えた「余」（私）すなわち語り手は、再び過去の時間に遡る。今度はヨーロッパの港を出港してからの時間である。

嗚呼、ブリンヂイシイの港を出でゝより、早や二十日あまりを経ぬ。…

（四二五ページ）

射程は二十日あまりと明言される。五年前に西へ航海した旅を回想する語り手は、このたびは東へと帰る旅をあらためて回想しようとする。ブリンディジを出てサイゴンまでの船中を語るのであれば、振幅もまた二十日となるはずである。その二十日あまりのあいだ、同船の乗客と交わることを控え、体の不調を口実に船室にとじこもることが多かった、と語り手は言う。それは、語り手が「人知らぬ恨」に心を悩ましていたからであった。この時、時間はさらに遡る。

…此恨は初め一抹の雲の如く我心を掠めて、瑞西の山色をも見せず、伊太利の古蹟にも心を留めさせず、…　（四二六ページ）

イタリア半島の南、アドリア海に臨むブリンディジを起点とする船旅を語りはじめるかに思えた語り手は、さらにそれ以前の時間を語ろうとする。スイスの山の景色、イタリアの古い遺跡とは、ブリンディジに至る途上のことがらであろう。アルプスを越え、イタリアへと向かう行程は、帰路の旅の起点がその北のドイツであったことを示唆する。これは「二十日あまり」前のこととされたブリンディジ出航を起点とし、これを回想の手がかりとして、さらに時間を遡ってゆく語りである。帰りの旅の出発地であるはずのドイツについて、語り手はまだ明示的に語ろうとしない。

語り手は「腸《はらわた》日ごとに九廻すともいふべき惨痛」に苦しんでいる。苦しみの原因である「人知らぬ恨」を抱え、語り手はようやく事の経緯を語りはじめようとする。

…今宵はあたりに人も無し、房奴の来て電気線の鍵を捩るには猶程もあるべければ、いで、その概略を文に綴りて見む。　（四二六ページ）

語りの今はサイゴンの船室にある。あたりに人はいない。ボーイが来て電灯の明かりを消すまでにはまだ時間があるだろう。そのあいまをぬすんで、事の概略を書き綴ってみよう、と語り手は言う。語りは、語り手みずからが書く、という行為を通じて行われることになる。単に語り手が（頭の中で）行う回想ではない。読者が読むことになるテクストは、主人公たる語り手以外の何者かが主人公に代わって書きとめたテクストではない。語り手みずからが綴った文であると明言されるのである。語りの今は、その書き綴る行為のなかに流れる時間だと考えなくてはならない。

しかも書き綴るために許される時間は、ごく短い時間でしかない。船のボーイがやってきて電灯の明かりを消すまでの時間である。語り手が書き綴ることになる語りは、それまでの数時間のあいだに完了するであろうし、完了しなくてはならない。語りの今の持続がその数時間であることが、語りに先だって告げられるのである。ここには、出来事の語りにかかわる時間とは異なる、語る行為そのものをめぐる時間の語りがみられる。これから読むことになる物語の語りの今の時間的持続は、そのような虚構のうちにあると考えられる。

語りは後戻りの射程を拡げる。一度目の回想が五年前、二度目の回想が二十日あまり前に遡ったのに対し、今度は語り手自身の幼少期にまで射程が伸びる。それはおそらく二十年という時間を遡ることであったろう。

余は幼き比より厳しき庭の訓を受けし甲斐に、父をば早く喪ひつれど、学問の荒み衰ふることなく、旧藩の学館にありし日も、東京に出でゝ予備黌に通ひしときも、大学法学部に入りし後も、太田豊太郎といふ名はいつも一級の首にしるされたりしに、一人子の我を力になして世を渡る母の心は慰みけらし。十九の歳には学士の称を受けて、大学の立ちてよりその頃までにまたなき名誉なりと人にも言はれ、某省に出仕して、故郷なる母を都に呼び迎へ、楽しき年を送ること三とせばかり、官長の覚え殊なりしかば、洋行して一課の事務を取り調べよとの命を受け、我名を成さむも、我家を興さむも、今ぞとおもふ心の勇み立ちて、五十を踰えし母に別るゝをもさまで悲しとは思はず、遙々と家を離れてベルリンの都に来ぬ。

（四二六ページ）

約二十年の後戻りの射程が設定されたあと、振幅の時間のなかの出来事が簡潔に叙述される。幼少期の家庭の躾が厳しかったこと。父を早く失ったこと。旧幕時代の藩校に学び、東京の大学予備門に進み、（当時は日本に一つしかなかった）大学の法学部に籍を置いたこと。それらを通じてつねに首席を通したこと。十九歳で卒業し、学士の称号を得て、官吏となったこと。一人子を育てあげた母を東京に迎え、三年の月日を送ったこと。上司の殊遇を得て、洋行の機会を摑んだこと。立身出世の途はここにあると思い心躍ったこと。そして、遠くベルリンという都会に到ったこと。

語られている一つ一つの出来事には、どれも十分な語りを割くことが可能だったはずである。それが、たった二つの文のなかに、要点のみが列挙されてゆく。はじめの文は、学館、予備黌、大学法学部を並列させ、いずれも「一級の首」につなげてゆく構造をとる。その間にはおよそ十年の月日が流れたであろう。二つめの文で語られる、大学卒業から洋行の機会を摑むまでの時間は、およそ数年と見積もられる。はじめの文の終わりで母の思いが忖度されるのを受け、二つめの文ではまず母への孝行が語られるが、文の後半になると、洋行による立身の志に奮い立つ心に老いた母を省みる暇はなかったことが語られる。時間の経過はしだいに遅くなり、出来事を叙するより、みずからの心中を語る方へと力点が移っているのが確認できる。そのような決して一様ではない時間の扱いにおいて、十数年という振幅の時間が要約されることになる。

ここでようやく、語り手が洋行先として滞在した街がベルリンであったことが明らかになる。往路、サイゴンの港から憧れ望んだ西洋の街。帰路、心の恨みを抱いてスイスとイタリアを過ぎた旅の起点がベルリンであったことが告げられる。そして、このベルリンという固有名詞があらわれた瞬間、語りの時間はそれまでとはまったく異なる流れ方をするようになる。

余は模糊たる功名の念と、検束に慣れたる勉強力とを持ちて、忽ちこの欧羅巴の新大都の中央に立てり。（四二六ページ）

ベルリンという当時新興の都会を名ざすのに用いられる「この」という連体詞、目前の対象を指示する直示的な「この」が、語りの時間をたちまち変容させる。文末に用いられるのは「り」という完了の助動詞である。これは、ベルリンというヨーロッパの大都会に立つにいたった心の勇みをあらわす「中央」という言葉とともに、過去の時間のなかに深く意識をすべり込ませてゆく語り手の語りの態度をあらわすであろう。語り手は、経験する私として過去のなかに再び生きはじめる。回想する私の語りの今は急速に後景に退き、物語の今がにわかに生動しはじめる。

何等の光彩ぞ、我目を射むとするは。何等の色沢ぞ、我心を迷はさむとするは。菩提樹下と訳するときは、幽静なる境なるべく思はるれど、この大道髪の如きウンテル、デン、リンデンに来て両辺なる

石だゝみの人道を行く隊々の士女を見よ。……（四二七ページ）

「余」あるいは「我」として一人称で語る語り手の経験は、現在まさに生起しつつあることとして語られる。我が目と心とを強く刺戟する大都会の光景。ベルリンの中心街を歩みゆく大勢の男女。「菩提樹の下」（ウンター・デン・リンデン）と名づけられた繁華な大通りには、やはり「この」という直示表現が用いられ、「見よ」というまさに現在の行為を促す命令形で、一つの文が言い収められる。これ以降、語りは物語の今に集中してゆく。

「舞姫」の冒頭において、後戻りは三度繰り返される。はじめの後戻りは五年、二度目は二十日あまり、三度目は二十年ほどの射程を持つ。それぞれの振幅のなかに時間は流れ、語りは様々な出来事を辿る。はじめの後戻りはサイゴンという現在停泊中の港の記憶に触発される。二度目においてはブリンディジを旅の起点とする帰路の前後が回想される。二度の後戻りのあいだベルリンという地名は伏せられている。三度目の後戻りがあり、その振幅の時間の最後にベルリンという地名が現れた瞬間、語りの時間はにわかに変質する。

はじめの二度の後戻りのなか、ベルリンという地名は回避されていたかにみえる。ブリンディジからの出航を起点とした振幅のなか、それ以前の時間にはみだして後戻りしたときですら（したがってスイスの山色に言及する語りを三度目の後戻りだと考えることもできる）、ベルリンという地名が名ざされることはない。三度の後戻りをし、三度目の後戻りで幼少期からの半生を回顧し、ようやくベルリンという地名にたどり着くのである。三度の後戻りは、ベルリンという都会に流れる物語の今の時間に入り込むための助走であったと考えることができる。
変容した時間のなか、ベルリンの街上に立つ語り手は、経験する私として物語の今を生きはじめる。その後の物語の展開はよく知られている通りである。語り手―主人公―太田豊太郎は、留学生活にあきたらぬ思いを抱いていた折、エリスという名の踊り子に出会う。二人はやがて幸福な暮らしをはじめる。ところが、豊太郎の行く末を心配した友人相沢謙吉の介入により、豊太郎はエリスとその子を捨てる行為に出る。栄達の道を保たれた豊太郎は日本に帰国する。物語は次の一節で締めくくられる。

嗚呼、相沢謙吉が如き良友は世にまた得がたかるべし。されど我脳裡に一点の彼を憎むこゝろ今日までも残れりけり。（四四七ページ）

冒頭の語りにおいて言及される「人知らぬ恨」に呼応するものとして、物語の今を生きたのちに語られるのは、友人を「憎むこゝろ」である。「人知らぬ恨」と友人を「憎むこゝろ」とがいかに対応し、またしないのかは、みずからの身の上を語る語り手の語りそのものの解釈にかかわる。サイゴンの船中で事の経緯を書き綴りはじめる語り手は、語る（書き綴る）行為のなかで物語の今を生き直す。語る今において物語の今を追体験したことが、語り手自身の用いる語彙に変化をもたらしたのだと考えなくてはならない。「今日までも残れりけり」という「今日」は、語り手自身が設定した語りの枠組みから言って、翌日の出航を控えたサイゴンの港における語りの今に対応すると考えるべきだが、そこにさらなる時間的持続を読みこむことも可能であるかに思える。五年を射程として後戻りした時間は、振幅の終点に関し、やや曖昧な部分を残しているからである。

先廻り（prolepsis）――太宰治『人間失格』における語りの今の曖昧さ

次に先廻りの例を挙げよう。以下に示すのは、太宰治『人間失格』の一節である。

「葉蔵は？」

と聞かれて、自分は、口ごもつてしまひました。

何が欲しいと聞かれると、とたんに、何も欲しくなくなるのでした。どうでもいい、どうせ自分を楽しくさせてくれるものなんか無いんだといふ思ひが、ちらと動くのです。と、同時に、人から与へられるものを、どんなに自分の好みに合はなくても、それを拒む事も出来ませんでした。イヤな事を、イヤと言へず、また、好きな事も、おづおづと盗むやうに、極めてにがく味ひ、さうして言ひ知れぬ恐怖感にもだえるのでした。つまり、自分には、二者選一の力さへ無かつたのです。これが、後年に到り、いよいよ自分の所謂「恥の多い生涯」の、重大な原因ともなる性癖の一つだつたやうに思はれます。

（『太宰治全集』10（筑摩書房、一九九九年）四〇七ページ）

『人間失格』は、小説家とおぼしき「私」が手に入れた、ある狂人の手記（「第一の手記」から「第三の手記」まで）を、そのまま再現するかたちをとる。「はしがき」で、「私」はまず「その男」（葉蔵）の三葉の写真についての印象を述べ、「あとがき」で手記を手に入れた経緯を語る。「私」をなかだちとする枠物語ではあるが、「私」は手記の書き手である葉蔵を直接知ることはない。葉蔵は、声を通してみずからの物語を語るのではなく、書き残したものを通して語る。

「はしがき」と「あとがき」に現れる「私」は、物語世界外で語る物語世界に属する語り手である。葉蔵は物語世界内で語る物語世界に属する語り手ということになる。葉蔵の「手記」は、物語世界にあらわれる「京橋のスタンド・バアのマダム」に宛てて、葉蔵自身の手により「十年ほど前」小包として郵送された。それを、空襲のあと「このあひだはじめて」マダムが全部読み、千葉の船橋で開いていた喫茶店を「私」が偶然訪ねたことで、マダムが話題にするという設定である。三葉の写真とともに「私」の手に渡る「手記」は、すくなくともマダムと「私」とが読んでいることになる。「私」はマダムに読後感として「泣きましたか?」と尋ねる（五一〇―三）。「手記」の語りの聞き手 narratee として外枠の物語にあらわれる二人の作中人物である。

引用したのは「第一の手記」の一節である。語り手（書き手）は、幼いころ地方の有力者としてしばしば上京する父に、東京のお土産は何がいいと聞かれ、口ごもってしまうことがあった。何も欲しくないという気持ちが働く一方、与えられるものを拒むことも出来ない自分。好きな事を盗むように味わうしかない自分。そのような自分を、二者択一の力を持たない人間だと言い表した上で、幼少期にさかのぼるこうした性癖が自分の「恥の多い生涯」の原因をなしたのだ、と語るのである。

ここにあらわれる「恥の多い生涯」は、「第一の手記」の冒頭の一行である「恥の多い生涯を送って来ました」（四〇一）に対応する。これは、「第一の手記」から「第三の手記」を通じた手記の書き手である葉蔵の生涯を、結果的に要約してみせることになる重要な一行であるという意味で、すでに先廻りの語りの要素をはらんでいる。「生涯」という、人の一生の時間的経過を含意する言葉によって、まだ語られていない様々な出来事が持つにいたる性質が予告されることになるからである。

引用部分の後半にあらわれる、そのような自分の性癖が「後年に到り、いよいよ自分の所謂「恥の多い生涯」の、重大な原因」になったのだという語りは、「後年」という時間軸上の未来にかかわる言葉の存在によって、先廻りの語りとしての性格を明らかにする。「後年」が具体的に何年後のことなのか判然とはしないが、「恥の多い生涯」と言う以上、かなり先の時間を見越した表現であろうことが感じとれる。物語の今はまだ語り手の幼少期の段階にあるが、成年に達した後に辿ることになる人生がいかなる色彩を帯びることになるか、ここにあらかじめ先廻りして語られることになるのである。

『人間失格』の「手記」の部分において、先廻りの語りを示す表現は他にいくつもある。「後年」は数例を数えるし、同じような意味を持つものとして、「のちに」や、「のちに到つて」、あるいは「ずつと後になつてわかつたのですが」などがある。これらは、物語の展開の上で後に続くことになる出来事の時間的前後関係を明確にする表現であるが、これ以外にもいくつか先廻りの表現がみられる。

「第二の手記」は語り手の中学時代のことを語る。「自分」は、中学校のクラスで意図して演じていた道化行為を竹一という同級生に見破られ、動揺する。「自分」は、竹一にとり入ろうとわざわざ自分の下宿に呼び、耳だれの手当をしてやる。親切にされた竹一はそれが「偽善の悪計」であることに気づかず「お前は、きつと、女に惚れられるよ」と「無智なお世辞」を吐く。これに次のような語りが続く。

しかしこれは、おそらく、あの竹一も意識しなかつたほどの、おそろしい悪魔の予言のやうなものだつたといふ事を、自分は後年に到つて思い知りました。

（四一八ページ）

ここでは、「後年に到つて」という副詞的表現とともに、「予言」という名詞表現が先廻りの語りを表している。「女に惚れられる」という「予言」が、そのような出来事の予示として、その後の物語展開を仄めかすことになる。この「予言」は手記のなかで何度か反復される。「第二の手記」には、引用の箇所からしばらくして

（…）竹一の無智なお世辞が、いまはしい予言として、なまなまと生きて来て、不吉な形貌を呈するやうになつたのは、更にそれから、数年経つた後の事でありました。

（四二二ページ）

というくだりが続く。ここにも「数年経つた後の事」という時間的表現があって、「先廻り」の語りとしての性格が明確になるが、「予言」という名詞に先立つ修飾語にもあわせて注目しておく必要がある。はじめの一節には「おそろしい悪魔の」という表現があったし、次の引用には「いまはしい」という表現があった。「第三の手記」の冒頭には「惚れられるといふ、名誉で無い予言のはうは、あたりましたが、…」（四五三—四）というくだりがあり、ここにも「予言」という名詞に「名誉で無い」という表現が先行している。「予言」を修飾するこのような様々な表現が、その後の物語展開でどのような種類の出来事が起こることになるのか、かなりはっきりと予告する機能を担うことは疑いえない。少なくとも、そうした出来事が語り手にどのように受け止められることになるのかは明らかであると言える。「女に惚れられる」と

いう事態は、語り手にとって「不吉な形貌を呈する」ことであったとされるのである。先廻りの語りは、物語の今において起こりつつある出来事と、ある時間的距離を隔てた出来事を予告するだけではない。語りつつある出来事、これから語ろうとする出来事を、あらかじめ要約してみせる機能も担う。「第三の手記」には、次のようなくだりがある。

さうして自分たちは、やがて結婚して、それに依つて得た歓楽《よろこび》は、必ずしも大きくはありませんでしたが、その後に来た悲哀《かなしみ》は、凄惨と言つても足りないくらゐ、実に想像を絶して、大きくやつて来ました。

（四八四ページ）

語り手である葉蔵は、煙草屋のヨシ子との結婚を考える。心の昂ぶりと、自転車に乗って青葉の滝を見に行くという美しい思いが語られ、決意が実行に移される。そのあと引用の部分が続く。引用部分の直後には、章を改めた上でただちに「凄惨」な結婚生活のありさまが語られることになる。

先廻りの語りをなす時間の経過にかかわる表現は「それに依つて得た」「その後に来た」「大きくやつてきました」等々である。これらは、物語の今との時間的隔たりを示す表現というより、物語の今と相接する後続の出来事を示す表現である。これが、先廻りの表現として機能し効果をあげるのは、後に続く出来事の内容が「歓楽」や「悲哀」といった、きわめて抽象度の高い名詞で言い表されているからである。あるいは、すでに「第二の手記」にあった「のちに、自分は、自分の内縁の妻が犯されるのを、黙つて見てゐた事さへあつたほどなのです」（四四五）という先廻りの語りとの符合を考えてもよい。ヨシ子との結婚生活をめぐって、語り手は二重の先廻りを仕掛けていたことになる。

語り手―手記の書き手は、みずからの過去を振りかえる手記本来の形式と制約に従いながら、過去の出来事を語るにあたって、物語の今の時間的経過に沿う姿勢を維持しようとしていた。語り手の身にふりかかる出来事は、出来事が起こった時間的順序に従うかたちで語られてゆくのである。そのようにして綴られる―語られる手記の語りの今は「第三の手記」の末尾にいたって、次のように示されていた。

自分はことし、二十七になります。白髪がめつきりふえたので、たいていの人から、四十以上に見られます。

（五一〇ページ）

語り手の二十七歳の今は、三つの手記の最後になってようやく明らかにされる。手記を読み進めつつある読者は、語りの今がいつの時点に設定されているのか、最後まで知るすべをもたなかった。また、ここで明らかにされる語りの今が、三つの手記全体に適用可能なのか、「第三の手記」のみにあてはまるものなのかも不明である。「第一の手記」と「第二の手記」が、まったく別の語りの今を持つ可能性を排除することは難しい。

「はしがき」で「私」が印象を述べる三葉の写真が、それぞれ三つの手記が語る時期に対応していたことは、三つの手記を読み終えてのちに（あるいは「第三の手記」を読み進める段階にいたって）、あらためて想起されることになるだろう。『人間失格』という小説がどのような構造をもつテクストなのか、三つの三記が互いにどのような関係にあるのかは、テクストを読み終えて、あるいに読み終えようとしてにはじめて了解される。それまでのあいだ読者は、あくまでも物語の今に身を置く。手記のいたるところに先廻りの語りがちりばめられることで、物語の今とは時間的距離を隔てる、語りの今が意識されることにはなるものの、語りの今が具体的にいつのこととして設定されているかは最後まで不明である。

先廻りの語りがなされる際に言われる「後年」や「のちに」や「数年」後が、具体的にいつの時点を指すことになるかも、必ずしも明確ではない。「後年」や「のちに」が、物語の今において語られることになる出来事のどれに対応するか、比較的明らかな場合もあれば、対応する出来事を見いだしにくい場合もあるからである。たとえば、ヒラメという名の後見人が葉蔵の復学について「だいたい次のやうに簡単に報告すれば、それですむ事だつたのを自分は後年に到つて知り」（「第三の手記」、四五七ページ）と語り手が語る「後年」がいつのことなのか、判断する手がかりはほとんどない。

「後年」や「のちに」が指す時点が、（「恥の多い生涯」を振り返りつつ語る）語りの今から遡る過去の時点にあったと考えるべき場合がある一方、それが語りの今に何らかの形でかかわると考えるべき場合もある。『人間失格』における先廻りの語りでは、先廻りして語られる出来事が物語の今――すなわち先廻りの語りの起点――からどれほどの射程を隔てているか曖昧である場合が多い。また、先廻りの射程が語りの今にどう絡むのかも、それほど明確ではない。「後年」や「のちに」で示される時点のあと、どれだけの時間が経過して語りの今にいたるのか、あるいは「後年」や「のちに」と言い表される時点が、語りの今の時点そのものなのか、不明だと言わざるを得ない場合が多い。

ただし、このような先廻りの語りは、物語の今とは時間的距離を隔てた語りの今が、語りそのものに埋め込まれていることに、絶えず注意を喚起する。物語の今に沿って行われる語りは、語りの今が具体的にいつの時点にあるか（最後まで）明かすことはないが、語りの今が語りそのものに潜在することを強く意識させることになる。物語の今の時点では知り得ないことを語る先廻りの語りは、まずはそのような機能を担うと言ってよいだろう。それは語りの今において遂行される語る行為そのものを意識させる。先廻りの語りは、何よりも語りにおける物語行為の相を明確に浮かびあがらせることになるのである。

中河与一『天の夕顔』における先廻り――語りの今につなぎ止められる語り

先廻りの語りが、語りの今とのかかわりを強くにじませる例として、たとえば中河与一（一八九七～一九九四）の『天の夕顔』（一九三八（昭和十三）年『日本評論』に発表、同年単行本を刊行）をあげることができる。

「そんなら僕達は、もう、これつきりだとおつしやるんですか」

「さう考へて参りましたの」

卓をへだてて端座してゐる彼女には、何か威厳のやうなものが現はれ、堅い決意を述べるその強さに圧倒されて、わたくしは、もう何も言ふべき術も知りませんでした。

これが、わたくしが、彼女と逢つて、彼女から突き離された最初でありました。然し、そのために、わたくしは今に至る二十幾年、あの人のことを思ひつづける運命を持つやうになつたのです。わたくし達は生涯をかけました。これは、どうお話すればよいのか。わたくしは、あの人を思ふ思ひに、今もたへがたい命を生きてゐるのです。

その日はもう暗く、わたくし達は初めて、一緒に肩をならべて歩きました。

（『中河與一全集』第四巻（角川書店、一九六六年）一三三ページ）

『天の夕顔』は、その書き出しにおいて、これから語られることになる物語がどのような物語なのか、なかば予告することからはじまる。それは現代人にとっては信じがたいような「狂熱に近い話」であるが、語り手である「わたくし」にとっては生涯を賭けた一つの夢であった。人はおそらく「わたくし」の徒労を笑うであろうし、人を信じるということが困難な現代において、「わたくし」は「たへがたい孤独の道を歩いてゐるやうに思はれ」る――（一二七）。語り手はまずそう告げる。

ここにすでに、この物語が一人の人間の生涯の時間にわたることになること、それが狂熱という形容が可能な稀有な情熱を語る物語であるらしいこと、語り手が語りの今において孤独に耐える状況にあるらしいことが告げられる。そのような、語りの今における語りをうけて、物語は次のようにはじまる。

わたくしが初めてその人に逢つたのは、わたくしがまだ京都の大学に通つてゐた頃で、その頃、わたくしはあの人の姿を、それも後姿などを時々見てはまた見失つてゐたのです。（一二七ページ）

一人称の語り手は、自分が京都の大学生であったころから説きおこそうとする。発端が示され、その後はほぼ時間的経過に沿うかたちで、出来事が語られてゆくことになる。語りは全体的に物語の今とともに進行してゆくようにみえる。

ただしこの語りには、物語の今と語りの今との時間的距離をつねに意識させるような仕掛けが施されている。書き出しの部分にあらわれる「そのころ」は、これがある過ぎ去った過去を、語りの今において振り返っていることの指標になるし、「見失つてゐたのです」という文末表現には、「そのころ」を思い出しつつ語ろうとする語りの今を意識させるに足る響きがある。

はじめの引用に戻るなら、「これが（…）彼女から突き離された最初でありました」以下の二つの段落には、先廻りの機能を担う表現がふんだんにちりばめられている。「最初で」あったからには、二度目、三度目の拒絶があったはずである。「今に至る二十幾年」以下は、語り手である「わたくし」が「あの人」（「あき子」という名であることがのちに分かる）に思いを寄せ続ける時間の長さを告げることになる。「わたくし」は、どうやら「二十幾年」後の「今」も、「あの人」に思いを寄せる状態にある。この「二十幾年」は、語り手が京都の大学生であったころを物語の今であると考えるなら、今として語られる時間までの先廻りの射程を示すことになる。また「生涯をかけ」たという表現に、二人のあいだに続くことになるある特別な関係が匂わされ、「今もたへがたい命を生きてゐる」という語りに、「二十幾年後」の語り手の状況がはっきりと予示されることになる。

ここにあらわれる「今に至る」や「今もたへがたい命を生きてゐる」という語りには、二十数年後の「わたくし」の語りの今が顔をのぞかせている。また「これは、どうお話すればよいのか」というくだりからは、語る行為そのものを自覚する物語行為の相が明瞭に浮かびあがってくる。語る今を強調することは、当然語る行為を際立たせることにつながる。

ただし、この「今」が単に語るという行為にのみ宛てられる時間でないことは、「今もたへがたい命を生きてゐる」という表現に、『あの人』に思いを寄せる語り手のなまなましい存在のあり方が仄めかされていることからも分かる。語り手はどうやら今もある物語を生きつつある。二十数年後の今にも、おのずから別の物語があるように感じられる。

物語は、語り手である「わたくし」（「龍口《たつのくち》」という名である）が、七歳年上の「あの人」に最初の拒絶を受けた二十一歳の時から四十五歳にいたるまでの、様々ないきさつを語っていく。語り手は、大学卒業後沼津で兵役に就き、富士山麓の気象観測所に勤め、その地で知り合ったある女性と結婚し、病を得た妻とはやがて別れ、東京へ転勤する。四度目の拒絶を受けたあと、語り手は一切を擲ち飛騨の山中で孤独な生活をはじめる。その後、四十七歳になった「あの人」が口にした「五年たつたら、おいでになつても、ようございますわ」（二〇一）という言葉に力を得て、「わたくし」はさらに待つことを決意する。物語の後半にいたり、語り手は次のように語る。

> 間もなく、あの人と約束した楽しい五年目が近づかうとしてゐました。わたくしの心はそれがどういふ運命の決定を与へるかわからなかつたけれども、わたくしはその日のみを目標にして毎日毎日をすごしてゐたのです。
>
> わたくしは初めに、このあたりから話を初《ママ》めたかと思ひます。これからお話する最後を、初めから申上げることは、余りにたへられなかつたからです。　（二〇七ページ）

語り手が物語のはじめで語っていたのは、これから自分が語ろうとする話を人は信じがたいというであろう、徒労を笑うであろう、信じるということが難しい現代において自分は孤独である——。そのようなことであった。そこに設定されていた語りの今は、「あの人を思ふ思ひに、今もたへがたい命を生きてゐる」とされた「今」と、ほぼ重なりあうものであったかもしれない。そして、語り手がここに「わたくしは初めに、このあたりから話を初《ママ》めたかと思ひます」と告げるのを知るとき、今として示されていたのは「このあたり」とされる時点、すなわち「あの人と約束した楽しい五年目が近づかうとして」いた時点を指していただろうという推測が可能となってくる。それは、五年後の約束の日を前に、まだ「運命の決定」を知らずにいた時だったということになるが、一方で、語り手にはその後の物語の展開を既に知る気配がある。語り手が何度も口にする「今」という時間は、かなり曖昧な時間であると言わざるを得ない。

ともあれ、物語の今に沿う語りにおいて、「二十幾年」を射程とした先廻りの語りで期待されていた具体的な物語が、ここに到ってようやく明らかにされる。あえて振幅という概念を持ち出すなら、ここに示された時点、すなわち語り手が四十五歳を迎えた時点から物語の結末までが、既になされていた先廻りの語りの振幅だということになる。先廻りの語りにおいて、たびたび予告されていた今という時間、その特異なありようが仄めかされていた語り手の今の状態が、ついに具体的な状況の説明をともなって語られることになる。

語り手は、「あの人」がようやく自分を受け入れてくれると約束した五年後を待つ状況にあった。その時、語り手のもとに一通の手紙が届く。

> わたくしは四十五になつてゐました。もうあと一ヶ月で丁度五年目のあの日が来ようとしてゐたのです。そしていよいよあと一日であの人に逢へるといふ前日。

何かの手紙が、もう来るか、もう来るか、と待つてゐると、あの人の筆で、それでもあの人が末期《まつご》の思ひで書いた悲しい手紙を受取つたのです。（二〇七ページ）

それは「あの人」が死を覚悟して送った手紙であり、その手紙が「わたくし」に届いた時点において、既に「あの人」がこの世を去っていることを告げ知らせるものであった。その後、語り手がとった行動として語られるのは、「あの人」の家に駆けつけてその死を確かめたこと、その死を嘆いて「眼がつぶれさうに思はれ」るほどに泣いたこと、そして「あの人が嘗て摘んだ夕顔の花」（二〇八）の名残として夜空に花火を打ち上げたことなどである。つまり、先廻りの語りにおいて何度も言及された今として語り手が身を置いていた時間は、「あの人」から手紙が届いたあとその死を悼んで花火を打ち上げるまでに流れる時間であったことが、ここではじめて了解される。

もちろん、先廻りの語りにおいて振幅の時間とそこでの出来事を語るのであれば、それは先廻りの語りそのもののなかにおいてなされなくてはならない。先廻りの語りにおいて、語り手が具体的にどのような状況に置かれているのかが語られていなくてはならない。語り手が今を語る際に用いていた抽象度の高い表現——「あの人を思ふ思ひに、今もたへがたい命を生きてゐる」——のみでは、先廻りとして示される時間の語りは十分とは言えない。そういう意味において、この『天の夕顔』における先廻りの語りは、振幅の語りを持たなかったとも言える。振幅にあたる時間は、物語の今が語りの今に追いつき、二つの今が融合するかに思えるなかで新たに流れはじめる時間だったと考えられる。物語の末尾における語りは出来事の経過に沿いつつ進行してゆくからである。

語り手は「わたくしは初めに、このあたりから話を初めた《ママ》かと思ひます」と語っていた。語ることそのものをすぐれて意識的な行為と捉えていた。それは、語りの起点をふまえつつ、過ぎた出来事を過去の時間のなかに位置づける作業であったろう。『天の夕顔』の先廻りの語りとは、語りの今において流れ出そうとする出来事の語りを一旦は堰き止め、長い後戻りによる回想の語りを物語の今において積み重ねつつ、つねに語りの今に帰ってこようとした語りであったと言えよう。過去を回想する語りを一段落させた後、ようやく今進行しつつある出来事の語りをみずからに許す語りでもあった。

一人称語りにおける先廻り

本来、物語世界において物語の今を生きる作中人物には、数日後あるいは数年後、どのような出来事が自分の身に降りかかるかは予知できない。作中人物たちは、現実の世界に生きるわれわれと同様、一度きりの人生を一度きりの体験として生きている。まだ見ぬ先を言いあてることなど望むべくもない。

一人称の私語りとは、物語世界に生きる作中人物として経験することを、みずから語り手として語る語りである。先廻りの語りを行う語り手は、物語世界で出来事が生起する過程において——物語の今において——未来に属することがらを予見できたわけではない。これは、全知の語り手が作中人物があずかり知らぬ未来の出来事をみずからの知識として語ることができるのと、するどい対照をなす。物語世界に属する一人称の語り手には内的焦点化の制約が生じる。物語世界に生起する出来事を予言する力は持たない。

予言者による予言としての性格をもつテクストでない限り、時間的な先廻りの語りは、語り手が何らかの資格で出来事の帰結を知りうる立場にあることを前提とする。語り手は、出来事がどのように進行し、いかなる結末を迎えるのか、既に知る立場にある。物語の今の時間を語るにあたり、語り手が語りの今において持ちうる知識を開示するのが、先廻りの語りである。

語り手は、みずからが知りうる立場にあるものについて、あるいは既に知っていることについて、語る自由と語らない自由を持つ。既に起こっている出来事について語ることができる一方、それについて語るのを控えるという選択を行うこともできる。

一連の出来事の終局を既に知る立場にある語り手は、物語の今を起点とする未来の時間について語る。いまだ多くを明らかにしないまま、既に知るところの一部を仄めかしておこうとする。先廻りの語りをそのように性格づけるなら、それは物語の開示をめぐる情報の操作であると言える。

そのようなたくらみを促すのは、語りの今を語ることで浮かびあがる語り手の思いである。語りのうちに語る今を埋め込んでおこうとする語り手の執着である。それは物語言説の工夫としてあらわれる、物語行為の相でもある。

3　持　続

「持続」についての説明に移ろう。

「持続」は、ある出来事が起こるのに（現実に）要した時間と、その出来事を語るのに要する時間にかかわることである。ジュネットの用語にしたがえば「物語内容の時間」temps de l'histoire/story time と「物語言説の時間」temps du récit/narrative time とのあいだにどのような量的な差異がみられるか、測定を試みようとすることである。[2] ただし、語られる出来事は（現実の）（一定の速度の）時間の流れのなかで起こると考えられるから、実際には語りを行う速度がどのように調整されているかを問題とすることになる。

発話を語る時間

物語内容の時間（物語られた時間）と物語言説の時間（物語る時間）が同じになることが理論上想定できるのは、会話の場面である。作中人物の発話は（現実の）時間のなかで行われるが、テクストが直接発話を引用する場合、発話に要した時間と発話の再現に要する時間は等しくなりうると考えられる。発話が再現されているテクストを、実際の発話の場面を想定しつつ音読した場合、実際の発話が持続する時間と音読に要する時間は等しくなるはずだと仮定できるからである。ただし、音読の速度を物語る時間の標準的な速度だと考えるのはいささか無理をともなう。小説のテクストを読者がどのような速度で読むのかはまったく予測がつかない。そうした点に関する困難をよりはっきりと感じさせるのが、たとえば以下のような『天の夕顔』の一節である。


わたくしは意外の結論に言葉がつまると、それでも率直に自分の心を言ひました。

「僕は恋愛の気持は無かつたつもりですが」

「でも」

「僕は友情と考へて来ました、だから今のままで決して危険は無いと思ひますが……」

わたくしは仮女だ、今日は別れに来たといふ最後の言葉に、少なからず狼狽して言ひました。

「でも、わたくしはもう決心して参りました」
「…………」
「…………」
「そんなら僕達は、もう、これつきりだとおつしやるんですか」
「さう考へて参りましたの」

（一三二〜三ページ）

引用文中もっとも目に立つのは、二度あらわれる独立の省略記号である。はじめの省略記号は、女の態度に言葉を失った男が沈黙している状態を再現する。二度目の省略記号は、男の返事を待ちながら、男が沈黙したために沈黙を以て返すほかなかった女の態度を再現する。二人の沈黙がどれほど続いたのか知るすべはない。ここにどれほどの時間が経過したのかは測りようがない。あるいはまた、発話と発話のあいだに挟み込まれる「わたくしは彼女が、今日は別れに来たといふ最後の言葉に、少なからず狼狽して言ひました。」という一人称の語りの部分に、この言葉が語られる―読まれるために必要とされる（現実の）時間の経過を読み込んでよいかどうかも分からない。男の側の「（…）危険はないと思いますが」に対し、間髪をおかず「でも（…）」と女が返したと考えてもまったく不自然ではないからである。その場合、一人称の語りの部分には、物語る時間のみがあって物語られる時間はないということになる。

出来事が起こるのに要する時間と出来事を語るのに要する時間のあいだに、理論上の対応を仮定できる会話の場面も、すこし立ち入って検討するなら不確定な要素をはらむことが分かる。むしろ、出来事が起こるのに要する時間と出来事を語るのに要する時間のあいだに等しい対応関係を考えることはできないとした方が、小説の語りにおける時間の持続を考える上では実状に近いと言える。

物語内容の時間と物語言説の時間

出来事が起こるのに要する時間（物語られた時間／物語内容の時間）と、出来事を語るのに要する時間（物語る時間／物語言説の時間）とのあいだの関係として、ジュネットは「省略」ellipse/ellipsis、「要約」sommaire/summary、「場景」scène/scene、「休止」pause の四分類を立てる。ただしこの分類では、映画におけるスローモーションのような時間の扱い方が明確ではないので、もう一つ「延引」という分類を加えることにする。出来事が起こるのに要する時間（物語内容の時間）をA、出来事を語るのに要する時間（物語言説の時間）をBとすると、それぞれの分類項目には次のような関係が存在することになる。

（1）省略　A＝n、B＝0
（2）要約　A＞B
（3）場景　A＝B
（4）延引　A＜B
（5）休止　A＝0、B＝n

「場景」として分類したのは、いま検討した会話文のような場合、あるいは出来事が起こりつつある現場を出来事が継起する時間の流れのなかで語る（と感じさせる）場合を考えるので、出来事が起こるのに要する時間（A）と出来事を語るのに要する時間（B）が正確に等号で結ばれるわけではない。あくまで分類上の考え方ということになる。

省略の語り

省略は、物語世界での時間の経過を、物語言説において省略するということである。たとえば、宮澤賢治（一八九六～一九三三）の童話「グスコー（ン）ブドリの伝記」（一九三二（昭和七）年『兒童文學』に発表、一九四一（昭和十六）年刊行の『グスコー・ブドリの傳記』所収）では、物語の最後で主人公のブドリがみずからの命を犠牲にして冷害を防ごうとする行為をめぐる語りに、大きな省略がみられる。

> それから十日の后一隻の船はカルボナード島へ行きました。そこへいつもの《ママ》やぐらが建ち電線は連結されました。ブドリはみんなを船で返してしまってじぶんが一人島に残りました。
>
> それから三日の后イーハトーブの人たちはそらがへんに濁って青ぞらは緑いろになり月も日も血のいろになったのを見ました。
>
> みんなはブドリのために喪章をつけた旗を軒ごとに立てました。そしてそれから三四日の後だんだん暖くなってきてたうたう普通の作柄の年になりました。ちゃうどこのお話のはじまりのやうになる筈のたくさんのブドリのお父さんやお母さんたちはたくさんのブドリやネリといっしょにその冬を明るい薪と暖い食物で暮すことができたのでした。
>
> （『校本宮澤賢治全集』第十巻（筑摩書房、一九七四年）六八ページ）

カルボナード島の火山を人工的に噴火させるため、いくつもの櫓が組まれ電線が張りめぐらされたあと、ブドリは一人島に残る。そこでブドリがどのような行動をとったのか、その最後の仕事がいかなるものであったかは、一切語られない。語られるのは、ブドリが他の人々を船で返してしまった三日後に、カルボナード島の爆発のために生じたと思われる気象の変化があったこと、計画の成功とブドリの死を察知したイーハトーブの人々がブドリの死を悼む行為にでたということ、冷害が予防されたため多くの子どもたちが家族離散の悲しみをまぬかれた、ということである。ここには三日という時間の空白がある。この三日間を、語り手は敢えて語ろうとしない。

省略は、出来事についてまったく語らないわけではない。語らないことを語るという省略の仕方もある。次に引くのは、上田秋成（一七三四〜一八〇九）の『雨月物語』（一七七六年）に収める「蛇性の婬」である。「蛇性の婬」の主要作中人物である豊雄の両親は、豊雄が蛇の化身である真女子（まなご）につきまとわれるのも豊雄が独り身のゆえだと考え、なかだちを頼んで豊雄を婿入りさせることにする。妻は宮中で女官を勤めていた富子という女である。

（…）此の釆女富子《とみこ》なるもの、よろこびて帰り来る。年来《としごろ》の大宮仕《づかへ》に馴れこしかば、万《よろづ》の行儀《ふるまひ》よりして、姿《かたち》なども花やぎ勝りけり。豊雄ここに迎へられて見るに、此の富子《とみこ》がかたちいとよく、万《よろづ》心に足らひぬるに、かの蛇《をろち》が懸想《けさう》せしこともおろおろおもひ出づるなるべし。はじめの夜は事なければ書かず。二日の夜、よきほどの酔《ゑひ》ごこちにて、（…）

（『雨月物語 癇癖談』（新潮日本古典集成、新潮社、一九七九年）一二三ページ）

富子は宮中にいとまをとって親の家へ帰ってくる。富子は長年大宮仕えをしていただけあって立ち居振る舞いも申し分なく、姿かたちも華やいでいる。婿に迎えられた豊雄は富子の器量にすっかり満足し、蛇に思いを懸けられた記憶もかすかに思いだされるばかり。婚礼の初夜は何事もない。さて二日目の夜、酔ったはずみに豊雄が富子に戯れを言いかけたのに対し、富子が恨み言を言う声はまさしく真女子（蛇）の声である。

語り手は、はじめの夜のことは「事なければ書かず」と言う。真女子の執念深さを思えば、婚礼の初夜に何かあるだろうとは十分に予想されるが、何事もなかったという。読者は一瞬はぐらかされた思いをする。が、すぐに二日目の夜のこととなり、予感が生じる。省略をしたと語る語りによって、省略のあとの緊張が高まる。そのような語りである。

省略が直後に埋めあわされることもある。次に引くのは芥川龍之介の「羅生門」（一九一五（大正四）年『帝國文學』に発表、大正六年刊行の短篇集『羅生門』所収）の一節である。

下人は、頸をちゞめながら、山吹の汗衫《かざみ》に重ねた、紺の襖《あを》の肩を高くして、門のまはりを見まはした。雨風の患のない、人目にかゝる惧のない、一晩楽にねられさうな所があれば、そこでともかくも、夜を明かさうと思つたからである。すると、幸門の上の楼へ上る、幅の広い、これも丹を塗つた梯子《はしご》が眼についた。上なら、人がゐたにしても、どうせ死人ばかりである。下人はそこで、腰にさげたみかけた。

聖柄《ひじりづか》の太刀が鞘走らないやうに気をつけながら、藁草履をはいた足を、その梯子の一番下の段へふみかけた。

それから、何分かの後である。羅生門の楼の上へ出る、幅の広い梯子の中段に、一人の男が、猫のやうに身をちゞめて、息を殺しながら、上の容子を窺つてゐた。楼の上からさす火の光が、かすかに、その男の右の頰をぬらしてゐる。短い鬚《ひげ》の中に、赤く膿を持つた面皰《にきび》のある頰である。下人は、始めから、この上にゐる者は、死人ばかりだと高を括つてゐた。それが、梯子を二三段上つて見ると、上では誰か火をとぼして、しかもその火を其処此処《そこここ》と、動かしてゐるらしい。これは、その濁つた、黄いろい光が、隅々に蜘蛛の巣をかけた天井裏に、揺れながら映つたので、すぐにそれと知れたのである。この雨の夜に、この羅生門の上で、火をともしてゐるからは、どうせ唯の者ではない。

（『芥川龍之介全集』第一巻（岩波書店、一九九五年）一四七〜八ページ）

下人は羅生門の楼上で一晩を過ごそうと思う。楼上には死骸が満ちているであろうが、そこなら雨風に晒されることもなければ、人目を恐れる必要もない。今の下人には楽に寝られる場所である。下人の落魄と窮乏がどれほどのものか、そこからも伺うことができる。「上なら、人がゐたにしても、どうせ死人ばかりである」は、下人が心の中で思った心内語を間接話法的な言い換えとして語ったものだが、ここにはジュネットの用語に言う内的焦点化が見られる。楼上には、実は死人ばかりがあったのではない。そのことを言わない語りには、あきらかに視野の制約がみられるからである。下人は、おそらく緊張を解いて、一夜の眠りをむさぼろうとしたであろう。楼上へ導く梯子の幅の広さと作りの良さは、下人の心にある落ち着きをもたらしたはずである。佩いた太刀が鞘走らぬよう気遣う余裕を持った下人は、梯子の一番下の段に足をふみかけた時、みずからが楼上に見ることになるものをまったく予想していなかっただろう。

そのあと空白が訪れる。数分間が経過する。省略があり、語りはたちまち語り口を変える。直前の段落で「下人」と名ざされていた男が、あらためて「一人の男」「男」として登場する。「羅生門の楼の上へ出る」以下「面皰《にきび》のある頬である」までの三つの文にみられるのは、外的焦点化の語りである。語り手はある距離を置いて下人を語る。外面にあらわれる下人の動作や身体的特徴が語りの内容となる。一旦は心内語の言い換えにすら踏み込んだはずの語りが、まったく新しい作中人物を語るかのように下人を語るのである。また「（…）上の容子を窺つてゐた」という語尾から、この場の状況がある時間的持続のなかにあったことが分かる。下人はいま梯子の中段にいる。一番下の段からそこへいたるまで数分という時間はかからないだろうから、下人は梯子の中段にとどまったまま、数分を過ごしたのだと想像される。

外的焦点化がみられる三つの文のあとに、ただちに下人の心中についての語りが続く。内的焦点化に移るのである。楼上には死人のほかに誰もいないだろうと、下人は高をくくっていた。ところが、二三段梯子をのぼってみると、楼上の天井に火の色の映るのが眼に入った。そこには生きた人間がいると考えるほかない。それが尋常の者でないことも知れる。下人はにわかに緊張し、警戒し、楼上に起こりつつあることを観察しようとする。

外的焦点化の語りの直後に続く内的焦点化の語りは、空白の数分間を遡って、下人が梯子の中段で楼上の様子を窺うにいたるまでの事情を語る。そのことを、下人が知覚し、心に思ったこととして語る。ここには後戻りの語りを認めることもできるし、省略された空白の時間がここで埋めあわされるのだと考えることもできる。まず省略があり、省略された部分が、時間を遡って語り直されるのである。省略のあとが外的焦点化の語りであり、省略を埋めあわせる語りが内的焦点化の語りであるという明白な語り口の違いが、時間的な前後関係の混乱を防いでもいる。

要約の語り

要約の語りとしては、先に引いた鷗外の「舞姫」の一節(「余は幼き比より厳しき庭の訓を受けし甲斐に」以下の一段落)を挙げることができるが、物語論においてしばしば引用されるのは、フローベール(一八二一〜一八八〇)の『感情教育』*L'Éducation sentimentale*(一八六九年)第三部第六章の冒頭である(Rimmon-Kenan 2002: 55-56)。

直前の第五章では、主人公の青年フレデリックが思いを寄せるアルヌー夫人一家の破産と家財の競売、それに一八五一年のクー・デタによるパリの騒擾が語られる。さまざまな運命のなりゆきに心が沈んでいたフレデリックは、パリの街頭で共和国万歳を叫んだ友人デュサルディエが警官に刺されるのを目撃する。警官はと見れば、やはり友人の一人であったセネカルである。続く第六章は次のようにはじまる。

彼は旅した。

彼は知った。客船の憂鬱、テントの下の寒い目覚め、風景と廃墟から受ける陶酔、共感が届かない苦しみを。

彼は帰った。

彼は社交界に出入りし、さらにいくつかの恋をした。しかし絶えずよみがえる最初の恋の記憶のため、どこか覚めた思いでいた。それから欲望の激しさも官能の魅力そのものも失われてしまった。精神の大望も同時に衰えた。月日が過ぎた。そして知性の無為と無感動とを忍んだ。

（Gustave Flaubert, *Œuvres II*, Bibliothèque de la Pléiade（Paris: Gallimard, 1952）, 448–9.［拙訳］）

直前の第五章の末尾では、パリ街上での出来事が簡潔に語られていた。事件を目撃したフレデリックの心のうちは一切明かされていない。かなりの衝撃であったと想像されるが、語り手は、セネカルをそれと認めた際のフレデリックの反応について、ただ一語 "béant"（驚きに目を大きく見開いた、口をあんぐり開けた）と語るのみである。

続く第六章の「彼は旅した」ではじまる冒頭の語りのなかで、その後のフレデリックの人生が要約される。彼は、大きな客船で海を渡って旅をし、時には野営し、旅先で出会った風景と廃墟の美に陶然とし、自分の思いが他人に理解されない心の痛みを味わった。それから帰国して、社交界に出入りし、いくつか別の恋をすることになったが、アルヌー夫人との初恋の思い出のために、満たされぬ思いが残った。そして彼は老いた。情欲も知的野心も衰えた。今や彼は知性においても感情においても刺戟を得ることが少なくなった――。アルヌー夫人の不幸と一八四八年の二月革命以降の政治的混乱が残した心の傷を癒やす旅があり、パリに戻って世間に交わる生活を続けたあとは、肉体においても精神においても老いてしまったことが簡潔に語られる。この間に経過した時間はおよそ二十年。それがおよそ十行の叙述のなかに要約して語られる。この要約の語りは、直後に続く一八六七年三月のアルヌー夫人との再会を語る場景の語りと、その時間の処理においてするどい対照をなすのである。

場景の語り

場景の例を、志賀直哉（一八八三～一九七一）の『暗夜行路』（一九二一（大正十）年から一九三七（昭和十二）年まで『改造』に断続的に発表、一九三七（昭和十二）年『志賀直哉全集』第七巻『暗夜行路 前篇』、第八巻『暗夜行路 後篇』として刊行）から引く。

　明方の風物の変化は非常に早かつた。少時《しばらく》して、彼が振返つて見た時には山頂の彼方《むかう》から湧上るやうに橙色《だい〴〵いろ》の曙光《しよくわう》が昇つて来た。それが見る〳〵濃くなり、やがて又褪《あせ》はじめると、四辺《あたり》は急に明るくなつて来た。萱《かや》は平地のものに較べ、短く、その所々に大きな山独活《やまうど》が立つてゐた。彼方《あつち》にも此方《こつち》にも、花をつけた山独活が一本づつ、遠くの方まで所々に立つてゐるのが見えた。その他《ほか》、女郎花《をみなへし》、吾亦紅《われもかう》、萱草《くわんざう》、松虫草《まつむしさう》なども萱に混つて咲いてゐた。小鳥が啼きながら、投げた石のやうに弧を描いてその上を飛んで、又萱の中に潜込《もぐりこ》んだ。

　中の海の彼方《むかう》から海へ突出《つきだ》した連山の頂《いただき》が色づくと、美保の関の白い燈台も陽を受け、はつきりと浮び出した。間もなく、中の海の大根島《だいこんじま》にも陽が当り、それが赤鱏《あかえひ》を伏せたやうに平たく、大きく見えた。村々の電燈は消え、その代りに白い烟《けむり》が所々に見え始めた。然し麓の村は未だ山の陰で、遠い所より却《かへ》つて暗く、沈んでゐた。謙作は不図《ふと》、今見てゐる景色に、自分のゐる此大山《このだいせん》がはつきりと影を映してゐる事に気がついた。影の輪郭が中の海から陸へ上つて来ると、米子の町が急に明るく見えだしたので初めて気付いたが、それは停止することなく、恰度地引網《ちやうどぢびきあみ》のやうに手繰《たぐ》られて来た。地を嘗《な》めて過ぎる雲の影にも似てゐた。中国一の高山で、輪郭に張切つた強い線を持つ此山の影を、その儘《まま》、平地に眺められるのを稀有《けう》の事とし、それから謙作は或る感動を受けた。

(『志賀直哉全集』第四巻(岩波書店、一九九九年)五四三〜四ページ)

前の晩に下痢をし、不安を抱えたまま真夜中に大山《だいせん》登山を試みた謙作は、途中で体の不調を感じ、同行者と別れて、一人山の斜面の萱のなかで休息する。疲れ切ってはいたものの、「不思議な陶酔感」に満たされた謙作は、「大きな自然の中に溶込んで行くのを感じ」る。謙作は座ったまま眠る。目を覚ますと夜が明けかかっていて、引用の箇所になる。

山の風景は時間的経過のなかで語られる。山の中腹に座り込んだ主人公の目に映る変化が、時間を追って描写される。橙色の朝日の光が差してくるとあたりが急に明るくなり、萱の斜面に山独活の生えているのが目につく。さまざまな野草が花を咲かせ、小鳥が飛ぶのが見える。段落が変わると麓の景色になる。これは時間的な変化にきわめて忠実な語りである。遠く西の方にある山々の頂が、背後から朝日を正面に受けて色づくと、燈台が白く輝き、手前の島や村が見えてくる。中海、美保の関、大根島といった固有名詞が、大山との位置関係における地形的配置の認識をしっかりと支える。謙作は、見下ろしている地形のなかに、まさに自分がのぼってきた大山の影が映っているのに気づく。山の輪郭を示す影は、遠くから手前へと地引き網を手繰るように移動してゆく。謙作はその光景にある感動を覚える。

『暗夜行路』後編の終わり近くにあらわれる風景描写である。真夜中から明け方にいたる時間的経過と、平地に映る大山の黒い影が引いてゆく（消えてゆく）イメージに、『暗夜行路』の物語展開と結びつく隠喩的意味を読みとることはけっして難しくない。

引用した二つの段落に描かれる風景の変化が実際に起こるためには、少なく見積もっても数十分の時間を要するであろう。一方、この二つの段落を読むために必要とされるのは、多く見積もっても数分である。つまり、この風景描写は実際の時間的経過にみあった情報を提供しているわけではない。ここにあるのは、明け方の大山から眺められたであろう風景の変化を、その時間的順序にしたがって語ったものである。山の斜面に座り込んだ謙作が目を止めたであろうものが、謙作の体験をなぞりつつ、順を追って提示されるのである。

明け方の変化を感じた謙作は、変化をもたらしたものを確かめるため、背後の山頂を振り返る。周囲が明るくなったのをさいわい、謙作は自分が座り込んでいた場所を改めて確認する。次に、山から見下ろせる平地の地形に目を遣る。美保の関の燈台に目を止めたのは、引用箇所に先立つ段落で語られていたように、夜の闇のなかで強い光を放つ燈台を既に意識していたからである。大根島に陽があたると、村々の電燈が消えて、炊事の烟があがる。遠くの村の様子がよくわかる一方、麓の村は暗く沈んで見える。その対照に気づいた謙作は、その暗さをもたらしているものが、ほかならぬ大山の影であることに気づく。影は動いている。手前にあった米子の町が急に明るい姿をあらわしたことで、謙作はそのことに気づく。山にいて、海を見下ろす位置から見る風景が、地引き網の喩えを引きだす。平地に影が移ってゆくありさまが、空に雲が動くようだと表現される。それは眼前の光景が大きな広がりのなかで捉えられているからにほかならない。語られる風景の変化に、主人公時任謙作の外界認識の階梯をなぞっているのである。

風景は作中人物の体験に即して語られている。時任謙作が外界の変化を経験し、認識してゆく過程が、順を追って再現されている。その意味で、この風景描写には省略も切れ目もない。これが「持続」の五分類のうち（要約ではなく）「場景」に分類できるのは、この点においてのことである。「場景」は、出来事が起こるのに要する時間と、出来事を語るのに要する時間とのあいだに等号関係がある場合をいうが、等しいのは時間そのものというより、体験される時間の質だと考えなくてはならない。現実の時間に近い時間が流れているという感覚が、語りにおいて生じているかどうかである。時間の量自体はあまり問題とはならない。

延引の語り

延引の例は、三島由紀夫（一九二五～一九七〇）の『鏡子の家』（一九五八（昭和三十三）年『声』に第一、二章のみ発表、翌年単行本を刊行）から引く。

ボクサーとして周囲の期待を集める深井峻吉は、大学を卒業し、初めてプロの試合に臨む。相手は、引退の噂のある元全日本チャンピオンの南猛男《たけお》である。ゴングが鳴り、試合がはじまると、秩序だった世界が突然崩壊し「真赤な混濁したもの」になるのを峻吉は感じる。

峻吉は今、大きな聾《みみし》ひたがらんどうの世界に包まれてゐる。そこでは本当に一人つきりである。尤《もつと》も相手は見える。ほぼ同じ背丈の顔は目の高さに見える。しかしその相手は、呼べども答へない遠いところにゐて、ただ肉と閃《ひらめ》く拳だけが、すぐ近くにゐるやうに思はれる。すぐ近くにゐて、口のあひだからときどき閃く舌を見せる。

むかうが小刻みにジャブを出したので、峻吉も小刻みにジャブを出した。『なぜ向うが出したから俺が出すのだ。その反対でなくちやいけない』と思つた。

彼の足は、しかし滑らかに動いてゐた。左へ左へと踏み込む足に、右足は軽やかに従つた。

おそろしく静かで、このまますべてが停止してしまふやうに思はれた。南がワン・ツーを出した。絹ずれのやうな息の音を立てて。

峻吉はすぐ間近の相手の肉体をとほして、非常に遠く星のやうに遠く見える相手の存在へむかつて、そのおよそ無限の距離を突き進んで行かうとする。左のストレイトが相手の眉間に当つた。それがたしかにウェイトのかかつたパンチだつたと思ふ間《ま》に、自分の右の顳顬《テムプル》を打たれた。打たれた瞬間に、左へサイド・ステップを切つてゐた。思はずとつておきの左フックを、腰のひねりをきかせて打つた。フックは相手の鳩尾《みぞおち》に見事に決つた。

打たれた南は反射的に左のフックを返さうとして、空《から》ぶりに終つた。このとき峻吉は、人の大切な秘密を見てしまつたやうに、空ぶりをした南が、宙に浮いてよろめく姿を見てしまつた。

それは丁度、よろめいてゐる人形《ひとがた》を、黒い台紙に貼りつけたみたいに見えた。力が空虚へ向つて放たれて、そこへ重心をとられた四肢は、一瞬、射たれた鳥の翼のやうに力なく、無邪気な目をみひらいたまま、顔の表情は空白になつたのである。

これは実に短かい刹那《せつな》の出来事で、南はすぐに体勢を取り直したが、見たはうの峻吉は、自分の目と耳を取り戻した。あのやうに崩壊し混濁してゐた世界は、これを見た瞬間から、ふたたび明快な結晶に引き締つた。はじめて峻吉は、自分が無人の世界にゐるのではないことを知つた。
（『決定版三島由紀夫全集』7（新潮社、二〇〇一年）二六九～七〇ページ）

ここに流れている時間は、峻吉の経験の密度にしたがって速度を変えるため、測定が難しい。引用部分のうち、はじめの四段落のおわりのところまで（南がワン・ツーを出すまで）で、実際にどれほどの時間が経過しているのかは、分からないというほかない。はじめの一段落目は、要約といってよいかもしれない。続く二段落目に描かれるジャブの応酬がどのくらい続いたのか、三段落目の軽快なフットワークへの言及がどれほどの時間の経過にかかわるのか、測定は不可能であるとするほかない。一方、五段落目で峻吉が左のストレートを出してからの時間の経過は、明らかに遅くなっている。左のフックがみぞおちに決まったあとの南の様子は、まるで映画のスローモーションを見るようである。語り手もこれについて「これは実に短かい刹那の出来事で」と語ることを忘れない。

時間の延引は、作中人物にとって重い意味を持つ経験の描写にあらわれることが多いようである。生死や勝敗を分けた瞬間、大きな快感や苦痛を味わった瞬間などを語るにあたって、時間の延引があらわれると考えられる。

休止の語り

休止の例には、日本の近代小説の嚆矢ともされる坪内逍遙（一八五九～一九三五）の『当世書生気質』（一八八五（明治十八）～八六年）を引くことにする。

○毎度ありがたうお静に居らつしやいましの。愛敬を背《そびら》にうけて。扇屋の店を立ちいづるハ。男女《なんによ》七人の上等客。微酔《ほろえひ》機嫌の千鳥足にて。先に立たる一箇《ひとり》の客ハ。此一団《このひとくみ》の檀那と見え。素人眼《しろうとまなこ》の鑑定でハ。さる銀行の取締歟《か》。さらずハ米屋町辺《こめやまちへん》かと。思はるゝ打扮《いでたち》。米沢の羽織に。じみな琉球紬《つむぎ》の薄綿入《うすわたいれ》。「カハウソ」の帽子を眉深《まぶか》にいたゞきたるハ。時節柄些《すこ》し暖さうなり。年比《としごろ》ハ四十三四。金時計の鍵を。胸の辺《あたり》に。散々《ちら〲》と計《ばか》り見せたるハ。昔床《むかしゆか》しき通人《とほりもの》なるべし。今一個《ひとり》ハ。年の比《ころ》三十五六。これも銀行の役員ならずハ。山の字のつく商人《あきうど》なるべし。粧服《みなり》も相応に立派なれども。前の檀那にハ。二三目《にさんもく》おいた口振《くちぶり》なり。残る一個《ひとり》ハ。年の比《ころ》二十六七の好男子。官員《くわんゐん》とも見えず。商人《あきうど》ともつかぬ言語恰好《ものごしかつかう》。まづ素人《しろうと》の鑑定でハ。代言人歟《だいげんにんか》とおもはれたり。ときならぬ白《しろ》チリの襟巻に。獺虎《らつこ》の帽子。黒七子《くろなゝこ》の紋付羽織《もんつきばをり》ハ。少々柔弱《せう〱にやけ》すぎた粧服《こしらへ》なり。殊に南部の薄綿とハ。ちと受かぬる。チイ高《たか》トわるくハいへど。中肉《ちうにく》にして身幹《みのたけ》高く。色しろく鼻筋とほり。俳優《やくしや》でいはゞ松島屋の皃《かほ》へ。の眼を。嵌込《はめこ》んだといふ皃容《かほつき》なり。まづ〱午前の好男子なれども。兎角《とかく》気取たがる癖あるのみか。弁舌があまり爽快《さはやか》ならねバ。たゞ何となく甘つたるく聞えて。運がわるいと。とき〲にハ。イケ可《すか》嫌《ない》よの御託宣《ごたくせん》に。縁がありさうなる人物なり。婦人二個《おんなふたり》ハ数寄屋町《すきやまちか》歟。新橋あたりの芸妓と見え。一個《ひとり》ハ年比《としごろ》二十五六。一個《ひとり》ハやう〱十七八。いづれも頗《すこぶ》る別製《べつせい》なれども。若きハ殊更曲者《ことさらくせもの》にて。尚《まだ》赤襟の色さめぬ。新妓《しんこ》なりとハ見えながらも。客をそらさぬ如才なさ。花の巷の尤物《まれもの》とハ。其挙動《そのとりなし》にも知《しら》れたり。其容姿《そのかほかたち》ハいかにといふに。痩肉《やさがた》にして背も低からず。色ハくつきりと白うして。鼻筋通り。眼ハちつとバかり過鋭《りきみ》あれど。笑ふところに愛嬌あり。紅《べに》はげたれども紅《くれなゐ》なる。唇といひ眉形《まゆね》といひ。故人となりたる田《た》の太夫《だいふ》の舞台皃《ぶたいがほ》に髣髴たり。されバ。どこやら愁ひ皃《がほ》に。見らるゝ廉《かど》もなきにハあらねど。笑ふ面《おもて》に愛嬌あるから。結句双方相照《けつくさうほうあいてら》して。趣《おもむき》をなす変化の妙あり。これらハ所謂《いはゆる》ユニテイ〔統一《ひとまとめ》〕と。ウバライヤテイ〔変化《いろ〳〵》〕とを併《あは》せ得たる。有旨趣的《いうしゝゆてき》の美皃《びばう》ぞとハ。とんだ書生風の妄評《ばうひやう》にて。世間に通じぬ陳腐漢《ねごと》にこそ。芸妓の後辺《あとべ》に引続きし二子装《ふたこぐるみ》の両個《ふたり》の男ハ。問《と》はでもしるき箱夫《はこや》にして。余計な花見のお荷物ぞと。腹でお客が呟くとハ。作者が岡眼《おかめ》の評判なりかし。〇さる程に件《くだん》の一団《ひとくみ》ハ。やをら扇屋をたちいでつゝ。飛鳥橋をバ打渡りつ。（…）

（『明治文学全集16　坪内逍遙集』（筑摩書房、一九六九年）六〇〜六一ページ。原文総ルビ）

現代の言語感覚からすればかなり読みにくい文章なので、便宜のために引用部分のあらましを言えば次のようになるだろう（以下現代語への書き換えにあたっては日本近代文学大系3『坪内逍遙集』、角川書店、一九七四年の注釈を参照した）。

「まいどありがとう」の声を背に受けて、扇屋（王子の料理屋）を、ほろ酔い機嫌の男女七人の客が出ようとしている。先頭の一人は一団を率いる旦那。銀行家か米穀取引にかかわる金満家のようで、米沢の羽織、琉球紬の薄綿入、カワウソの帽子に、金時計という出で立ち。年齢は四十三四。もう一人は、三十五六の男で、銀行の役員か裕福な商人と見えて身なりも立派だが、先頭の旦那には一目置く様子。さらにもう一人の男は、二十六七の美男で、どうやら代言人（弁護士）らしい。白縮緬の襟巻、ラッコの帽子、黒い七子織の紋付羽織というキザな服装だが、ことにも南部織の薄綿入が何とも妙だ。中肉で背が高く、色白で鼻筋が通ったのは松島屋（三世片岡我童のちの十世仁左衛門）の顔に、チイ高（五世市川小団次）

の目を嵌め込んだようで、男盛りを迎える前の好男子とはいえよう。ただし、気取り屋で口調の甘ったるいのが、悪くすると「いけ好かない」と言われそうな人物である。女性二人は下谷か新橋あたりの芸者であろう。一人は二十五六、もう一人は十七八。ふたりとも美人だが、ことにも若い方が目をひく。赤襟（半玉の俗称でもある）も初々しく、芸妓になって日も浅い様子だが、客あしらいは如才なく、花街で人気のあることは立ち居振る舞いからも知れる。容姿はといえば、瘦せ肉で背は低からず、色白で鼻筋が通り、目つきに少しきついところがあるが、笑うと愛嬌がある。紅が剝げても赤い唇といい、眉の形といい、田の太夫（三世澤村田之助）の舞台を彷彿とさせる。どこか愁いをふくむ表情にも見えるが、笑うと愛嬌があるので、その対照がむしろ魅力的である。これは統一感 unity と変化 variety とを併せもった趣のある美貌である、などとするのは書生風のみだりがましい批評であって、世間に通用しない寝言であろう。芸妓のあとに続く二子織の着物の男二人は、言うまでもなく三味線を抱えた箱持ち。花見には余計な奴と、客が内心呟いているとは、作者の立場からの注記である。さて、この一団の男女は、そろそろと扇屋を出て、飛鳥橋（王子権現から飛鳥山にむかう音無川にかかる橋）を渡った――。

長い引用になったが、出来事として取りだせるのは、七人の男女が扇屋の店先を出た、そのあと飛鳥橋を渡ったということのみである。扇屋を出ようとした作中人物達は、その瞬間、まるで映像表現におけるストップモーションのように動きをとめてしまう。動きが止まったあいだ、語り手が作中人物の一人ひとりの容貌や服装に関する描写（箱屋の男二人については簡略ではあるが）を展開することになるのである。

もちろんこの描写のなかにも時間が流れているのは感じられる。二人目の男（三十五六の男―園田）は、先頭の男（四十三四の旦那―三芳）に対してへりくだった口のきき方をしている――そのような動作が行われているようだし、三番目の男（二十六七の男―吉住）は気取りを見せて、弁舌爽やかとは言いがたい物の言い様――つまりはそのような話しぶりでの発話行為に及んでいる。また、二人の芸妓のうち年かさの女（二十五六の女―今年《ことし》）の描写がほぼ省略されるのに対し、若い芸妓（十七八の女―田の次）については笑うという動作についての言及が二度なされる。口をきく―話すという動作にしろ、笑うという動作にしろ、時間の経過のなかで行われるはずだから、この描写において時間がまったく止まってしまっているわけではない。

ただしそれでも、この長い引用文のなかで出来事が進行するという感覚は生じない。料理屋を出ようとする男女七人の行動をめぐって、はじめ「扇屋の店を立ちいづるハ」という語りがあり、のちに再び「（さる程に件《くだん》の一団は）やをら扇屋をたちいでつゝ」と語り直されるのは、この二つの語りのあいだに展開する人物描写が一種の挿入であることを印象づける。この男女七人は、語り手による人物紹介がなされるあいだ、芝居の幕開きのように店先に佇んだままなのである。

ついでにいえば、日本の近代小説史に名高いこの『当世書生気質』の一節では、服装によって作中人物の人となりを描くという手法が用いられているが、その意味を了解するにはかなりの困難をともなう。南部織の薄綿入が妙だというくだりを読んでも、現代の読者の多くは何が妙なのか（何が「ちと受かぬる」のか）理解が及ばないであろう。着物の持つ文化的・社会的意味と価値に関する共通理解が失われてしまったからである。また、男たちと対照的に女たちの服装が描写されないのは、彼女たちが芸妓だからであると考えられる。生業を名ざすことがここでは作中人物の性格づけになっているが、「芸妓」についても読者の理解の及びがたいところがあるであろう。「今年」について年齢のみが言及されて「田の次」

の描写が細かいのは、彼女がこの物語のヒロインだからであるが、ヒロインたる「芸妓」の社会的意味の了解はかなり困難になっていると考えられる。

4 頻度

「頻度」とは、ある出来事に関する語りの頻度のことである。語りは、一度しか起きなかった出来事を何度も繰り返し語ることがあるし、何度か起きたことをまとめて語ることもある。一度しか起きなかったことを繰り返し語るのは、その出来事に対する語り手の思いの深さをあらわす。それと意識していなくとも、その出来事が強く心に刻み込まれていることを示す。また、何度か起きたことをまとめて語ることができるのは、起きた出来事が同じ性質の同じことがらであると、語り手には判断されるからである。同じ性質の同じことがらで、一度語っておけば済むという判断が、語り手によってなされるからである。一方で、同じ性質の同じことがらであっても、三度繰り返された出来事を、三度ともそれぞれに語ることがある。それは、同じような出来事であっても、そのことを繰り返し語る意味があると、語り手が考えるからである。

ある出来事に対し、どれだけの語りを割りあてるのかという頻度の問題は、出来事について語り手がどのような判断を下しているかにかかわることになる。

出来事の回数と語りの回数の関係については、次のような場合を考えることができる。

（A）一回の出来事について、一回の語りが行われる場合。
（B）複数回の出来事について、（おなじく）複数回の語りが行われる場合。
（C）一回の出来事について、複数回の語りが行われる場合。
（D）複数回の出来事について、一回のみの語りが行われる場合。

ジュネットは、（A）と（B）の場合を併せて個別の語りであるとみなし、次のような三分法をとる（括弧内がジュネットの用語）。

（1）個別の語り（singulatif/singulative）［（A）と（B）の場合］
（2）反復の語り（répétitif/repetitive）［（C）の場合］
（3）括りの語り（itératif/iterative）［（D）の場合］

個別の語り

「個別の語り」のうち、一度起きた出来事を一度の語りで語る場合については、とくに例を引くまでもないだろう。語り手は、ある出来事についての語りを省略することができないと感じる一方、繰り返し語る必要もないと考える。一度起こった出来事は一度語れば十分だという判断である。ただし、繰り返し語ることがないからといって、出来事の重要度が低いことにはならない。重大な出来事は、ただ一度語られることで十分な重みを持つ。

すこし立ち入って考えてみる必要があるのは、複数回起こった出来事を複数回語る場合である。これは、同じ性質の同じことがらであると判断される複数回の出来事を、あえて複数回語る語りのことをさす。たとえば、同じような出来事が三度起こったとして、それを同じく三度語るやりかたである。これは n 回の出来事について、n 回の語りが行われる場合であると一般化できる。あるいは、五度起こった同じような出来事を、三度の語りで語るという選択もある。これは m 回の出来事について、n 回の語りが行われる場合だと一般化できるだろう。これは、同じような複数回の出来事でありながら、それらを個別の事例として語らなくてはならないという判断を、語り手が下したことを意味する。

注意すべきなのは、いくつかの出来事について、それらが同じ性質の同じことがらであることが、いかにして判別できるかである。これは読者の問題と深くかかわる。複数回の語りについて、それらが同じ性質の同じことがらを語ったものであると読者が感じなければ、複数回の出来事をめぐる複数回の語りは成立しない。同じ性質の同じことがらを、何度も語ることの意味が浮かびあがってこない。まったく性質の異なる別の（と感じられる）複数の出来事についての語りは、頻度の問題の対象とはならない。それは、個別の出来事を個別に語ったというにすぎない。

したがって、同じような複数回の出来事をめぐる複数回の語りが語りとして機能するためには、いくつかの出来事が同じ性質の同じことがらであるとする語り手の判断とともに、それら複数の出来事が同じような出来事であるとの認識が読者の側にも生じていなくてはならない。テクストが読まれる場において、いくつかの出来事の語りが、同じような性質の同じことがらを語ったものであるとの了解が成立しなくてはならないのである。したがってそれは読者の側のテクスト解釈に大きく依存することになる。テクストの解釈によっては、読者の側の共通理解が得がたい場合も考えられる。

反復の語り

反復の例として次に引くのは、E・ヘミングウェイ（一八九九～一九六一）の「三発の銃声」である。物語の冒頭で語られる服を脱ぐという動作が、物語の末尾で再び語り直されることになる。

> Nick was undressing in the tent. He saw the shadows of his father and Uncle George cast by the fire on the canvas wall. He felt very uncomfortable and ashamed and undressed as fast as he could, piling his clothes neatly. He was ashamed because undressing reminded him of the night before. He had kept it out of his mind all day.
>
> (Philip Young, ed. *The Nick Adams Stories* (New York: Scribner, 1972), 13)
>
> ニックはテントのなかで服を脱ごうとしていた。彼は、焚き火の火が照らしだす父とジョージ叔父の影が、テントの布の上に映るのを見た。ひどく気が沈んだし、いたたまれない思いがした。それで手早く服を脱いでいった。脱いだものはきちんと畳んだ。いたたまれない思いがあったのは、服を脱ぐ動作がゆうべの出来事を思い起こさせたからである。そのことは思い出すまいと、昼のあいだは努めていた。［拙訳］

ここに登場する「ニック」とは、ヘミングウェイが自伝的肖像として書き継いだ「ニック・アダムズ物語」の一連の短編に現れる作中人物である。「三発の銃声」はまだ少年のころのニックを描く。作中人物としての成長過程を時間軸上に辿るなら「ニック・アダムズ物語」の最初に位置づけられる物語である。[3]
ニックは、夜釣りに出た父と叔父の留守を守って、一人湖岸の宿営地に残っていた。ボートを漕ぎだす前、父は何か緊急のことがあったらライフル銃を三発撃つように言い残していた。静まりかえった森の中でニックは恐怖を感じ、さらに人間の死を思って、たまらずにライフルを撃つ。そのあと安心して寝入ったニックは、帰ってきた父と叔父に対し、銃を撃ったのは動物の声に怯えたためだと言い紛らす。翌朝、森の木の枝を調べてニックを慰める父に、ニックは適当に話をあわせて事実は言わずにおいた。

引用した冒頭の場面は、その日の夜のことから語りはじめる。寝る前に服を脱ぐ動作が、前夜の出来事を思いださせ、ニックはいたたまれぬ思いをする。いわゆる in medias res（出来事の途中から前置きなしに物語を語りはじめる語り方）の語りである。前夜に何があったかは、次の段落から過去完了形を用いた後戻りの語りとして語られる。父と叔父が釣りに出た留守にライフルを撃って、二人を呼び戻した出来事である。人間は死ぬものだという観念に怯えた前夜の行為にニックは恥じ入り、ひどく気が沈んでいたことが了解される。

語り手は、前夜の出来事に遡ったあと、最後に次のような語りへと接続させる。

Now he was undressing again in the tent. He was conscious of the two shadows on the wall although he was not watching them. Then he heard a boat being pulled up on the beach and the two shadows were gone. He heard his father talking with someone.

Then his father shouted, "Get your clothes on, Nick."
He dressed as fast as he could. His father came in and rummaged through the duffel bags.
"Put your coat on, Nick," his father said.
(p.15)

さて、彼がテントのなかで服を脱ごうとしていたところに戻ろう。彼はテントの布に二つの影が映るのを意識していた。が、注意して見ることもなかった。すると浜に小舟が引き上げられる音が聞こえた。二つの影が消えた。彼の耳に父が誰かと話すのが聞こえた。

すると父が叫んだ。「ニック、服を着るんだ。」

彼は手早く服を着た。父がテントに入ってきて、リュックサックの中を手荒く掻き回した。

「コートも着るんだ、ニック。」と父は言った。

さて—今(now)とは、冒頭の語り出しにおいて一旦語っておいたことに、今再び立ち戻るということである。「ふたたび」(again)とあるのはそのことを言うのであって、服を脱ぐという動作が再度行われた(ふたたび服を脱いだ)わけではない。
服を脱ごうとしていたニックの行動そのものは、繰り返しとして語られている。同じ物語内容を二度語る、物語の時間的処理としての、物語言説の相にかかわる語りだと言える。一方、冒頭の語りに現れていた文(Nick was undressing in the tent.)に付け加えられた要素である"now"(さて)と"again"(ふたたび)は、物語行為の相における語りなのだと言えよう。語りの順序に工夫を加え、前夜の出来事を後戻りの語りのうちに語り終えた語り手が、語る行為そのものに区切りをつけようとした副詞表現であると認められるからである。さて（now）、ニックが服を脱ごうとしていた場面に、もう一度（again）、私の語りは立ち戻ることになる、という語りである。

これに続く語りは、冒頭の語りと微妙な差違を示す。冒頭では、テントに映る父と叔父の影について「彼は見た（He saw....）」（彼の目に入っていた）とあったところが、ここでは「意識した（He was conscious）」に変わる。さらには「もっとも（although）、注意して見ていた（he was watching）わけではないのだが」という譲歩も加わる。テントの影にとくに視線を向けることはなかったものの、影が映ることに（そして一枚の布を隔てて父と叔父がそこにいることに）意識が向けられていたというのである。

これは一旦は「見た」が、その後は視線を向けることができず「意識」させられるだけだったという、出来事の時間的経過を語るのかも知れない。あるいは、作中人物の行為（「見る」という行為）として語られたことが、作中人物の心理を仄めかすものとして語り直されるということなのかも知れない。いずれにせよ、繰り返しの語りによって、同じ動作の持つ意味に微妙な奥行きが生ずる。テントの布に映る影を意識しながら服を脱ぐという行為に、前夜の出来事を投影することが可能となる。

「三発の銃声」は、佳篇「インディアン・キャンプ」の導入部として書かれ、削除された部分を独立させた作品である。「インディアン・キャンプ」と併せて読むことで、物語内容に関する理解が深まる。ここには、末尾における繰り返しによって、冒頭部分との緊張度の高い照応関係が生まれているのを認めることができる。

括りの語り

「括り」(iteration)の例を夏目漱石の『行人』(一九一二(大正元)年〜一三年『東京朝日新聞』と『大阪朝日新聞』に連載、一九一四(大正三)年単行本を刊行)の「帰つてから」三十七より引く。

お貞さんが去ると共に冬も去つた。去つたと云《い》ふよりも、先《ま》づ大した事件も起らずに済んだと評する方が適当かも知れない。斑《まだ》らな雪、枯枝を揺ぶる風、手水鉢《てうづばち》を鎖《と》ざす氷、孰《いづ》れも例年の面影を規則正しく自分の眼に映した後、消えては去り消えては去つた。自然の寒い課程《ママ》が斯《か》う繰返されてゐる間、番町の家は凝《ぢつ》として動かずにゐた。其家の中にゐる人と人との関係も何《ど》うか斯《か》うか今迄通り持ち応へた。

自分の地位にも無論変化はなかつた。唯《たゞ》お重《しげ》が遊び半分時々苦情を訴へに来た。彼女は来る度《たび》に「お貞さんは何《ど》うしてゐるでせうね」と聞いた。

「何《ど》うしてゐるでせうつて、――お前の所へ何《なん》とも云《い》つて来ないのか」

「来る事は来るわ」

聞いて見ると、結婚後のお貞さんに就《つ》いて、彼女は自分より遙《はるか》に豊富な知識を有《も》つてゐた。自分は又彼女が来る度《たび》に、兄の事を聞くのを忘れなかつた。

「兄《にい》さんは何《ど》うだい」

「何うだいつて、貴方《あなた》こそ悪いわ。家《うち》へ来ても兄さんに逢《あ》はずに帰るんだから」

「わざ〳〵避けるんぢやない。行つても何時《いつ》でも留守なんだから仕方がない」

「嘘を仰《おつ》しやい。此間《こないだ》来た時も書斎へ這入《はい》らずに逃げた癖に」

お重は自分より正直な丈《だけ》に真赤になつた。自分はあの事件以後何《ど》うかして兄と故《もと》の通り親しい関係になりたいと心では希望してゐたが、実際はそれと反対で、何だか近寄り悪《にく》い気がするので、全くお重の云《い》ふ如《ごと》く、宅《うち》へ行つて彼に挨拶する機会があつても、成《な》る可《べ》く会はずに帰る事が多かつた。

お重に遣《や》り込められると、自分は無言の降意《かうい》を表《へう》する如《ごと》くにあはゝと笑つたり、わざと短い口髭を撫でたり、時によると例の通り煙草に火を点けて曖昧な煙を吐いたりした。

（『漱石全集』第八巻（岩波書店、一九九四年）三〇七〜九ページ）

番町の兄の家で「下女だか仲働だか分らない地位に甘んじ」（三〇七）ていたお貞が、佐野という男と結婚式を挙げて東京を離れる。その結婚式のありさまを長々と語った「三十五」と「三十六」を受けての語りである。

引用部分の最初の段落は冬が去ったことを語る。冬のあいだは大きな事件もなく過ぎた――と語ったあと、冬という季節の風物として「斑らな雪」と「枯枝を揺ぶる風」と「手水鉢を鎖ざす氷」とを挙げてゆく。繰り返される自然のいとなみと、家のなかで「持ち応へ」られている人間のいとなみとを対比する。番町の家が「凝として動かずにゐた」のは、あたかも冬の寒さを怺えていたかのようである。時間の処理という面から言えば、季節の時間的経過を要約して語る語りである。

段落が移ると、時間の流れ方が変化する。

妹のお重は、番町の家を出て下宿している「自分」のところへ来るたびに、お貞の様子を訊く。一方の

「自分」は、妹が来るたびに、兄の事を尋ねる。「度《たび》に」とある以上、お重が尋ねる「お貞さんは何うしてゐるでせうね」という言葉とそれに続く対話（これを前半部の対話とする）と、「自分」の方から尋ねる「兄さんは何うだい」という言葉とそれに続く対話（これを後半部の対話とする）とは、お重と「自分」とのあいだでそれぞれ何度か繰り返されたのだと考えられる。直接話法的に再現される会話の内容は、お重と「自分」とのあいだに交わされた、ただ一度の対話を再現したのではあるまい。また、お重の問いかけにはじまってお貞を話題にする前半部の対話と、「自分」の問いかけにはじまって兄の事を話題にする後半部の対話とは、対の関係をなしていると考えられる。

これらの対話が、二人のあいだで何度か繰り返された対話であることは、会話に続く地の文の語りによって明らかである。後半部の対話においてお重に遣り込められた「自分」は、参ったとばかり、笑ったり、口髭を撫でたり、煙草に火を点けたりして、その場を繕う。「嘘を仰しやい」と「自分」を遣り込めるお重への反応として、三様の身振りが示されるのは、そのようにして遣り込められることが何度かあって、それぞれ違った反応があったことを意味するであろう。「時によると」という副詞的表現が、そのことを裏づける。「自分」が兄の事を話題にすることにはじまるお重との会話は、何度かあったのだと想像される。

お重がお貞について「自分」に尋ねる前半部の対話についても同じ事が想像される。お貞からの手紙が「来る事は来る」と答えるお重は、「自分より遙に豊富な知識を有つてゐた」とされる。下宿に遊びに来るたびに話題となるお貞に関する知識が、お重において「自分」を上まわっていたのだとすれば、お重がお貞についての知識を披瀝したのは、一度ではなかったであろうことが想像される。お貞の手紙は何度か届き、それによってお重の知識は更新されていたのであろう。そのたびにお重は「自分」にお貞の消息を語ったのだろう。

ただし、ここに再現される言葉が、何度か交わされた会話の内容を要約し、再構成したものと考えるべきなのか、あるいは、実際に一度交わされた会話そのもので、かつ何度か交わされた会話の内容を、もっともよく代表すると考えるべきなのか、判断はつかない。お重は、ここに再現される会話を兄と交わすたびに真っ赤になったのか、という点も曖昧である。あるいは一度だけのことだったのかも知れない。その場合は、何度か同じような会話があったなかでの、お重の反応の一つを取りだして語ったことになる。

括りの語りは、同じような出来事が何度か繰り返されたことを語りつつ、そのなかで時間が経過していったことを、同時に語ってもいる。つまり、無視できないある長さの時間が経過したことを、語りによって示すという機能も担っている。引用部分の地の文は「自分の地位にも無論変化はなかつた」ではじまっていた。大きな境遇の変化がないなかにあって、どのような日常の時間がすぎていったかが、お重と「自分」とのあいだに交わされた会話をめぐる、括りの語りによってあらわされている。それは、そのような会話を交わしつつあったお重と「自分」とのまわりで、確実にある長さの（それも相当な長さの）時間が流れていったことを示すものであったはずである。

第五章注

［1］ 邦訳『物語のディスクール』では、それぞれ「後説法」「先説法」と訳されている（三五）。

［2］ 物語論においては、ギュンター・ミュラーの用語法である「物語られた時間」（erzählte Zeit）と「物語る時間」

（Erzählzeit）に言及することが多い。cf. Monika Fludernik, "Time in Narrative," in *Routledge Encyclopedia of Narrative Theory*, eds. David Herman, Manfred Jahn, and Marie-Laure Ryan (London: Routledge, 2005), 608.

［3］「三発の銃声」はもと「インディアン・キャンプ」（一九二五年）の導入部として書かれ発表直前に削除された部分であったものが、ヘミングウェイの死後、フィリップ・ヤングが編集・刊行した『ニック・アダムズ物語』に独立した短編として収められた。

終　章

小説の語りについて、その「しくみ」という観点から、いくつか重要なことがらを論じてきた。最後にこれまでの記述について多少の補足を試みたい。

テクストと向きあう読者――「読者」の二つの意味

まずは「読者」に関して。

小説の語りを考える上で、読者という存在は重要な鍵となる。それは小説のテクストが、いかにしてテクストとして成立するかという問題に深く関わる。ここで読者という言葉は、異なる二つの意味に用いられる。

まずは、歴史的・社会的な存在としての読者がある。たとえば浦島太郎の物語を知る機会を持ち、浦島太郎の物語内容が自分なりに想起できると想像される読者である。浦島太郎の物語は、日本語という言語の習得と学習の過程に深く結びついてきた。教科書や絵本（あるいは歌）といった媒体を通じて物語の共有が定着したと考えられる。日本書紀や万葉集に語られる浦島物語を知る読者は、むしろ例外として数えられるであろう。

日本の国定国語教科書は繰り返し浦島の物語を教材としてとりあげた。これらを通じて浦島物語に触れた読者は歴史的に限定できる。あるいは日本語を第一言語として読み書きの能力を身につける読者、教育制度を通じて日本の言語文化に組み入れられる読者、すなわち浦島物語を共有する条件がそろう読者も、その範囲を区切ることができる。前者は歴史的・時間的な限定であり、後者は社会的・空間的な限定である。

これに、歴史的に日本の教育政策が及んだ地域の読者、外国語として日本語を学ぶ読者、翻訳によって日本文学に触れる機会を持つ読者を加えれば、浦島物語を共有しうる読者の範囲はほぼ網羅されることになるだろう。

そのように歴史的・社会的な存在として具体的に想像できる読者が、まずはある。

これとは別に、テクストに含意される読者というものがある。テクストのうちに存在し、テクストを受けとめることを要請される読者である。テクストがテクストとして機能するために必要とされる読者と言ってもよい。小説のテクストにおいて、物語世界の外部で語る語り手の行為を(語り手に向きあいつつ)受けとめる役割を担う読者である。

この読者は、テクストの外側にある歴史的・社会的現実のなかに存在するわけではない。生きる場所や時代が限定できる読者ではない。テクストを読むという行為を、あくまで理念の上で担う存在である。言うまでもないことだが、読まれることのないテクストはテクストとして成立することがない。

テクストに内在する読者は、テクストを読むという能力の点で、一定の要件を満たすことが求められる。テクストのうちに語られることが何であるか、読者の側に了解する能力がなくては、語り手の語りが機能することはないからである。この読者には、語り手の語りから何かを取りだす能力、テクストのうちに何らかの意味を捉える能力が仮託されていなくてはならない。

それは、一人の生身の読者があるテクストを了解したと考える時、そのような了解を持つことが可能だと、読者みずからが認定する読者であり、そのような能力の水準に達していると想定しうる読者である。

テクストに語られるのはこのようなことだと了解した時、その了解のうちに浮かびあがる想像上の読者。テクストの意味の了解を支える（と、あくまで一人の読者によって想定される）読者。テクストが解釈されると同時に、その解釈とともに立ち現れる読者である。テクストのなかに成立する読者は、テクストの解釈に依存しつつ、テクストの解釈を支える根拠となる。ぐるりと一巡りする円環の構造を、ここに指摘することもできる。

　この読者は、一人の生身の読者においてすら、さまざまに異なる姿をとりうる。いま自分が読んでいる小説のテクストは、こうも読めるであろうし、ああも読めるであろう、と読者はつねに考える。こうも読めるであろうと考える読者は、こうも読むであろう読者を想像する。ああも読めるであろうと考える読者は、ああも読むであろう読者を想像する。したがって、小説の語りを受けとめる（テクストに内在する）読者は、同じ一人の生身の読者において、複数の読者として立ちあがることが、決して稀ではない。

　この読者は一つの像を結ぶことがない、とまずは考えられる。テクストに異なる複数の読み方が成立するとするなら、その数に応じた複数の読者が、テクストのうちに立ち上がることになるからである。

　われわれは、テクストを読むといういとなみを、自分自身の行為として時に意識化する。テクストを受けとめる立場を自覚しつつ、テクストに向きあうことを選択する。

　われわれはその際、読者としての役割を理想的に遂行しうる読者を想像したりする。模範とすべき（斬新な、鋭敏な、独自の）読みを実践してくれる読者を夢想したりする。

　一方でわれわれは、誤読の可能性に苦しめられる。自分は思い違いをしているのではないか、的をはずしているのではないか、読みが浅いのではないか、という恐れに悩まされる。誤読のワナにはまった読者は排除しておきたい。皮相なところで満足する読者は、できれば立ち上げずにおきたい。

　われわれは、目前にあるテクストを、自分こそがよく理解したいと願う。それは、今読むテクストを自分自身のものとしたい、所有したいという欲望に発することであろう。そのような思いのなかで、われわれはテクストの読みの精錬を志す。複数の読みのうちから、これだと感じられる読みを選びだし、他の複数の読みの可能性との整合を図ろうとする。テクストのなかの複数の読者を、一人の（たのもしい、すぐれた）読者に育てあげようとする。

　この読みは妥当か。この読みに手応えはあるか。そのようなわれわれ自身の問いに、たしかな反応を返してくれる読者として、この読者はある。それは、自分自身のうちにあって自分と向きあうことのできる、向きあうことを自分自身が歓迎する読者である。テクストに真摯に向きあおうとするとき、テクストのなかに立ち現れる読者は、やがて一つの像を結ぼうとする。

　同じことが、生身の読者一人ひとりのうちに起こる。したがって、テクストのうちに立ち上がる読者は読者の数だけあり、テクストの解釈も同じ数だけふえる、とひとまずは考えられる。同じ一つのテクストには多様な解釈が施される。異なる解釈が対立の様相を呈することもある。解釈が異なるとは、異なる読者がテクストのうちに含意されることを意味する。

　ただし、テクストの解釈はそれほど野放図な増殖を示すわけではない。実際にはせいぜい数種の解釈が共有されるに過ぎない。解釈を共有するのは、時代的、社会的に範囲が限定される、具体的な存在がしるしづけられる読者層である。ある時代、ある社会には、ある一つのテクストについていくつか有力な解釈が成立し、流通し、力を奮う。ただ一人テクストに向きあう（と考える）生身の読者も、社会に流通する有力な解釈の影響から逃れることはできない。自分自身の解釈を精錬し、一人のたのもしい読者をテクストのうちに育てあげたと自負する読者は、一般に流布する解釈をみずからに取り込んで、満足するに過ぎないのかもしれない。

テクストの解釈は、さまざまなかたちで流通する。印刷物やウェブ上にあらわれる批評として。研究者が発表する論文として。教室で教師がおこなう指導（誘導）として。あるいはテクストそのものに付された解説として。ある社会に流通する解釈は、社会で広く受け容れられる規範や価値を反映する。あるいは、規範や価値の顚覆を企図してみせることで、顚覆しようとする規範や価値の存在を浮上させる。いずれにせよ、あるテクストの解釈は、解釈が成立する時代や社会の刻印をおびる。

そのように考えるなら、歴史的・社会的な限定を一旦はまぬかれるかに思われた、テクストそのものに内在する読者も、やはり歴史的・社会的な条件のもとに成立することが、あらためて確認されることになる。

分析の対象としての語り

次に、小説の語りを問題とすることの意味について。

小説の読者は、時にやや性急に小説作品の趣意を捉えようとする。寓意や主張をテクストのうちに読み込もうとする。テクストの趣意を見さだめ、教訓を引きだすことを、小説を読む目的だと考える読者があるだろうことも、容易に想像できる。

読者がテクストから想起する物語内容には、なにがしかの意味として了解されるものがあるであろう。意味として抽象化されるものを、テクストの趣意・主張等と結びつけようとするのは、小説の読者として自然のふるまいである。教訓を読みとることを、強く読者に求めるかにみえる小説もある。

ただし、読みとることが可能なものとは、あくまで小説の世界に織り込まれたものとしてある。小説のテクストが作りだす物語世界と、そこに生きる作中人物の具体的経験としてある。物語世界とそこに生起する出来事、作中人物とその経験とが、ある表現のかたちを纏い、語り手によって語られるものとしてある。ある語りかたを以てしか、語りえぬものとしてある。

ある作中人物が、世界のありかたについて、人間が生きることについて、ある観察を語ったとしよう。たとえば太宰治「浦島さん」の浦島は、こんなことを口にしていた。

「好奇心を爆発させるのも冒険、また、好奇心を抑制するのも、やっぱり冒険、どちらも危険さ。人には宿命といふものがあるんだよ。」

発話の趣意を取りだすなら、好奇心がかかわる冒険は危険だ、人間は宿命に甘んずるほかない、ということに尽きるだろうか。

これは、「浦島さん」の小説世界において、いまだ「冒険」を知らずにいる浦島が口にする言葉である。より具体的にいえば、浦島をからかう妹と弟への応答としてある。旧家の長兄としての自己弁護であり、弟妹の批評への応酬である。のちに浦島自身が経験する（と読者が予感する）桁はずれの冒険を思うと皮肉にも響く。

浦島のこの言葉を引用する語り手は、これに「と何の事やら、わけのわからんやうな事を悟り澄ましたみたいな口調で言ひ…」という語りを加える。あらためてテクストの流れを示せば、

浦島太郎は、弟妹たちのそんな無遠慮な批評を聞いても、別に怒りもせず、ただ苦笑して、「好奇心を爆発させるのも冒険、また、好奇心を抑制するのも、やっぱり冒険、どちらも危険さ。人には宿命といふものがあるんだよ。」と何の事やら、わけのわからんやうな事を悟り澄ましたみたいな口調で言ひ、両腕をうしろに組み、ひとり家を出て、あちらこちら海岸を逍遙し、

　苅薦《かりごも》の
　乱れ出づ
　見ゆ
　海人《あま》の釣船

などと、れいの風流めいた詩句の断片を口ずさみ、「人は、なぜお互ひ批評し合はなければ、生きて行けないのだらう。」といふ素朴の疑問に就いて鷹揚に首を振つて考へ、(…)

とつながるところである。語り手は、冒険と宿命をめぐる浦島の言葉を直接話法的に再現した上で、「わけのわからんやうな」「悟り済ましたみたいな」という評語を加え、さらに人間同士の「批評」をめぐる浦島の内心の思いへと接続させる。ここに浦島の思索、思弁についての、語り手による批評があると感じ

るのは、ごく自然のことである。

作中人物の発話やその経験は、具体的な文脈のなかにおいてのみ意味を生ずる。物語世界において作中人物が置かれる状況、他の作中人物との関係、関係性のなかに浮かびあがる事情、そして経験される出来事など、まずは物語内容の相において捉えられることがらがある。

次に、作中人物の発話はどう処理されるか、作中人物の経験はどのような視点から語られるか、語り手が語る場はどこに位置するかなど、物語言説の相で捉えるべきことがらがある。直接話法的に再現される発話は、語り手の介入の跡を残す間接話法的言い換えとは、読者の受けとり方が違う。作中人物の経験を一人称で語るか三人称で語るか、心のなかをどう語るかは、経験そのものが与える印象を大きく左右する。語りが物語世界の中で行われるか、外で行われるかで、提供される情報は性格を異にする。

さらに、物語行為の相をも考慮する必要がある。語りはどうやって聞き手（読者）に伝達されるか、語り手と聞き手（読者）とのあいだにはどのような関係が設定されるのか。それらは、語りに織り込まれた読みの方向を示唆する、重要な手がかりとなる。

小説はつねに具体的なものを具体的なかたちで語る。物語世界に生起する具体的なことがらと、それを語る具体的な語り口に寄り添うことでしか、小説作品の趣意を理解することはできない。「人には宿命といふものがある」という言葉は、「…んだよ」という語尾とともに、それを幾重にもとり囲む具体的な文脈とともに読まなくてはならない。片言隻句を、一つの文を、あるいは一つの段落をそのまま抜きだして、以てテクストの「言わんとすること」であると捉えるような態度は、厳に慎まなくてはならない。テクストの趣意は、あくまでテクストに内在する読みの方向を見さだめた上で、理解する必要がある。

物語論の限界——テクストの外へ

ただし、小説のテクストには、物語論の立場から掬いとることの難しいことがらが、数多くふくまれている。われわれは最後に、物語論の限界をも、しっかりと見きわめておかなければならない。

「浦島さん」には「外国人」という言葉が何度かあらわれていた。浦島が土産にもらった玉手箱について、

どうにも、これはひどいお土産をもらつて来たものだ。しかし、ここで匙を投げたら、或ひは、日本のお伽噺はギリシヤ神話よりも残酷である。などと外国人に言はれるかも知れない。それはいかにも無念な事だ。また、あのなつかしい龍宮の名誉にかけても、何とかして、この不可解のお土産に、貴い意義を発見したいものである。

と語るところなどである。ここにあらわれる「外国人」という言葉の含意をめぐっては、『お伽草紙』が上梓された昭和二十年十月という日付を考慮することが、どうしても必要となる。

この「外国人」という言葉が原稿用紙の上に書きつけられた時、戦争はまだ終わっていなかったはずである。同じ「外国人」という言葉が、『お伽草紙』という本のページに印刷され、読者の目にはじめて触れた時、すでに戦争は終わり、占領の現実が人々の身に迫っていた。ギリシア神話への言及をふまえるな

ら「西洋」の外国人を指したであろうこの言葉は、一九四五年八月十五日という日付をはさんで、前にも後にも生々しい歴史的文脈を持つ。「外国人」に侮られるのは無念だという表現は、「浦島さん」というテクストが出現した時点において、戦時下の「外国人」と占領期の「外国人」という、二重の文脈を背負っていたことになる。

そして、「外国人」という言葉が持つニュアンスは、二十世紀後半の日本語の世界において大きく変化する。二十一世紀の日本においてなお、「外国人」という言葉は、政治的正しさと社会的偏見とのあいだで揉みしだかれる状況にある。読者が「外国人」という言葉から反射的に引きだす意味、テクストがくぐり抜けてきた歴史的現実とともに想像される含意は、それら幾層にも重なる歴史的・社会的文脈の理解を通じて、ようやく輪郭をあらわしてくる。

テクストをとりまく歴史的・社会的文脈の意識は、テクストそのものからも、テクストの物語論的分析からも浮かびあがることはない。テクストの出版年、出版地等に関わる情報と、その歴史的・社会的文脈の理解は、テクスト外の重要な手がかりとして、テクストの外部からテクスト解釈の場に持ち込むほかない。

もう一つ、「宿命」という言葉も気になる。「宿命」という言葉は「浦島さん」には十一例を数える。『お伽草紙』に収める他の三篇（「瘤取り」「カチカチ山」「舌切雀」）と「前書き」に用例がないことを考えあわせると、「浦島さん」という作品の解釈において重要な鍵となる言葉である。

本書の第一章では、「宿命」という言葉は「分に安んずる」ことだと説明しておいた。これはあくまで一つの解釈を示したにすぎない。「宿命」という言葉を、「浦島さん」の物語の文脈で捉えれば、そのような意味となるであろうことを、（私という読者が）やや踏み込んで言い換えてみせたにすぎない。

「宿命」という言葉は、同じ時期に書かれた太宰治の作品のなかでは『正義と微笑』（一九四二年六月）に四例、『津軽』（一九四四年十一月）に七例、『惜別』（一九四五年九月）に三例を数える。たとえば『津軽』に、

ちぎつては投げ、むしつては投げ、取つて投げ、果ては自分の命までも、といふ愛情の表現は、関東、関西の人たちにはかへつて無礼な暴力的なもののやうに思はれ、つひには敬遠といふ事になるのではあるまいか、と私はSさんに依つて私自身の宿命を知らされたやうな気がして、帰る途々、Sさんがなつかしく気の毒でならなかつた。

（『太宰治全集』8（筑摩書房、一九九八年）五八ページ）

とある「宿命」は、風土によって醸成される性格、というほどの意味になるであろう。逃れることのできぬ境涯、身について離れぬ生存の様態と捉えれば、「浦島さん」にあらわれる「宿命」にも通じる。

これら「宿命」という言葉には、現在の日本語の語感からは少し遠い、独特の響きが聞きとれるように思われる。この「宿命」という言葉の意味をどう考えればよいか。

太宰治という作家が残した、「太宰治」の署名を持つ他の作品がまずは意識される。それぞれの作品内に固有の文脈をもつ「宿命」という言葉を、横断的に比較することが課題となる。「宿命」という言葉が帯びる同時代的な含意にも留意しなくてはならない。「浦島さん」というテクストが書かれ、読者の目に触れた時代において、「宿命」という言葉が帯びた意味を、広く渉猟する必要がでてくる。

テクストの物語論的分析とはおよそ無縁であった情報、たとえば「浦島さん」の浦島は批評家河上徹太郎をモデルにしたとする小山清の証言などが、ここで意識されることにもなる。河上徹太郎とともに戦時中に活躍した作家、詩人、批評家、哲学者たちの存在が視野に入ってくる。その周辺に広がりを持つ批評言説が文脈として浮上する。「宿命」という言葉は、一九四〇年代の日本において、時代の観念として独特の意味を担ったであろうとの見通しが、ここに生まれてきてもおかしくはない。

テクストを構成する個々の言葉の含意を見さだめること。それは、テクストの物語論的分析からは期待しえない。同様に、物語世界に描かれる社会風俗や社会状況、作中人物が抱く世界観、作品世界にあらわれる時代思潮などの考察も、物語論的分析にはなじまない。物語論が分析の対象となしうるのは、あくまでテクストが纏うかたち、テクストにおいて機能するしくみである。物語論は、テクストが纏うかたちと、そのしくみの分析において、分析の語彙を提供するにすぎない。

そのことを確認しつつ、ここにあらためて言うべきは、小説のテクストにおいて、内容の次元とともに読みあじわうことが求められる、表現の次元の重要性である。小説のテクストは、読者がこれを読むという行為によって、ようやくその存在の形態を全うする。小説を読み、心を打たれた読者は、やがてテクストそのものについて語りはじめることであろう。語るには語彙を要する。物語論は、その語彙を提供する。

あとがき

文学とはどのように論ずればよいものなのか。これは文学の研究に携わる人間がつねに意識せざるを得ない大きな問題である。文学を論じることとは何なのか。何を語り、何を議論すれば、文学を論じたことになるのか。共通の理解はあるようでない。

文学は、大学という制度のなかで研究され、げんに教えられている学問の分野である。学問として成立する文学の研究とはどのようなものか。どのような方法論や、どんな（自己）訓練の仕方があるのか。文学の研究を志す人間が一度はぶつかる大きな問題である。

かつては「人と作品」というスタイルが文学研究の主流をしめていた。ある作家、詩人の生涯を辿ることを大枠として、伝記的記述のなかに作品への言及を埋め込んでゆくやり方である。そこではしばしば「人」が「作品」を説明するのだと考えられた。人について語るには事実の裏づけが求められる。人について調べることは、文学研究の重要ないとなみであると考えられたし、手堅い実証的な研究であると見なされた。

人はもちろん一人で生きるわけではない。生きる時代があり、生きる社会がある。したがって、人について語るには、時代や社会の文脈を明らかにしなくてはならない。人をとり巻く時代の思想傾向や文学・

藝術思潮、あるいは人が身を置く歴史的・社会的状況を記述することが求められる。この方面の歴史研究は実証性が保証される。苦労はあるが、そのぶん報われるという感覚が持てる。

作品についてはどうだろうか。作品についても、あるところまでは歴史的、実証的に論ずることができる。まずは書誌的な研究がある。これはモノが相手だから確実な手応えがある。それから作品のもつ外形的な特徴への着目がある。詩の韻律や形式はある程度客観的に議論できる。ジャンルの変遷は歴史的に記述することができる。内容に立ち入るなら、象徴的イメージや特異な人物タイプの継承・伝播、あるいは文学的テーマの系譜を明らかにすることなど、事例を広く蒐集することで、実証のレベルをあげてゆくことのできる研究がある。もちろんそれ以前に訓詁、注釈の手堅いいとなみがある。

それが作品の「解釈」へと踏み込んだ時、文学研究は途端にその客観性、実証性を疑われることになる。勝手な読み込みではないか、裏づけが得られないではないか、という猜疑の目に曝される。解釈について真偽の判断を下すのは難しい。説得力のあるなしを、客観的な基準から検証するのは至難のわざである。解釈における実証性（裏づけ・証拠を示すことで断定的にものを言うことが保証されること）の確保が心許ないのなら、解釈に及ぶ文学研究は学問ではないと言われかねない。

だが、文学の研究は作品の魅力にとり憑かれることにはじまっていたはずである。作品の魅力を語ること。ある作品を一読者としてどう読むのかを語ること。文学研究はそうした欲求のために、しかるべき回路を用意する必要がある。作品を解釈するといういとなみにも、正当な学問的意義が認められなくてはならない。

少し大げさに構えたが、本書を書こうと思った動機は、そのようなところにある。作品の解釈に実証性を確保することは難しいにしても、解釈を施す際の語彙に普遍性を持たせることはできないか。小説の語りを「しかけ」「しくみ」の面から分析し（そこまでは事象の記述として客観性を主張することができるだろう）、それを作品の解釈へ接続してゆくことはできないか。そのような思いに促されてのことであった。もくろみがはたして成功したかどうかは、読者諸賢の判断にゆだねるほかない。

ジェラール・ジュネットの名前を耳にしたのは一九七六年ごろのことである。東京大学文学部フランス文学科の学生であった私は、菅野昭正先生の講読の授業で『フィギュール』に収められたプルースト論を教わった。

学部卒業後はフランス文学の世界を離れ、駒場キャンパスにある比較文学の大学院に進んだ。当時人文科学研究科に属していた比較文学比較文化専門課程では、芳賀徹先生、平川祐弘先生、小堀桂一郎先生、亀井俊介先生らに師事する幸運に恵まれた。教室ではもっぱらテクストを細やかに読むことを教えていただいた。歴史研究の大切さも学んだ。文学理論はあまり重んじられていなかった。私自身も理論は敬して遠ざけるところがあった。

そのような私が、文学理論の本を書くにいたったなりゆきには、自分でも少し驚いている。ジュネットの本を読み返した時には、少しなつかしいような気持ちがした。二十歳前後に学んだことは、あとあとまで残るもののようである。

本書はいわゆる書き下ろしの原稿を世に問うものである。こころざしが萌してから、思わぬ時間を費やした。本書を執筆していた期間、東京大学と慶應義塾大学で、何度か本書の内容にかかわる講義を行った。頬杖をつきながら、面白そうに、あるいはつまらなそうに聞いてくれた学生たち。ちょっと間違ったことを言った際に顔をしかめてくれた学生たち。こちらの冗談に吹きだしてくれた学生たち。講義のあとに鋭い質問を投げかけてくれた学生たち。彼らに、この場を借りて感謝の気持ちを捧げたい。それから辛抱強く待っていただいた東京大学出版会にお礼を申しあげたい。

著者しるす

平成二十九年一月

著者略歴

1954年生　東京大学文学部卒．同大学院人文科学研究科比較文学比較文化専門課程博士課程単位取得退学．

東京大学大学院総合文化研究科超域文化科学専攻教授（比較文学比較文化）を経て，現在，東京大学名誉教授，武蔵野大学教授．

著書に『英語と日本語のあいだ』，訳書に『冬かぞえ』，共訳書に『オリンピックと近代』『ダブル／ダブル』他．

小説のしくみ
近代文学の「語り」と物語分析

2017年 4月 28日　初　版
2023年 8月 10日　第2刷

［検印廃止］

著　者　菅原克也《すがわらかつや》

発行所　一般財団法人　東京大学出版会
代表者　吉見俊哉
153-0041　東京都目黒区駒場4-5-29
https://www.utp.or.jp/
電話　03-6407-1069　Fax 03-6407-1991
振替　00160-6-59964

組　版　有限会社プログレス
印刷所　株式会社ヒライ
製本所　牧製本印刷株式会社

ISBN 978-4-13-083070-6　Printed in Japan

索　引

あ　行

か　行

さ　行

た　行

な　行

ま　行

や　行

ら 行

わ 行

アルファベット

主要参考文献

[欧文]

Abbott, H. Porter. *The Cambridge Introduction to Narrative*. 2nd ed. Cambridge: Cambridge University Press, 2008.

Andrews, Molly, Corinne Squire, and Maria Tamboukou, eds. *Doing Narrative Research*. Los Angeles: Sage, 2008.

Bakhtin, M. M. *The Dialogic Imagination: Four Essays*. Edited by Michael Holquist and Translated by Caryl Emerson and Michael Holquist. Austin: University of Texas Press, 1981.

Bal, Mieke. *Narratologie: essais sur la signification narrative dans quatrre romans modernes*. Paris: Klincksieck, 1977.

———. *Narratology: Introduction to the Theory of Narrative*. Translated by Christine van Boheemen. Tronto: University of Tronto Press, 1985.

———. *On Story-Telling: Essays in Narratology*. Sonoma, CA: Polebridge Press, 1991.

———. *Narratology: Introduction to the Theory of Narrative*. 2nd ed. Tronto: University of Tronto Press, 1997.

———, ed. *Narrative Theory: Critical Concepts in Literary and Cultural Studies*. vol. 1, *Major Issues in Narrative Theory*. London: Routledge, 2004.

———, ed. *Narrative Theory: Critical Concepts in Literary and Cultural Studies*. vol. 2, *Special Topics*. London: Routledge, 2004.

———, ed. *Narrative Theory: Critical Concepts in Literary and Cultural Studies*. vol. 3, *Political Narratology*. London: Routledge, 2004.

———, ed. *Narrative Theory: Critical Concepts in Literary and Cultural Studies*. vol. 4, *Interdisciplinarity*. London: Routledge, 2004.

———. *A Mieke Bal Reader*. Chicago: The University of Chicago Press, 2006.

———. *Narratology: Introduction to the Theory of Narrative*. 3rd ed. Tronto: University of Tronto Press, 2009.

Banfield, Ann. *Unspeakable Sentences: Narration and Representation in the Language of Fiction*. Boston: Routledge & Kegan Paul, 1982.

Barthes, Roland. *Le Degré zéro de l'écriture*. Paris: Seuil, 1953.

———. *Writing Degree Zero*. Translated by Annette Lavers and Colin Smith. London: Jonathan Cape, 1967.

———. *S/Z*. Paris: seuil, 1970.

———. *S/Z: An Essay*. Translated by Richard Miller. New York: Hill and Wang, 1974.

———. *Image, Music, Text*. Selected and Translated by Stephen Heath. New York: Hill and Wang, 1977.

———. *Le Bruissement de la langue*. Paris: Seuil, 1984.

———. *The Rustle of Language*. Translated by Richard Howard. New York: Hill and Wang, 1987.

Barthes, Roland, A. J. Greimas, Claude Bremond, Umberto Eco, Jules Gritti, Violette Morin, Christian Metz, Tzvetan Todorov, and Gérard Genette. *L'Analyse structurale du récit*. Paris: Seuil, 1981.

Benveniste, Émile. *Problèmes de linguistique générale*. Paris: Gallimard, 1966.

———. *Problemes in General Linguistics*. Translated by Elizabeth Meek. Coral Gables, FL: University of Miami Press, 1971.

Booth, Wayne C. *The Rhetoric of Fiction*. Chicago: The University of Chicago Press, 1961.

Brooks, Peter. *Reading for the Plot: Design and Intention in Narrative*. Cambridge, MA: Harvard University Press, 1984.

Chatman, Seymour. *Story and Discourse: Narrative Structure in Fiction and Film*. Ithaca: Cornell University Press, 1978.

———. *Coming to Terms: The Rhetoric of Narrative in Fiction nad Film*. Ithaca: Cornell University Press, 1990.

Clandinin, D. Jean, ed. *Handbook of Narrative Inquiry: Mapping a Methodology*. Thousand Oaks, CA: Sage, 2007.

Cobley, Paul. *Narrative*. 2nd ed. London: Routledge, 2014.

Cohn, Dorrit. *Transparent Minds: Narrative Modes for Presenting Consciousness in Fiction*. Princeton: Princeton University Press, 1978.

———. *The Distinction of Fiction*. Baltimore: The Johns Hopkins University Press, 1999.

Currie, Mark. *Postmodern Narrative Theory*. London: MacMillan, 1998.

Currie, Gregory. *Narratives & Narrators: A Philosophy of Stories*. Oxford: Oxford University Press, 2010.

Dannenberg, Hilary P. *Coincidence and Counterfactuality: Plotting Time and Space in Narrative Fiction*. Lincoln: University of Nebraska Press, 2008.

Eco, Umberto. *The Role of the Reader: Explorations in the Semiotics of Texts*. Bloomington: Indiana University Press,1979.

Edmiston, William F. *Hindsight and Insight: Focalization in Four Eighteenth-Century French Novels*. University Park, PA: The Pennsylvania State University Press, 1991.

Fish, Stanley. *Is there a Text in this Class?: The Authority of Interpretive Communities*. Cambridge, MA: Harvard University Press, 1980.

Erlich, Victor. *Russian Formalism: History-Doctrine*. New Haven: Yale University Press, 1981.

Fludernik, Monika. *An Introduction to Narratology*. London: Routledge, 2009.

Forster, E. M. *Aspects of the Novel and Related Writings*. London: Edward Arnold, 1974. First Published 1927 by Edward Arnold.

Genette, Gérard. *Figures III*. Paris: Seuil, 1972.

———. *Narrative Discourse: An Essay in Method*. Translated by Jane E. Lewin. Ithaca: Cornell University Press, 1980.

———. *Nouveau discours du récit*. Paris: Seuil, 1983.

———. *Seuils*. Paris: Seuil, 1987.

———. *Narrative Discourse Revisited*. Translated by Jane E. Lewin. Ithaca: Cornell University Press, 1988.

———. *Fiction et diction*. Paris: Seuil, 1991.

———. *Fiction and Diction*. Translated by Catherine Porter. Ithaca: Cornell University Press, 1993.

———. *Paratexts: Thresholds of Interpretation*. Translated by Jane E. Lewin. Cambridge: Cambridge University Press, 1997.

Hamburger, Käte. *The Logic of Literature*. Translated by Marilynn J. Rose. 2nd rev. ed. Bloomington: Indiana University Press, 1973.

Herman, David, ed. *Narratologies: New Perspectives on Narrative Analysis*. Columbus: Ohio State University Press, 1999.

———. *Story Logic: Problems and Possibilities of Narrative*. Lincoln: University of Nebraska Press, 2002.

Herman, David, Manfred Jahn, and Marie-Laure Ryan, eds. *Routledge Encyclopedia of Narrative Theory*. London: Routledge, 2005.

Herman, David, ed. *The Cambridge Companion to Narrative*. Cambridge: Cambridge University Press, 2007.

Herman, David, Brian McHale, and James Phelan, eds. *Teaching Narrative Theory*. New

York: The Modern Language Association of America, 2010.

Herman, Luc, and Bart Vervaeck. *Handbook of Narrative Analysis*. Lincoln: University of Nebraska Press, 2005.

Hjelmslev, Louis. *Prolegomena to a Theory of Language*. Traslated by F.J. Whitfield. Madison: University of Wicsonsin Press, 1961.

Hoffman, Michael J., and Patrick D. Murhpy, eds. *Essentials of the Theory of Fiction*. 3rd ed. Durham: Duke University Press, 2005.

Hughes, George. *Reading Novels*. Nashville: Vanderbilt University Press, 2002.

Iser, Wolfgang. *The Implied Reader: Patterns of Communication in Prose Fiction from Bunyan to Beckett*. Baltimore: The Johns Hopkins University Press, 1974.

———. *The Act of Reading: A Theory of Aesthetic Response*. Baltimore: The Johns Hopkins University Press, 1978.

Jakobson, Roman. *Language in Literature*. Edited by Krystyna Pomorska and Stephen Rudy. Cambridge, MA: Belknap-Harvard University Press, 1987.

Kafalenos, Emma. *Narrative Causalities*. Columbus: The Ohio State University Press, 2006.

Keen, Suzanne. *Narrative Form*. Lodon: Palgrave-MacMillan, 2003.

Lothe, Jakob. *Narrative in Fiction and Film: An Introduction*. Oxford: Oxford University Press, 2000.

Lubbock, Percy. *The Craft of Fiction*. London: Jonathan Cape, 1921.

McQuillan, Martin, ed. *The Narrative Reader*. London: Routledge, 2000.

Onega, Susana, and José Ángel García Landa. *Narratology: An Introduction*. London: Longman, 1996.

O'Neil, Patrick. *Fictions of Discourse: Reading Narrative Theory*. Tronto: University of Tronto Press, 1994.

Palmer, Alan. *Fictional Minds*. Lincoln: University of Nebraska Press, 2004.

Pascal, Roy. *The Dual Voice: Free Indirect Speech and Its Functioning in the Nineteenth-Century European Novel*. Manchester: Manchester University Press, 1977.

Pavel, Thomas G. *Fictional Worlds*. Cambridge, MA: Harvard University Press, 1986.

Peer, Willie van, and Seymour Chatman. *New Perspectives on Narrative Perpective*. Albany: State University of New York Press, 2001.

Phelan, James. *Living to Tell about It: A Rhetoric and Ethics of Character Narration*. Ithaca: Cornell University Press, 2005.

———. *Experiencing Fiction: Judgments, Progressions, and the Rhetorical Theory of Narrative*.

Columbus: The Ohio State University Press, 2007.

Phelan, James, and Peter J. Rabinowitz. *A Companion to Narrative Theory*. Malden, MA: Blackwell, 2005.

Pier, John, ed. *The Dynamics of Narrative Form: Studies in Anglo-American Narratology*. Berlin: Walter de Gruyter, 2004.

Prince, Gerald. *Narratology: The Form and Fuctioning of Narrative*. Berlin: Mouton, 1982

———. *A Dictionary of Narratology*. rev. ed. Lincoln: Univeristy of Nebraska Press, 2003.

Propp, *V. Morphology of the Folktale*. Translated by Laurence Scott. Revised and Edited by Louis A. Wagner. Austin: University of Texas Press, 1968.

Richardson, Brian. *Unnatural Voices: Extreme Narration in Modern and Contemporary Fiction*. Columbus: The Ohio State Univesity Press, 2006.

Ricœur, Paul. *Time and Narrative*. Translated by Kathleen McLaughlin and David Pellauer. 3 vols. Chicago: The University of Chicago Press, 1984-88.

Riffaterre, Michael. *Fictional Truth*. Baltimore: The Johns Hopkins University Press, 1990.

Rimmon-Kenan, Shlomith. *Narrative Fiction: Contemporary Poetics*. 2nd ed. London: Routledge, 2002.

Ryan, Marie-Laure. *Narrative as Virtual Reality: Immersion and Interactivity in Literature and Electronic Media*. Baltimore: The Johns Hopkins University Press, 2001.

Schaeffer, Jean-Marie. *Why Fiction?* Translated by Dorrit Cohn. Lincoln: University of Nebraska Press, 2010.

Scholes, Robert, James Phelan, and Robert Kellogg. *The Nature of Narrative*. 40th Anniversary ed. Oxford: Oxford University Press, 2006.

Selden, Raman, ed. *The Cambridge History of Literary Criticism*. vol. 8, *From Formalism to Poststructuralim*. Cambridge: Cambridge University Press, 1995.

Shklovsky, Victor, Boris Tomashevsky, and Boris Eichenbaum. *Russian Formalist Criticism: Four Essays*. Selected and Translated by Lee T. Lemon and Marion J. Reis. Lincoln: University of Nebraska Press, 1965.

Stanzel, Franz K. *Narrative Situations in the Novel*. Translated by James P. Pusack. Bloomington: Indiana University Press, 1971.

———. *A Theory of Narrative*. Translated by Charlotte Goedsche. Cambridge: Cambridge University Press, 1984.

Thomas, Bronwen. *Narrative: The Basics*. London: Routledge, 2016.

Todorov, Tzvetan. *Poétique de la prose*. Paris: Seuil, 1968.

———. *Poétique: Qu'est-ce que le structuralisme? 2*. Paris: Seuil, 1968.
———. *The Poetics of Prose*. Translated by Richard Howard. Ithaca: Cornell University Press, 1977.
———. *Introduction to Poetics*. Translated by Richard Howard. Vol. 1 of *Theory and History of Literature*. Minneapolis: University of Minnesota Press, 1981.
———, ed. *French Literary Theory Today: A Reader*. Translated by R. Carter. Cambridge: Cambridge University Press, 1982.
Toolan, Michael. *Narrative: A Critical Linguistic Introduction*. 2nd ed. London: Routledge, 2001.
Wahlin, Claes, ed. *Perspectives on Narratology: Papers from the Stockholm Symposium on Narratology*. Frankfurt am Main: Peter Lang, 1996.
Wallace, Martin. *Recent Theories of Narrative*. Ithaca: Cornell University Press, 1986.
Walton, Kendall L. *Mimesis as Make-Believe: On the Foundation of the Representational Arts*. Cambridge, MA: Harvard University Press, 1990.
Wilson, George M. *Narration in Light: Studies in Cinematic Point of View*. Baltimore: The Johns Hopkins University Press, 1986.
Wimmers, Inge Crosman. *Poetics of Reading: Approaches to the Novel*. Princeton: Princeton University Press, 1988.

[翻訳]

アダン〔ジャン＝ミシェル〕、末松壽・佐藤正年（訳）『物語論――プロップからエーコまで』（文庫クセジュ 873、白水社、2004 年）
イェルムスレウ、林栄一（訳述）『言語理論序説』（英語学ライブラリー 41、研究社、1959 年／世界言語学名著選集第 6 巻、ゆまに書房、1998 年）
イーザー〔ヴォルフガング〕、轡田収（訳）『行為としての読書――美的作用の理論』（岩波現代選書 68、岩波書店、1982 年／岩波モダンクラシックス、岩波書店、2005 年）
エーコ〔ウンベルト〕、篠原資明（訳）『物語における読者』（青土社、2003 年）
オニール〔パトリック〕、遠藤健一（監訳）『言説のフィクション――ポスト・モダンのナラトロジー』（松柏社叢書 言語科学の冒険⑦、松柏社、2001 年）
グレマス〔アルジルダス・ジュリアン〕、田島宏・鳥居正文（訳）『構造意味論――方法の探求』（紀伊國屋書店、1988 年）
―――、赤羽研三（訳）『意味について』（叢書記号学的実践 16、水声社、

1992年）
サーメリアン〔レオン〕、浅田雅明・伊豆大和・奥村忠男・土井仁・西前孝・藤原洋樹（訳）『小説の技法——視点・物語・文体』（旺史社、1989年）
シクロフスキー〔ヴィクトール〕、水野忠夫（訳）『散文の論理』（せりか書房、1971年）
シュタンツェル〔フランツ〕、前田彰一（訳）『物語の構造——〈語り〉の理論とテクスト分析』（岩波書店、1989年）
ジュネット〔ジェラール〕、花輪光・和泉涼一（訳）『物語のディスクール——方法論の試み』（書肆風の薔薇——水声社、1985年）
———、和泉涼一・青柳悦子（訳）『物語の詩学——続・物語のディスクール』（書肆風の薔薇——水声社、1985年）
———、和泉涼一（訳）『スイユ——テクストから書物へ』（叢書記号学的実践20、水声社、2001年）
———、和泉涼一・尾河直哉（訳）『フィクションとディクション——ジャンル・物語論・文体』（叢書記号学的実践21、水声社、2004年）
チャトマン〔シーモア〕、田中秀人（訳）『小説と映画の修辞学』（叢書記号学的実践19、水声社、1998年）
デーレンバック〔リュシアン〕、野村英夫・松澤和宏（訳）『鏡の物語——紋中紋手法とヌーヴォー・ロマン』（ありな書房、1996年）
トドロフ〔ツヴェタン〕、菅野昭正・保苅瑞穂（訳）『小説の記号学——文学と意味作用』（大修館書店、1974年）
トマシェフスキー〔ボリス〕／トゥイニャーノフ・他、水野忠夫（編）、水野忠夫・北岡誠司・小平武・大西祥子・大内和子（訳）『ロシア・フォルマリズム文学論集2』（せりか書房、1982年）
バリー〔ピーター〕、高橋和久（監訳）『文学理論講義——新しいスタンダード』（ミネルヴァ書房、2014年）
バルト〔ロラン〕、沢崎浩平（訳）『S／Z ——バルザック『サラジーヌ』の構造分析』（みすず書房、1973年）
———、花輪光（訳）『物語の構造分析』（みすず書房、1979年）
———、石川美子（訳）『零度のエクリチュール』（新版、みすず書房、2008年）
バンヴェニスト〔エミール〕、岸本通夫（監訳）、河村正夫・木下光一・高塚洋太郎・花輪光・矢島猷三（訳）『一般言語学の諸問題』（みすず書房、1983

年)
———、阿部宏（監訳）、前島和也・川島浩一郎（訳）『言葉と主体——一般言語学の諸問題』（岩波書店、2013 年）
ハンブルガー〔ケーテ〕、植和田光晴（訳）『文学の論理 第 3 版』（松籟社、1986 年）
フィッシュ〔スタンリー〕、小林昌夫（訳）『このクラスにテクストはありますか——解釈共同体の権威 3』（みすず書房、1992 年）
フォースター〔E・M〕、中野康司（訳）『小説の諸相』（『E・M・フォースター著作集』8、みすず書房、1994 年）
ブース〔ウェイン・C〕、米本弘一・服部典之・渡辺克昭（訳）『フィクションの修辞学』（叢書記号学的実践 13、書肆風の薔薇—水声社、1991 年）
プリンス〔ジェラルド〕、遠藤健一（訳）『物語論の位相——物語の形式と機能』（松柏社叢書 言語科学の冒険①、松柏社、1996 年）
———、遠藤健一（訳）『改訂 物語論辞典』（松柏社叢書 言語科学の冒険④、松柏社、2015 年）
ブルヌフ〔ロラン〕／レアル・ウエレ、柏木隆雄・長谷川富子・山中知子（訳）『小説の世界』（駿河台出版社、1993 年）
ブレモン〔クロード〕、阪上脩（訳）『物語のメッセージ』（審美文庫 25、審美社、1975 年）
プロップ〔ウラジミール・Я〕、北岡誠司・福田美智代（訳）『昔話の形態学』（白馬書房、1983 年／叢書記号学的実践 10、水声社、1987 年）
ヘンクル〔ロジャー・B〕、岡野久二・小泉利久（訳）『小説をどう読み解くか』（南雲堂、1986 年）
マルティネス〔マティアス〕／ミヒャエル・シェッフェル、林捷・末永豊・生野芳徳（訳）『物語の森へ——物語理論入門』（叢書ウニベルシタス 851、法政大学出版局、2006 年）
ミッチェル〔W・J・T〕、海老根宏・原田大介・新妻昭彦・野崎次郎・林完枝・虎岩直子（訳）『物語について』（平凡社、1987 年）
ヤウス〔ハンス・ロベルト〕、轡田収（訳）『挑発としての文学史』（岩波書店、1976 年／岩波現代文庫 G66、岩波書店、2001 年）
ヤコブソン〔ロマン〕／ボリス・エイヘンバウム、水野忠夫（編）、北岡誠司・小平武（訳）『ロシア・フォルマリズム文学論集 1』（せりか書房、1982 年）
ライアン〔マリー＝ロール〕、岩松正洋（訳）『可能世界・人工知能・物語理論』

（叢書記号学的実践 24、水声社、2006 年）
ラボック〔パーシー〕、佐伯彰一（訳）『小説の技術』（ダヴィッド社、1957 年）
リーチ〔ジェフリー・N〕／マイケル・H・ショート、筧壽雄（監修）、石川慎一郎・瀬良晴子・廣野由美子（訳）『小説の文体——英米小説への言語学的アプローチ』（研究社、2003 年）
リクール〔ポール〕、久米博（訳）『時間と物語 I——物語と時間性の循環／歴史と物語』（新曜社、1987 年）
———、久米博（訳）『時間と物語 II——フィクション物語における時間の統合形象化』（新曜社、1988 年）
———、久米博（訳）『時間と物語 III——物語られる時間』（新曜社、1990 年）
ルジュンヌ〔フィリップ〕、花輪光（監訳）、井上範夫・住谷在昶（訳）『自伝契約』（叢書記号学的実践 17、水声社、1993 年）
ロッジ〔デイヴィッド〕、柴田元幸・斎藤兆史（訳）『小説の技巧』（白水社、1997 年）

[邦文]
赤羽研三『〈冒険〉としての小説——ロマネスクをめぐって』（水声社、2015 年）
安藤宏『近代小説の表現機構』（岩波書店、2012 年）
———『「私」をつくる——近代小説の試み』（岩波新書 1572、岩波書店、2015 年）
安藤宏・高田祐彦・渡部泰明『読解講義 日本文学の表現機構』（岩波書店、2014 年）
石原千秋『テクストはまちがわない——小説と読者の仕事』（筑摩書房、2004 年）
———『読者はどこにいるのか——書物の中の私たち』（河出ブックス 001、河出書房新社、2009 年）
大浦康介（編）『文学をいかに語るか——方法論とトポス』（新曜社、1996 年）
———『フィクション論への誘い——文学・歴史・遊び・人間』（世界思想社、2013 年）
岡本靖正・川口喬一・外山滋比古（編）『物語と受容の理論』（「現代の批評理論」第 1 巻、研究社出版、1988 年）
亀井秀雄『「小説」論——『小説神髄』と近代』（岩波書店、1999 年）
———『増補 感性の変革』（ひつじ書房、2015 年）

川端柳太郎『小説と時間』（朝日選書 119、朝日新聞社、1978 年）
北岡誠司・三野博司（編）『小説のナラトロジー――主題と変奏』（世界思想社、2003 年）
清塚邦彦『フィクションの哲学』（勁草書房、2009 年）
小森陽一『文体としての物語』（筑摩書房、1988 年／［増補版］青弓社ルネサンス 2、青弓社、2012 年）
榊敦子『行為としての小説――ナラトロジーを超えて』（新曜社、1996 年）
佐々木敦『あなたは今、この文章を読んでいる。――パラフィクションの誕生』（慶應義塾大学出版会、2014 年）
佐藤亜紀『小説のストラテジー』（青土社、2006 年）
島田雅彦『小説作法 ABC』（新潮選書、新潮社、2009 年）
真銅正宏『小説の方法――ポストモダン文学講義』（萌書房、2007 年）
土田知則・青柳悦子・伊藤直哉『現代文学理論――テクスト・読み・世界』（新曜社，1996 年）
外山滋比古『近代読者論』（垂水書房、1964 年／［改訂増補版］みすず書房、1969 年／「外山滋比古著作集」2、みすず書房、2002 年）
富山太佳夫（編）『批評のヴィジョン』（現代批評のプラクティス 5、研究社、2001 年）
中村三春『フィクションの機構』（未発選書第 1 巻、ひつじ書房、1994 年）
――― 『フィクションの機構 2』（未発選書第 23 巻、ひつじ書房、2015 年）
西田谷洋『語り 寓意 イデオロギー』（翰林書房、2000 年）
西村清和『フィクションの美学』（勁草書房、1993 年）
――― 『イメージの修辞学――ことばと形象の交叉』（三元社、2009 年）
日本近代文学会関西支部（編）『作家／作者とは何か――テクスト・教室・サブカルチャー』（和泉書院、2015 年）
沼野充義・他『物語から小説へ』（小森陽一・富山太佳夫・沼野充義・兵藤裕己・松浦寿輝「岩波講座文学」3、岩波書店、2002 年）
――― 『文学理論』（小森陽一・富山太佳夫・沼野充義・兵藤裕己・松浦寿輝「岩波講座文学」別巻、岩波書店、2004 年）
野家啓一『物語の哲学』（岩波書店、1996 年／［増補新版］岩波現代文庫 G139、岩波書店、2005 年）
野口武彦『小説の日本語』（日本語の世界 13、中央公論社、1980 年）
――― 『三人称の発見まで』（筑摩書房、1994 年）

橋本陽介『ナラトロジー入門——プロップからジュネットまでの物語論』(水声社、2014年)
———『物語における時間と話法の比較詩学——日本語と中国語からのナラトロジー』(叢書記号学的実践29、水声社、2014年)
土方洋一『物語のレッスン——読むための準備体操』(青簡舎、2010年)
廣野由美子『批評理論入門——『フランケンシュタイン』解剖講義』(中公新書1790、中央公論新社、2005年)
———『視線は人を殺すか——小説論11講』(MINERVA 歴史・文化ライブラリー⑪、ミネルヴァ書房、2008年)
———『一人称小説とは何か——異界の「私」の物語』(MINERVA 歴史・文化ライブラリー⑲、ミネルヴァ書房、2011年)
福沢将樹『ナラトロジーの言語学——表現主体の多層性』(未発選書第24巻、ひつじ書房、2015年)
藤井貞和『物語理論講義』(東京大学出版会、2004年)
———『日本語と時間——〈時の文法〉をたどる』(岩波新書1284、2010年)
———『文法的詩学』(笠間書院、2012年)
藤森清『語りの近代』(有精堂、1996年)
富原芳彰(編)『文学の受容——現代批評の戦略』(研究社出版、1985年)
前田愛『近代読者の成立』(有精堂、1973年/同時代ライブラリー151、岩波書店、1993年)
———『文学テクスト入門』(筑摩書房、1988年/[増補版]ちくま学芸文庫、1993年)
前田彰一『物語の方法論——言葉と語りの意味論的考察』(多賀出版、1996年)
———『物語のナラトロジー——言語と文体の分析』(千葉大学人文科学叢書③、彩流社、2004年)
三浦俊彦『虚構世界の存在論』(勁草書房、1995年)
三谷邦明『近代小説の〈語り〉と〈言説〉』(双書〈物語学を拓く〉2、有精堂、1996年)
渡部直己『日本小説技術史』(新潮社、2012年)
———『小説技術論』(河出書房新社、2015年)
和田敦彦『読むということ——テクストと読書の理論から』(未発選書4、ひつじ書房、1997年)
———『読書の歴史を問う——書物と読者の近代』(笠間書院、2014年)

［引用］

芥川龍之介『芥川龍之介全集』第一巻（岩波書店、1995年）
――――『芥川龍之介全集』第二巻（岩波書店、1995年）
――――『芥川龍之介全集』第八巻（岩波書店、1995年）
――――『芥川龍之介全集』第十一巻（岩波書店、1996年）
――――『芥川龍之介全集』第十五巻（岩波書店、1997年）
安部公房『安部公房全集』24（新潮社、1999年）
泉鏡花『新編　泉鏡花集』第八巻（岩波書店、2004年）
巌谷小波、上田信道（校訂）『日本昔噺』（東洋文庫692、平凡社、2001年）
巌谷小波『ウラシマ』（「日本一ノ画噺」、中西屋書店、1915年）
――――〔大江小波〕（述）、永峯秀湖（画）『日本昔噺第拾八編　浦島太郎』（博文館、1896年）
――――『日本お伽噺集』（「日本兒童文庫」第十巻、復刻版、名著普及会、1981年）
植垣節也（校注・訳）『風土記』（新編日本古典文学全集5、小学館、1997年）
上田秋成、浅野三平（校注）『雨月物語 癇癖談』（新潮日本古典集成、新潮社、1979年）
海後宗臣（編）『日本教科書大系 近代篇 第七巻　国語（四）』（講談社、1963年）
黒澤明『羅生門』（大映、1950年／DVD、ジェネオンエンタテインメント、PIBD-1078）
――――『全集 黒澤明』第三巻（岩波書店、1988年）
小島憲之・直木孝次郎・西宮一民・蔵中進・毛利正守（校注・訳）『日本書紀②』（新編日本古典文学全集3、小学館、1996年）
小島憲之・木下正俊・東野治之（校注・訳）『萬葉集①』（新編日本古典文学全集6、小学館、1994年）
志賀直哉『志賀直哉全集』第四巻（岩波書店、1999年）
高橋俊夫（編）『永井荷風『濹東綺譚』作品論集成Ⅰ』（近代文学作品論叢書26、大空社、1995年）
武内俊子（文）、河目悌二（画）『コブトリ』（児童図書出版社、1944年）
太宰治『太宰治全集』8（筑摩書房、1998年）
――――『太宰治全集』10（筑摩書房、1999年）
谷崎潤一郎『谷崎潤一郎全集』第十五巻（中央公論新社、2016年）

———『谷崎潤一郎全集』第十七巻（中央公論新社、2015 年）
———『谷崎潤一郎全集』第二十一巻（中央公論新社、2016 年）
坪内逍遙『坪内逍遙集』（明治文学全集 16、筑摩書房、1969 年）
———『坪内逍遙集』（日本近代文学大系 3、角川書店、1974 年）
永井荷風『荷風全集』第四巻（岩波書店、1992 年）
———『荷風全集』第十七巻（岩波書店、1994 年）
———『荷風全集』第二十七巻（岩波書店、1995 年）
中河与一『中河與一全集』第四巻（角川書店、1966 年）
夏目漱石『漱石全集』第二巻（岩波書店、1994 年）
———『漱石全集』第五巻（岩波書店、1994 年）
———『漱石全集』第八巻（岩波書店、1994 年）
———『坊っちゃん』（講談社青い鳥文庫 69-4、講談社、2007 年）
松村武雄（文）『桃太郎』（大日本雄弁会講談社、1937 年）
三島由紀夫『決定版三島由紀夫全集』7（新潮社、2001 年）
宮澤賢治『校本宮澤賢治全集』第十巻（筑摩書房、1974 年）
森鷗外『鷗外全集』第一巻（岩波書店、1971 年）
———『鷗外全集』第三巻（岩波書店、1972 年）
———『鷗外全集』第八巻（岩波書店、1972 年）
———『鷗外全集』第十巻（岩波書店、1972 年）
———『鷗外全集』第十一巻（岩波書店、1972 年）
———『鷗外全集』第十五巻（岩波書店、1973 年）
———『鷗外全集』第十六巻（岩波書店、1973 年）
———『鷗外全集』第二十六巻（岩波書店、1973 年）
———『鷗外全集』第三十八巻（岩波書店、1975 年）
エンデ〔ミヒャエル〕、上田真而子・佐藤真理子（訳）『はてしない物語』（岩波書店、1982 年）
コルタサル〔フリオ〕、土岐恒二（訳）『石蹴り遊び』（「ラテンアメリカの文学」8、集英社、1984 年／水声社、2016 年）
プラトン、藤沢令夫（訳）『国家（上）』（岩波文庫、岩波書店、2009 年）
ホメロス、松平千秋（訳）『イリアス（上）』（岩波文庫、岩波書店、1992 年）
前嶋信次（訳）『アラビアン・ナイト 1』（東洋文庫 71、平凡社、1966 年）
———『アラビアン・ナイト 2』（東洋文庫 75、平凡社、1966 年）

Flaubert, Gustave. *Œuvres II*. Bibliothèque de la Pléiade. Paris: Gallimard, 1952.

Hemingway, Ernest. *The Nick Adams Stories*. Edited by Philip Young. New York: Scribner, 1972.

Natsume, Soseki. *Botchan*. Translated by Alan Turney. Tokyo: Kodansha International, 1972.

Natsumé, Sôseki, *Botchan*. Translated by Hélène Motira. Paris: Le Serpent à Plumes, 1993.